# 法国抒情诗选

## ANTHOLOGIE DES POETES LYRIQUES FRANÇAIS

程曾厚 编译

商务印书馆
The Commercial Press

2018 年·北京

图书在版编目(CIP)数据

法国抒情诗选：法汉对照/程曾厚编译．—北京：商务
印书馆，2013(2018.12 重印)
ISBN 978-7-100-07583-1

Ⅰ.①法… Ⅱ.①程… Ⅲ.①法语—汉语—对照读物
②抒情诗—作品集—法国—现代 Ⅳ.①H329.4:I

中国版本图书馆 CIP 数据核字(2010)第 250239 号

FǍGUÓ SHŪQÍNG SHĪXUǍN

**法国抒情诗选**

程曾厚 编译

商 务 印 书 馆 出 版
(北京王府井大街 36 号 邮政编码 100710)
商 务 印 书 馆 发 行
北 京 冠 中 印 刷 厂 印 刷
ISBN 978-7-100-07583-1

2013 年 8 月第 1 版 开本 880×1230 1/32
2018 年 12 月北京第 2 次印刷 印张 20½
定价：53.00 元

# 目　录

## 中　世　纪

### 吕 特 伯 夫　13 世纪

### 奥尔良的查理　1394—1465

### 弗朗索瓦·维永　1431—1463 后

# 十 六 世 纪

## 克莱芒·马罗 1496—1544

## 若阿尚·杜贝莱 1522？—1560

## 比埃尔·德·龙沙　1524—1585

# 十 七 世 纪

## 弗朗索瓦·德·马莱伯　约 1555—1628

## 让·德·拉封丹　1621—1695

# 十 八 世 纪

## 安德烈·舍尼埃　1762—1794

# 十 九 世 纪

## 阿尔封斯·德·拉马丁　1790—1869

阿尔弗雷德·德·缪塞　1810—1857

戴奥菲尔·戈蒂耶　1811—1872

勒贡特·德·利尔　1818—1894

夏尔·波德莱尔　1821—1867

# 附录

# 前　言

## 《法国抒情诗选》的追求

《法国抒情诗选》(*Anthologie des Poètes lyriques français*)精选自译者编译的《法国诗选》(*Anthologie de la Poésie française*,复旦大学出版社,2001年)。在《法国诗选》"后记"中提到:"《法国诗选》选诗时对'诗'的标准取'广义'。在抒情诗以外,有代表性的史诗,诗体传奇,戏剧诗,散文诗,寓言诗,状物诗,只要在法国诗歌史上占有一定的重要地位,都酌量入选"。《法国抒情诗选》则对"诗"的标准取"狭义"。"诗"的本质是抒情的,我们只选法国重要抒情诗人的重要作品。"抒情诗人"是惟一的入选标准。

我们希望,《法国抒情诗选》是一部体现译者有所追求的"诗选"。我们的追求如下:

## 追求之一——抒情诗人

选好一流的抒情诗人,是编选《法国抒情诗选》的关键。法国中世纪入选三位诗人:吕特伯夫(Rutebeuf)、奥尔良的查理(Charles d'Orléans)和维永(Villon)。奥尔良的查理和维永的抒情诗人地位,在文学史上早有定评。吕特伯夫以前介绍较少,从他的几首选诗来看,他是名副其实的抒情诗人,开法国诗人敞开自己心扉的风气之先。十六世纪是法国的"文艺复兴"时期，马罗（Marot）的创作代表了从中世纪向近代的转折和过渡。"七星诗社"是法国诗歌史上的第一个春天，龙沙（Ronsard）和杜贝莱（Du Bellay）是"七星诗社"当之无愧的领袖。十七世纪是法国文学史上的"古典时期"，古典主义文学的最高成就是悲剧和喜剧。鉴于我们只选抒情诗人，入选的马莱伯（Malherbe）其实是二流诗人，但他是古典文学公认的先驱。而拉封丹（La Fontaine）是寓言诗人，但一些寓言诗有抒情的意境。除了收录在法国家喻户晓的寓言名作外，我们有意选译了他的抒情诗杰作。十八世纪最好的文学样式是启蒙哲学的散文，不是诗歌。整个十八世纪真正的诗人、也是唯一的诗人是舍尼埃（Chénier），可惜他壮志未酬，早早走上了断头台。

十九世纪是法国诗歌的高峰，流派林立，名家辈出。浪漫派，帕那斯派，象征派，一波接着一波，传递诗坛的圣火。浪漫派有四大家：拉马丁（Lamartine）、维尼（Vigny）、雨果（Victor Hugo）和缪塞（Musset）。奈瓦尔（Nerval）从浪漫派起家，最终走进"梦的诗学"，以薄薄的一册《神女集》令后世侧目。帕那斯派的领袖是勒贡特·德·利尔（Leconte de Lisle）。从对后世的影响而言，勒贡特·德·利尔也许不能和其他大诗人比肩，但他是帕那斯派的开山宗师，而包括马拉美和魏尔兰等人是在他的旗帜下启程开始跋涉的。接着是波德莱尔（Baudelaire）发现代诗歌之滥觞。象征派的三大家是马拉美（Mallarmé）、魏尔兰（Verlaine）和兰波（Rimbaud）。

十九世纪诗的天空里群星璀璨，我们还应该看到有两颗一等星在闪耀：戈蒂耶（Gautier）和维尔哈伦（Verhaeren）。对此，需要作一点说明。戈蒂耶和奈瓦尔是同一辈人，他开创法国的唯美派。近时法国一些"诗选"里不见戈蒂耶的名字，这有失偏颇。且不说诗集《珐琅与雕玉》出版时轰动文坛,连波德莱尔在《恶之华》的献辞里,也尊戈蒂耶为"十全十美的诗人"。读者可以从我们选译的二百行诗句中,看看一部《法国抒情诗选》能否无视戈蒂耶的存在。至于比利时诗人维尔哈伦,他首先是象征派运动的一员大将,象征派诗人以出世为本分,而维尔哈伦以入世为天职。他以象征的手法,积极歌颂惊天动地的时代变化,歌颂人类的共同理想。我国诗人戴望舒和艾青等人曾翻译过维尔哈伦的作品。最新的统计资料表明,维尔哈伦的诗歌仍然是今天法国诗歌读者珍爱的诗歌遗产。

《法国抒情诗选》以二十世纪二十年代为下限。我们认为,超现实主义诗歌运动及以后的诗歌创作,应该属于"当代诗歌"的范畴。就二十世纪初期而言,后期象征派的瓦雷里(Valéry)和倡导"新精神"的阿波利奈尔(Apollinaire)两人,是交相辉映的两颗明星,是当之无愧的两座高峰。

《法国抒情诗选》的第一稿于二〇〇七年完成。以后,我们不无惊讶地发现:法国对知识产权的保护是七十年,而不是国际公认的五十年。这样,一九四五年谢世的瓦雷里只能遗憾退出本书了。如果《法国抒情诗选》能在二〇一五年后有机会再版,我们会张开双臂,欢迎《海滨公墓》的诗人归来。

今天,《法国抒情诗选》暂收诗人二十二家。


## 追求之二——选诗数量

确定入选的诗人后,我们应该为每个诗人提供有一定数量的代表作品。

诗人一生的创作总量出入很大,雨果一生写下的诗句,可能接近二十万行,而马拉美生前发表的诗作仅仅一千一百行,而奈瓦尔的《神女集》仅仅八首诗，一百六十八行而已。所以，"一定数量和一定质量"是一对相互对立、经常矛盾的概念。这是一件说起来容易、做起来很难的事情，需要认真的设计和精细的计算。《法国抒情诗选》给奈瓦尔选诗八十二行，包括《神女集》中的四首共五十六行。我们给马拉美选诗二百三十二行，约为诗人生前发表的作品的四分之一多。而雨果的选诗多达四百行，却仅为他全部创作的四百分之一而已。《法国抒情诗选》译诗五千行多，平均每位诗人二百三十行左右。这是数量。

《法国抒情诗选》选诗一百五十二首，共五千三百行左右。这是一部中等规模的诗选。

## 追求之三——选诗质量

入选的诗人确定后，我们应该为每个诗人提供有一定质量的代表作。

一个诗人，是一座诗的丰碑，是一座诗的长廊。每个诗人的创作都经历早中晚不同的生命时期，诗人的创作可多可少，但未必每一首诗都是经典。一部中等规模的"诗选"应该提供诗人主要的传世佳作。是否是经典，是否是佳作，我们以文学史上的地位和评价为主要依据，尽可能避免编选者个人好恶的干扰。在二、三百行的范围内，介绍一位重要诗人的一生创作，并非是轻而易举的事情。既然是抒情诗选，我们尽量采用全译，除非不得已，避免选译或节译。制定合理的原则是一回事，提供具体的选诗是另一回事。以缪塞为例，缪塞最好的作品是六首"乔治·桑组诗"，尤其是他的"四夜诗"。但是，《五月之夜》二百〇二行，《十二月之夜》二百十六行，《八月之夜》一百三十七行，《十月之夜》三百十三行。怎么办？我们权衡再三，选取写得最早、也是最好的《五月之夜》，加上十四行诗《悲哀》，犹感不足，再加上体现他滔滔不绝的幽默天才的《站在三级粉红色大理石的台阶上》，这是他写凡尔赛花园的长诗，原诗过长，只好节选。最后，我们为缪塞提供三首诗，共三百十五行，这是在质量和数量之间力求某种脆弱的平衡。

我们认为，即使是一部中型诗选，如果不能介绍和全译舍尼埃的《如最后一线日光，如最后一阵和风》（八十八行），不能介绍和全译马拉美的《牧神的午后》（一百一十行），也是令人遗憾的疏漏。如果译者事前有某种设计，这样的疏漏是可以避免的。

## 追求之四——提供题解

就近而言，二〇〇一年版的《法国诗选》每首译诗有"题解"。我们从第一部《雨果诗选》（人民文学出版社，1986）开始，已经给雨果的每一首译诗写有"题解"。这样算起来，已有二十多年的历史了。"题解"已是本人译诗的一个"常规"体例。我们不用"赏析"或"鉴赏"之类的用词，是基于一种考虑。我们主观上希望："题解"以客观史料为主，不同于"鉴赏"可以主观为主的写法。一篇好的"题解"，甚至可以是一篇简明扼要的研究性短文，需要编写者参考文学史等多种资料。限于我们所能搜集和掌握的资料，会有部分"题解"写得不尽人意。我们的努力方向是尽可能提供有助于理解原诗的背景材料，即使像浪漫派诗人语义内容并不复杂的作品，如拉马丁的《湖》，有了以背景介绍为主的"题解"，一首诗会有更加鲜活的生命，阅读会有新的兴趣，理解会有新的深度和广度。而像象征派诗人的作品，如马拉美，如果没有恰当的题解，对读者的消化能力是过于严酷的考验。事实上，译者本人并非是马拉美的专家，如果没有《马拉美全集》，尤其是如果没有多位专家的详注(exégèse)，不要说写"题解"，就是连翻译本身能否顺利完成，也属未知之数。给译诗提供恰当的"题解"，是译者应尽的责任。

## 追求之五——对照原诗

诗译者大多有一个心愿：盼望能将自己的译诗和原诗对照出版，即出版双语版。国外译诗和原诗对照出版比较常见。而在我国，这是罕见的情况。大概，飞白先生的《诗海》(漓江出版社，1989)是一个不多见的先例。

我们应该为译诗提供原诗。对诗歌爱好者来说，一首好诗，字字珠玑，原诗可以是学习、研究的对象，也可以是珍藏和把玩的对象。为译诗提供原诗，对译者来说，首先是对作者负责。对于诗人和原诗，译者的本分是学习和欣赏之余，以虚心和虔诚的态度恭恭敬敬地翻译，力求忠实，全方位的忠实。有原诗在眼前，原诗会是一面明镜：任何瑕疵和污渍，一目了然。为译诗提供原诗，也是对读者负责。有原诗对照，相对而言，读者对译诗可以放心一些。读者可以相信：读到的是法国诗人原诗的译诗。这样，提供不提供原诗，可以是一个有没有胆量的问题。

为译诗提供原诗，是本书译者心向往之的事情。译者的甘苦，译者的耐心，译者的愚钝，译者的智慧，译者的粗心大意，译者的孜孜以求，仅仅只有译诗，有时是看不出来的。译诗的语义内容来自原诗，译诗的格律特点来自原诗，从诗节的构成，到诗句的建行，到音节的数目，到韵脚的安排，一切的一切，都来自原诗。试问，如果没有原诗，如果不见原诗，译诗的工作，尤其是格律诗的译诗，还有意义吗？

## 追求之六——原诗出处

《法国抒情诗选》的译者对提供原诗的工作倾注全力,力求精益求精。我们在译者个人藏书的基础上,多方探寻,不遗余力,务必为入选诗人的每一首诗找到比较理想的原本。

古今中外,诗有异文是很正常的事情,古诗尤其如此。名家的原作文本,需要研究家的校核和审定。既然有原诗,当然有原诗的出处。有人注明来源,也有人不提供来源。我们的《法国抒情诗选》提供原诗的出处。

我们曾经天真地以为:诗人的全集本应该是最好的原本。事实证明,未必如此。我们找到吕特伯夫的一种全集:Rutebeuf *Œuvres complètes*, édition de M. Zinc, Classiques Garnier, Bordas, tome I, 1989, tome II, 1990. 我们看到,这种全集本的文字之考订和审定过于精细,似乎更适合研究者之用,对普通读者,对中国读者,不免流于繁琐。《法国抒情诗选》不是研究用的专著,可以说,"全集"二字不是一切,"全集"不是不惜任何代价获取的最佳原本。我们从读者的角度出发,寻找和提供法国出版的诗人全集或选集,既要有学术价值,又不过于拘泥于文字的琐碎考订。最后,我们为《法国抒情诗选》确定的原本标准有三,一是由专家校订,以保证原诗文本的学术性;二是出版年代相对较近;三是原本主要是供一般读者或有文化修养的读者使用的本子,包括全集、诗集、文集或选集。我们希望原本的学术性和实用性兼而有之。我们在实际工作中,甚至可以提出一套令人满意的丛书:伽利马出版社出版的"七星文库"(*Bibliothèque de la Pléiade*, Gallimard)丛书本。

我们为《法国抒情诗选》一半以上的诗人,找到"七星文库"丛书的版本,出乎我们的预料。当我们看到"七星文库"有马莱伯(Malherbe)、舍尼埃(Chénier)和勒贡特·德·利尔(Leconte de Lisle)的版本,简直是喜出望外。

我们不仅为译诗提供原诗,而且提供具有学术价值的原本。

## 追求之七——今译和注释

语言是有生命的。语言是不断演变的生命。中世纪的原诗,用中古法语写成。中古法语和今天的现代法语,相距甚远。拼音文字在历史演变过程中,随着语音的变化,拼写法也随之变化。不能要求今天的中国读者具有法国中古法语的知识。提供中古法语写成的原诗,对读者有意义,但又没有太大的现实意义。经过权衡和斟酌,我们目前的处理办法如下:

中世纪主要入选三位诗人:吕特伯夫、奥尔良的查理和维永。

对吕特伯夫的诗歌,我们列出中古法语的原诗,并提供由法国专家提出的用现代法语翻译的"今译"。读者可以对照法语原诗和法语今译,走进吕特伯夫的内心世界。

对奥尔良的查理和维永的诗歌,我们仅限于提供难词和难句的注解。需要说明,提供注解,不求详尽,只是尽力而为。一部翻译的诗选不是一册外语的读本。

法语发展到十六世纪,进入文艺复兴时期,和现代法语在形态上日渐接近,但是用词和释义上不时会有这样那样的差异。但是,总的说,读杜贝莱和龙沙的原诗,不会如读中世纪的法语原诗,使人如堕五里雾中。所以,提供"今译"和酌量注释,仅限于中世纪时期。

## 追求之八——以诗译诗(一)

以格律诗翻译格律诗。

一九七八年,法国学者艾田蒲(René Etiemble)认为:"没有不可翻译的诗,只有不称职或懒惰的译者。"这话说得很凶。诗歌译者如何才能称职,才能免于懒惰的指责?他的回答是:"问题在于耐心;要有无穷无尽的耐心;译诗比写诗要多化十倍、二十倍的时间。"我们是在一九九四年,即十六年后,才读到艾田蒲的精辟意见。但是,我们和艾田蒲的意见殊途同归,是不谋而合的巧遇。

一九八五年,译者在《中国翻译》的前身《翻译通讯》上提出:任何诗译者也做不到在一次译稿上完成格律诗多种格律要素的翻译和转换。我们的做法是翻译加耐心。我们的耐心是把一句诗翻译六遍,每次翻译只求完成一项要素的转换。第一遍,句段对译;第二遍,逐句直译(前两遍确保译诗不在语义层面上背离原诗);第三遍,诗化加工,即译成分行的自由体;第四遍,诗韵加工;第五遍,字数(对应原诗的音节)加工;第六遍,节奏加工。每个阶段只解决语义和格律层面上的一个环节。《法国诗选》收诗一万一千多行,而译者完成的工作量可以是六万多行。

我们的译诗以"言"对应"音节"。最初的模式是 1 = 3,即译诗的字数比原诗的音节多两个字,如法语十二音节的亚历山大诗句,译成汉语时为每句十四字;以后逐渐改为 1 = 1 - 3,即译诗字数和原诗音节数的对应关系,可以是 1=1,或 1=2,或 1=3,例如,法语一句八音节诗句,译成汉语时,可以是八个汉字,也可以是九个汉字,或十个汉字。译者根据汉语的方便,允许有一定的灵活性。二〇〇四年,英语诗译家黄杲炘先生指出,"1 = 1 - 3"的表述有欠清晰,他建议改为:译诗诗句字数 = 原

作诗句音节数 +（0 ～ 2）。这是更为科学的表述，我们表示接
受和感谢。

我们以韵译韵，尊重原诗的诗节、韵脚和韵式。我们也希望
对原诗的节奏有所交代。我们翻译十二音节诗句时，努力在第
七字后有顿，对应原诗第六音节后的行中大顿；我们翻译十音
诗句时，努力在第五字后有顿，对应原诗第四音节后的停顿。

我们以诗译诗的最大试验，是魏尔兰的《秋歌》和马拉美的
《天鹅十四行诗》。

## 追求之九 —— 以诗译诗（二）

以自由诗翻译自由诗。

"以自由诗翻译自由诗"是"以诗译诗"的必然延伸。十九世
纪后半期，诗坛出现自由诗。象征派诗人是自由诗最早的探索
者和实践者。《法国抒情诗选》中，只有维尔哈伦和阿波利奈尔
写自由诗，其余可以说都是格律诗。而且，即使是维尔哈伦和阿
波利奈尔的自由体诗句，也并不如我们今天对自由诗的理解：诗
句不拘长短，绝不用韵。十九世纪和二十世纪之交，诗歌出现摆
脱传统格律的倾向，向往"自由"，但对"自由"的享受是很有节制
的，甚至是谨小慎微的。例如，维尔哈伦的长诗《城市》，全诗一
百行，诗句的字数相对接近，而且几乎句句押韵，仅有两三行例
外；又如阿波利奈尔的长诗《空地》，长一百一十行，韵句多达八
十行之多，其余三十行中也经常出现中世纪的"头韵"（asso-
nance）。译者能对原诗的这些格律特点视而不见吗？我们的原
则是忠实，有韵，无韵，一并译出。我们以格律诗译格律诗，我们
以自由诗译自由诗；当然，我们也以有"韵"的自由体译诗对应有
"韵"的自由体原诗。

## 追求之十——注明行数

西方诗歌的本子,尤其是传统诗歌,注明行数是一个不成文的习惯。最常见的是逢五逢十注明。这对于诗句的检索,十分方便。我们翻译西方诗歌,有的译诗依从原诗,也加注行数。

《法国抒情诗选》依据的法语原诗,多为专家学者精心编订的版本。但是,我们发现:加注行数并非定则。一是有少部分原诗并不注明行数,可见这不是诗歌出版的固定体例,而是取决于编订者的个人取舍;二是如果加注行数,但如何加注,各本加注的方式不尽相同,甚至大相径庭,很不统一。有逢三加注,有逢四加注,更多是逢五逢十加注。如果原诗是十四行诗,可以在同一首诗中使用不同的行数加注方式。

《法国抒情诗选》引用原诗时,悉依原本,不作改动。

但是,《法国抒情诗选》的译诗,有统一的体例:全部加注行数。我们的做法是逢五逢十加注。我们相信,这对读者检索原诗是有用的体例。

## 追求之十一——一则附录

《法国诗选》收诗人一百三十四家,其中有十八世纪的诗人鲁热·德·利尔,有十九世纪诗人欧仁·鲍狄埃。鲁热·德·利尔是《马赛曲》的作者,鲍狄埃是《国际歌》的作者。

鲁热·德·利尔除《马赛曲》外,并无其他诗歌创作,不是名副其实的诗人。鲍狄埃是歌曲作者,出版过《革命歌集》,是无产阶级诗人,但他对法国诗歌史并没有产生影响。《法国抒情诗选》不能把《马赛曲》和《国际歌》的作者列入重要抒情诗人的行列。

可是,本书的编译者在"可是"两个字前犹豫良久。对中国读者来说,认识法国的诗歌精华,却对《马赛曲》和《国际歌》一无所知,未免令人遗憾。这两首"歌曲"是法国对世界政治文化的贡献,有其非同寻常的历史意义。同时,《马赛曲》和《国际歌》也是两首抒情诗,是两首激情澎湃的政治抒情诗。我们深信,介绍和翻译《马赛曲》和《国际歌》,是一件很有意义的事情。我们决定为《法国抒情诗选》设一则附录,收入《马赛曲》和《国际歌》。

《马赛曲》和《国际歌》不以某个诗人的作品进入《法国抒情诗选》,而是以两首惊天动地的政治抒情诗进入我们的诗选。

## 追求之十二——提供插图

《法国抒情诗选》的第一稿于二〇〇七年完成,第一稿承接《法国诗选》的先例,提供二百多张图片,希望提供的图片也能构成一部形象化的"法国抒情诗选"。目前,鉴于客观条件的限制,出版社和译者商定:第一版《法国抒情诗选》不做插图版。我们希望,今后《法国抒情诗选》还有机会以插图版的形式和读者见面。

《法国抒情诗选》是有追求的。《法国抒情诗选》追求完美,追求多方面的完美,追求尽可能多的完美。为此,我们进行了设计,进行了多方面的设计,进行了尽可能多的设计。《法国抒情诗选》是追求和设计的结果。追求是主观愿望,设计是主观努力。设计和追求之间,会有差距,而效果和设计之间,差距会更大。总之,结果如何,请方家正之,请读者评判。我们有原诗,我们有译诗,我们有设计,敬请专家和读者可据此作出评价,不吝指教。

　　本书编译者寻访原诗的工作，有幸得到法国"全国图书中心"的大力支持，特此鸣谢。

　　L'auteur de ce livre, dans son travail de la documentation des textes originaux, est heureux de pouvoiv bénéficier, de la part du Centre National du Livre, d'une assistance bien ferme. Nous nous permettons de lui exprimer nos seutiments les plus reconnaissants.

程曾厚识于广州

二〇〇七年七月初稿，

二〇一二年十一月修改。

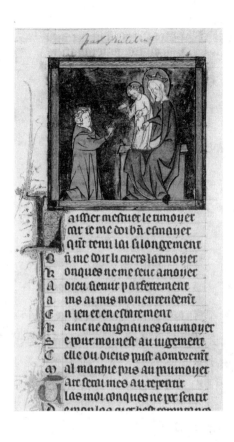

# 吕特伯夫　13世纪

## ［诗人简介］

　　吕特伯夫（Rutebeuf，十三世纪后期）是法国中世纪维永之前的重要诗人，是法国文学史上第一个重要的抒情诗人。后世对他的生平情况了解很少，只知道他是香槟地区人，受过良好的教育。早年即来巴黎，并在巴黎度过他的大半生。吕特伯夫自称不适应体力劳动，所以生活漂泊无定，衣食无靠，经常忍饥挨饿。他以行吟诗人为谋生职业。他的创作时期在一二四八年至一二七二年间。

　　"吕特伯夫"是化名，他自己解释为"粗牛"：

> 如果有的段落欠佳欠精，
>
> 读者只需想想他的大名。
>
> 他是粗人，他下笔时也粗：
>
> 粗人写的作品当然粗俗。
>
> 而他人粗，粗得和牛相等；
>
> 这粗人因此以粗牛自称。

　　吕特伯夫在当时社会里是一头苦苦耕耘的"粗牛"。当时，行吟诗人的社会地位是卑微的，他个人生活更潦倒不堪，家庭婚姻又有很多说不尽道不完的苦恼。他主要依靠贵族老爷的保护，也受过当时国王圣路易的救济。吕特伯夫应命作诗，换取酒肉面包，糊口度日。但实际生活毫无保障，经常去酒店借酒浇愁，甚至去赌馆消磨时日。

　　吕特伯夫写过当时的许多诗体，从隐喻诗到讽刺诗，还写过一部诗体的宗教剧《戴奥菲尔的奇迹》。他的主要贡献在于使诗歌开始摆脱骑士文学的高雅传统，转而关心时代的重大事件，把诗歌从理想拉回到现实中来。他的主要诗作由后人辑成《哀诗集》(*Poèmes de l'Infortune*)出版，开诗人写自我的风气之先，其忏悔式的抒情诗和抨击式的讽刺诗对历代都有影响。

# CI ENCOUMENCE LI DIZ DES RIBAUX DE GREIVE

Ribaut, or estes vos a point:

Li aubre despoillent lor branches

Et vos n'aveiz de robe point,

4　　Si en avreiz froit a voz hanches.

Queil vos fussent or li porpoint

Et li seurquot forrei a manches!

Vos aleiz en estei si joint

8　　Et en yver aleiz si cranche!

Votre soleir n'ont mestier d'oint:

Vos faites de vos talons planches.

Les noires mouches vos ont point,

12　　Or vos repoinderont les blanches.

*Poèmes de l'infortune et autres poèmes*,

Edition de Jean Dufournet

*Poésie*, Gallimard, 1986, p. 48.

Traduction moderne

## LE DIT DES GUEUX DE GREVE

Gueux, vous voilā bien lotis!

Les arbres dépouillent leurs branches,

et vous n'avez pas de manteau;

aussi aurez-vous froid aux reins.

Que vous seriez bien dans un pourpoint

ou un surcot ā manches fourrés!

Vous êtes si allègres en été

et en hiver si engourdis!

Vos souliers n'ont pas besoin de graisse,

car vos talons vous tiennent de semelles.

Les mouches noires vous ont piqués,

les blanches elles aussi vous piqueront.

*Ibid.*，p. 49.


## 沙滩广场流浪汉辞

流浪汉，各位都满志踌躇!

树叶已脱尽，只剩下枝杈，

可你们并无御寒的衣服;

身腰处会感到朔风吹刮。

5　　有件紧身上衣才叫幸福，

最好是带袖的皮桶马褂!

你们夏日个个翩翩风度，

冬天却这般迟钝得发麻!

因为你们借用脚掌走路，

10　　所以皮鞋无须擦油上腊。

先是黑蝇蜇刺你们肌肤，

现在，飞来咬人的是雪花。

《哀诗集》

【题解】　塞纳河横贯巴黎，"沙滩广场"在历史上是巴黎的市中心，又是码头所在地。古时候，没有工作的工人常聚集在"沙滩广场"寻找工作。今天法语中"罢工"一词，即是从"在沙滩广场上"衍变而来的。

## C'EST DE LA POVRETEI RUTEBUEF

Je ne sai par ou je coumance,

Tant ai de matyere abondance

Por parleir de ma povretei.

4　　Por Dieu vos pri，frans rois de France，

Que me doneiz queilque chevance，

Si fereiz trop grant charitei.

J'ai vescu de l'autrui chatei

8　　Que hon m'a creü et prestei：

Or me faut chacuns de creance，

C'om me seit povre et endetei；

Vos raveiz hors dou reigne estei，

12　　Ou toute avoie m'atendance.


Entre chier tens et ma mainie，

Qui n'est malade ne fainie，

Ne m'ont laissié deniers ne gages.

16　　Gent truis d'escondire arainie

Et de doneir mal enseignie：

Dou sien gardeir est chacuns sages.

Mors me ra fait de granz damages；

20　　Et vos，boens rois (en deus voiages

M'aveiz bone gent esloignie)

Et li lontainz pelerinages

De Tunes, qui est leuz sauvages,

24　Et la male gent renoïe.


Granz rois, s'il avient qu'a vos faille,

A touz ai ge failli sanz faille.

Vivres me faut et est failliz;

28　Nuns ne me tent, nuns ne me baille,

Je touz de froit, de fain baaille,

Dont je suis mors et maubailliz.

Je suis sanz coutes et sans liz,

32　N'a si povre jusqu'a Sanliz.

Sire, si ne sai quel part aille;

Mes costeiz connoit le pailliz,

Et liz de paille n'est pas liz,

36　Et en mon lit n'a fors la paille.


Sire, je vos fais a savoir

Je n'ai de quoi do pain avoir.

A Paris sui entre touz biens,

40　Et n'i a nul qui i soit miens.

Pou i voi et si i preig pou;

Il m'i souvient plus de saint Pou

Qu'il ne fait de nul autre apotre.

44　Bien sai *pater*, ne sai qu'est *notre*,

Que li chiers tenz m'a tot ostei,

Qu'il m'a si vuidié mon hostei

Que li *credo* m'est deveeiz,

48　　Et je n'ai plus que vos veeiz.

*Poèmes de l'Infortune*

Anthologie de la poésie lyrique française des XIIe
et XIIIe siècles, *Poésie*, Gallimard, pp. 256—258.


*Ibid.*, pp. 94—96.


Traduction moderne

## La Pauvreté de Rutebeuf

Je ne sais par où commencer,

tellement la matière est abondante

quand il est question de ma pauvreté.

Au nom de Dieu, je vous prie, noble roi de France,

de m'accorder quelque moyen de vivre;

ce serait grande charité de votre part.

J'ai vécu du bien d'autrui

Que l'on me prêtait à crédit:

maintenant personne ne me fait créance

car on me sait pauvre et endetté.

Quant à vous, vous étiez de nouveau loin du royaume,

Vous en qui reposait toute mon espérance.


La cherté de la vie et l'entretien d'une famille

Qui ne se laisse mourir ni abattre,

ont mis à plat mes finances et tari mes ressources.

Je rencontre des gens adroits à refuser

et peu enclins à donner;

chacun s'entend à conserver son bien.

La mort de son côté s'est acharnée à me nuire,
ainsi que vous, bon roi (en deux expéditions
vous avez éloigné de moi les gens de bien)
ainsi que le lointain pèlerinage
de Tunisie, contrée sauvage,
ainsi que la maudite race des infidèles.

Grand roi, s'il m'arrive que vous vous dérobiez,
Tous à coup sûr se déroberont.
Ma vie se dérobe, elle est finie.
Personne ne me tend la main, personne ne me donne rien.
Toussant de froid, bâillant de faim,
je suis ā bout de ressources, dans la détresse.
Je n'ai ni couverture ni lit,
il n'est personne de si pauvre, cherchât-on jusqu'ā Senlis.
Sire, je ne sais où aller.
Mes côtes ont l'habitude de la paille,
mais un lit de paille n'a rien d'un lit,
et dans mon lit il n'y a que de la paille.

Sire, je vous dis ici
que je n'ai de quoi me procurer du pain.
A Paris, je vis au milieu de toutes les richesses du monde,
et il n'y en a pas une pour moi.
J'en vois bien peu et il m'en échoit bien peu.
Je me souviens plus de Saint Peu
Que d'aucun autre apôtre.

Je sais ce qu'est *Pater*，mais *Nostre* m'est inconnu，

Car la cherté du temps m'a tout ôté

en vidant si bien ma maison

que le *Credo* m'est refusé；

je n'ai que ce que vous pouvez voir sur moi.

*Ibid*.，pp. 95－97.

## 吕特伯夫的穷困

我真不知道该从何说起，
只要把我家的困苦一提，
那件件桩桩会说个没完。
圣上①，我是以上帝的名义，
5　　求你垂恩帮我维持生计；
这样，你对我是恩重如山。
我是靠别人借我的财产，
才糊口度日，才苟且偷安：
现在，都知道我一贫如洗，
10　　债台高筑，不肯再借钱款。
圣上，你如今又离国征战，
您才是我的希望之所寄。

生活艰难，我的一家老小
偏偏健健康康，活蹦乱跳，
15　　使我囊中空空，毫无希望。

---

① 可能指勇夫菲利普三世，1275 年—1285 年在位。

　　　　　所求的人个个精明乖巧，
　　　　　拒人门外，而且斤斤计较：
　　　　　人人只想保住自己家当。
　　　　　死神却总是盯住我不放，
20　　　您两次远行①，仁慈的国王，
　　　　　带走了我好心肠的知交；
　　　　　那次去突尼斯朝山进香②，
　　　　　这地方历来是异邦蛮乡，
　　　　　刁民不信奉上帝的圣教。

25　　　圣君，万一您也撒手不管，
　　　　　那别人就肯定袖手旁观。
　　　　　我没有生路，便希望全无，
　　　　　没人肯伸手，没人肯借款。
　　　　　我冻得咳嗽，我饿得发软，
30　　　求人无门，到了穷途末路。
　　　　　我没有床铺，我没有被褥，
　　　　　远近无人比我更加穷苦。
　　　　　陛下，走投无路，左右为难。
　　　　　我睡草上，过夜磨练筋骨，
35　　　草是草，哪有床那么舒服，
　　　　　我的床上只有草茎凌乱。

　　　　　陛下，我把实情向您禀报，
　　　　　我没有办法能获得面包。

---

① "两次远行"当指 1272 年和 1276 年的两次御驾亲征。
② 菲利普的父亲圣路易进行第八次十字军东征时，在突尼斯附近染疾身亡。

巴黎城的财富堆如山积，

40　　但是，我可没有一点一滴。

眼不见金银，手不摸财富。

我想念圣保罗这位使徒，

"真饱了"是个多美的名字。

"主"是主，"我们的"是何意思？

45　　时世艰难，使我穷而又穷，

已把我的家中掠夺一空。

"信经"难念，财主有钱无"信"；

我只剩下您的恻隐之心。

《哀诗集》

【题解】　这首诗称不上是严格地抒情，却是诚恳的心声，历数诗人个人生活中的穷困，冀求打动国王的恻隐之心。诗中提及的圣路易出征突尼斯及菲利普三世的两次出征，可见约成诗于十三世纪八十年代中期。

## LA COMPLAINTE RUTEBEUF

Ne covient pas que vous raconte,

Comment je me sui mis a honte,

Quar bien avez oï le conte

4　　　　En quel maniere

Je pris ma fame darreniere,

Qui bele ne gente nen iere.

7　　　　Lors nasqui paine

Qui dura plus d'une semaine,

Qu'el commença en lune plaine.

10     Or entendez,

Vous qui rime me demandez,

Comment je me sui amendez

13     De fame prendre.

Je n'ai qu'engagier ne que vendre,

Que j'ai tant eü a entendre

16     Et tant a fere

(Quanques j'ai fet est a refere)

Que, qui le vous voudroit retrere,

19     Il durroit trop.

Diex m'a fet compaignon a Job,

Qu'il m'a tolu a un seul cop

22     Quanques j'avoie.

De l'ueil destre, dont miex veoie,

Ne voi je pas aler la voie

25     Ne moi conduire.

A ci dolor dolente et dure,

Qu'a miedi m'est nuiz obscure

28     De celui œil.

Or n'ai je pas quanques je vueil,

Ainz sui dolenz et si me dueil

31     Parfondement,

C'or sui en grant afondement

Se par cels n'ai relevement

34     Qui jusqu'a ci

M'ont secoru, la lor merci.

Le cuer en ai triste et noirci

37　　　De cest mehaing,

Quar je n'i voi pas mon gaaing.

Or n'ai je pas quanques je haing：

40　　　C'est mes domages.

Ne sai se ç'a fet mes outrages；

Or devendrai sobres et sages

43　　　Aprés le fet

Et me garderai de forfet；

Més ce que vaut quant c'est ja fet?

46　　　Tart sui meüs,

A tart me sui aparceüs

Quant je sui ja es las cheüs

49　　　Cest premier an.

Me gart cil Diex en mon droit san

Qui por nous ot paine et ahan,

52　　　Et me gart l'ame!

Or a d'enfant geü ma fame；

Mon cheval a brisié la jame

55　　　A une lice；

Or veut de l'argent ma norrice,

Qui m'en destraint et me pelice

58　　　Por l'enfant pestre,

Ou il revendra brere en l'estre.

Cil Damediex qui le fist nestre

61　　　Li doinst chevance

Et li envoit sa soustenance

Et me doinst encore alejance

64         Q'aidier li puisse,

Que la povretez ne me nuise

Et que miex son vivre li truise

67         Que je ne fais!

Se je m'esmai je n'en puis mais,

C'or n'ai ne dousaine ne fais,

70         En ma meson,

De busche por ceste seson.

Si esbahiz ne fu més hom

73         Com je sui, voir,

C'onques ne fui a mains d'avoir.

Mes ostes veut l'argent avoir.

76         De son osté,

Et j'en ai presque tout osté,

Et si me sont nu li costé

79         Contre l'yver.

Cist mot me sont dur et diver,

Dont moult me sont changié li ver

82         Envers antan;

Por poi n'afol quant g'i entan.

Ne m'estuet pas taner en tan,

85         Quar le resveil

Me tane assez quant je m'esveil;

Si ne sai, se je dorm ou veil

88         Ou se je pens,

Ouel part je penrai mon despens

Par quoi puisse passer le tens:

91   Tel siecle ai gié.

Mi gage sont tuit engagié,

Et de chiés moi desmanagié,

94   Car j'ai geü

Trois mois que nului n'ai veü.

Ma fame ra enfant eü,

97   C'un mois entier

Me ra geü sor le chantier.

Je me gisoie endementier

100   En l'autre lit,

Ou j'avoie pou de delit.

Onques més mains ne m'abelit

103   Gesir que lors,

Quar j'en sui de mon avoir fors

Et s'en sui mehaigniez du cors

106   Jusqu'au fenir.

Li mal ne sevent seul venir;

Tout ce m'estoit a avenir,

109   S'est avenu.

Que sont mi amis devenu

Que j'avoie si pres tenu

112   Et tant amé?

Je cuit qu'il sont trop cler semé;

Il ne furent pas bien femé,

115   Si sont failli.

Itel ami m'ont mal bailli,

C'onques, tant com Diex m'assailli

118　　　En main costé,

N'en vi un seul en mon osté.

Je cuit li vens les a osté,

121　　　L'amor est morte;

Ce sont ami que vens enporte,

Et il ventoit devant ma porte

124　　　Ses enporta,

C'onques nus ne m'en conforta

Ne du sien riens ne m'aporta.

127　　　Ice m'aprent

Qui auques a, privé le prent;

Més cil trop a tart se repent

130　　　Qui trop a mis

De son avoir por fere amis,

Qu'il nes trueve entiers ne demis

130　　　A lui secorre.

Or lerai donc fortune corre

Si entendrai a moi rescorre

133　　　Se jel puis fere.

Vers mes preudommes m'estuet trere

Qui sont cortois et debonere

136　　　Et m'ont norri.

Mi autre ami sont tuit porri;

Je les envoi a mestre Orri

139　　　Et se li lais.

On en doit bien fere son lais

Et tel gent lessier en relais

142        Sanz reclamer,

Qu'il n'a en els rien a amer

Que l'en doie a amor clamer.

145        Or pri Celui

Qui trois parties fist de lui,

Qui refuser ne set nului

148        Qui le reclaime,

Qui l'aeure et seignor le claime,

Et qui cels tempte que il aime,

151        Qu'il m'a tempté,

Que il me doinst bone santé,

Que je face sa volenté

154        Tout sanz desroi.

Monseignor qui est filz de roi

Mon dit et ma complainte envoi,

157        Qu'il m'est mestiers,

Qu'il m'a aidié moult volentiers;

Ce est li bons quens de Poitiers

160        Et de Toulouse;

Il savra bien que cil goulouse

Qui se fetement se doulouse.

*Ibid.*, pp. 70 —80

Traduction moderne

## LA COMPLAINTE DE RUTEBEUF

Nul besoin de vous rappeler

la honte dont je me suis couvert,

car vous connaissez déjà l'histoire,

　　comment

j'épousai récemment ma femme,

qui n'était ni avenante ni belle.

　　De là vint le mal

qui dura plus d'une semaine,

car il débuta avec la pleine lune.

　　Ecoutez donc,

vous qui me demandez des vers,

quels avantages j'ai retirés

　　du mariage.

Je n'ai plus rien à mettre en gage ni à vendre:

il m'a fallu répondre à tant de besoins,

　　faire face à tant de difficultés

que tout ce que j'ai fait est encore à refaire

si bien que je renonce à tout vous raconter:

　　cela m'entraînerait trop loin.

Dieu a fait de moi le frère de Job,

En m'enlevant brutalement

　　tout ce que j'avais.

Avec mon œil droit qui est le meilleur,

je ne vois pas assez pour me guider

　　et me diriger.

Quel amer et pénible chagrin

que pour cet œil il fasse nuit noire

　　à midi!

Loin d'avoir tout ce que je pourrais souhaiter,
je continuerai de souffrir
　　　et de me tourmenter
dans ma misère extrême,
si ne viennent me relever les gens
　　　qui, jusqu'ici,
ont eu la bonté de me secourir.
J'ai le cœur attristé et assombri
　　　d'être à ce point infirme,
car je n'y trouve pas mon bénéfice.
Maintenant je n'ai rien de ce que j'aime:
　　　Voilà mon malheur.
Je ne sais si mes excès en sont la cause;
je jure de devenir sobre et mesuré
　　　(mais c'est après la faute!)
et je jure de ne plus recommencer;
mais à quoi bon ? Tout est consommé.
　　　J'ai mis du temps à changer,
j'ai trop mis de temps à me rendre compte
que j'étais déjà pris au piège
　　　en cette première année.
Que Dieu qui souffrit pour nous peine et passion,
me conserve la raison
　　　et sauve mon âme!
Voici que ma femme a mis au monde un enfant,
et que mon cheval s'est brisé une patte
　　　contre une palissade;

voici que la nourrice réclame ses gages,

m'écorchant peau et pelisse

    pour nourrir l'enfant,

sinon il reviendra brailler dans la maison.

Que le Seigneur Dieu qui le fit naître

    lui donne de quoi manger

et lui envoie sa subsistance,

et qu'il soulage aussi ma peine,

    afin que je puisse subvenir à ses besoins

et que la pauvreté ne m'interdise pas

de lui procurer son pain mieux

    que je ne fais!

Rien que d'y penser, je ne puis m'empêcher de trembler,

car à cette heure je n'ai chez moi

    ni tas ni fagot

de bûches pour cet hiver.

Jamais personne ne fut aussi accablé

    Que je le suis, de vrai,

car jamais je n'eus si peu d'argent.

Mon propriétaire veut que je lui paie

    son loyer;

j'ai presque entièrement vidé ma maison,

et je n'ai rien à me mettre sur le dos

    pour cet hiver.

Mes chansons sont pleines de tristesse et d'amertume,

bien différentes de mes poèmes

    de l'année passée.

Peu s'en faut que je ne délire quand j'y pense.

Inutile de chercher du tan pour me tanner

 car les soucis du réveil

suffisent bien à me tanner.

Mais, que je dorme, que je veille ou que je réfléchisse,

 je ne sais

où trouver des provisions

qui me permettent de passer les moments difficiles:

 voilà la vie que je mène.

Mes gages sont tous engagés,

et ma maison déménagée

 car je suis resté couché

trois mois sans voir personne.

Quant à ma femme qui a eu un enfant,

 pendant tout un mois

elle fut à deux doigts de la mort.

Pendant tout ce temps, j'étais couché

 dans l'autre lit

où je trouvais bien peu d'agrément.

Jamais, à rester au lit, je n'eu moins

 de plaisir qu'alors,

car, de ce fait, je perds de l'argent

et je serai physiquement amoindri

 jusqu'à mon dernier jour.

Comme un malheur n'arrive jamais seul,

tout ce qui pouvait m'arriver

 m'est arrivé.

Que sont devenus mes amis

qui m'étaient si intimes

　　et si chers?

Je crois qu'ils sont bien rares:

faute de les avoir entretenus,

　　je les ai perdus.

Ces amis m'ont maltraité

car jamais, tant que Dieu m'a assailli

　　de tous côtés,

je n'en vis un seul chez moi.

Je crois que le vent les a dispersés,

　　l'amitié est morte:

ce sont amis que vent emporte

et il ventait devant ma porte;

　　aussi furent-ils emportés

si bien que jamais personne ne me consola

ni ne m'apporta un peu de son bien.

　　Voici la leçon que j'en tire:

le peu qu'on a, un ami le prend,

tandis qu'on se repent trop tard

　　d'avoir dissipé

sa fortune pour se faire des amis,

car on ne les trouve pas décidés à vous aider

　　en tout ou en partie.

Maintenant je laisserai la Fortune touner sa roue

et m'appliquerai à me tirer d'affaire

　　si je le puis.

Il me faut aller vers mes loyaux protecteurs

qui sont délicats et généreux

　　et qui m'ont déjà secouru.

Mes autres amis se sont gâtés：

Je les envoie à la poubelle de Maître Orri

　　et les lui abandonne.

On doit renoncer à eux

et les abandonner

　　sans rien demander,

car il n'y a en eux rien que l'on puisse aimer,

rien que l'on doive appeler de l'amitié.

　　Aussi je prie Celui

qui s'est fait trinité

et ne sait dire non

　　à qui L'implore,

L'adore et L'appelle son seigneur,

et qui éprouve les gens qu'Il aime

　　（aussi m'a-t-Il soumis à la tentation）

afin qu'Il m'accorde une bonne santé

et que je fasse Sa volonté

　　sans faillir.

A mon seigneur qui est fils de roi,

j'envoie mon dit et ma complainte

　　car j'ai besoin de lui

qui m'a aidé de si bonne grâce：

c'est le bon comte de Poitiers

　　et de Toulouse；

il devinera bien ce qui peut être utile

à l'homme en proie à de telles douleurs.

*Ibid*., pp. 71−81.

# 吕特伯夫怨歌

无须再向你们旧事重提，

我是羞愧万分，后悔莫及，

你们都知道其中的底细，

　　大家已有所闻：

5　我如何与妻子结缘联婚，

她既不美丽，也有欠温顺。

　　由此生出烦忧，

前前后后时间超出一周，

开始在满月当空的时候。

10　　　就请听我慢讲，

你们各位向我索取诗章，

娶妻成亲，对我有何补偿？

　　对我有何好处？

我已欲当无财，欲卖无物：

15　我不得不应付许多困苦，

　　应付需求许多，

做了许多事，却等于没做，

我不想向你们一一细说，

　　否则离题万里。

20　　上帝要我做约伯①的弟弟，

────────────────

① 约伯是《圣经》人物，上帝考验他，让他受苦受穷。

猛一下把我的浅薄家底，
突然抢夺一空。
我的右眼向来目光炯炯，
但也看不清该何去何从，
出路又在哪边？
时当正午，可是我的右眼
漆黑一片，竟然一无所见，
愁煞人的烦恼！
生活里的冀求无法得到，
我将仍然经受折磨煎熬，
穷得无以复加，
我仍然会又担惊，又受怕；
除非恩人都来扶我一把，
他们慈悲心肠，
见我有难，便会慷慨解囊。
我自己病成这一副模样，
心头一片黯然，
这可不是我的正确盘算。
我心中的向往难而又难：
我是不幸之极。
不知根源可是我的恶习，
我发誓今后要有所节制，
一定弃旧从善！
我发誓错误决不再重犯；
但又有何用，一切已完蛋。
我是悔不当初，
我费时费日，才慢慢清楚，

25

30

35

40

45

原来在这头一年的工夫，
我是中了圈套。

50　　上帝为了我们受尽煎熬，
愿主保住我的清醒头脑，
拯救我的灵魂！
眼看妻子产后劳累伤身，
我的马又撞上篱笆树墩，

55　　　断了马腿一条；
眼看奶娘为了工钱吵闹，
她要走我的皮衣和皮袄，
才肯喂养儿郎，
否则孩子回家会哭会嚷。

60　　既然是主让他降生成长，
愿主不要饿他，
让他有吃有喝，发育长大，
愿主还能让我无牵无挂，
对他尽职抚养，

65　　愿我穷虽穷，可还有力量
为孩子去赚取又甜又香、
更爱吃的面包！
这一想，我不由心如刀绞，
因为，此时此刻，一家老少

70　　　既无火，也无柴，
而寒冷的冬天已经到来。
世界上没有人比我现在，
真的，更加狼狈，
余钱从来少得如此可悲。

75　房东又来向我一催再催，
　　　　来讨他的房租；
　　我的家中几乎空无一物，
　　今年冬天，我已没有衣服
　　　　可以穿上御寒。
80　我的歌里只有凄凄惨惨，
　　比之我去年写成的诗篇，
　　　　两者大有悬殊。
　　这一想，我几乎支撑不住。
　　何需去找黄连让我知苦，
85　　　醒来心事成堆，
　　完全可以使我满嘴苦味。
　　不论是思索，是醒或是睡，
　　　　我是一无所知：
　　何处去找吃的填饱肚皮，
90　让我度过这艰难的时世，
　　　　生活急转直下。
　　能抵押的东西都已抵押，
　　我住的地方也已经搬家，
　　　　抱病卧床悲哀，
95　接连三月未见有人前来。
　　我的妻子产下一个男孩，
　　　　整整一个月内，
　　生死未卜，几乎成了怨鬼。
　　这期间，我夜晚独自入睡
100　　在另一个铺上，
　　当然，这样心情不会舒畅。

可以说，这一回独宿空床，

其实无聊透顶；

钱化掉不少，以为我有病，

105　　　我今生今世再不会康宁，

从此大伤元气。

何况从来祸不单行，所以，

我所能遇到的不幸——

让我全部饱尝。

110　　　我的那班朋友又在何方？

他们从前和我情深谊长，

和我亲密无间。

我看到朋友们走了大半：

我没有给他们招待酒饭，

115　　　　结果纷纷离弃。

这班朋友对我虚情假意，

只要是老天爷与我为敌，

对我处处为难，

就不会有人踩我的门槛。

120　　　我看朋友都已风流云散，

友爱已经死亡：

在我的家门前雨骤风狂，

狂风把我朋友吹个精光；

这样都给刮走。

125　　　结果无人前来向我问候，

无人给我伸出援助的手。

我要铭记在心：

你钱再少，也被朋友用尽；

我们结交朋友，耗费金银，
130 　　　如今悔之不及；
现在独自一人，孤苦无依，
无人真心助你一臂之力，
　　　连假心也没有。

现在，我对财富已经看透，
135 我只希望全力以赴，但求
　　　早早摆脱困境。

我该去找恩公老爷求情，
他们体贴入微，有求必应，
　　　对我一再伸手。

140 另有一班朋友已经烂透，
我把他们统统倒入阴沟，
　　　不如扔了拉倒。

这种朋友我们不能结交，
我们可以一个子儿不要，
145 　　　悉数拱手相让。

他们并没有可爱的地方，
毫无友情可言，只有欺诳。
　　　因此，我求上帝，
上帝已经变成三位一体，
150 凡人全心全意，忠贞不移，
　　　向他祈求庇护，
他可从来不会说一声不，
上帝考验他钟爱的信徒，
　　　他也让我受惑，
155 愿主赐我以健康的体魄，

我可按照主的意愿去做，
　　决不有所松懈。
我把我的怨歌，我的诗帖，
献给我身为太子的老爷，
　　我要他的荫庇，
他给我帮助时真心诚意：
他是普瓦捷、图卢兹①两地
　　仁慈的好伯爵；
谁备受辛酸，谁艰苦卓绝，
他就会是伤心人的喜悦。

《哀诗集》

【题解】　本诗约作于一二六一至一二六二年间。"狂风把我朋友吹个精光"历来是写人情薄如纸的名句。诗人度日如年，生计无着，历数生活的种种窘迫，写出中世纪文人令人鼻酸的社会风情画。吕特伯夫不仅哀叹失去一般酒肉朋友，更痴心寄希望于贵族朋友中的靠山。

---

①　法国的两个地名。

# 奥尔良的查理　　1394—1465

## [ 诗人简介 ]

　　奥尔良的查理(Charles d'Orléans，1394—1465)是法兰西王族的后裔。他一生的命运坎坷，只以诗名传世。

　　奥尔良的查理生于巴黎，父亲是公爵奥尔良的查理，从小随父亲学习音乐，母亲米兰的瓦朗蒂娜教授他意大利诗歌。十四岁时和表妹伊萨贝尔成亲。不久，厄运接踵而至。第二年，父亲被政敌暗杀，接着又先后丧妻失母。一四一〇年，命运似乎出现转机，他第二次结婚。但是，一四一五年，他在英法战争中受伤，

被英军俘虏带回英国,成为伦敦塔里的阶下囚。在饱尝了二十
五年的铁窗之苦后,才以重金于一四四〇年赎身回国。

　　回国初期,他仍希望在政治上有所作为,但最后不得不以一
事无成而告终。晚年,他退隐在自己的布卢瓦城堡,不问窗外的
纷繁世事,结交一般诗人墨客,以无奈的达观态度终老一生。他
亲自组织诗会,广交诗友,接待过逃避巴黎司法当局追捕的浑小
子诗人维永。诗人晚年第三次结婚,老来得子,即未来的法国国
王路易十二。

　　这位中世纪的最后一个骑士诗人,从长期的流放生活中带
回一大包诗稿,承袭《玫瑰传奇》的艺术手法,为我们写下了一首
首缠绵哀怨的诗篇。他的大部分伴舞曲和歌曲是他在英国漫长
寂寞的生活中创作的,只有回旋曲才是回国后的作品。

　　他一生命运多舛,诗歌是他逃避的手段,倾诉的对象,心声
的回响。他是法国第一位名副其实的流亡诗人。奥尔良的查理
的作品细腻而不做作,清醒而不颓丧,使骑士文学的抽象隐喻具
有人间的血肉,真诚感人。中世纪文学专家巴黎斯(Gaston
Paris)认为:"从无诗人对乐而不淫、哀而不伤的温情可以表达
得比他更加细致入微。"

## EN REGARDANT VERS LE PAYS DE FRANCE

En regardant vers le païs de France,
Un jour m'avint, a Dovre① sur la mer,
Qu'il me souvint de la doulce plaisance
Que souloye② oudit pays trouver;

---

①　Douvres.
②　J'avais coutume.

Si commençay de cueur a souspirer,
Combien certes que[1] grant bien me faisoit
De voir France que mon cueur amer doit.


Je m'avisay que c'estoit non savance[2]
De telz souspirs dedens mon cuer garder,
Veu que je voy que la voye commence
De bonne paix, qui tous biens peut donner；
Pour ce, tournay en confort[3] mon penser.
Mais non pourtant mon cueur ne se lassoit
De voir France que mon cueur amer doit.


Alors chargay en la nef d'Esperance
Tous mes souhaitz, en leur priant d'aler
Oultre la mer, sans faire demourance[4],
Et a France de me recommander.
Or nous doint[5] Dieu bonne paix sans tarder!
Adonc auray loisir, mais qu'ainsi soit,
De voir France que mon cueur amer doit.


Paix est tresor qu'on ne peut trop loer.
Je hé[6] guerre, point ne la doy prisier；

---

① Quoique.
② Faute de sagesse.
③ En réconfort.
④ Sans prendre de retard.
⑤ Donne (subj.).
⑥ Hais.

Destourbé① m'a long temps，soit tort ou droit，
De voir France que mon cueur amer doit！

Charles d'Orléans，*Poésies* I，
Editées par Pierre Champion，
Librairie Honoré Champion，éditeur，
1971，pp. 122－123.

Notes d'après *Poésie lyrique au Moyen Age*，tome II，
Nouveaux Classiques Larousse，1975.

## "我极目遥向法兰西望去……"

我极目遥向法兰西望去
我正在多佛尔②海上驻足，
遥想起当年家乡的情趣，
我怀念不尽家乡的故土。
5  我心中感叹，我心潮起伏，
虽然这会有多么的惬意：
看到我心深爱的法兰西。

猛想起，这不是明智之举：
仍在心中感叹，不胜凄楚，
10  我已经看到和平的大局
初露端倪，可为人人造福；
我又信心百倍，余勇可贾；

---

① Empêché.
② 英国一城市，与法国隔海相望。

我心看而不厌，不能自己：
看到我心深爱的法兰西。

15 于是，我把我祝福的思绪，
请"希望"之舟满载着祝福
漂洋过海，切莫迟疑犹豫，
我还请法兰西为我做主。
祈求上帝快让我们和睦：
20 希望如愿以偿，我就可以
看到我心深爱的法兰西。

和平是至善至美的财富：
我恨战争，这决不是出路，
总是不让我，并遥遥无期，
25 看到我心深爱的法兰西。

【题解】 这是奥尔良的查理最受人称颂的佳作之一。一四三三年，诗人正在英吉利海峡英国一侧的多佛尔，忽闻法国国王查理七世在与英国人举行和谈。他身陷囹圄，遥望天边的祖国法兰西，企盼和平早日来临，故土之恋油然而生，挥笔写就这首怀念祖国和家园的名诗。事实上，他又坐等了七年之久，才踏上令他魂牵梦萦的祖国大地。

## ENCORE EST VIVE LA SOURIS

Nouvelles ont couru en France
Par maints lieux, que j'estoye mort;

Dont[1] avaient peu deplaisance

Aucuns[2] qui me hayent[3] a tort;

Autres en ont eu desconfort[4],

Qui m'aiment de loyal vouloir,

Comme mes bons et vrais amis.

Si fais[5] a toutes gens savoir

Qu'encore est vive la souris!


Je n'ay eu ne mal ne grevance[6],

Dieu mercy, mais suis sain et fort,

Et passe temps en esperance

Que paix, qui trop longuement dort,

S'esveillera, et par accord

A tous fera liesse avoir.

Pou rce, de Dieu soient maudis

Ceulx qui sont dolens de veoir

Qu'encore est vive la souris!


Jeunesse sur moy a puissance,

Mais Vieillesse fait son effort

De m'avoir en sa gouvernance;

---

① A la suite de quoi.
② Quelques-uns.
③ Haïssent.
④ Tristesse.
⑤ Aussi fais-je.
⑥ Maladie.

A present faillira son sort[1].

Je suis assez loing de son port,

De pleurer veuil garder mon hoir[2];

Loué soit Dieu de Paradis,

Qui m'a donné force et pouvoir,

Qu'encore est vive la souris!


Nul ne porte[3] pour moi le noir,

On vent meillieur marchié drap gris;

Or tiengne chascun, pour tout voir[4],

Qu'encore est vive la souris!

*Ibid.*, pp. 132—133.

## 这老鼠仍然活在世上

有消息正在法国流传，

各地都说我已经作古。

有人对我恨得很荒诞，

我对此事便满不在乎；

有人为了我痛彻肺腑，

他们可都是忠良之辈，

就和知心的朋友一样。

现在，我可以告知各位：

5

---

① Pour le moment elle échouera.

② Héritier.

③ Que nul ne porte.

④ Très vrai.

这老鼠仍然活在世上。

10　我既无病痛，身体健康，
　　我也很平安，感谢我主，
　　我还整日价寄予希望：
　　"和平"沉睡得迷迷糊糊，
　　快快惊醒，借协议文书，
15　让人人高兴，感到欣慰；
　　请上帝诅咒小人一帮，
　　他们很痛苦，只是因为：
　　这老鼠仍然活在世上。

　　"青春"仍对我威力不凡，
20　"衰老"却企图把我制服，
　　我离老境还毕竟很远；
　　"衰老"虽然努力下工夫，
　　但肯定失败，肯定会输。
　　我愿继位人切勿流泪；
25　伟哉上帝！而美哉天堂！
　　问我为什么精力充沛：
　　这老鼠仍然活在世上。

　　黑布比灰布卖得更贵，
　　都不要为我戴孝服丧；
30　今天，人人可辨明真伪：
　　这老鼠仍然活在世上。

【题解】　奥尔良的查理在英国忽闻法国传言他已不在人世。虽然身为囚徒,他仍然为自己健康地活着而感到庆幸。"歌行"写得轻松而幽默,应是漫长的牢狱生活中难得的开心一刻。

## BALLADE SUR LA PAIX

Priés pour paix, doulce Vierge Marie,

Royne des cieulx, et du monde maistresse,

Faictes prier, par vostre courtoisie,

Saints et saintes, et prenés vostre adresse[①]

Vers vostre filz, requerant sa haultesse

Qu'il lui plaise son peuple regarder,

Que de son sang a voulu racheter,

En deboutant[②] guerre qui tout desvoye[③];

De prieres ne vous veuilliez lasser:

Priez pour paix, le vray tresor de joye!


Priez, prelats et gens de sainte vie,

Religieux ne dormez en peresse,

Priez, maistres et tous suivants clergie[④],

Car par guerre fault que l'estude cesse;

Moustiers[⑤] destruits sont sans qu'on les redresse,

---

①　Chemin.
②　Chassant.
③　Bouleverse.
④　Science.
⑤　Monastères.

Le service de Dieu vous fault laisser.

Quant ne povez en repos demourer,

Priez si fort que briefment Dieu vous oye[1];

L'Eglise voult a ce vous ordonner:

Priez pour paix, le vray tresor de joye!


　　Priez, princes qui avez seigneurie,

Roys, ducs, contes, barons plains de noblesse.

Gentilz hommes avec chevalerie,

Car meschans gens surmontent gentillesse;

En leurs mains ont toute vostre richesse,

Debatz[2] les font en hault estat monter,

Vous le povez chascun jour veoir au cler[3],

Et sont riches de vos biens et monnoye

Dont vous deussiez le peuple suporter[4]:

Priez pour paix, le vray tresor de joye!


　　Priez, peuple qui souffrez tirannie,

Car voz seigneurs sont en telle foiblesse

Qu'ilz ne peuent vous garder, par maistrie[5],

Né vous aidier en vostre grant destresse;

Loyaulx marchans, la selle si vous blesse

---

① Entende.
② Les querelles.
③ Clairement.
④ Soutenir.
⑤ Force.

Fort sur le dox; chascun vous vient presser
Et ne povez marchandise mener,
Car vous n'avez seur passage ne voye,
Et maint peril vous convient il passer:
Priez pour paix, le vray tresor de joye!

Priez, galans joyeux en compaignie,
Qui despendre① desirez a largesse,
Guerre vous tient la bourse desgarnie;
Priez, amants, qui voulez en liesse
Servir amours, car guerre, par rudesse,
Vous destourbe de voz dames hanter,
Qui maintesfoiz fait leurs vouloirs tourner;
Et quand tenez le bout de la courroye,
Un estrangier si le vous vient oster:
Priez pour paix, le vray tresor de joye!

Dieu tout puissant nous vueille conforter
Toutes choses en terre, ciel et mer;
Priez vers lui que brief② en tout pourvoye,
En lui seul est③ de tous maulx amender;
Priez pour paix, le vray tresor de joye!

*Ibid.*, pp. 123—125.

---

① Dépenser.
② Vite.
③ Il dépend de lui seul.

## 祈求和平歌

为和平祈祷,慈悲为怀的圣母,
天国的皇后,在人间可敬可畏,
劳你的大驾,去关照大小圣徒,
跟着你祈祷,请做出行的准备。
5　去找你儿子,恳求他这位万岁,
请他能垂恩,看看百姓的悲愁,
他曾以鲜血为他的子民赎救,
请求他制止战争的混乱残暴;
圣母,请祈祷,请祈祷,不停不休,
10　为和平祈祷,和平是欢愉之宝!

请祈祷,各位德高望重的神甫,
而男女信徒,切不要呼呼大睡,
请祈祷,各位师父和各位高足,
因为有战争,学习会有头无尾;
15　隐修院被毁,从此后只好荒废,
连你们自己整日为安全担忧,
当然顾不上对于上帝的伺候;
请大声祈祷,让上帝立即听到,
你们这么做,教堂会赞不绝口;
20　为和平祈祷,和平是欢愉之宝!

请祈祷,各位拥有领地的君主,
你们是皇家,是王爷,出身高贵,
你们都是有人、又有马的贵族,

恶人一得势,结果是善人倒霉;
25　　　争论使恶人爬上显要的地位,
你们的财富落入他们的双手,
这一切,难道你们还看得不够?
你们的钱财被塞进他们腰包,
使你们无钱关心百姓的需求;
30　　　为和平祈祷,和平是欢愉之宝!

请祈祷,平民百姓,你们受大苦,
因为你们老爷自身岌岌可危,
他们已无力对你们尽职保护,
也不能帮助你们去摆脱淫威;
35　　　诚实的商人,你们骑坐在马背,
你们被人人压榨,会酸痛难受,
你们带着货物不能来去自由,
找不到平安无事的通衢大道,
处处有险情,行路时瞻前顾后;
40　　　为和平祈祷,和平是欢愉之宝!

请祈祷,公子哥儿,你们有情妇,
你们就喜欢大手大脚地花费,
战争使你们钱包里空无一物,
情郎请祈祷,你们要嬉笑开眉;
45　　　为爱情奔波,可战争胡作非为,
不让你们去看望钟情的闺秀,
战争常常使她们会喜新厌旧,
纽带的一端还没有被你们握牢,

陌生人过来从你们手中抢走；
50　　为和平祈祷，和平是欢愉之宝！

万能的上帝，请你为我们保佑，
人间和万物，天下和整个宇宙，
大家求上帝快满足一切需要，
只有他才能重整破碎的金瓯；
55　　为和平祈祷，和平是欢愉之宝！

【题解】　奥尔良的查理在英法战争中被俘，英法议和是他唯一的福音。诗人呼吁社会上自帝王贵族、下至平头百姓，人人都来祈求和平，这是他最真实的感情。世间万事万物，但只有"和平是欢愉之宝！"

## JE MEURS DE SOIF, EN COUSTE LA FONTAINE
### (LE CONCOURS DE BLOIS)

Je meurs de soif, en couste① la fontaine；
Tremblant de froid ou feu des amoureux；
Aveugle suis, et si② les autres maine；
Povre de sens, entre saichans③, l'un d'eulx；
Trop negligent, en vain souvent songneux；
C'est de mon fait une chose faiee④,

---

① Auprès de.
② Pourtant.
③ Savants.
④ Extraordinaire.

En bien et mal par Fortune menee.

Je gaingne temps, et pers mainte sepmaine;
Je joue et ris, quand me sens douloureux;
Desplaisance j'ay d'esperance plaine;
J'atens bon eur en regret engoisseux;
Rien ne me plaist, et je suis desireux;
Je m'esjoïs, et cource① a ma pensee,
En bien et mal par Fortune menee.

Je parle trop, et me tais à grant paine;
Je m'esbays et si suis courageux;
Tristesse tient mon confort en demaine②,
Faillir ne puis, au mains a l'un des deulx;
Bonne chiere je faiz quant je me deulx③;
Maladie m'est en santé donnee
En bien et mal par Fortune menee.

Prince, je dy que mon fait malheureux
Et mon prouffit aussi avantageux
Sur ung hasart j'asserray quelque annee,
En bien et mal par Fortune menee.

*Ibid.*, pp. 156—157.

---

① M'irrite.
② Esclavage.
③ M'attriste.

## 我渴得要死,虽然身边有池沼

我渴得要死,虽然身边有池沼;
我有燃烧的爱情,却冷得发抖;
我是个瞎子,却在把别人引导;
我不明事理,却又是才高八斗;
5　　我虽然粗枝大叶,总考虑不周;
我的生活的确是不同于一般,
且不论好歹,这命运就是必然。

我珍惜光阴,却浪费时日不少;
我痛苦不堪,却玩得笑昏了头;
10　　我满怀希望,又实在不胜烦恼;
我期待幸福,能不为此而犯愁;
我一无所爱,却又不停地祈求;
我高高兴兴,思想里意乱心烦,
且不论好歹,这命运就是必然。

15　　我说话太多,闭上嘴真是难熬;
我呆若木鸡,行动上有智有谋;
忧愁对我的舒舒服服很粗暴,
结果到头来两边都没有到手;
垂头丧气时,大吃佳肴与珍馐;
20　　身体健康的时候,有病魔来缠,
且不论好歹,这命运就是必然。

老爷,我说,我的不幸何时可休,

而我到手的实惠也已经足够，

一切都付诸偶然，又年复一年，

25　　且不论好歹，这命运就是必然。

【题解】　奥尔良的查理在其布卢瓦的小朝廷内，不时组织诗会，定出首句，自己以身作则，并邀请各诗人按韵填诗。据考，诗会并非一次性的颁奖竞赛。"我渴得要死，虽然身旁有池沼"由查理出题，他自己在一四五一年成诗。奥尔良的查理借首句"我渴得要死，虽然身边有池沼"引出一系列矛盾和对立的命题，其实反映了诗人命运多舛的际遇和他复杂的性格。

## LE TEMPS A LAISSIE SON MANTEAU

Le temps a laissié son manteau

De vent, de froidure et de pluye,

Et s'est vestu de brouderie,

De soleil luyant, cler et beau.

Il n'y a beste, ne oyseau,

Qu'en son jargon ne chante ou crie:

Le temps [a laissié son manteau!]

Rivière, fontaine et ruisseau

Portent, en livree jolie

Gouttes d'argent d'orfaverie;

Chascun s'abille de nouveau:

Le temps [a laissié son manteau.]

Charles d'Orléans，*Poésies* II，

Editées par Pierre Champion，

Librairie Honoré Champion，éditeur，

1966，pp. 307—308.

## "天公脱下他的大氅……"

天公脱下他的大氅，

这风雨交加的寒衣，

穿上一件风和日丽、

并铺锦织绣的罗裳。

5　　　没有小虫不在欢唱，

没有小鸟不在笑啼：

"天公脱下他的大氅，

这风雨交加的寒衣。"

溪水和江河的波浪，

10　　　都打扮得漂亮无比，

金涟银漪，点点滴滴，

万物都把新衣穿上：

天公脱下他的大氅。

【题解】　这首回旋曲也许是奥尔良的查理最脍炙人口的小诗。这首诗还是法国诗歌史上初期的名篇之一，是法国人民喜闻乐见的诗歌遗产。中世纪的诗人大多为大地回春的景象感到欢欣鼓舞，奥尔良的查理笔下的春天清新活泼，自有一番摆脱压抑、心情舒畅的感受。

## ALEZ VOUS EN, SOUCI

Alez vous ant, allez, alés,
Soussy, soing et Merencolie,
Me cuidez[①] vous, toute ma vie,
Gouverner, comme fait avés?

Je vous prometz que non ferés[②]:
Raison aura sur vous maistrie[③].
Alez [vous ant, allez, alés,
Soussy, Soing et Merencolie!]

Se jamais plus vous retournés
Avecques vostre compaignie,
Je pri a Dieu qu'il vous maudie,
Et ce par qui vous revendrés[④]:
Alez [vous ant, allez, alés,
Soussy, Soint et Merencolie!]

*Ibid.*, pp. 320—321

Notes d'après *Littérature*, *Textes et Documents*,
Moyen Age, XVIe siècle, Nathan, 1988.

---

① Croyez.
② Vous ne le ferez pas.
③ Maîtrise.
④ Reviendrez.

## "去吧,去吧,都给我滚……"

　　去吧,去吧,都给我滚,
　　"烦忧"、"苦恼"还有"愁闷",
　　你们想来老的一套,
　　要我终身百依百顺?

5　　我说,这是荒谬绝伦,
　　"理智"会把你们压倒。
　　去吧,去吧,都给我滚,
　　"烦忧"、"苦恼"还有"愁闷"!

　　如果你们置若罔闻,
10　　联袂而归,成群来到,
　　我会去向上帝祈祷,
　　求主狠狠诅咒你们:
　　去吧,去吧,都给我滚,
　　"烦忧"、"苦恼"还有"愁闷"!

【题解】 奥尔良的查理的回旋曲作于回国以后,大多写风
雅的骑士爱情。这首小诗承袭中世纪骑士文学的传统,富于
寓意。

Le rondeau que feist
ledit Villon quant
il fut iugie

Ie suis francois dont ce me poise
Ne de paris empres pontoise
Qui dune corde dune toise
Saura mon col que mon cul poise

# 弗朗索瓦·维永　1431—1463 后

## [诗人简介]

　　弗朗索瓦·维永（François Villon，1431—1463 后）是中世纪最后一位、也是最重要的诗人。一四三一年年底生于巴黎，自称"出身贫寒"。早年丧父，由小教堂的一位神甫带养长大，"维永”是其养父的姓氏。长大后在索邦大学神学院学习,一四五二年获"文科学士"称号,受过广泛而杂乱的教育。离校后结交酒肉朋友,行为不轨,不仅偷盗,而且寻衅斗殴伤人,屡次入狱,经常潜逃。一四五六年,因偷盗被迫离开巴黎,临行前以戏谑讽刺的语气写下《小遗言集》(*Le Lais*)从此东游西荡,浪迹江湖。一四六一年冬,他躲在巴黎郊外,撰写主要作品《大遗言集》(*Le Testament*)。一四六二年末,从狱中释放不久,又一次因过被捕,判处绞刑。他在狱中写下著名的《绞刑犯之歌》。巴黎最高法院接受了他的上诉,在最后一刻撤消原判,改为十年放逐。这一次,这个浑小子诗人借故离开巴黎,从此遁迹江湖,莫知所终。一四八九年,《维永作品集》首次出版问世,包括两篇主要作品:三百二十行的《小遗言集》,二千零二十三行的《大遗言集》,以及由十五首诗组成的《杂诗集》和七首用黑话写成的"歌行"。

维永对中世纪有继承的一面,更有创新的一面:继承诗的形式,创新诗的内容。维永摆脱骑士爱情多愁善感的风格,摈弃传奇文学优雅细腻的语言,直抒胸臆,以个人的坎坷,以现实的鄙陋,作为取用不尽的题材。浑小子行为不端,诗人却不时捧出一颗赤子之心;维永在暴露外部世界的同时,也敞开自己的内心世界。

诗人瓦雷里认为维永"比魏尔兰更是现代派诗人",当代诗人埃马纽埃尔(P. Emmanuel)认为维永诗中"有我国中世纪的灵魂"。

# LE TESTAMENT

## XXI

Se Dieu m'eust donné rencontrer

Ung autre piteux Alixandre

Qui m'eust fait en bon eur entrer,

Et lors qui m'eust veu condescendre

A mal, estre ars et mis en cendre

Jugié me feusse de ma voix.

Necessité fait gens mesprendre①

Et faim saillir le loup du bois.

## XXII

Je plains② le temps de ma jeunesse,

(Ouquel③ j'ay plus qu'autre gallé④

Jusques a l'entree de viellesse),

Qui son partement m'a celé⑤.

Il ne s'en est a pié allé

N'a cheval: helas! Comment don⑥?

Soudainement s'en est vollé

Et ne m'a laissié quelque⑦ don.

## XXIII

Allé s'en est, et je demeure,

Povre de sens et de savoir,

---

① Commettre une faute.

② Je regrette.

③ Pendant lequel.

④ Mené une vie de débauche.

⑤ Qui m'a caché son départ.

⑥ Donc.

⑦ Aucun.

Triste, failly, plus noir que meure①,

Qui n'ay ne cens, rente, n'avoir;

Des miens le mendre, je dis voir,

De me desavouer s'avance,

Oubliant naturel devoir

Par faulte d'ung peu de chevance.


### XXIV

Si ne crains avoir despendu

Par friander ne par leschier②;

Par trop amer n'ay rien vendu

Qu'amis me puissent reprouchier,

Au moins qui leur couste moult chier.

Je le dy et ne croy mesdire;

De ce je me puis revenchier③:

Qui n'a mesfait ne le doit dire.


### XXVI

Hé! Dieu, se j'eusse estudié

Ou temps de ma jeunesse folle

Et a bonnes meurs dedié,

J'eusse maison et couche molle.

────────────

① Triste, déchu, plus noir que mûre.

② Pourtant je ne crains pas qu'on m'accuse d'avoir dépensé - En étant friand et me pourléchant.

③ Sur ces accusations, je puis prendre revanche: celui qui n'a pas fauté, n'a pas à s'accuser.

Mais quoi? Je fuyoie l'escolle,

Comme fait le mauvais enfant.

En escripvant ceste parolle,

A peu que le cuer ne me fent.

*Le Testament*

Villon，*Poésies complètes*，<br>Le Livre de Poche，1972，pp. 59—63.

Notes d'après Villon *Poésies complètes*<br>Le Livre de Poche，1972.

## 《大遗言集》(选译)

### 二十一

如果上帝赐我机会,遇见

这个富有同情心的皇帝,

让我交上好运,先苦后甜,

如还有人见我不改旧习,

重犯恶行,那我一定自己

引火烧身,甘愿化为灰烬。

人犯错误实在是不得已,

是饥饿才把狼赶出树林。

### 二十二

我悔恨失去的青春时光,

我当年尽情享受和陶醉,

青春悄然而去,不声不响,

突然已是老境光临门扉。

5　青春离去，不是迈开双腿，
也不骑马，唉！那如何走法？
青春翅膀一拍，远走高飞，
没有一点馈赠给我留下。

## 二十三

青春离去，我却此身犹在，
我没有本领，我没有精神，
我黑如野莓，我消沉悲哀，
我家无财产，我身无分文；
5　说实话，远近的好友亲朋，
纷纷推我出门，对我翻脸，
他们忘记有起码的责任，
只说没有接济我的银钱。

## 二十四

然而，我不怕指责我挥霍，
去大饱口福，为好酒贪杯；
卖尽当光，是受女色迷惑，
如果朋友们竟大加责备，
5　这样会使他们大倒其霉。
此说不假，我可扪心自问；
我对此有句话聊以自慰：
未曾失足，不知千古之恨。

## 二十六

我清楚，如果不糟蹋青春，

不荒唐，如果我学习心专，

如果我能规规矩矩做人，

我会有家温暖，有床柔软。

5　可是事实上，我逃学贪玩，

像是个顽童的所作所为。

现在，我的这些话才写完，

我就难过得差一点心碎。

《大遗言集》

【题解】　维永一四五六年的《遗赠集》(*Le Lais*)，又称《小遗言集》，以调侃的口吻将自己有名无实的"财物"分赠亲友。一四六一年的《遗言集》(*Le Testament*)又称《大遗言集》，除将上述主题深化扩大外，收有其他内容，有的可以独立成篇。维永极尽冷嘲热讽、玩世不恭之能事，在暴露外部现实的同时，敞开自己的内心世界。集中的诗篇涉及中世纪文学多方面的主题，但透过时而戏谑、时而自嘲的外表，我们发现诗人怀有一颗痛苦而又脆弱的灵魂。选译的五节写诗人追悔失去的青春，真挚感人。

## BALLADE

### *Marot，Ballade des dames du temps jadis*

Dictes moy ou, n'en quel pays,

Est Flora la belle Rommaine,

Archipiades, ne Thaïs,

Qui fut sa cousine germaine,

Echo parlant quand bruyt ou maine

Dessus riviere ou sus estan①,

Qui beaulté ot trop plus qu'humaine.

Mais ou sont les neiges d'antan②?


Ou est la tres sage Helloïs,

Pour qui chastré fut et puis moyne

Pierre Esbaillart a Saint Denis?

Pour son amour ot ceste essoyne③.

Semblablement, ou est la royne

Qui commanda que Buridan

Fust geté en ung sac en Saine?

Mais ou sont les neiges d'antan?


La royne Blanche comme lis

Qui chantoit a voix de seraine,

Berte au grant pié, Bietris, Alis,

Haremburgis qui tint le Maine,

Et Jehanne la bonne Lorraine

Qu'Englois brulerent a Rouan;

Ou sont ilz, ou, vierge souvraine?

Mais ou sont les neiges d'antan?


Prince, n'enquerez de sepmaine④

---

① Etang.

② Les neiges de l'an passé.

③ Peine.

④ Ne cherchez pas une semaine.

Ou elles sont, ne de cest an,

Qu'a ce reffrain ne vous remaine:

Mais ou sont les neiges d'antan?

*Ibid.*, pp. 73—75.


## 历代淑女歌

芙罗拉①是罗马城的佳丽，
请告诉我,她在何处羁留？
阿基比达②如今又在哪里，
还有泰伊丝③,前者的女友？
5　还有厄科④,话音掠过河流，
她的声音会在水上回荡，
人间无此绝色,天上才有？
去岁下的雪,今又在何方？

才女爱洛伊丝何处归依？
10　阿贝拉⑤为爱她被阉以后，
当了修士,终生颠沛流离，
最后去圣德尼,吃尽苦头。

①　罗马名妓。
②　古希腊美少年,中世纪因其美貌而被视为女性。
③　可能是古希腊亚历山大城的名妓,也可能指埃及美丽的圣女。
④　希腊神话中的仙女,"回音"的化身,相传为爱美少年那喀索斯,绝望中在水中照镜时落水而死。
⑤　爱洛伊丝爱恋哲学教师阿贝拉,阿贝拉为此被阉。两人分居。仍书信传情,死后终于合葬。

再说，何处又是这位王后①，
她一声令下，就把布里当
15　　捆在袋中往塞纳河里丢。
去岁下的雪，今又在何方？

白王后可和百合花相比，
她更有美人鱼般的歌喉，
大脚的贝特②，艾丽斯③，尤其
阿杭布吉④握有曼恩在手，
还有贞德⑤，这洛林的闺秀
被英军活活烧死在卢昂？
她们在哪里？圣母，请开口！
去岁下的雪，今又在何方？

25　　君王啊，请不必问个不休，
究竟何处可求这些女郎，
纵然再问，我的回答依旧：
去岁下的雪，今又在何方？

《大遗言集》

【题解】　人生易老，在中世纪是无情的现实，也是文学作品

---

①　维永时代的大学生中间流传这位王后或白王后的故事。她总把情夫从窗口扔进塞纳河。哲学教师布里当甘冒风险当情夫，因在河上提前准备了一船干草未死，后来揭露王后的残忍。

②　查理大帝的母亲。

③　中世纪武功歌里的女主人公。

④　曼恩伯爵夫人。

⑤　贞德是维永的同时代人，1431 年被英军在卢昂用火刑处死。

中的老生常谈。维永在《大遗言集》中接连写出三首歌行，感慨
死亡之威胁，哀叹生命之短促。这第一首的叠句"去岁下的雪，
今又在何方"已成法语中的千古名句。第二首《历代贵人歌》的
叠句："勇武的查理大帝又何在？"第三首叠句："都已被风刮得无
踪无影！"这首歌反映了维永多方面的才能和气质。诗题为诗人
马罗应国王弗朗索瓦一世之邀，于一五三三年编印《维永作品
集》时所加，原歌无题。

## LA VIEILLE EN REGRETANT LE
## TEMPS DE SA JEUNESSE

*Marot*： *Les regrets de la belle Heaulmière*

Advis m'est que j'oy regreter
La belle qui fut hëaulmiere,
Soy jeune fille soushaitter
Et parler en telle maniere：
« Ha! Vieillesse felonne et fiere[①],
Pourquoi m'as si tost abattue?
Qui me tient, qui, que ne me fiere
Et qu'a ce coup je ne me tue?

« Tollu m'as la haulte franchise
Que beaulté m'avoit ordonné
Sur clers, marchans et gens d'Eglise：
Car lors il n'estoit homme né[②]

---

① Traitresse et cruelle.
② Il n'y avait pas d'homme qui fût au monde.

Qui tout le sien ne m'eust donné[1],

Quoy qu'il en fust des repentailles,

Mais que luy eusse habandonné

Ce que reffusent truandailles[2].


« A maint homme l'ay reffusé

Qui n'estoit a moy grant sagesse[3],

Pour l'amour d'ung garson rusé,

Auquel j'en feiz grande largesse.

A qui que je feisse finesse,

Par m'ame, je l'amoye bien!

Or ne me faisoit que rudesse,

Et ne m'amoit que pour le mien.


« Si ne me sceut tant détrayner[4],

Fouler aux piez, que ne l'aymasse,

Et m'eust il fait les rains trayner[5],

S'il m'eust dit que je le baisasse,

Que tous mes maulx je n'oubliasse.

Le glouton, de mal entechié,

M'embrassoit… J'en suis bien plus grasse!

Que m'en reste il? Honte et pechié.

---

[1]   Qui ne m'eût donné tout son bien.

[2]   Ce dont les mendiants eux-mêmes ne veulent plus.

[3]   Ce qui n'était pas grande sagesse de ma part.

[4]   Pourtant il ne me sut traîner per terre.

[5]   Même s'il m'eût traînée sur les reins.

« Or est il mort, passé trente ans[1],

Et je remains vielle, chenue[2].

Quant je pense, lasse! Au bon temps

Quelle fus, quelle devenue!

Quant me regarde toute nue,

Et je me voy si tres changiee,

Povre, seiche, megre, menue,

Je suis presque toute enragiee.


« Qu'est devehu ce front poly,

Cheveulx blons, ces sourcils voultiz[3]

Grant entroeil[4], ce regart joly,

Dont prenoie les plus soubtilz;

Ce beau nez droit grant ne petiz,

Ces petites joinctes oreilles,

Menton fourchu, cler vis traictiz[5],

Et ces belles levres vermeilles?


« Ces gentes espaulles menues,

Ces bras longs et ces mains traictisses,

Petiz tetins, hanches charnues,

Eslevees, propres, faictisses

---

① Il y a maintenant trente ans qu'il est mort.

② Décrépite.

③ Bien arqués.

④ L'écartement des yeux.

⑤ Clair visage délicat.

A tenir amoureuses lisses;
Ces larges rains, ce sadinet
Assis sur grosses fermes cuisses,
Dedens son petit jardinet?

« Le front ridé, les cheveux gris,
Les sourcilz cheus, les yeulx estains,
Qui faisoient regard et ris
Dont mains marchans furent attains;
Nez courbes de beauté loingtains,
Oreilles pendantes, moussues,
Le vis pally, mort et destains,
Menton froncé, levres peaussues:

« C'est d'umaine beaulté l'issue!
Les bras cours et les mains contraites[①],
Les espaulles toutes bossues;
Mamelles, quoy? Toutes retraites;
Telles les hanches que les tetes;
Du sadinet, fy! Quant des cuisses
Cuisses ne sont plus, mais cuissetes
Grivelees comme saulcisses.

« Ainsi le bon temps regretons
Entre nous, povres vielles sotes

---

① Rétrécies.

Assises bas, a crouppetons,

Tout en ung tas comme pelotes.

A petit feu de chenevotes

Tost allumees, tost estaintes;

Et jadis fusmes si mignotes!...

Ainsi en prent a mains et maintes[①]. »

*Ibid.*, pp. 83—89.

## 头盔美人恨绵绵

　　诸位,我以为已经听到

　　头盔铺的美人在哀叹,

　　听到她祝愿青春不老,

　　听到她正在这般倾谈:

5　　"哎,老境无情,令人心寒,

　　为何已在我身上降临?

　　我有何牵挂,苟延残喘,

　　不愿意干脆轻生自尽?


　　各界人士曾对我从命,

10　　当年论美貌,惟我独尊,

　　如今被晚景收拾干净。

　　那年头,世上决无男人,

　　不论事后有多么悔恨,

　　不肯赠我金银和美玉,

① Il en arrive ainsi à maints et maintes.

15 　　　　只为我对他百依百顺，
　　　　　现在，乞儿也不感兴趣。


　　　　　许多男人被拒之门外，
　　　　　这样做对我并不聪明，
　　　　　只为投入负心人胸怀，
20 　　　　我对他事事有求必应。
　　　　　对别的男人假意虚情，
　　　　　凭良心说，我爱他太深！
　　　　　薄幸郎对我心肠太硬，
　　　　　看中我钱才和我温存。


25 　　　　即使他把我踩在地下，
　　　　　拖来拖去，又手打脚踢，
　　　　　我还爱他，他拳足交加，
　　　　　只要他又来抱我亲昵，
　　　　　我的痛苦会统统忘记。
30 　　　　这无赖泼皮凶恶成性，
　　　　　又来搂我……我沾沾自喜！
　　　　　现在，只剩羞愧和不幸。


　　　　　如今，他死去三十余载，
　　　　　我活在世上，又秃又老。
35 　　　　一想起，唉！那风流年代，
　　　　　我赤身裸体，对镜自照，
　　　　　今朝模样，而当年容貌，
　　　　　看到自己已判若两人！

已又穷又干，又瘦又小，
40　我简直气得头脑发昏。

都在哪里，光洁的额头？
满头金发？弯弯的眉毛？
分得开的眼睛？那明眸
使机灵鬼也逃脱不掉；
45　美丽的鼻子，不大不小；
贴着脸颊的小小耳朵？
那嘴唇鲜红？脸蛋俊俏？
都在哪里，那下巴？酒窝？

还有漂亮纤小的双肩？
50　那修长玉臂？细嫩白手？
那乳头娇小？臀部滚圆，
高而又高，生来为承受
翻云覆雨的万种温柔？
厚厚的腰身？女人私处，
55　萋萋的芳草长满四周，
有结实的大腿在下部？

头发染霜，额头是皱纹，
两眼无神，而眉毛下垂，
曾目光炯炯，笑靥迎人，
60　曾使几多倒霉蛋倒霉；
鼻子已歪斜，不胜伤悲，
长毛的耳朵垂得低低，

神情呆滞，又脸色发灰，
嘴唇已干瘪，下巴尖起。

65　　人间美色都如此命运！
修臂缩短，白手已不美，
肩头剩骨头，瘦骨嶙峋；
乳房如何？已完全憔悴。
丰腴臀部像奶头一对；
70　　私处呢，不提！大腿一双，
哪里是大腿，成了小腿，
斑斑点点，如两根香肠。

我们叹青春一去不返。
我们这群愚蠢的老太，
75　　跪坐地上，天色已昏暗，
围成一团，缩得低又矮。
一堆小火，麻秆当木柴，
忽而有火，又忽而无光；
想当年，都是娇娘可爱！……
80　　几多男女是如此下场！"

《大遗言集》

【题解】　这首"歌行"选自《大遗言集》的第四十七节至第五十六节。"头盔美人"指头盔铺子的女店员。据说，"头盔美人"实有其人，约一三七五年出生，是位于圣母隐修院的一家名叫"狐狸尾巴"的头盔店的女伙计，一三九四年被逐出此店。这首怨歌被认为写成于一四五六年，则这位"头盔美人"已是八旬老

妇。维永时代,巴黎的风流娘儿以女店员为多,时人都以她们的
店号命名之,如肉铺美人,草药美人。头盔美人年轻时以美貌和
风流闻名。当年的风流美人青春不再,老境已至,今昔对比,其
残酷刻骨铭心,又警示世人。对负心人的回忆多现实成分,对好
身材的回忆多现实描写。美人的回忆处处勾起对青春时光的美
好怀念,流露出骄傲的神情。

## BALLADE FINALE

Icy se clost le testament

Et finist du pauvre Villon.

Venez a son enterrement,

Quand vous orrez le carrillon[①].

Vestu rouge com vermillon,

Car en amours mourut martir:

Ce jura il sur son couillon,

Quant de ce monde voult partir.


Et je croy bien que pas n'en ment;

Car chassié fut comme ung souillon

De ses amours hayneusement,

Tant que, d'icy a Roussillon,

Brosse n'y a ne brossillon

Qui n'eust, ce dit il sans mentir,

Ung lambeau de son cotillon,

---

① Quand vous entendrez la sonnette du crieur.

Quant de ce monde voult partir.

Il est ainsi et tellement
Quant mourut n'avoit qu'ung haillon;
Qui plus, en mourant, mallement
L'espoignoit d'Amours l'esguillon①;
Plus agu que le ranguillon②
D'ung baudrier luy faisoit sentir
(C'est de quoy nous esmerveillon),
Quant de ce monde voult partir.

Prince, gent③ comme esmerillon,
Sachiez qu'il fist au departir：
Ung traict but de vin morillon,
Quant de ce monde voult partir.

Ibid., pp. 215—217.

# 最后的歌

这可怜维永的遗嘱，
写到此地已告完毕。
请穿上通红的衣服，
一旦听到钟乐响起，
立刻参加他的葬礼，

5

---

① L'aiguillon d'Amour le piquait douloureusement.
② Ardillon.
③ Beau.

他的死是为了殉情：
他可捧着睾丸发誓，
然后告别世界远行。

我相信，这都是实录；
10　　情娘对他心怀敌意，
他像小厮被人驱逐，
从鲁西荣①村到此地，
沿途没有一丛荆棘，
不见他的布片飘零，
15　　他说的话不吹牛皮，
然后告别世界远行。

他死时披了块破布，
的的确确就是如此；
当他即将一命呜呼，
20　　爱神的箭刺进心里；
这一支箭其痛无比，
我们真是大吃一惊，
比之扣针更尖更细，
然后告别世界远行。

25　　大师，你真神采奕奕，
而他最后做的事情：
痛饮一口红酒咽气，

---

　　①　鲁西荣是法国旧地区名，在今法国西南部；据考，维永生前并未到过鲁西荣地区。

然后告别世界远行。

《大遗言集》

【题解】 《最后的歌》选自《大遗言集》,是《大遗言集》的终篇。维永伪托教堂差役的身份,告示公众参加维永死后的葬礼。因为是创作,又是伪托,心情十分轻松,语言更其调侃,甚至粗鄙。维永既调侃自己,也调侃别人。我们可以对比维永另一首伪托的歌行:《绞刑犯之歌》。面临真实的死亡,心情是绝不相同的。

## BALLADE
### *Ballade des menus propos*.

Je congnois bien mouches en let.

Je congnois a la robe l'homme,

Je congnois le beau temps du let,

Je congnois au pommier la pomme,

Je congnois l'arbre a veoir la gomme,

Je congnois quant tout est de mesme,

Je congnois qui besongne ou chomme,

Je congnois tout, fors que moy mesmes.

Je congnois pourpoint au colet,

Je congnois le moyne a la gonne①,

Je congnois le maistre au varlet②.

---

① Le froc.

② Valet.

Je congnois au voile la nonne,

Je congnois quant pipeur① jargonne,

Je congnois fols nourris de cresmes,

Je congnois le vin a la tonne,

Je congnois tout, fors que moy mesmes.

Je congnois cheval et mulet,

Je congnois leur charge et leur somme,

Je congnois Bietris et Belet,

Je congnois get qui nombre et somme②,

Je congnois vision et somme,

Je congnois la faulte des Boesmes,

Je congnois le povoir de Romme,

Je congnois tout, fors que moy mesmes.

Prince, je congnois tout en somme,

Je congnois coulourez et blesmes,

Je congnois Mort qui tout consomme,

Je congnois tou, fors que moy mesmes.

*Ibid.*, p. 231.

# 废话连篇歌

我知道：牛奶里掉进苍蝇，

---

① Trompeur.

② Je connais les jetons qui additionnent et totalisent.

什么人穿什么衣服外套，
老天在下雨，还是已放晴，
什么树的苹果是大是小，
5　什么树的树脂又香又好，
同样的东西就没有差异，
谁在干活，谁把饭碗丢掉，
我都知道，但不认识自己。

我知道：疯子就爱吃奶油，
10　什么仆人会有什么东家，
用什么酒桶盛什么好酒，
什么修女会披什么面纱，
一讲黑话，就是弄虚作假，
什么教士会穿什么僧衣
15　颈圈就决定上衣的市价，
我都知道，但不认识自己。

我知道：骡子不会在马厩，
马有马鞍，骡有骡的搭腰，
小家碧玉有异大家闺秀，
20　筹码面值不同，越堆越高，
显的灵称奇，做的梦美妙，
我知道：罗马城天下第一，
波希米亚流行异端邪教，
我都知道，但不认识自己。

25　大师，总而言之，我都知道，

容光焕发不是垂头丧气，

我知道，死神到，一切都了，

我都知道，但不认识自己。

《杂诗集》

【题解】这首"歌行"是一系列的"我知道"，只是连篇废话，反衬并凸显出结句的"我都知道，但不认识自己"，这正是维永性格中真实而又深刻的内涵。

# BALLADE

## *Ballade du concours de Blois.*

Je meurs de seuf aurpès de la fontaine,

Chault comme feu, et tremble dent a dent;

En mon païs suis en terre lointaine;

Lez ung brasier frissonne tout ardent;

Nu comme ung ver, vestu en president,

Je ris en pleurs et attens sans espoir;

Confort reprens en triste desespoir;

Je m'esjouïs et n'ay plaisir aucun;

Puissant je suis sans force et sans povoir,

Bien recueully, debouté de chascun.

Rien ne m'est seur que la chose incertaine;

Obsur, fors ce qui est tout evident;

Doubte ne fais, fors en chose certaine;

Science tiens a soudain accident,

Je gaigne tout et demeure perdent;
Au point du jour dis: "Dieu vous doint bon soir!"
Gisant envers[①], j'ay grant paour de cheoir;
J'ay bien de quoy et si n'en ay pas ung[②];
Eschoitte attens et d'omme ne suis hoir[③],
Bien recueully, debouté de chascun.

De rien n'ay soing, si mectz toute ma peine,
D'acquerir biens et n'y suis pretendent;
Qui mieulx me dit, c'est cil qui plus m'attaine[④],
Et qui plus vray, lors plus me va bourdent;
Mon amy est, qui me fait entendent
D'ung cigne blanc que c'est ung corbeau noir;
Et qui me nuyst, croy qu'il m'ayde a povoir;
Bourde, verté, au jour d'uy m'est tout un;
Je retiens tout, rien ne sçay concepvoir,
Bien recueully, debouté de chascun.

Prince clement, or vous plaise sçavoir
Que j'entens moult et n'ay sens ne sçavoir;
Parcial suis, a toutes loys commun.
Que fais je plus? Quoy? Les gaiges revoir,
Bien recueully, debouté de chacun.

---

① Couché sur le dos.
② Pourtant je n'ai pas un sou.
③ Celui qui parle le mieux est celui qui m'irrite le plus.
④ Celui qui me dit le plus la vérité est celui qui me trompe le plus.

*Ibid.* , pp. 239—241.

## 布卢瓦诗会之歌

我渴得要死，虽然身旁有池沼，

我热得发烫，又冷得牙齿打架；

我住在自己国内遥远的一角；

我靠着炭火，浑身打颤火辣辣；

5　　我穿得像帝王，脱下一丝不挂，

我含泪而笑，绝望地等个没完；

我失望已极，才会越来越勇敢；

我欢欣喜悦，却感到兴趣全无；

我体魄强健，却既无力，又无权，

10　　我处处受欢迎，又被人人厌恶。

靠不住的东西对我才最可靠；

明明白白的事物才让人瞎摸；

我看肯定的东西才问题不少；

意外的事件才使我见识增加，

15　　我全部到手，却永远是个输家；

天一亮，我就说："上帝赐你晚安！"

我生怕跌下来，明明仰卧朝天；

我身上不名一文，仍有吃有住；

我无人可以继承，却盼望遗产，

20　　我处处受欢迎，又被人人厌恶。

我无所用心，又全力以赴寻找，

我想获取不想要的财富身价；

谁对我和蔼可亲，其实更好刁，

他使我迷路，却对我句句真话；

25　此人要我相信，本来黑的乌鸦

就是白的天鹅，这样才算伙伴；

我以为害我者还是与人为善；

谎言和真理对我是同一事物；

我都记住，但头脑里一片黑暗，

30　我处处受欢迎，又被人人厌恶。

宽厚的君王①，我恳请你能明断，

我什么都懂，可又是真伪莫辨：

我与众不同，又毫不比人特殊。

我还知道什么？收回抵押的钱②，

我处处受欢迎，又被人人厌恶。

《杂诗集》

【题解】　维永于一四五七年左右潜逃在外，途径布卢瓦。他当然希望受到奥尔良的查理的接待，得到保护，作成此诗，收录在查理御笔抄录的手稿内。这首诗看似文字游戏，但评家多认为其中藏有真言，有维永辛酸的人生体会。而"我含泪而笑"，更是维永个人的绝妙写照。请参阅奥尔良的查理的同名诗作。

---

① 实指奥尔良的查理。

② 可见维永作诗，对奥尔良的查理不无经济要求。

## LE DEBAT DU CUER ET DU CORPS DE VILLON

Qu'est ce que j'oy? —Ce suis je! —Qui? —Ton cuer,
Qui ne tient mais qu'a ung petit filet：
Force n'ay plus, substance ne liqueur,
Quant je te voy retraict ainsi seulet,
Com povre chien tapy en reculet. —
Pour quoy est ce? —Pour ta folle plaisance. —
Que t'en chault il? —J'en ay la desplaisance. —
Laisse m'en paix! —Pour quoy? —J'y penserai. —
Quant sera ce? —Quant seray hors d'enfance. —
Plus ne t'en dis. —Et je m'en passeray. —


Que penses tu? —Estre homme de valeur. —
Tu as trente ans：c'est l'aage d'un mullet；
Est-ce enfance? —Nennil. —C'est donc folleur
Qui te saisist? —Par ou? Par le collet? —
Rien ne congnois. —Si fais. —Quoy? —Mouche en let；
L'ung est blanc, l'autre est noir, c'est la distance. —
Est ce donc tout? —Que veulx tu que je tance?
Se n'est assez, je recommenceray. —
Tu es perdu! —J'y mettray resistance. —
Plus ne t'en dis. —Et je m'en passeray. —


J'en ay le dueil；toy, le mal et douleur.
Se feusses ung povre ydiot et folet,
Encore eusses de t'excuser couleur：

Si n'as tu soing, tout t'est ung, bel ou let.

Ou la teste as plus dure qu'ung jalet①,

Ou mieulx te plaist qu'onneur ceste meschance!

Que respondras a ceste consequence②? —

J'en seray hors quant je trespasseray. —

Dieu, quel confort! —Quelle sage eloquence! —

Plus ne t'en dis. —Et je m'en passeray. —


Dont vient ce mal? —Il vient de mon maleur.

Quant Saturne me feist mon fardelet,

Ces maulx y meist, je le croy. —C'est foleur:

Son seigneur es, et te tiens son varlet.

Voy que Salmon escript en son rolet:

« Homme sage, ce dit il, a puissance

Sur planetes et sur leur influence. »—

Je n'en croy rien; tel qu'ilz m'ont fait seray. —

Que dit tu? —Dea! certes③, c'est ma creance. —

Plus ne t'en dis. —Et je m'en passeray.


Veulx tu vivre? —Dieu m'en doint la puissance! —

Il te fault… —Quoy? —Remors de conscience,

Lire sans fin. —En quoy? —Lire en science,

Laisser les folz! —Bien j'y adviseray. —

Or le retien! —J'en ay bien souvenance. —

---

① Galet.

② Raisonnement déductif.

③ Oui, certes! c'est ma croyance.

N'atens pas tant que tourne a desplaisance
Plus ne t'en dis. —Et je m'en passeray.

*Ibid.*, pp. 261—263.

## 维永身心之争歌
## （又名维永和良心的对话）

是什么声音？——是我！——是谁？——你的心。
你的心已到岌岌可危的地步：
看到你像丧家之犬，叫人怜悯，
蜷缩在角落里，又寂寞，又孤独，
5　我就浑身无力，我就劲头不足。——
这是为什么？——因为你游手好闲。——
与你何干？——是我倒霉，是我受难。——
你别烦我！——干吗？——我以后再思考。——
等到什么时候？——等我度完童年。——
10　我就不再罗嗦。——这样对我才好。——


你想什么时候？——等我立身做人。——
你三十了：骡子已可老马识途；
还是孩子？——不是。——你是头脑发昏，
鬼迷心窍？——怎么迷法？把心迷住？——
15　你一窍不通。——不，苍蝇掉进牛乳；
黑是黑，白是白，区别一目了然。——
就这些？——你干吗要我说个没完？
你要是不够，我还有例子奉告。——
你完蛋了！——我不会认输就完蛋。——

20　　我就不再罗嗦。——这样对我才好。——


　　　我真担忧,你有错误,又有酸辛。
　　　如果你是可怜的傻瓜,是废物,
　　　那你又怎么会表示事出有因,
　　　可你美丑不分,凡事可有可无。
25　　也许,你的脑袋更比石头顽固,
　　　也许,堕落更比荣耀讨你喜欢!
　　　你如何回答这样的分析推断?——
　　　眼睛一闭,我就可以一了百了。——
　　　天哪,还自欺欺人!——你能言善辩!——
30　　我就不再罗嗦。——这样对我才好。——


　　　为何如此坎坷?——是我太不走运。
　　　是土星安排好我命中的祸福,
　　　我想,是土星的祸根。——奇谈怪论!
　　　你是命的主人,却自认是奴仆。
35　　看看所罗门①写下的智慧大书:
　　　"智者可以让天上的星宿就范,
　　　可以使星星的作用或明或暗。"——
　　　我不信;我的形象由星宿塑造。——
　　　你尽胡说!——真的,这是我的信念。——
40　　我就不再罗嗦。——这样对我才好。——


　　　你想活吗?——但愿老天保我平安!——

--------

　　①　古代以色列国王,以聪明著称。

那你应该……——应该什么？——悔恨羞惭，

不断学习。——学什么？——学问和磨练，

不再和小人交往！——我一定做到。——

47 要记住这些道理！——我牢记心间。——

别等事情不可收拾，悔之已晚，

我就不再罗嗦。——这样对我才好。

《杂诗集》

【题解】　作家把自己内心世界里的两种思想，或矛盾，或对立，借两个人物，两个隐喻，以争辩的形式写成诗，这在中世纪是习见的手法，并非是维永的独创。据研究，本诗作于一四六一年，维永当时被关押在墨恩地方的狱中。这是一个人面对自我的沉思。对话没有绝对的结论，只是理智占了上风而已。诗题并非维永所加，近代评论家认为习用的诗题欠妥，建议改作《维永和良心的对话》。

# [ QUARTRAIN ]

Je suis Françoys, dont il me poise,

Né de Paris emprès Pontoise,

Et de la corde d'une toise

Sçaura mon col que mon cul poise.

*Ibid*., p. 269.

# 四言诗

我是"法国人"①，真叫我伤心，
我在郊外的巴黎城出生②；
我借六尺长的一条麻绳，
让脖子知道肚子重几斤。

《杂诗集》

【题解】　这是一首自嘲诗。先调侃自己的名字：徒然是"法
国人"，却常和国家法院打交道。从内容上看，"四言诗"和下一
首《绞刑犯之歌》应作于同一时间，同一地点，都是被判绞刑后即
将行刑前的作品。

## L'EPITAPHE VILLON
### *Ballade des pendus*.

Freres humains qui après nous vivez,

N'ayez les cuers contre nous endurcis,

Car，se pitié de nous povres avez，

Dieu en aura plus tost de vous mercis.

Vous nous voiez cy attachez cinq，six：

Quant de la chair，que trop avons nourrie，

Elle est pieça devorée et pourrie，

Et nous，les os，devenons cendre et pouldre.

---

①　维永的名字叫"弗朗索瓦"，词源意义为"法国人"。15 世纪时，"弗朗索瓦"
和"法国人"的读音和拼写完全相同。
②　文字游戏，有意把巴黎贬为郊区小城。

De nostre mal personne ne s'en rie;
Mais priez Dieu que tous nous vueille absouldre!

Se freres vous clamons, pas n'en devez
Avoir desdaing, quoy que fusmes occis
Par justice①. Toutesfois, vous sçavez
Que tous hommes n'ont pas bon sens rassis;
Excusez nous, puis que sommes transsis,
Envers le fils de la Vierge Marie,
Que sa grace ne soit pour nous tarie,
Nous preservant de l'infernale fouldre.
Nous sommes mors, ame ne nous harie②;
Mais priez Dieu que tous nous vueille absouldre!

La pluye nous a debuez et lavez③,
Et le soleil dessechiez et noircis;
Pies, corbeaulx, nous ont les yeux cavez④,
Et arrachié la barbe et les sourcis.
Jamais nul temps nous ne sommes assis;
Puis ça, puis la, comme le vent varie,
A son plaisir sans cesser nous charie,
Plus becquetez d'oiseaulx que dez a couldre.
Ne soiez donc de nostre confrairie;

---

① Par décision de justice.
② Que personne ne nous tourmente.
③ La pluie nous a lessivés et lavés.
④ Nous ont creusé les yeux.

Mais priez Dieu que tous nous vueille absouldre!

Prince Jhesus, qui sur tous a maistrie,
Garde qu'Enfer n'ait de nous seigneurie:
A luy n'ayons que faire ne que souldre.
Hommes, icy n'a point de mocquerie;
Mais priez Dieu que tous nous vueille absouldre!

*Ibid.*, pp. 269—271.

# 维永墓志铭
## (又名《绞刑犯之歌》)

人间的兄弟，世上的百姓，
请不要对我们严加责备，
如果可怜我们这些幽灵，
上帝会对你们大发慈悲。
5    请看，五六个人绑成一堆；
我们皮肉虽说养得很好，
早已经腐烂，早已被吃掉，
成了白骨，成了泥土灰尘。
不要对我们的罪孽取笑；
10    请求上帝宽恕我们每人！

如称你们兄弟，你们不应
鄙视我们，虽然我们因为
有罪被处死，你们能看清，
人人并非通情达理之辈。

15　　　　敬请原谅，我们已成死鬼，
　　　　　　向圣母马利亚之子求告：
　　　　　　让我们免遭地狱的焚烧，
　　　　　　祈求他对我们永施圣恩。
　　　　　　别让我们死者再受煎熬；
20　　　　请求上帝宽恕我们每人！

　　　　　　雨水已把我们冲洗干净，
　　　　　　阳光又把我们晒干晒黑，
　　　　　　乌鸦又啄空我们的眼睛，
　　　　　　再一一啄掉胡须和双眉，
25　　　　我们不得安宁，不得安睡。
　　　　　　有风刮起，我们东飘西飘，
　　　　　　会不停地被风随便掷抛，
　　　　　　针箍般的窟窿啄满全身，
　　　　　　千万不要做我们的同道，
30　　　　请求上帝宽恕我们每人！

　　　　　　耶稣，你的威力无人不晓，
　　　　　　别让地狱捆住我们手脚，
　　　　　　我们不欠地狱，不欠分文，
　　　　　　人啊！此地并无热讽冷嘲。
35　　　　请求上帝宽恕我们每人！

　　　　　　　　　　　　　　　　《杂诗集》

　　**【题解】**　这是维永的传世名作。一四六二年十一月底，维
永又一次卷入一场严重的斗殴，被判处绞刑。本诗和《四言诗》

当是他在巴黎夏特莱监狱中所作。维永上诉。一四六三年一月五日,最高法院撤销原判,改为驱逐出巴黎境外十年。维永又写下两首绝笔。《法院颂》:感谢法官。《问门房》:庆幸上诉成功。于是这位而立之年的诗人请假三天,辞别亲人,从此不知下落,再没有在人世留下任何痕迹。诗人在诗中先以绞死鬼的身份,对从绞刑架下路过的活人讲话,恳求为他和其他死鬼祈祷。第三节对绞死鬼的描写,既有客观的真实细节,更有主观的恐怖想象。原诗无题,马罗题为《维永墓志铭》,与内容不符,今统称《绞刑犯之歌》。

# 克莱芒·马罗　1496—1544

## [ 诗人简介 ]

　　克莱芒·马罗(Clément Marot,1496—1544)是中世纪诗歌传统和文艺复兴之间承上启下的诗人。十五世纪末,十六世纪初,法国的朝廷盛行所谓"辞章派"(les Grands Rhétoriqueurs)的诗歌流派,文辞雕琢,铺陈华丽。马罗的父亲让·马罗是辞章派的重要代表。马罗从小受到熏陶,少年时即有诗名。马罗成年后,以诗歌作为进身的手段,深受年轻国王弗朗索瓦一世的赏识,成为王室的侍从,并得到王姐玛格丽特·达朗松的个人保护。

　　马罗成为宫廷诗人,经常随王公贵族外出,奉命写应景诗之类。但是,他大量反映个人厄运和逆境的诗作更为同时代人所喜爱。马罗的生活风流倜傥,多在诗歌和爱情之间周旋,不仅唱自己的爱情,更多的是写别人的爱情。一五二六年,他被一个妒忌的情人出卖,因"四旬斋食肉"而被捕入狱。马罗尝到铁窗风味,愤而创作《地狱》,并于一五四二年出版。一五三二年出版《马罗青春集》(*Adolescence Clémentine*),诗名大振。两年后,又有《青春续集》问世。诗人晚年因同情新教思想,一再被指控犯有"异端",个人处境时好时坏。最后被迫流亡国外,又在日内瓦被逐,颠沛流离,最后客死意大利的都灵。

马罗的诗歌语言自然活泼,风格调侃幽默,整整三百年间,诗名久盛不衰。他对诗歌史的一大贡献,在于继承并发扬了许多形式固定的诗体,如回旋曲、讽刺短诗等。他是写诗简的圣手,还是法国最早引进意大利十四行诗的诗人之一。马罗博闻强识,能读希腊、拉丁和意大利文,编辑出版过中世纪骑士文学的名著《玫瑰传奇》,及诗人维永的作品集。他根据《圣经》改写的近五十首"圣诗",结集出版,可以配曲颂唱,当时极为轰动。

## PETITE EPISTRE AU ROY

En m'esbatant je faiz Rondeaux en rime,

Et en rimant bien souvent je m'enrime:

Brief, c'est pitié d'entre nous Rimailleurs,

4    Car vous trouvez assez de rime ailleurs,

Et quand vous plaist, mieulx que moy rimassez,

Des biens avez, et de la rime assez.

Mais moy, à tout ma rime et ma rimaille

8    Je ne soustiens (dont je suis marry) maille.

Or ce me dit (ung jour), quelque Rimart,

Viença Marot, trouves tu en rime art

Qui serve aux gens, toy qui as rimassé:

12  Ouy vrayement (respondz-je) Henry Macé.

Car voiys tu bien, la personne rimante

Qui au Jardin de son sens la rime ente,

Si elle n'a des biens en rimoyant,

16  Elle prendra plaisir en rime oyant:

Et m'est advis, que si je ne rimoys,

Mon pauvre corps ne seroit nourry moys,

Ne demy jour. Car la moindre rimette

20  C'est le plaisir, ou fautlt que mon rys mette.

    Si vous supply, qu'à ce jeune Rimeur

Faciez avoir ung jour par sa rime heur.

Affin qu'on die, en prose, ou en rimant,

24  Ce Rimaileur, qui s'alloit enrimant,

Tant rimassa, rima, et rimonna,

Qu'il a congneu, quel bien par rime on a.

Clément Marot

*Œuvres poétiques*, Tome I,

Edition G. Defaux, Classiques Garnier,

Bordas, 1990, p. 87.

## 呈国王短诗

我欢欢喜喜,挥笔写短诗长诗,

我觅韵之时,伤风流涕是常事:

对我们诗人,这多么失望伤心,

因为您别求诗韵,且多有创新,

5     如果您高兴,您的诗比我高明。
      您财产不少,作诗非欺世盗名。
      我除了诗行,家中就只有诗韵,
      我囊中空空,当然怨不遇时运。

      不久前,有个作诗匠向我询问,
10     "请过来,马罗,你会作诗写韵文,
      你真是认为诗艺能于人有益?"
      "这当然不错,"我说,我们有友谊,
      "只要是诗人,你会明白这原理,
      能把诗栽入自己智慧的园里,
15     不过,这诗人作诗若毫无进帐,
      那他提到诗,难免会有些紧张:
      而我却认为,我不写素诗雅曲,
      我这臭皮囊几天也活不下去,
      半天也不成:只要得一句新韵,
20     我笑出声来,感到无上的幸运。"

      因此,恳求您对这个诗坛新手,
      请让他因为写诗把福分领受。
      世人可以说,用散文或用诗篇,
      "这一位诗人磨练诗八遍十遍,
25     所押都成韵,而所写也都是诗,
      如今因写诗而得意竟成事实。"

                《诗简集》

【题解】 马罗少年时即才气横溢,这是一首早年有代表性

的重要诗简,作于一五一八年。收诗人是法国国王弗朗索瓦一
世,当时以扶掖文学艺术闻名于世。诗人迎合国王对诗的喜爱,
请求赏赐,坦陈困境,却不失风度,写得幽默、风趣,很有乞求而
不令人讨厌的艺术。本诗又是马罗早年深受"辞章派"影响的作
品,全诗悉用"迷韵",即每行诗句末的最后两个音节押韵,这是
技巧高明的文字游戏。译诗勉为其难,希望读者能对原诗的用
韵特点有所了解。

## MAROT PRISONNIER ESCRIPT AU ROY
## POUR SA DELIVRANCE

Roy des Françoys, plein de toutes bontez,

Quinze jours a (je les ay bien comptez)

Et des demain seront justement seize,

4　Que je fuz faict Confrere au Diocese

De Sainct Marry en l'Eglise Sainct Pris:

Si vous diraiy, comment je fuz surpris,

Et me desplaist, qu'il fault que je le dye.

8　　　Trois grands Pendars vindrent à l'estourdie

En ce Palais, me dire en desarroy,

Nous vous faisons Prisonnier par le Roy.

Incontinent, qui fut bien estonné.

12　Ce fut Marot, plus que s'il eust tonné.

Puis m'ont monstré ung Parchemin escrit,

Où n'y avoit seul mot de Jesuschrist:

Il ne parloit tout que de playderie,

16　De Conseilliers, & d'emprisonnerie.

Vous souvient il (ce me dirent ilz lors)

Que vous estiez l'aultre jour là dehors,

Qu'on recourut ung certain Prisonnier

20 Entre nos mains? Et moy de le nyer:

Car soyez seur, si j'eusse dict ouy,

Que le plus sourd d'entre euxt m'eust bien ouy:

Et d'aultre part j'eusse publicquement

24 Esté menteur. Car pourquoy, & comment

Eussé je peu ung aultre recourir,

Quand je n'ay sceu moymesmes secourir?

Pour faire court, je ne sceu tant prescher,

28 Que ces Paillards me voulsissent lascher.

Sur mes deux bras ilz ont la main posée,

Et m'ont mené ainsi qu'ung Espousée,

Non pas ainsi, mais plus roide ung petit:

32 Et toutesfois j'ay plus grand appetit

De pardonner à leur folle fureur

Qu'à celle là de mon beau Procureur.

Que male Mort les deux jambes luy casse:

36 Il a bien prins de moy une Becasse,

Une Perdrix, et ung Levrault aussi:

Et toutefoys je suis encore icy.

Encor je croy, si j'en envoioys plus,

40 Qu'il le prendroit: car ilz ont tant de glus

Dedans leurs mains ces faiseurs de pipée

Que toute chose, où touchent, est grippée.

Mais, pour venir au poinct de ma sortie:

44   Tant doul cement j'ay chanté ma partie,

Que nous avons bien accordé ensemble：

Si que n'ay plus affaire, ce me semble,

Sinon à vous. La partie est bien forte：

48   Mais le droit poinct, où je me reconforte,

Vous n'entendez Procès, non plus que moy：

Ne plaidons point, ce n'est que tout esmoy.

Je vous en croy, si je vous ai mesfaict.

52   Encor posé le cas que l'eusse faict,

Au pis aller n'escherroit que une Amende.

Prenez le cas que je la vous demande,

Je prens le cas que vous me la donnez：

56   Et si Plaideurs furent onc estonnez,

Mieulx que ceulx cy, je veulx qu'on me delivre,

Et que soubdain en ma place on les livre.

Si vous supply (Sire) mander par Lettre

60   Qu'en liberté vos gens me veuillent mettre：

Et si j'en sors, j'espere qu'à grand peine

M'y reverront, si on ne m'y rameine.

Treshumblement requerant vostre grâce

64   De pardoner à ma trop grand audace

D'avoir empris ce sot Escript vous faire：

Et m'excusez, si pour le mien affaire

Je ne suis point vers vous allé parler：

68   Je n'ay pas eu le loysir d'y aller.

*Ibid.*, pp. 316—317.

### 为请解救出狱呈国王诗简

法兰西国王，忘不了您的恩典，
我屈指算来，至今已一十五天，
等明朝一过，可就是整整十六，
我居然成了圣霉吏教区教友①，
5　　我蹲的教堂四周围全是铁窗。
我如要对您谈谈眼下的情状，
要我说出口，心里会很不愉快。

三个高大的役吏昏昏然走来，
吵吵嚷嚷地到宫中对我说道：
10　　"今以国王的名义，带你去坐牢。"
倒是谁当场对此真大吃一惊，
倒是我马罗，胜似有惊雷轰鸣。
他们又拿出羊皮纸写的文书，
上面找不到一句耶稣的语录：
15　　一份文书上，通篇所谈的尽是
监禁，辩护词，拘留和法院推事。

"你是否记得，"他们对着我叫嚷：
"就是那一天，你正好也在街上，
有人救走了我们逮住的犯人，
20　　帮助他脱身？"我当然予以否认：
假如我说是，我可以对您打赌，

---

①　马罗所在的夏特莱监狱附近有"圣梅里教堂"，马罗戏言自己被囚。

即使是聋子，他们也听得清楚，
再说，我岂不光天化日下撒谎。
可是既然我无力给自己帮忙，
25  我又为什么，我又是如何能够，
神通广大地却去把别人搭救？
长话且短说，这三个混蛋公差，
我说服不了他们肯把我放开。
他们那副拽住我胳膊的模样，
30  他们拉住我，仿佛拉一位新娘，
并非这一般，手脚稍稍重一点：
他们是放肆，他们也无法无天，
比之我那位高明律师的劲头，
我还是不能原谅此人的胃口：
35  真但愿死神能打断他的双腿：
他从我这儿取走了不少野味，
先来只山鸡，又来一只小野兔，
可是，我如今还是在此地受苦。
而且我认为，我礼品送得再多，
40  他也会照单全收；这一般家伙
是捕猎高手，两手沾满了粘胶，
能摸到什么，手里就粘得牢牢。


不过，为了能安排好我的出狱，
你和我共同协调的这部乐曲，
45  我已轻轻地唱完我唱的部分，
看起来，我的事情已无需劳神，
而您就不同，剩下的戏还很重：

不过我放心，我的希望在萌动：
您那儿有的官司何止我一桩，
50　你我别争了；区区的小事何妨。
我信得过您，如我让您有难处。
有个该提的问题我还要提出，
充其量而言，也只是一笔罚款。
你呢，假设我要您把罚款结算，
55　我呢，假设我要您把罚款付清，
如说法官们会感到十分吃惊，
我比他们更希望先把我释放，
立即让他们来蹲我蹲的班房。

如我恳求您，陛下，请下达诏书，
60　叫您的部下把我从狱中放出；
我一旦出去，如不再被人送回，
我希望再难见到我在此受罪。

在下恭顺地叩求陛下的恩典，
我请您宽恕这般的胆大包天，
65　宽恕呈上的这篇诗愚陋如此：
原谅我为了我自己这件官司，
我没有前来向陛下当面禀报：
因为外出的请求我没有得到。

【题解】　这是马罗又一首呈弗朗索瓦一世的著名诗简。一五二七年十月，诗人第二次银铛入狱。他把被捕的经过写得妙趣横生，貌似插科打诨，实为有意针砭司法制度。马罗更巧妙地把国王拉在自己一边,仿佛托付知己朋友处理一件麻烦事,被认为是幽默的杰作。国王果然下诏释放诗人。

## DU BEAU TETIN

Tetin refect, plus blanc qu'ung œuf,

Tetin de satin blanc tout neuf,

Tetin qui fays honte à la Rose,

4    Tetin plus beau, que nulle chose,

Tetin dur, non pas tetin voyre

Mais petite boule d'Ivoire

Au milieu duquel est assise

8    Une Fraize, ou une Cerise

Que nul ne voit, ne touche aussi,

Mais je gage, qu'il en est ainsi:

Tetin doncq au petit bout rouge,

12    Tetin, qui jamais ne se bouge,

Soit pour venir, soit pour aller,

Soit pour courir, soit pour baller;

Tetin gauche, Tetin mignon,

16    Tousjours loing de son compaignon,

Tetin, qui portes tesmoignage

Du demeurant du personnage,

Quand on te voit, il vient à maints

20    Une envie dedant les mains

De te taster, de te tenir:

Mais il se fault bien contenir

D'en approcher, bon gré ma vie,

24 Car il viendroit une autre envie.

O tetin, ne grand, ne petit,

Tetin meur, tetin d'appétit,

Tetin, qui nuict, & jour criez

28 Mariez moi tost, mariez,

Tetin, qui t'enfles, & repoulses

Ton gorgerin de deux bons poulces,

A bon droict heureux on dira

32 Celluy, qui de laict t'emplira,

Faisant d'ung Tetin de pucelle,

Tetin de femme entière, & belle.

Clément Marot

*Œuvres poétiques*, Tome II,

Edition G. Depaux, Classiques Gamier,

Bordas, 1990, pp. 241—242.

## 美乳赞

玉乳新长成，比蛋更白，

如白缎初剪，素锦新裁，

你竟使玫瑰感到羞愧，

玉乳比人间万物更美，

5 结实的乳头不算乳头，

而是一颗象牙的圆球，

正中间有物坐得高高，

一枚草莓或一粒樱桃，

无人触及，也无人看见，

10　　　　　我可以担保决无谎言：
　　　　　玉乳确有一小点通红，
　　　　　玉乳从来就纹丝不动，
　　　　　不去不来，也不进不出，
　　　　　不会奔跑，也不会跳舞：
15　　　　　那左乳更娇滴滴可爱，
　　　　　可总和伙伴分得很开，
　　　　　女主人的风韵和心灵，
　　　　　可从玉乳上看得分明，
　　　　　一见到你，多少人动心，
20　　　　　能不伸出手，情不自禁，
　　　　　抚而摸之，或握在手里：
　　　　　要努力克制，千万注意，
　　　　　切勿靠近，切不能莽撞，
　　　　　否则会有另一种渴望。


25　　　　　玉乳啊，既不小，也不大，
　　　　　玉乳成熟，真叫人馋煞，
　　　　　玉乳的呼求日夜可闻，
　　　　　请快快让我配对成婚，
　　　　　玉乳鼓胀时完全可以
30　　　　　足足推出一寸的胸衣，
　　　　　到底是谁会三生有幸，
　　　　　能够以乳汁使你充盈，
　　　　　让你少女的玉乳变成
　　　　　妇人的乳房，美丽，完整。

《讽刺诗集》

【题解】 本诗是一首"玉体赞"(Blason)。一五三五年,马罗因祸避居意大利,无聊之中,发起写"玉体赞"的倡议,孤立地颂唱美人玉体的一小部分,并首先写出《玉乳赞》。各地诗人群起响应,并结集出版,轰动一时。里昂诗人塞夫以《柳眉赞》之典雅深情,被宣布为集中第一名。男性诗人竞相把好端端的女性玉体分而割之,并演化成两派,以"美乳"为界,或赞其上,可及额头,或唱其下,直至腿脚,其上者有上乘之作,以下者多为下流之辞。《美乳赞》虽开"玉体赞"的风气之先,但写得比较有分寸,结尾处几涉放肆,但仍不失含蓄。

## D'ANNE, QUI LUY JECTA DE LA NEIGE
## LE DIZAIN DE NEIGE

Anne (par jeu) me jecta de la Neige,

Que je cuidoys froide certainement:

Mais c'était feu: l'expérience en ay je,

4 Car embrasé je fuz soubdainement.

Puis que le feu loge secrettement

Dedans la Neige, où trouveray je place

Pour n'ardre point? Anne, ta seulle grâce

8 Esteindre peult le feu que je sens bien,

Non point par eau, par neige, ni par glace,

Mais par sentir un feu pareil au mien.

*Ibid.*, p. 215.

## "安娜嬉闹,把雪向我扔来……"
## (又名:白雪十行诗)

安娜嬉闹,把雪向我扔来,
我以为雪肯定其冷无比:
可我突然全身烧得厉害,
原来是火,我对火很熟悉。

5　　　既然这火暗暗藏在雪里,
我如何才不被烧死毙命?
安娜,只有借助你的柔情,
这样才能灭火,才能救我,
不用水,不用雪,也不用冰,
10　　　只用和我一般炽热的火。

《讽刺诗集》

【题解】　马罗出入宫廷,写过很多的情诗,献给王姐玛格丽特·达朗松的侄女安娜·达朗松。这首《白雪十行诗》即是其中一首传世的情诗。冷热烈火之类,是爱情诗中的寻常比喻。但诗人用得巧妙,写得风趣。马罗的情诗秉承中世纪《玫瑰传奇》的传统,又接受意大利佩特拉克《歌集》的影响。

## L'ADIEU ENVOYE AUX DAMES DE COURT
## AU MOYS D'OCTOBRE MIL
## CINQ CENTS TREN TE SEPT
## (ADIEU AUX DAMES DE LA COUR)
### (extrait)

Adieu la Court, adieu les Dames,

Adieu les filles, &. les femmes,

Adieu vous dy, pour quelcque temps,

4 Adieu voz plaisants passetemps,

Adieu le bal, adieu la danse,

Adieu mesure, adieu cadence,

Tabourins, Hautlboys, &. Violons,

8 Puis qu'à la guerre nous allons...

Adieu les regards gracieux,

40 Messagiers des cueurs soucieux:

Adieu les profondes pensées,

Satisfaictes, ou offensées:

Adieu les armonieux sons

44 De rondeaulx, dixains, &. chansons:

Adieu piteux departement,

Adieu regrets, adieu tourment,

Adieu la lettre, adieu le paige,

48 Adieu la Court, &. l'équipage:

Adieu l'amytié si loyalle,

Qu'on la pourrait dire Royalle,

Estant gardée en ferme Foy

52　Par ferme cueur digne de Roy…

　　　　Or adieu m'amye, la derniere,

En vertus, & beaulté premiere;

Je vous pry me rendre à présent

88　Le cueur, dont je vous feis présent,

Pour en la guerre, où il fault estre,

En faire service à mon maistre.

　　　　Or quand de vous se souviendra,

92　L'aiguillon d'honneur l'espoindra

Aux armes, & vertueux faict.

Et s'il en sortoit quelcque effet

Digne d'une louange entiere,

96　Vous en seriez seulle heritiere,

De vostre cueur dont vous souvienne,

Car si Dieu veult, que je revienne,

Je le rendray en ce beau lieu.

100　Or je fais fin à mon adieu.

*Ibid.*, pp. 137—140.

# 告别宫里的各位夫人
## （节选）

别了，宫廷，别了，各位夫人，

别了，名媛淑女，满朝金粉，

别了，我向你们一一辞行；

别了，诸位解闷儿的雅兴，

5　别了，舞会，别了，舞姿翩翩，

别了,节奏,别了,乐声点点,
小提琴,双簧管,铃鼓丁当,
因为我们马上奔赴战场……

别了,眼睛里迷人的秋波,
10　道出了心中多少的寄托,
别了,难开口的心事重重,
有人已满足,有人正苦痛;
别了,歌声乐章,诗文唱酬,
听来抑扬顿挫,余音悠悠;
15　别了,可悲的离愁和别恨,
别了,遗憾,别了,忧心如焚;
别了,侍童,别了,书信递送,
别了,宫廷,别了,车马随从;
别了,友人间忠贞的情谊,
20　正人君子都是真心诚意,
而且肝胆相照,光明磊落,
可以说具有帝王的气魄……

别了,最后一位,我的贤妹,
您品德出众,您仪态丰美;
25　我的心曾是给您的礼物,
如今请把此心物归原主,
因为要去疆场建立军功,
需要把心献给我的主公。
而一旦这颗心对您怀念,
30　荣誉将激励它奋勇向前,

英勇杀敌，立下汗马功劳。

如果军中传来一点喜报，

崇高的嘉奖能永垂不朽，

惟有您才有资格去接受，

35 请别把您的这颗心忘怀；

如果上帝做主，我能回来，

我把心儿还给这片乐土。

而我的告别就到此结束。

【题解】 国王弗朗索瓦一世很器重青年诗人马罗的才气，把诗人推荐给王姐玛格丽特·达朗松。青年诗人先后担任王姐和国王本人的侍从，出入宫廷，写写应景诗，深得宫中贵夫人的欢心。《告别宫里的各位夫人》及其他一些诗作，正是这一时期的代表作品。本诗作于一五三七年十月。法国国王御驾亲征意大利北部的皮埃蒙特地区，和查理五世对阵，但战争很快结束，并于同年十一月十六日签订停战协定。法国诗人和诗歌出版家瑟盖斯（Pierre Seghers）编选的法国诗选，推重这首诗作为马罗的代表作之一。

## AU ROY

### (AU ROI, POUR AVOIR ETE DEROBE)

On dit bien vray, la maulvaise Fortune

Ne vient jamais, qu'elle n'en apporte une

Ou deux, ou trois avecques elle (Sire).

4 Vostre cueur noble en sçauroit bien que dire;

Et moy chetif, qui ne suis Roy, ne rien

L'ay esprouvé. Et vous compteray bien,

Si vous voulez, comment vint la besongne.

8      J'avois ung jour un Valet de Gascongne,

Gourmant, Yvroigne, & asseuré Menteur,

Pipeur, Larron, Jureur, Blasphemateur,

Sentant la Hart de cent pas à la ronde,

12     Au demeurant le meilleur filz du Monde,

Prisé, loué, fort estimé des filles

Par les Bourdeaux, & beau Joueur de Quilles.

Ce venerable Hillot fut adverty

16     De quelcque argent, que m'aviez departy,

Et que ma Bourse avoit grosse apostume:

Si se leva plus tost que de coustume,

Et me va prendre en tapinoys icelle:

20     Puis la vous mist tresbien soubz son Esselle

Argent & tout (cela se doibt entendre),

Et ne croy point, que ce fust pour la rendre,

Car oncques puis n'en ay ouy parler.

24     Brief, le Villain ne s'en voulut aller

Pour si petit: mais encor il me happe

Saye, & Bonnet, Chausses, Pourpoinct et Cappe:

De mes Habitz (en effect) il pilla

28     Tous les plus beaulx: et puis s'en habilla

Si justement, qu'à le veoir ainsi estre,

Vous l'eussiez prins (en plein jour) pour son Maistre.

Finablement, de ma Chambre il s'en va

32     Droit à l'estable, où deux Chevaulx trouva:

Laisse le pire, & sur le meilleur monte,

Picque, & s'en va. Pour abreger le compte,

Soiez certain, qu'au partir dudict lieu

36 N'oublya rien, fors à me dire Adieu.

Ainsi s'en va chastoilleux de la gorge,

Ledict Valet, monté comme ung sainct George:

Et vous laissa Monsieur dormir son saoul:

40 Qui au resveil n'eust sceu finer d'un soul.

Ce Monsieur là (Sire) c'estoit moy mesme:

Qui sans mentir fuz au Matin bien blesme,

Quand je me vy sans honneste vesture,

44 Et fort fasché de perdre ma monture:

Mais de l'argent, que vous m'aviez donné,

Je ne fus point de le perdre estonné,

Car vostre argent (de tresbonnaire Prince)

48 Sans point de faulte est subject à la pince.

Bien tost apres ceste fortune là,

Une aultre pire encores se mesla

De m'assaillir, & chascun jour me assault,

52 Me menassant de me donner le sault,

Et de ce sault m'envoyer à l'envers,

Rymer soubz terre & y faire des Vers.

C'est une lourde & longue maladie

56 De troys bons moys, qui m'a toute eslourdie

La pauvre teste, & ne veult terminer,

Ains me contrainct d'apprendre à cheminer,

Tant affoibly m'a d'estrange maniere,

60　Et si m'a faict la cuisse heronniere,
　　L'estomac sec, le Ventre plat & vague:
　　Quand tout est dit, aussi maulvaise bague
　　(Ou peu s'en fault) que femme de Paris,
64　Saulve l'honneur d'elles, & leurs Maris.

　　　Que diray plus? au miserable corps
　　(Dont je vous parle) il n'est demouré fors
　　Le pauvre esprit, qui lamente, & souspire,
68　Et en pleurant tasche à vous faire rire.

　　　Et pour autant (Sire) que suis à vous,
　　De troys jours l'ung viennent taster mon poulx
　　Messieurs Braillon, Le coq, Akakia,
72　Pour me garder d'aller jusqu'à quia.

　　　Tout consulté ont remis au printemps
　　Ma guérison: mais, à ce que j'entends,
　　Si je ne puis au Printemps arriver,
76　Je suis taillé de mourir en Yver,

　　Et en danger, (si en Yver je meurs)
　　De ne veoir pas les premiers Raisins meurs.
　　　Voilà comment depuis neuf mois en çà
80　Je suis traicté. Or ce que me laissa

　　Mon Larronneau (long temps a) l'ay vendu,
　　Et en Sirops, & Julez despendu:
　　Ce neantmoins ce que je vous en mande,
84　N'est pour vous faire ou requeste, ou demande:

　　Je ne veulx point tant de gens ressembler,
　　Qui n'ont soucy aultre que d'assembler.

Tant qu'ilz vivront, ilz demanderont eulx,

88　　Mais je commence à devenir honteux,

Et ne veulx plus à voz dons m'arrester.

Je ne dy pas, si voulez rien prester,

Que ne le preigne. Il n'est point de Presteur,

92　　(S'il veult prester) qui ne fasse ung Debteur.

Et sçavez vous (Sire) comment je paye?

Nul ne le sçait, si premier ne l'essaye.

Vous me debvrez (si je puis) de retour：

96　　Et vous feray encores ung bon tour,

A celle fin qu'il ny ayt faulte nulle,

Je vous feray une belle Cedulle

A vous payer (sans usure il s'entend)

100　Quand on verra tout le Monde content：

Ou (si voulez) à payer ce sera,

Quand vostre Loz, & Renom cessera...

Clément Marot

*Œuvres poétiques*, Tome I,

Edition G. Defaux, Classiques Garnier,

Bordas, 1990, pp. 320—323.

# 因财物被窃致国王诗简
## (略有删节)

常言说得好,凡有倒霉的事情,

不仅仅倒霉,而且会祸不单行,

陛下,一有祸,便接二连三地来。

您高贵的心对此事会很明白;

5　　　　我不是国王,渺小得微不足道,
　　　　也深有体会。我可以向您禀报,
　　　　如果您愿意,事情的原原本本。

　　　　我曾经有个加斯科涅①的仆人,
　　　　他贪嘴酗酒,而且能连篇谎话,
10　　　他亵渎神明,骂人行窃又圆滑,
　　　　是块迟早会送上绞刑架的料,
　　　　说到底,这是当今世界的天骄,
　　　　他在窑子里备受大家的欣赏,
　　　　赌牌是高手,是姐儿们的心肝。

15　　　这位尊敬的小子消息很灵通,
　　　　会得知我有您的赏钱在手中,
　　　　他看到我有鼓鼓囊囊的钱包,
　　　　因此起身时比往常起得更早,
　　　　他把这钱包悄悄地占为己有,
20　　　并且好好地夹在他腋下溜走,
　　　　除了钱包外,还带走种种衣物。
　　　　我不会相信他还会物归原主,
　　　　因为从此后再没有他的消息。

　　　　可这个混蛋居然对这些东西,
25　　　他还嫌太少;他又从我处偷到
　　　　长裤和园帽,披风、大氅和外套;

———————————

① 法国地区名。

他而且还从我穿的衣服之中，
专挑漂亮的——穿在他身上，
他这副装束穿得竟如此合身，
您在大白天会以为是他主人。

事情办完后，他走出我的房间，
径直去马厩，有两匹马在里边；
留下了劣马，他纵身骑上骏马，
才扬长而去。容我把故事简化，
您可以相信，他离开我这地方，
除了说再见，什么都没有遗忘。

他这样逃走，颈子里肯定发痒，
马上那神气就和圣乔治①一样，
而让他东家呼呼地睡得深沉，
他一觉醒来，身上已不名一文。
可这位东家，陛下，就是我自己，
我不说假话，醒来脸灰白无比，
看到自己已没有像样的衣裳，
又失去坐骑，就更是火冒三丈。
至于您的钱，是您给我的恩情，
这笔钱被偷，我一点也不吃惊；
因为您的钱，至尊至贵的君王，
肯定错不了，总有人念念不忘。

30

35

40

45

---

① 圣乔治是基督教圣徒，传说中骑在马上战胜恶龙。

　　　　　　这件倒霉事发生以后才不久，
50　　　　更倒霉的事又紧紧跟在身后，
　　　　　　也给我打击，整日价向我进攻，
　　　　　　不断地威胁要对我采取行动，
　　　　　　一再地扬言要把我打翻在地，
　　　　　　这样可让我去地下吟句作诗。

55　　　　我生了一场旷日持久的大病，
　　　　　　整整三个月，可怜的脑袋不行，
　　　　　　沉得抬不起，这场病药到不除，
　　　　　　还要逼着我学会用两脚走路，
　　　　　　我羸弱不堪，折磨得以至于此；
60　　　　我的两条腿，又瘦又长像鹭鸶，
　　　　　　我胃中冰冷，而肚皮又空又瘪；
　　　　　　此外，下面的那家伙也不争气，
　　　　　　或相差无几，巴黎女人不像话，
　　　　　　我可无意对她们和丈夫辱骂。


65　　　　再要说什么？除此可悲的躯体，
　　　　　　我已有说明，如今剩下的东西：
　　　　　　思想在哭泣，在叹息，好不可怜，
　　　　　　还流着眼泪想博取您的笑脸。
　　　　　　而因为，陛下，我是王室的守卫，
70　　　　哈荣、勒科克和阿加基阿三位，
　　　　　　每隔两三天就前来按脉探望，
　　　　　　怕我病加重，免得我病入膏肓。
　　　　　　据他们诊断，决定把我的康复
　　　　　　推迟到春天；我没有理解错误，

75　　我如活不到来年的春暖花开，
　　　我完全可以在今冬呜呼哀哉；
　　　如在冬天死，我会有一个危险：
　　　我会连葡萄成熟也无法看见。

　　　我这般治疗已九个月的光阴，
80　　我那位小偷给我留下的物品，
　　　早已经被我典卖得一干二净，
　　　药水和糖浆，买了一瓶又一瓶；
　　　话虽这么说，我向您呈诗启奏，
　　　并非是为了向您提申请要求：
85　　我可不愿意去向许多人仿效，
　　　这班人一心只求被召集一道；
　　　他们活一天，就总会又求又嚷，
　　　我已经开始感到脸上在发烫，
　　　我可不愿意对您的赏赐垂涎。

90　　我也不好说，如果您愿意借钱，
　　　我也不会拿，只要债主肯借贷，
　　　把钱借出来，就有一个人欠债。
　　　而您很清楚，陛下，我拿什么还？
　　　谁也不好说，开头不还会太晚；

95　　我如有能力，您也会欠我银票；
　　　我也会给您大大地开个玩笑。
　　　为了不让债权人有损失蒙受，
　　　您可把我写的借款字据接受，

借据交给您，利息当然就不计，

100　您就会见到人人都欢欢喜喜；

如果您坚持，还钱是您的要求，

那您的威望呢，就会付之东流。

《诗简集》

【题解】　本诗写于一五三二年。是年元旦，一月一日，马罗大病初愈，偏逢财物被偷，于是动起国王的念头。诗人给弗朗索瓦一世呈上本诗。马罗把自己失窃的过程写得轻松，甚至有趣，并在不经意间塞进伸手要钱的要求。据说，国王赏识诗人写诗的艺术，也不讨厌诗人借钱的艺术，竟然赏给马罗一百金币。

# 若阿尚·杜贝莱　　1522? —1560

## ［诗人简介］

若阿尚·杜贝莱（Joachim Du Bellay,1522? —1560）是法国文艺复兴时期"七星诗社"的重要诗人。他生于法国中原地区安茹的利雷村附近,从小父母双亡;早年学习法律。

一五四七年,杜贝莱在一家小旅社遇见龙沙,随龙沙来巴黎,师从多拉,结识年青诗友,研读希腊拉丁古典文学。一五四九年,作为年轻一代诗人的发言人,发表第一篇法国文学宣言《保卫和发扬法兰西语言》(*La Défense et Illustration de la langue française*),发聋振聩,揭开一场诗歌革命的序幕;同年,出版十四行诗诗集《橄榄集》(*L'Olive*)。这是受意大利诗人佩特拉克影响，仿里昂诗人塞夫(Maurice Scève)《黛丽集》(*Délie*)而作，献给一位名叫薇奥尔(Viole)的神秘女郎。诗人体质羸弱，但勤奋写作，患病后严重耳聋。一五五三年，随身居红衣主教高位的堂哥出使罗马，先是喜出望外，浏览罗马的古迹，继而精神苦闷："我生来应是诗人，却被人充作管家"，担任红衣主教宫中的总管，为日常琐事纠缠，不胜厌烦。

　　这是杜贝莱艺术成熟、勤奋创作的丰收时期。诗人思乡心切，一五五七年辗转返回巴黎。次年，接连发表《遗恨集》(*Les Regrets*)及《罗马怀古集》(*Les Antiquités de Rome*)等。《遗恨集》中的十四行诗"幸福啊！尤利西斯壮游时勇往直前……"是法国人民最喜闻乐见的传世佳作。只是诗人未老先衰，更加上内外交逼，于一五六〇元旦之夜，伏案握笔时患脑充血猝死，英年早逝，年仅三十七岁。

## O FLEUVE HEUREUX, QUI AS SUR TON RIVAGE

O fleuve heureux, qui as sur ton rivage

De mon amer la tant doulce racine,

De ma douleur la seule médecine,

4　Et de ma soif le desiré breuvage!


O roc feutré d'un vert tapy sauvage!

O de mes vers la source cabaline!

O belles fleurs! ô liqueur cristaline!

8　Plaisirs de l'oeil, qui me tient en servage.

Je ne suis pas sur vostre aise envieux,

Mais si j'avoy' pitoyables les Dieux,

11　Puis que le ciel de mon bien vous honore,


Vous sentiriez aussi ma flamme vive,

Ou comme vous, je seroy' fleuve et rive,

14　Roc, source, fleur, et ruisselet encore.

Du Bellay *Œuvres poétiques*, Tome I

Edition D. Aris et F. Joukovsky,

Classiques Garnier, Bordas, 1993, p. 55.

## "幸福的江啊,在你的江水之滨……"

幸福的江啊,在你的江水之滨,

有我苦海的泉源甜得人发笑!

有唯一可以解我悲痛的良药!

有可以解我饥渴的琼浆可饮!


5　　啊,岩石嶙峋,铺满野草的绿茵!

啊,灵泉喷涌,喷出我诗行滔滔!

啊,奇花异卉! 啊,水晶般的碧涛!

面对悦目的美景,我束手就擒。


我绝不妒忌你们的优游岁月,

10　　我甚至可怜众神都无此喜悦,

天公让你们为我的情人得意,

你们会感到我就是烈火一团，

我如同你们，也就是江，就是岸，

是石，是泉，是花，是涓涓的小溪。

《橄榄集》(1550)

【题解】  杜贝莱的《橄榄集》并不写爱情的历程，而只是精神世界对完美理念的追求。此诗写心中情人经常出游时所见的景色，但仍以诗人作诗而告终。集中十四行诗用十音节诗句。

## SI NOSTRE VIE EST MOINS QU'UNE JOURNEE

Si nostre vie est moins qu'une journée

En l'eternel, si l'an qui faict le tour

Chasse noz jours sans espoir de retour,

4    Si perissable est toute chose née,

Que songes-tu mon ame emprisonnée?

Pourquoy te plaist l'obscur de nostre jour,

Si pour voler en un plus cler sejour,

8    Tu as au dos l'aile bien empanée?

Là est le bien que tout esprit desire,

Là, le repos où tout le monde aspire,

11    Là est l'amour, là, le plaisir encore.

Là, ô mon ame, au plus hault ciel guidée!

Tu y pourras recongnoistre l'Idée

14　De la beauté，qu'en ce monde j'adore.

*L'Olive*（1550）

*Ibid.*，p.73

## "天长而地久，如人的一生无奈……"

天长而地久，如人的一生无奈
是短短一天，如年年岁岁奔驰，
有去无回的流光不停也不止，
如万物有生，则必然也会有败，

5　我被囚禁的灵魂，你可想得开？
你为何偏偏喜欢卑贱的人世，
如你背上有羽毛丰满的双翅，
可飞进更加光明的九霄云外？

彼岸有你我向往憧憬的幸福，
10　彼岸有人人梦寐以求的宽舒，
彼岸有爱情，彼岸有欢乐无限。

我的灵魂啊，你向着天顶飞翔，
我在尘世间追求的美的理想，
你到了彼岸才发现就在眼前。

《橄榄集》(1550)

【题解】　这首诗字里行间充满柏拉图的思想：现实世界可悲，只能通过爱情到达彼岸的理想境界。十九世纪评论家圣伯夫认为此诗"崇高"，并比之于拉马丁的《孤独》。

## JE NE VEULX POINT FOUILLER AU SEIN DE LA NATURE

Je ne veulx point fouiller au sein de la nature,
Je ne veulx point chercher l'esprit de l'univers,
Je ne veulx point sonder les abysmes couvers
4　Ny desseigner du ciel la belle architecture.

Je ne peins mes tableaux de si riche peinture,
Et si haults arguments ne recherche à mes vers；
Mais suivant de ce lieu les accidents divers，
8　Soit de bien，soit de mal，j'escris à l'adventure.

Je me plains à mes vers, si j'ay quelque regret，
Je me ris avec eulx，je leur dy mon secret，
11　Comme estans de mon cœur les plus seurs secretaires.

Aussi ne veulx-je tant les pigner et friser，
Et de plus braves noms ne les veulx desguiser，
14　Que de papiers journaux，ou bien de commentaires.

Du Bellay *Œuvres poétiques*，Tome II

Edition D. Ariset F. Joukovsky，

Classiques Garnier，Bordas，1993，p. 39.

## "我无意在自然的胸怀里寻根究底……"

我无意在自然的胸怀里寻根究底，

我无意测量大洋隐蔽的海底深处，
我无意精心描绘天穹华丽的建筑，
也无意探求浩浩宇宙的精神之谜。

5　　我也无意为诗句推敲崇高的主题，
我也不用丰富的色彩来涂绘画幅，
我只是随处俯拾偶然发生的事物，
不论是好或是坏，我信手写得仔细。

如果有遗憾之处，我可借诗句哀叹，
10　　我和诗句共欢笑，和诗句无话不谈，
仿佛诗句成了我最为知己的朋友。

所以，我根本无意为诗句淡抹浓妆，
不借华丽的辞藻为诗句打扮乔装，
但求逐日有记载，记下随想和感受。

《遗恨集》(1558)

【题解】　《遗恨集》的首篇。以龙沙为首的"七星诗社"诗人常常爱写长篇颂歌，对天地万物大发宏论。杜贝莱明言自己只取亲切朴素的风格。集中用亚历山大体的十二音节诗句。

## CEULX QUI SONT AMOUREUX,
## LEURS AMOURS CHANTERONT

Ceulx qui sont amoureux, leurs amours chanteront,
Ceulx qui ayment l'honneur, chanteront de la gloire,

Ceulx qui sont pres du Roy, publiront sa victoire,
4　Ceulx qui sont courtisans, leurs faveurs venteront:

Ceulx qui ayment les arts, les sciences diront,
Ceulx qui sont vertueux, pour tels se feront croire,
Ceulx qui ayment le vin, deviseront de boire,
8　Ceulx qui sont de loisir, de fables escriront:

Ceulx qi sont mesdisans, se plairont à mesdire,
Ceulx qui sont moins fascheux, diront des mots pour rire,
11　Ceulx qui sont plus vaillanx, vanteront leur valeur:

Ceulx qui se plaisent trop, chanteront leur louange,
Ceulx qui veulent flater, feront d'un diable un ange:
14　Moy qui suis malheureux, je plaindray mon malheur.

*Les Regrets* (1558)

*Ibid.*, p. 41

## "正在恋爱中的人,咏唱自己的爱情……"

正在恋爱中的人,咏唱自己的爱情
而珍惜荣誉的人,歌唱的将是光荣,
在国王身边的人,宣扬国王的武功,
朝廷的一般朝臣,夸耀得到的宠幸:

5　　　而热爱科学的人,对知识谈论不停,
有德行的人让你相信他德高望重,

而爱酒贪杯的人，说话会不离酒盅，
有闲情逸致的人，写寓言发人深省：

爱说人坏话的人，以嚼舌作为乐趣，
10　　未必很讨厌的人，口中有不绝笑语，
而勇敢无畏的人，夸耀自己的勇敢：

会自我陶醉的人，自吹自擂是能事，
会吹牛拍马的人，把魔鬼说成天使：
我的生活很不幸，我同情我的困难。

《遗恨集》(1558)

【题解】　这首十四行诗，只是一气到底的十四句排句，这是当时十四行诗的常用手法。各句之间并无必然的内在联系，以结句表达主题。

## FRANCE, MERE DES ARTS, DES ARMES ET DES LOIX

France mere des arts, des armes et des loix,
Tu m'as nourry long temps du laict de ta mamelle：
Ores, comme un aigneau qui sa nourrice appelle,
4　　Je remplis de ton nom les antres et les bois.

Si tu m'as pour enfant advoué quelquefois,
Que ne me respons-tu maintenant, ô cruelle?
France, France, respons à ma triste querelle：
8　　Mais nul, sinon Echo, ne respond à ma voix.

Entre les loups cruels j'erre parmy la plaine,

Je sens venir l'hyver, de qui la froide haleine

11　D'une tremblante horreur fait herisser ma peau.


Las, tes autres aigneaux n'ont faute de pasture,

Ils ne craignent le loup, le vent, ny la froidure:

14　Si ne suis-je pourtant le pire du troppeau.

*Les Regrets*（1558）

*Ibid.*，p. 43


## "法兰西，艺术、军事以及法律的母亲……"

法兰西，艺术、军事以及法律的母亲，

长久以来，是你的乳汁在把我喂养：

现在，我如同乳母声声呼叫的羔羊，

我对洞窟和树林一声声唤你不停。


5　如你从前承认我是你的孩子一名，

现在为什么忍心不回答，一声不响？

请回答我的哀叹，法兰西，我的亲娘。

除了厄科有回声，却无人回话答应。


我在平原上一群恶狼的中间漂泊；

10　我感到严冬凛冽，寒冷得使我哆嗦，

使我全身起鸡皮疙瘩，吓得我发抖。


唉！你的其他羔羊一点不缺少饲料，

他们不怕寒风和严冬,也不怕狼叫:

而我在羔羊群中不是最糟的一头。

《遗恨集》(1558)

【题解】　这是集中写"遗恨"的名篇,写出漂泊异乡的游子心声,把祖国比作母亲,把自己比作迷途的羔羊。

## HEUREUX QUI, COMME ULYSSE,
## A FAIT UN BEAU VOYAGE

Heureux qui, comme Ulysse, a fait un beau voyage,

Ou comme cestuy la qui conquit la toison,

Et puis est retourné, plein d'usage et raison,

4　　Vivre entre ses parents le reste de son aage!

Quand revoiray-je, helas, de mon petit village

Fumer la cheminée, et en quelle saison,

Revoiray-je le clos de ma pauvre maison,

8　　Qui m'est une province, et beaucoup d'avantage?

Plus me plaist le sejour qu'ont basty mes ayeux,

Que des palais Romains le front audacieux,

11　　Plus que le marbre dur me plaist l'ardoise fine:

Plus mon Loyre Gaulois, que le Tybre Latin,

Plus mon petit Lyré, que le mont Palatin,

14　　Et plus que l'air marin la doulceur Angevine.

*Les Regrets*（1558）

*Ibid*.，p.54

## "幸福啊！尤利西斯壮游时勇往直前……"

　　幸福啊！尤利西斯①壮游时勇往直前，
　　金羊毛的征服者②具有不凡的身手，
　　最后都返归家乡，而且更足智多谋，
　　生活在家人身边，欢度自己的余年！

5　　唉！我要何年何月重见袅袅的炊烟
　　从我的故里升起？唉！我要什么时候，
　　才能重见自己的穷家和小园依旧？
　　穷家足能抵富国，更比富国胜万千。

　　我爱祖祖和辈辈经营已久的草房，
10　　不爱罗马的宫殿徒有富丽的厅堂，
　　不爱大理石坚硬，只爱石板瓦③精细，

　　我爱高卢④卢瓦尔⑤，不爱拉丁⑥台伯河⑦，

---

　　①　尤利西斯是荷马史诗《奥德赛》的主人公，特洛伊战争胜利后在海上漂泊十年后始返回家乡。
　　②　希腊神话中伊阿宋率勇士们历经艰险，从高加索取到金羊毛，返回希腊。
　　③　青灰色片状页岩，法国旧时用来铺盖屋顶。杜贝莱家乡所产的石板瓦质量上乘。
　　④　高卢是法国的古称。
　　⑤　法国西部河流，以富庶闻名。
　　⑥　拉丁是意大利古称。
　　⑦　台伯河流贯罗马。

　　我爱这利雷小村①，不爱伯拉丁②巍峨，

　　我爱温和的安茹③，不爱海滨的空气④。

《遗恨集》(1558)

　　**【题解】**　这首十四行诗是《遗恨集》中最著名的一首，也是
法国人民心中最熟悉的传统名诗之一。杜贝莱客居意大利，深
深思念家乡。思乡之情，故土之恋，人皆有之。此诗历来受人传
颂。诗中似多典故，但对于稍有文化知识的法国读者而言，多属
常识范围。原诗章法严谨，巧于排比对仗，读来上口。杜贝莱先
前还曾用拉丁文写过一首"悲歌"，内容与本诗几乎完全相同。

## JE N'ESCRIS POINT
## D'AMOUR N'ESTANT POINT AMOUREUX

　　Je n'escris point d'amour, n'estant point amoureux,

　　Je n'escris de beauté, n'ayant belle maistresse,

　　Je n'escris de douceur, n'esprouvant que rudesse,

4　Je n'escris de plaisir, me trouvant douloureux：


　　Je n'escris de bon heur, me trouvant malheureux,

　　Je n'escris de faveur, ne voyant ma Princesse,

　　Je n'escris de tresors, n'aynt point de richesse,

8　Je n'escris de santé, me sentant langoureux：

----

①　杜贝莱出生在利雷村附近的城堡里。

②　伯拉丁是罗马的七座山丘之一，古时多宫殿建筑。

③　法国西部地区名，诗人家乡属安茹。

④　罗马西距大海仅二十余公里。

Je n'escris de la court, estant loing de mon Prince,

Je n'escris de la France, en estrange province,

11 Je n'escris de l'honneur, n'en voiant point icy:


Je n'escris d'amitié, ne trouvant que feintise,

Je n'escris de vertu, n'en trouvant point aussi,

14 Je n'escris de sçavoir, entre les gens d'eglise.

*Les Regrets* (1558)

*Ibid.*, p. 78


## "我不写爱情,因为我不在谈情说爱……"

我不写爱情,因为我不在谈情说爱,

我不写美人,因为没有美丽的情妇,

我不写温柔,因为只感到粗暴唐突,

我不写欢乐,因为我感到痛苦悲哀。


5  我不写幸福,因为只觉得心情很坏,

我不写恩宠,因为我不见我的公主①,

我不写财富,因为我没有发财致富,

我不写健康,因为我感到无精打采。


我不写朝廷,因为我远离主公②任职,

10  我不写法国,因为我身在国外留滞,

我不写荣誉,因为我此地没有见到。

---

① 指法兰西的玛格丽特,弗朗索瓦一世的女儿。

② 国王亨利二世,弗朗索瓦之子。

我不写友谊,因为我处处只见虚伪,

我不写美德,因为美德去何处寻找,

我不写知识,因为我已被神甫包围。

　　　　　　　　　　　　《遗恨集》(1558)

　　**【题解】**　这又是一首典型的排比诗。每行前半句仅宾语不
同而已。前十行主要写个人生活,后四行则纯粹是讽刺,这是
《遗恨集》的又一大主题。


## D'UN VANNEUR DE BLE,
## AUX VENTS

A vous troppe legere,

Qui d'aele passagere

Par le monde volez,

Et d'un sifflant murmure

L'ombrageuse verdure

6　　Doulcement esbranlez,


J'offre ces violettes,

Ces lis et ces fleurettes,

Et ces roses icy

Ces vermeillettes roses,

Tout freschement écloses,

12　　Et ces oeilletz aussi.

De vostre doulce halaine

Eventez ceste plaine，

Eventez ce séjour：

Ce pendant que j'ahanne

A mon blé，que je vanne

18　　A la chaleur du jour.

*Divers jeux rustiques*
*Ibid*.，p. 153.


## 扬麦者对风寄语

你们，轻盈的部队，

拍动着翅膀一对，

在各地飞来飞去，

又以嗖嗖的咕哝，

5　　轻而又轻地吹动

浓荫深深的葱绿。


我送给你蝴蝶花，

百合花，花儿不大，

还有此地的玫瑰，

10　　这些玫瑰花鲜红，

初开时分外玲珑，

更添石竹花一堆。


借你和顺的气息，

让平原有风吹起，

15　　　　把风给此地送来，

　　　　　我在麦场上做工，

　　　　　辛辛苦苦地翻动，

　　　　　我顶着烈日扬麦。

《村嬉集》

**【题解】**　本诗选自也于一五五八年出版的《村嬉集》。诗人在集中忘却《遗恨集》的苦涩，放下《罗马怀古集》的沉重，写黎民百姓的轻松心情。此诗取材于一位威尼斯诗人的小诗，但改写得不露痕迹，轻松可爱。

## NOUVEAU VENU QUI CHERCHES ROME EN ROME

　　Nouveau venu qui cherches Rome en Rome,

　　Et rien de Rome en Rome n'apperçois,

　　Ces vieux palais, ces vieux arcz que tu vois,

4　Et ces vieux murs, c'est ce que Rome on nomme.

　　Voy quel orgueil, quelle ruine: et comme

　　Celle qui mist le monde sous ses loix,

　　Pour donter tout, se donta quelquefois,

8　Et devint proye au temps, qui tout consomme.

　　Rome de Rome est le seul monument,

　　Et Rome Rome a vaincu seulement,

11　Le Tybre seul, qui vers la mer s'enfuit,

Reste de Rome. O mondaine inconstance!

Ce qui est ferme，est par le temps destruit，

14　Et ce qui fuit，au temps fait resistance.

*Les Antiquités de Rome*（1558）

*Ibid.*，p. 7

## "新客到罗马，在城里寻觅罗马……"

新客到罗马，在城里寻觅罗马
却在罗马城不见罗马的踪迹，
古老的宫阙，凯旋门古老无比，
古老的城垣，罗马城别无其他。

5　请看，今朝的废墟，往昔的强霸，
想当年非用铁拳把世界统一，
要打败天下，往往是打败自己，
又在时间的欺侵下毫无办法。

罗马城就是罗马的丰碑仅存，
10　而罗马仅仅征服了罗马自身。
台伯河倒是罗马流下的河水，

也流进大海。啊，世事来去匆匆！
牢不可破者也会被时间摧毁，
谁征服时间，谁才算取得成功。

《罗马怀古集》（1558）

【题解】　杜贝莱熟读维吉尔、贺拉斯等拉丁诗人写罗马这

座"永恒之城"的诗篇,但他见到的只是一片废墟。以十四行诗
的不大篇幅,一连十次使用"罗马"之名,写出今昔罗马的巨大反
差,字句沉郁,概括精当,结论令人信服。

## COMME ON PASSE EN ESTE LE
## TORRENT SANS DANGER

　　Comme on passe en æsté le torrent sans danger,

　　Qui souloit en hyver estre roy de la plaine,

　　Et ravir par les champs d'une fuite hautaine

4　L'espoir du laboureur, et l'espoir du berger:


　　Comme on void les coüards animaux oultrager

　　Le courageux lyon gisant dessus l'arene,

　　Ensanglanter leurs dents, et d'une audace vaine

8　Provoquer l'ennemy qui ne se peult venger:


　　Et comme devant Troye on vid des Grecz encor

　　Braver les moins vaillans autour du corps d'Hector:

11　Ainsi ceulx qui jadis souloient, à teste basse,


　　Du triomphe Romain la gloire accompagner,

　　Sur ces pouldreux tombeaux exercent leur audace,

14　Et osent les vaincuz les vainqueurs desdaigner.

*Les Antiquités de Rome*（1558）

*Ibid.* , p. 12

## "如同夏天跨越的毫无危险的急流……"

如同夏天跨越的毫无危险的急流，
可在严冬时惯于在平川不可一世，
在田野横冲直撞，目中无人地奔驰，
把农夫和牧童的希望都一一卷走；

5　　如同见到的那些獐头鼠目的小兽，
凌辱趴在沙地上那头勇猛的雄狮，
张起血盆般小嘴，一个个煞有介事，
要和无力为自己复仇的敌人决斗；

如同见到希腊人在特洛伊前列队，
10　　胆小鬼在赫克托[①]尸体前耀武扬威。
昔日这些人惯于边走边低着脑袋，

紧紧跟随着凯旋而归的罗马将军[②]，
如今却在眼前的墓地里大摇大摆，
残兵败将竟然敢瞧不起功臣元勋。

《罗马怀古集》(1558)

【题解】　壮观的废墟毕竟已是废墟。今天的法国人和奥地利人当年都是罗马帝国的手下败将，现在想来染指意大利。诗人借史诗和文学典故对此表示气愤。

---

① 特洛伊英雄，被希腊英雄阿喀琉斯所杀。
② 古罗马将军班师回朝时，败军之将戴着锁链跟随其后。

## QUI A VEU QUELQUEFOIS UN
## GRAND CHESNE ASSEICHE

Qui a veu quelquefois un grand chesne asseiché,

Qui pour son ornement quelque trophee porte,

Lever encor' au ciel sa vieille teste morte,

4    Dont le pied fermement n'est en terre fiché,


Mais qui dessus le champs plus qu'à demy panché

Monstre ses bras tous nuds, et sa racine torte,

Et sans fueille umbrageux, de son poix se supporte

8    Sur son tronc noüailleux en cent lieux esbranché :


Eh bien qu'au premier vent il doive sa ruine,

Et maint jeune à l'entour ait ferme la racine,

11    Du devot populaire estre seul reveré.


Qui tel chesne a peu voir, qu'il imagine encores

Comme entre les citez, qui plus florissent ores,

14    Ce vieil honneur pouldreux est le plus honoré.

*Les Antiquités de Rome* (1558)

*Ibid.* , p. 19


## "有谁曾见过一棵高大枯萎的橡树……"

有谁曾见过一棵高大枯萎的橡树，

树上为纪念胜利常有战利品挂下，

橡树向苍天仰起年迈衰朽的脸颊，
只是树脚并没有牢牢地插入泥土，

5    弯腰曲背的老树只差还没有倾覆，
看这盘曲的树根，这光秃秃的树杈，
树身的上上下下处处是疙疙瘩瘩，
无法遮荫的枝叶，却仍然独自撑住；

虽然一阵风吹来，橡树马上会倾倒，
10   虽然四周一株株小树都站得很牢，
唯有老橡树才被众百姓奉若神明：

谁曾见过这橡树，谁就会不难想象，
为何当今的都城更其兴盛和富强，
这最尊贵的老朽才是最受人尊敬。

《罗马怀古集》(1558)

【题解】 大多数人文主义作家感叹罗马的兴衰。这首诗是杜贝莱又一首对罗马充满敬仰之情的名作。诗中老橡树的比喻源出一位拉丁诗人。

# 比埃尔·德·龙沙 1524—1585

## [诗人简介]

　　比埃尔·德·龙沙（Pierre de Ronsard，1524—1585）出生于旺多姆地区的贵族世家，从十二岁起担任王家的年轻侍从，并受命游历苏格兰、德国等地。十九岁返回法国，应是前途无量。但龙沙因病重听，不得不放弃军旅生涯返回家乡，但有违父命，献身诗歌创作。一五四五年，龙沙来到巴黎，拜人文主义者多拉为师，不久会同杜贝莱、巴依夫等青年诗人组成日后的"七星诗社"(la Pléiade)的核心,促成《保卫和发扬法兰西语言》的问世,向中世纪文学宣战。龙沙领导的"七星诗社"是文学史上最著名的文学团体之一。

龙沙是身材高大、体魄魁伟的美髯公。诗人创作的爱情诗名扬四海,但现实生活里的爱情生活并非如此美好。第一个情人卡桑德拉结婚成家,第二个情人玛丽是农家姑娘,情诗只是纸上谈兵,第三个情人爱莱娜对老诗人不屑一顾。诗人叹曰:"爱情已唱得太多,而报酬一无所有。"

龙沙的创作大致可以分三个时期。从一五五〇年至一五六〇年,诗人胸怀壮志,孜孜创作,先后出版《情诗集》(Amours)、《颂歌集》(Odes)、《颂诗集》(Hymnes)和《诗歌集》(Poèmes)等,篇幅可观,体裁多样,牢固地确立了自己在诗坛上的盟主地位。从一五六〇年至一五七四年,诗人被任命为国王查理九世的忏悔师后,成为宫廷诗人,深获恩宠,一时誉满国内外,作品多应景诗之类,受命创作史诗《法兰西亚特》(la Françiade,1572),以失败告终。一五七四年,新王即位,龙沙晚年为新版全集反复修改,以求传之不朽。诗人晚年,抱病卧床,晚景凄凉,郁郁而终。

诗人去世后被古典主义打入冷宫,二百年间无声无息,直到十九世纪浪漫派为他平反正名,从此才恢复其在文学史上一代诗宗的崇高地位。

## A SA MAISTRESSE
## (ODE A CASSANDRE)

Mignonne, allons voir si la rose
Qui ce matin avoit desclose

3 Sa robe de pourpre au Soleil

A point perdu ceste vesprée

Les plis de sa robe pourprée,

6 Et son teint au vostre pareil.


Las! voyez comme en peu d'espace,

Mignonne, elle a dessus la place

9 Las las ses beautéz laissé cheoir!

O vrayment marastre Nature,

Puisqu'une telle fleur ne dure

12 Que du matin jusques au soir!


Donc, si vous me croyez mignonne,

Tandis que vostre âge fleuronne

15 En sa plus verte nouveauté,

Cueillez cueillez vostre jeunesse:

Comme à ceste fleur la vieillesse

18 Fera ternir vostre beauté.

*Les Odes*

Ronsard *Œuvres poétiques*, I,

Edition établie, présentée et annotée par

Jean Céard, Daniel Ménager et Michel Simonin,

*Bibliothèque de la Pléiade*, Gallimard, 1993, p. 667.

## "小亲亲，我们俩去看看……"

小亲亲，我们俩去看看，

今天清早，当阳光灿烂，

玫瑰展开紫红的裙袍，
可今天傍晚，是否已经
5　　掉落花袍的点点红英？
褪尽和你一般的花貌？

唉！不要忘记韶光易逝，
小亲亲，玫瑰已在花枝，
唉！何处再觅自己风韵？
10　　哎呀！大自然真是后娘，
这朵花开得又美又香，
从早到晚，已香消玉殒。

所以，请相信我，小亲亲，
当你的芳龄如花似锦，
15　　当你的芳龄含苞吐蕊，
采撷吧，采撷你的青春，
人到暮年，如花到黄昏，
鲜花枯萎，而美人憔悴。

《颂歌集》

【题解】　这首"颂歌"是献给意大利银行家的女儿卡桑德拉
(Cassandre Salviati)的。一五四五年四月，龙沙在布卢瓦和这
位十三岁的姑娘初次相遇，三天后分别。翌年卡桑德拉结婚，但
美妙的回忆成为多情诗人不绝的灵感。韶光易逝之类，本是常
见主题，龙沙写颂歌，大多有本有源，但诗意含蓄，情意恳切，总
是龙沙生花妙笔的魅力，这首诗历来被视作是一首玲珑精致的
小小杰作，不仅是龙沙最脍炙人口的抒情诗之一，而且被配乐谱

曲,世界闻名。先收入《情诗集》,后归于《颂歌集》。

## ODE
## (ODE A LA FONTAINE BELLERIE)

O Fontaine Bellerie,

Belle fontaine cherie

De nos Nymphes quand ton eau

Les cache au creux de ta source

5　Fuyante le satyreau

Qui les pourchasse à la course

Jusqu'au bord de ton ruisseau,


Tu es la Nymphe eternelle

De ma terre paternelle:

10　Pource en ce pré verdelet

Voy ton Poëte qui t'orne

D'un petit chevreau de lait,

A qui l'une et l'autre corne

Sortent du front nouvelet.


15　L'Esté je dors ou repose

Sus ton herbe, où je compose,

Caché sous tes saules vers,

Je ne sçay quoy, qui ta gloire

Envoira par l'univers,

20　Commandant à la Memoire

Que tu vives par mes vers.

L'ardeur de la Canicule

Ton verd rivage ne brule，

Tellement qu'en toutes pars

25    Ton ombre est espaisse et drue

Aux pasteurs venant des parcs，

Aux bœufs las de la charrue，

Et au bestial espars.

Iô，Tu seras sans cesse

30    Des fontaines la princesse，

Moy celebrant le conduit

Du rocher percé，qui darde

Avec un enroué bruit，

L'eau de ta source jazarde

Qui trepillante se suit.

*Les Odes*

*Ibid*.，pp. 694—695.

## 致贝乐里泉

啊,你贝乐里女神,

女神,你美丽绝伦,

水仙都齐声赞扬,

对你的盛名吟颂,

5    应和林中的音响,

和你泉声的叮咚，
和我诗句的铿锵。

在我故土的这边，
你是不朽的水仙，
10  满地是茸茸青草，
诗人对你的敬意，
是牵来一只羊羔，
一对小羊角隆起，
额头有绒绒柔毛。

15  我在你泉边休息，
手头也并无急事，
我藏身你的柳丛，
并挥笔信手写来，
可让你四海推崇，
20  让天下人都明白，
你活在我的诗中。

暑天有骄阳炙人，
无奈你泉水深深，
你的浓荫在四周，
25  对牧人来此放牧，
厌倦铁犁的耕牛，
四野吃草的家畜，
处处是又密又稠。

　　　　　　哟！天下水泉不少，

30　　　　你才是泉中佼佼，

　　　　　　我吟唱你的泉水，

　　　　　　你穿石而不停留，

　　　　　　嘶哑的水声轻微，

　　　　　　喷出唠叨的水流，

35　　　　活泼泼你逐我追。

　　　　　　　　　　　　　　《颂歌集》

　　**【题解】**　此诗收入《颂歌集》(1550)，实为诗人逝世前一年的一五八四年所作。龙沙共有三首诗颂贝乐里泉，此为其一，仿拉丁诗人贺拉斯颂其家乡的泉水。圣伯夫认为，小诗轻快的节奏"仿佛潺潺不绝，又如水声喷涌"。

## QUAND JE SUIS VINGT OU TRENTE MOIS

　　　　　Quand je suis vingt ou trente mois

　　　　　Sans retourner en Vandomois,

3　　　　Plein de pensées vagabondes,

　　　　　Plein d'un remors et d'un souci,

　　　　　Aux rochers je me plains ainsi,

6　　　　Aux bois, aux antres, et aux ondes：

　　　　　Rochers, bien que soyez âgez

　　　　　De trois mil ans, vous ne changez

9　　　　Jamais ny d'estat ny de forme：

　　　　　Mais tousjours ma jeunesse fuit,

Et la vieillesse qui me suit,

12    De jeune en vieillard me transforme.


Bois, bien que perdiez tous les ans

En l'hyver voz cheveux plaisans,

15    L'an d'apres qui se renouvelle,

Renouvelle aussi vostre chef:

Mais le mien ne peut de rechef

18    R'avoir sa perruque nouvelle.


Antres, je me suis veu chez vous

Avoir jadis verds les genous,

21    Le corps habile, et la main bonne:

Mais ores j'ay le corps plus dur,

Et les genous, que n'est le mur

24    Qui froidement vous environne.


Ondes, sans fin vous promenez,

Et vous menez et ramenez

27    Vos flots d'un cours qui ne séjourne:

Et moy sans faire long sejour

Je m'en vais de nuict et de jour

30    Au lieu d'où plus on ne retourne.


Si est-ce que je ne voudrois

Avoir esté rocher ou bois,

33    Antre, ni onde, pour defendre,

　　　　　　　Mon cors contre l'âge emplumé: ①
　　　　　　　Car ainsi dur je n'eusse aimé
36　　　　　　Toy qui m'as fait vieillir, Cassadre.

*Les Odes*
*Ibid*., pp. 806—807.

## "我曾有两三年的时候……"

　　　　我曾有两三年的时候，
　　　　来回旺多姆地区②走走，
　　　　飘忽不停的念头不少，
　　　　内疚频频，而烦恼相侵，
5　　　我这就向岩石，向森林，
　　　　向洞穴流水大发牢骚。

　　　　岩石啊，虽然你的生命
　　　　已经有三千年的高龄，
　　　　你的形态却不变长存，
10　　而我的青春弃我而去，
　　　　衰老对我是亦步亦趋，
　　　　把我从少年变成老人。

　　　　树林啊，虽然每年冬天，
　　　　你的美丽便不复可见，
15　　到来年却又密密麻麻，

---

① 这两句诗有异文。
② 旺多姆地区是诗人的家乡。

满头飘拂的美发纷披，
而我的头上无此奇迹，
再也不可能重长新发。

洞穴啊，从前我来洞中，
20　　两个膝头曾大显神通，
身轻如燕，而双手有力，
现在我全身又硬又僵，
比围住你的冰凉围墙，
则是有过之而无不及。

25　　流水啊，你在不停地走，
江河永不停歇而常流，
波浪反复地去了又回，
而我夜以继日地走动，
我的旅程有始也有终，
30　　你能回流，我有去无归。

然而，我才不希望也是
一处树林或一块岩石，
一座洞穴和流水滔滔，
免受飞逝的时光侵袭，
35　　这么硬，我就不会爱你！
卡桑德拉①，你催我衰老。

————————————

① 龙沙早年遇见的第一个情人。

《颂歌集》

【题解】　人非木石，孰能无情？龙沙比浪漫主义诗人拉马丁早两个世纪，道出了大自然面前人生易老的无奈感受，但最后一节，尤其是最后一句，却对生命和爱情的歌颂写得如此可爱，如此可敬。此诗作于一五五五年一月。

## ODE
## (ODE A L'ALOUETTE)

T'oseroit bien quelque Poëte

Nier des vers, douce Alouette?

3　Quant à moy, je ne l'oserois：

Je veux celebrer ton ramage

Sur tous oiseaux qui sont en cage

6　Et sur tous ceux qui sont ès bois.


Qu'il te fait bon ouir! à l'heure

Que le bouvier les champs labeure,

9　Quand la terre le Printemps sent,

Qui plus de ta chanson est gaye

Que courroucée de la playe

12　Du soc qui l'estomac lui fend.


Si tost que tu es arrosée

Au poinct du jour de la rosée,

15　Tu fais en l'air mille discours：

En l'air des ailes tu fretilles,

Et pendue en l'air tu babilles

18 Et contes aux vents tes amours.

Puis d'enhaut tu te laisses fondre,

Dans un sillon verd, soit pour pondre,

21 Soit pour esclorre ou pour couver,

Soit pour apporter la bechée

A tes petits ou d'une achée,

24 Ou d'une chenille ou d'un ver.

Lors moy couché dessus l'herbette,

D'une part j'oy ta chansonnette：

27 De l'autre, sur du poliot,

A l'abry de quelque fougere,

J'escoute la jeune bergere

30 Qui desgoise son lerelot.

Lors je dy, Tu es bien-heureuse,

Gentille Alouette amoureuse,

33 Qui n'as peur ny souci de riens,

Qui jamais au cœur n'as sentie

Les desdains d'une fiere amie,

36 Ny le soins d'amasser des biens：

Ou si quelque souci te touche,

C'est lors que le Soleil se couche,

39  De dormir et de resveiller

  De tes chansons avec l'Aurore,

  Et bergers et passants encore,

42  Pour les envoyer travailler.


  Mais je vis tousjours en tristesse

  Pour les fiertez d'une maistresse

45  Qui paye ma foy de travaux,

  Et d'une plaisante mensonge,

  Mensonge qui tousjours allonge

48  La longue trame de mes maux.

*Les Odes*

*Ibid.*，pp. 832—833.


# 云雀颂

哪个诗人，可爱的云雀，

连为你写诗也敢拒绝？

至于我，我可实在不敢，

我赞颂你的歌喉美妙，

5  这胜似笼子里的小鸟，

也胜似你林中的伙伴。


正当牧人耕耘的时候，

你的歌使人乐而忘忧，

大地已感到春意融融，

10  听到你的歌高高兴兴，

　　竟不为伤口大发雷霆，
　　铁犁切开大地的心胸。


　　天色微明，你全身上下
　　被露水淋得无以复加，
15　你在天空中滔滔不绝：
　　你的翅膀在空中乱抖，
　　你挂在天上喋喋不休，
　　和四方来风大谈风月。


　　你接着俯身冲下云端，
20　在葱绿的田垄里产卵，
　　或者是孵化你的小鸟，
　　或者为儿为女在口中
　　衔来可充饵料的昆虫，
　　青虫一只，或毛虫一条。


25　我躺在青青嫩草地上，
　　一边听你动人的歌唱：
　　我身下压着一片薄荷，
　　一边躲藏在牧草中间，
　　听年轻牧女一遍一遍
30　哼着唱她的那支山歌。


　　我可真想说："你多幸福，
　　多情的云雀，令人羡慕，
　　你优哉游哉，无所畏惧，

你心中对高傲的情人
35　　从来就不知何为怨恨，
也不为攒钱处心积虑：

如果你也有什么烦恼，
这就是夕阳已经西照。
先去安睡，等东方透红，
40　　以你婉转的歌声催促
牧童早起，而行人上路，
唤醒他们赶快去劳动。"

我在生活里垂头丧气，
因为意中人无情无义，
45　　我的忠诚更令我忧伤，
她以舒舒服服的谎言，
使我受苦受难的锁链，
日以继夜地越等越长。

《颂歌集》

【题解】　此诗作于一五五四年十一月。马罗一代诗人津津乐道于为女性的生理部位大做文章，龙沙却对大自然中的花草虫鸟反复吟咏。此诗受希腊抒情诗人阿纳克里翁的启发，对云雀的生活和习性写得真实生动，是一幅笔法细腻的工笔画。

## J'ESPERE ET CRAIN, JE ME TAIS ET SUPPLIE

J'espere et crain, je me tais et supplie,

Or je suis glace et ores un feu chaud,

J'admire tout et de rien ne me chaut,

4 　Je me delace et et mon col je relie.


Rien ne me plaist sinon ce qui m'ennuie：

Je suis vaillant et le cœur me defaut,

J'ay l'espoir bas j'ay le courage haut,

8 　Je doute Amour et si je le desfie.


Plus je me pique, et plus je suis retif,

J'aime estre libre, et veux estre captif,

11 　Tout je desire, et si n'ay qu'une envie.


Un Prométhée en passions je suis：

J'ose, je veux, je m'efforce, et ne puis,

14 　Tant d'un fil noir la Parque ourdit ma vie.

*Amours de Cassandre*

*Ibid.*, p. 30

## "我希望,恐惧,无言又低声下气……"

我希望,恐惧,无言又低声下气,

我时而是块冰,时而又是火炉,

我仰慕一切,又事事满不在乎,

我解开我的腰带,又扣好上衣。


5 　　我的烦恼才是我喜欢的东西;

我胆大无比，只是我心中无数，
我的希望渺茫，我的勇气十足，
我害怕爱神，可我又瞧他不起。

10　我越激励自己，我越往后退步，
我喜欢自由，可我又想当囚徒，
我渴求一切，又只有一个渴望。

我，被激情吞噬的普罗米修斯①，
我敢作，我敢为，可又这般如此，
命运之神戏弄了我，恶毒猖狂。

《卡桑德拉情诗集》

【题解】　爱情是具有两重性的感情，既是唱不完的主题，又
是用不完的手法。龙沙笔下的卡桑德拉也有两副面孔，一五五
〇时温柔和顺，一五五二年时却冷漠高傲。

# COMME UN CHEVREUIL,
# QUAND LE PRINTEMPS DETRUIT

Comme un Chevreuil, quand le printemps détruit
Du froid hyver la poignante gelée,
Pour mieux brouter la fueille emmiëllëe,
4　　Hors de son bois avec l'Aube s'enfuit：

---

①　普罗米修斯因为人类偷天火被罚：秃鹰吞食他的肝，但他的肝又重新长出。
此句喻诗人永远激情不灭，但永远为激情受苦。

Et seul, et seur, loin de chiens et de bruit,

Or sur un mont, or' dans une valée,

Or' pres d'une onde à l'escart recelée,

8  Libre, folastre où son pié le conduit,


De rets ni d'arc sa liberté n'a crainte

Sinon alors que sa vie est attainte

11  D'un trait meurtrier empourpré de son sang.


Ainsi j'alloy sans espoir de dommage,

Le jour qu'un œil sur l'Avril de mon âge,

14  Tira d'un coup mille traits en mon flanc.

*Amours de Cassandre*

*Ibid.*, p. 54.

## "这像是小鹿，当春天已经来临……"

这像是小鹿，当春天已经来临，
融化了隆冬时节凛冽的严寒，
为了能品尝嫩草叶又甜又甘，
小鹿黎明时偷偷溜出了树林：


5  放放心心，没有猎狗，没有声音，
时而走下深谷，时而登上高山，
时而又走近远处的水声潺潺，
小鹿好自由，好淘气，闲步前进，

不怕猎狗,不怕猎弓,多么自在,

10　　只是,小鹿突然倒下,一箭飞来,

箭头上染有小鹿的鲜血殷红。

同样,我没有料到会受害伤身,

一天,有只眼睛瞄准我的青春,

射来千百支箭,支支把我击中。

《卡桑德拉情诗集》

【题解】　虽然诗人借鉴意大利诗人佩特拉克式借景抒情的手法,甚至诗中主要形象也有所本,但评家多欣赏这首十四行诗前三节的诗情画意。

## MIGNONNE, LEVES-VOUS, VOUS ETES PARESSEUSE

Mignonne, levés-vous, vous êtes paresseuse,

Ja la gaye alouette au ciel a fredonné,

Et ja le rossignol frisquement jargonné,

4　　Dessus l'espine assis sa complainte amoureuse.

Sus debout allon voir l'herbelette perleuse,

Et vostre beau rosier de boutons couronné,

Et voz oeillets aimés, auxquels avés donné

8　　Hier au soir de l'eau, d'une main si soigneuse.

Harsoir en vous couchant vous jurastes vos yeux

D'estre plus-tost que moy ce matin esveillée;

11　　Mais le dormir de l'Aube aux filles gracieux

Vous tient d'un doux sommeil encor les yeux sillée
Ça ça je les baise et vostre beau tétin,
14　　Cent fois pour vous apprendre à vous lever matin.

*Amours de Marie*
*Ibid*. , p. 188

## "小亲亲，快快起身，你懒劲十足……"

小亲亲，快快起身，你懒劲十足，[①]
欢乐的云雀已上天啼啭清脆，
夜莺冷清清，已开始反复低徊，
坐在树丛上咏唱爱情的痛苦。

5　　　快起身，去看看小草上的露珠，
去看看你的玫瑰绽满了花蕾，
你一双玉手昨晚细心地浇水，
我们去看看你那可爱的石竹。

昨天睡觉时，你对我满口答应：
10　　你今天早上要醒得比我更早，
黎明的睡意不让少女们梦醒，

你睡眼惺忪，睡你舒服的懒觉：
也罢，吻你一百遍眼睛和乳房，

---

① 本诗有异文。

我让你学会清早要快快起床。

《玛丽情诗集》

【题解】 一五五五年四月,龙沙在家乡爱上了农家少女玛丽·杜班(Marie Dupin),一朵十五岁的安茹之花,为她献上一册《玛丽情诗集》。这些情诗词句朴实明白,但情意真实感人,有不少爱情诗的杰作。这首十四行诗写小情人慵懒的憨态,是龙沙的名作之一。

## COMME ON VOIT SUR LA BRANCHE AU MOIS DE MAY LA ROSE

Comme on voit sur la branche au mois de May la rose

En sa belle jeunesse, en sa premiere fleur,

Rendre le ciel jaloux de sa vive couleur,

4　　Quand l'Aube de ses pleurs au poinct du jour l'arrose:


La grâce dans sa fueille et l'amour se repose,

Embasmant les jardins et les arbres d'odeur:

Mais battue ou de pluye, ou d'excessive ardeur,

8　　Languissante elle meurt fueille à fueille déclose.


Ainsi en ta premiere et jeune nouveauté,

Quand la terre et le ciel honoroient ta beauté,

11　　La Parque t'a tuee, et cendre tu reposes.


Pour obseques reçoy mes larmes et mes pleurs,

Ce vase plein de laict, ce panier plein de fleurs,

14　Afin que vif et mort ton corps ne soit que roses.

*Amours de Marie*

*Ibid.*，pp. 254—255.

## "如同阳春五月间看到枝头的玫瑰……"

　　如同阳春五月间看到枝头的玫瑰，
　　正当是豆蔻年华，又新花一枝开出，
　　娇艳亮丽的美貌使老天感到嫉妒，
　　当晨光熹微，"黎明"浇花时挥洒泪水；

5　　花瓣里睡着"爱情"，花瓣里睡着"高贵"，
　　袭人的浓香阵阵，香透庭园和绿树，
　　但可惜雨水无情，更哪堪烈日酷暑，
　　花儿渐次地开放，玫瑰便香消枯萎。

　　同样，你如花似玉，同样，你青春年少，
10　　正当天上和人间在赞美你的花貌，
　　命运之神摧残你，你躺下成了死灰；

　　请收下我的奠礼：我有滚滚的泪珠，
　　收下这奶液满壶，收下这鲜花一束，
　　不论你生前死后，玉体永远是玫瑰。

《玛丽情诗集》

　　【题解】　这首十四行诗常称作《悼玛丽之死》。这是龙沙又一首把情人比作玫瑰的名诗。玛丽于一五七二年至一五七八年

间夭折。龙沙为此写了一系列诗，补入《玛丽情诗集》。但有研
究家指出，诗中的玛丽可能是国王亨利三世的情人玛丽·德·
克莱夫，她于一五七四年逝世，年仅二十一岁。但不论是哪个玛
丽，诗人心中永远是对美人的怀念，对爱情的憧憬。

## QUAND VOUS SEREZ BIEN VIEILLE，
## AU SOIR A LA CHANDELLE

Quand vous serez bien vieille，au soir à la chandelle，
Assise aupres du feu，dévidant et filant，
Direz chantant mes vers，en vous esmerveillant，
4　Ronsard me celebroit du temps que j'estoit belle.

Lors vous n'aurez servante oyant telle nouvelle，
Desja sous le labeur à demy sommeillant，
Qui au bruit de mon nom ne s'aille resveillant，
8　Benissant vostre nom de louange immortelle.

Je seray sous la terre et fantôme sans os
Par les ombres myrteux je prendray mon repos：
11　Vous serez au fouyer une vieille accroupie，

Regrettant mon amour et vostre fier desdain.
Vivez，si m'en croyez，n'attendez à demain：
14　Cueillez dés aujourdhuy les roses de la vie.

*Sonnets pour Hélène* (1578)
*Ibid*.，pp. 400—401.

## "当暮色苍茫时分,你已是龙钟老妇……"

当暮色苍茫时分,你已是龙钟老妇,
你坐在炉火旁边,正点起蜡烛纺线,
你不无感慨地说,一边唱我的诗篇,
龙沙当年为我的美貌曾写诗作赋。

5　　你的女仆也不会有兴趣听你倾诉,
她经过一天劳累,昏昏然只想睡眠,
听到龙沙的名字也不会睁开睡眼,
更不会对你百世流芳的芳名祝福。

我已躺卧在地下,幽魂离开了躯体,
10　　我已在香桃木的浓荫下长眠休息,
而你这位老妇人蹲下来,围着锅台,

为你的清高,也为我的爱情而懊恼。
及时生活,相信我,请不必再等明朝:
生活里的玫瑰花,要今天马上去摘。

《埃莱娜十四行诗集》

【题解】　《埃莱娜十四行诗集》于一五七八年发表时,龙沙已是半百老人。埃莱娜是王太后卡特琳·德·梅迪奇的青年侍女,才貌双全,因未婚夫阵亡而悲恸不已。龙沙受太后之命,为她作诗以表安慰。老诗人弄假成真,对埃莱娜大献殷勤,虽然少女没有接受,但一百三十首情诗颇多佳作。采摘"生活里的玫瑰花",也是龙沙的名句之一。

## CONTRE LES BUCHERONS DE LA FORET DE GASTINE
## (Extrait)

Escoute, Bûcheron (arreste un peu le bras)

20 Ce ne sont pas des bois que tu jettes à bas;

Ne vois-tu pas le sang lequel degoute à force

Des Nymphes qui vivoyent dessous la dure escorce?

Sacrilege meurdtrier, si on pend un voleur

Pour piller un butin de bien peu de valeur,

25 Combien de feux, de fers, de morts et de destresses

Merites-tu, meschant, pour tuer nos Deesses?

Forest, haute maison des oiseaux bocagers,

Plus le Cerf solitaire et les Chevreuls legers

Ne paistront sous ton ombre, et ta verte criniere

30 Plus du Soleil d'esté ne rompra la lumiere.

Plus l'amoureux Pasteur sur un tronq adossé,

Enflant son flageolet à quatre trous persé,

Son mastin à ses pieds, à son flanc la houlette,

Ne dira plus l'ardeur de sa belle Janette:

35 Tout deviendra muet, Echo sera sans voix:

Tu deviendras campagne, et en lieu de tes bois,

Dont l'ombrage incertain lentement se remue,

Tu sentiras le soc, le coutre et la charrue:

Tu perdras le silence, et haletants d'effroy

40 Ny Satyres, ny Pans ne viendront plus chez toy.

Adieu vieille forest, le jouet de Zephyre,

Où premier j'accorday les langues de ma lyre:

Où premier j'entendis les fleches resonner

D'Apollon, qui me vint tout le cœur estonner:

45 Où premier admirant la belle Calliope,

Je devins amoureux de sa neuvaine trope,

Quand sa main sur le front cent roses me jetta,

Et de son propre laict Euterpe m'allaita.

Adieu vieille forest, adieu testes sacrées,

50 De tableaux et de fleurs autrefois honorées,

Maintenant le desdain des passants alterez,

Qui bruslez en l'Esté des rayons etherez,

Sans plus trouver le frais de tes douces verdures,

Accusent vos meurtriers, et leur disent injures.

55 Adieu Chesnes, couronne aux vaillants citoyens,

Arbres de Jupiter, germes Dodonéens,

Qui premiers aux humains donnastes à repaistre,

Peuples vrayment ingrats, qui n'ont sceu recognoistre

Les biens receus de vous, peuples vraiment grossiers,

60 De massacrer ainsi nos peres nourriciers.

Que l'homme est malheureux qui au monde se fie!

O Dieux, que veritable est la Philosophie,

Qui dit que toute chose à la fin perira,

Et qu'en changeant de forme une autre vestira:

65 De Tempé la vallée un jour sera montagne,

Et la cyme d'Athos une large campagne,

Neptune quelque fois de blé sera couvert.

La matiere demeure, et la forme se perd.

*Les Elegies*

Ronsard *Œuvres complètes*，II，
Edition établie, présentée et annoteé par.
Jean Céard, Daniel Ménager et Michel Simonin,
*Bibliothèque de la Pléiade*，Gallimard，1994，pp. 408—409.

## 斥加蒂纳森林的樵夫
## （选译）

你听我说，请住手，住手，砍树的樵夫，
被你砍倒在地的可不是一棵棵树，
你没有看见，有血往下滴，不绝如缕，
在坚硬的树皮下住着林中的仙女？
5　你犯下弥天大罪，窃贼应该被绞死，
其实他偷的财富，价值也不过如此，
而你这坏蛋，竟然杀害一个个女神，
你死有余辜，该受几回鞭挞和火焚？

森林啊，你是林中小鸟高高的房屋，
10　再不会有轻盈的狍子，孤独的牝鹿，
在你绿荫下吃草，而你绿色的长发
再也不能对盛夏烈日的阳光挡驾。

再也没有多情的牧羊人背树而立，
悠然吹奏起他的开有四孔的牧笛，
15　牧狗躺在他脚下，而牧杖靠在身旁，
对美丽的牧羊女热情地倾诉衷肠；
此地会一片死寂：厄科会嗓子发哑：
你变成一片田野，在你原有的树下，

　　　　　曾有飘忽的浓荫轻轻地晃动着枝条，
20　　　你将会感到此地只有无情的犁刀：
　　　　　你再也没有寂静，就连林神和牧神，
　　　　　也如同惊弓之鸟，不敢来你处安身。

　　　　　别了，古老的树林，西风嬉弄的对象，
　　　　　我曾经在此初调诗琴，而琴声悠扬，
25　　　我曾经在此初次听到诗神阿波罗
　　　　　射来一支支金箭，真使我惊心动魄：
　　　　　我曾经对美丽的卡里俄珀神①赞美，
　　　　　从此真心爱上了她家的九位姊妹，
　　　　　欧忒耳珀②用乳汁把我喂养和带大，
30　　　又把一百朵玫瑰朝我的额头抛下。

　　　　　别了，古老的森林，别了，神圣的树冠，
　　　　　当年树上的彩画③和鲜花蔚为壮观，
　　　　　现在口渴的行人也对你鄙夷不屑，
　　　　　你的一片绿荫下已不是清凉世界，
35　　　夏日的阳光无情，行人都酷热难受，
　　　　　大骂杀你的凶手，对凶手骂不绝口。
　　　　　永别了，橡树，你为勇敢者编织花冠，
　　　　　你是陀陀内④的树，为朱庇特所喜欢，

---

①　司史诗的女神是九位缪斯中最年长者。
②　抒情诗的保护神。
③　相传古人置彩画于树上，以示对神明的尊敬和感激。
④　古希腊城市，相传城内献给天神朱庇特的橡树能预言吉凶。

是你最早向人类赐予充饥的果实①,

40    这些忘恩负义的众生竟然不认识

受之于你的财富,愚钝的俗子凡夫,

竟然能下手屠杀自己的生身父母。

人云我亦云的人又有多么地可悲!

众神啊,这条哲理人人都深有体会:

45    万物最终都将会一一地消亡不见,

万物都会变,会以另一种形式出现:

滕比②的河谷将会变成巍巍的高山,

希腊圣山的顶峰也许是茫茫平川,

大海上有朝一日会涌起滚滚麦浪。

50    物质是永远不灭,形式会变化无常。

【题解】 一五七三年,未来的国王亨利四世出卖部分森林资源抵债,老诗人闻讯,义愤填膺,约于一五八四年写出这篇感动一代又一代读者的"悲歌"。砍伐森林是"弥天大罪",是"屠杀自己的生身父母"。诗人在诗中持人文主义者的立场,诗中追求的人和自然的和谐关系,对四百年后今天的人类来说,不也是一堂深刻的生态教育课吗?

## JE N'AY PLUS QUE LES OS,
## UN SQUELETTE JE SEMBLE

Je n'ay plus que les os, un Squelette je semble,

---

① 相传初民在发现麦子前,以橡实充饥。

② 希腊地名,以气候凉爽闻名。

Decharné, denervé, demusclé, depoulpé.

Que le trait de la mort sans pardon a frappé,

4　Je n'ose voir mes bras que de peur je ne tremble.

Apollon et son filz, deux grands maistres ensemble,

Ne me sçauroient guerir, leur mestier m'a trompé,

Adieu, plaisant soleil, mon œil est estoupé,

8　Mon corps s'en va descendre où tout se desassemble.

Quel amy me voyant en ce point despouillé,

Ne remporte au logis un œil triste et mouillé,

11　Me consolant au lict, et me baisant la face,

En essuiant mes yeux par la mort endormis?

Adieu chers compaignons, adieu, mes chers amis,

14　Je m'en vay le premier vous preparer la place.

*Les Derniers vers*

*Ibid.*, p. 1102

## "我只剩一把骨头，我已是骨架无疑……"

我只剩一把骨头，我已是骨架无疑，

我岂止瘦骨伶仃，我已经形容枯槁，

死神无情的大棒已狠狠把我击倒，

我生怕晕倒在地，不敢看两条手臂。

5　　　阿波罗神有儿子，父与子两代名医，

也无法把我治愈，他们也没有高招，

别了，和煦的太阳，眼睛已不见光照，

我这臭皮囊将去万物消融的墓底。

有哪位朋友不是见我消瘦得可悲，

10    不是回家时眼中噙着忧伤的泪水，

一边擦拭我再也无力张开的双目，

不是吻吻我的脸，不是在床边安慰？

别了，亲爱的伙伴，别了，亲爱的朋辈，

我这就先走一步，为你们扫清道路。

《遗诗集》

【题解】 龙沙已是六旬老翁，最后一次患病期间，写成六首十四行诗和两首短诗，由友人以《遗诗集》为题于一五八六年发表，此为其一。诗人以坦陈一切的态度写出抱病卧床的凄凉景象。评者认为诗中直言不讳的写实手法，可和维永媲美。

## AH LONGUES NUICTS D'HYVER, DE MA VIE BOURRELLES

Ah longues nuicts d'hyver, de ma vie bourrelles,

Donnez moy patience, et me laissez dormir,

Vostre nom seulement, et suer et fremir

4    Me fait par tout le corps, tant vous m'estes cruelles.

Le sommeil tant soit peu n'esvente de ses ailes

Mes yeux tousjours ouverts, et ne puis affermir

Paupiere sur paupiere, et ne fais que gemir,

8 Souffrant comme Ixion des peines eternelles.

Vieille umbre de la terre ainçois l'umbre d'enfer,

Tu m'as ouvert les yeux d'une chaisne de fer,

11 Me consumant au lict, navré de mille pointes:

Pour chasser mes douleurs ameine moy la mort.

Hà mort! le port commun, des hommes le confort,

14 Viens enterrer mes maux, je t'en prie à mains jointes!

*Les Derniers vers*
*Ibid.*, p. 1103

## "啊！漫漫的冬夜啊！
## 是我生活的屠夫……"

啊！漫漫的冬夜啊！是我生活的屠夫，
我已经无法忍耐，请让我安然入睡，
想到你冬夜漫漫，我会是多么狼狈，
我全身冒汗哆嗦，于我是何等残酷。

5 睡神徒然有翅膀，对我张开的双目
不肯送来一丝风，而我的眼皮太累，
已无力上下撑住，我只有呻吟受罪，
我如同伊克西翁①，忍受永恒的痛苦。

---

① 伊克西翁因冒犯天后，被罚在地狱永远服苦役。

人间苍老的幽魂，更是地狱的幽灵，

10　你竟用一条铁链拉开了我的眼睛，

让我在病榻衰竭，被千百枚钉刺透。

给我把死神请来，好免除我的苦难，

死神，大家的归宿，你是人人的靠山，

来埋葬我的痛苦，我合十向你恳求！

《遗诗集》

【题解】 龙沙已是风中残烛，更夜不能寐，但失眠的诗人仍写出感人的悲叹。欲生不能，唯有求死解脱。一九三三年，一位医生在圣科姆隐修院墓地挖出龙沙的遗骨：身材高大的骨架上，有关节炎患者特有的痕迹。

## IL FAUT LAISSER MAISONS ET VERGERS ET JARDINS

Il faut laisser maisons et vergers et Jardins,

Vaisselles et vaisseaux que l'artisan burine,

Et chanter son obsèque en la façon du Cygne

4　Qui chante son trespas sur les bords Mæandrins.

C'est fait j'ay devidé le cours de mes destins,

J'ai vescu j'ay rendu mon nom assez insigne,

Ma plume vole au ciel pour estre quelque signe,

8　Loin des appas mondains qui trompent les plus fins.

Heureux qui ne fut onc, plus heureux qui retourne

En rien comme il estqit, plus heureux qui sejourne,

11 D'homme fait nouvel ange, aurpes de Jesuchrist,

Laissant pourrir çabas sa despouille de boue,

Dont le sort, la fortune, et le destin se joue,

14 Franc des liens du corps pour n'estre qu'un esprit.

*Les Derniers vers*
*Ibid.*, p. 1104

## "不得不撒手丢下家宅、果树和花园……"

不得不撒手丢下家宅、果树和花园，
丢下精雕细刻的高雅餐具和宝瓶，
不得不如同天鹅临终前一路悲鸣，
以声声绝唱，魂断曲曲弯弯的湖岸。

5  万事已了，我已把命运的长线绕完，
此生不虚，我已经使自己遐迩闻名，
我的笔飞上天空，变成了某颗星星，
远离能使精明鬼上当的红尘羁绊。

未曾出生是幸福，而更幸福者却是
10  如何来，就如何去，而更幸福者其实
是在基督的身边成为新天使的人。

丢下这副臭皮囊在人间腐烂枯朽，
让命运、气数、机缘彼此去争论不休，

摆脱皮肉的束缚，只化作一缕精神。

《遗诗集》

【题解】　这是龙沙逝世前一天，在圣科姆隐修院内向教士口述的两首十四行诗之一，成为一代诗翁的天鹅绝唱。龙沙对自己的天才很有信心，深信自己会赢得不朽的诗名。

## PUR SON TOMBEAU
### (LE TOMBEAU DE L'AUTEUR)

Ronsard repose icy qui hardy dés enfance,

Détourna d'Helicon les Muses en la France,

Suivant le son du luth et les trais d'Apollon：

Mais peu valut sa Muse encontre l'eguillon

De la mort，qui cruelle en ce tombeau l'enserre，

Son ame soit à Dieu，son corps soit à la terre.

*Les Derniers vers*

*Ibid*.，pp. 1104—1105

## 作者自撰墓志铭

龙沙在此地安息，他从童年起大胆，

借助阿波罗的箭，并且把诗琴频弹，

从赫利孔山①竟把缪斯骗到法兰西：

但对死神的暗箭，他的诗无能为力，

———————————

①　神话中缪斯女神居住的山。

5　　　　死神无情,在墓中把他紧紧地捆住,

　　　　　愿他躯体归大地,愿他灵魂归天主。

《遗诗集》

【题解】　龙沙于一五八五年冬给其遗嘱执行人写信,附两首"墓志铭",其中一首为罗马皇帝哈德良的仿作,最后两句:"过路人,走你的阳关大道,/ 请不要打扰我,我要入睡。"另一首为本诗。是年十二月二十七日,诗人逝世,本诗镌刻在他的墓碑上。

# 弗朗索瓦·德·马莱伯

## 约 1555——1628

## ［诗人简介］

　　弗朗索瓦·德·马莱伯(François de Malherbe,约 1555——1628)出生在诺曼底冈城的贵族家庭。早年在外省度过二十年平淡无奇的平凡生活。一六○○年,原籍意大利的王后玛丽·德·美第奇来艾克斯,诗人献上一首《欢迎王后来法兰西颂》。一六○五年,年过半百的马莱伯在巴黎觐见国王亨利四世,写成

《为亨利大帝赴利穆桑祈祷》，从此时来运转，一跃成为宫廷诗人，不愁衣食，以歌功颂德为职业。

　　诗人声誉日隆，威信很高，但诗作数量不多，一生仅创作四千多行，但被上流社会及诗坛奉为圭臬。马莱伯的理论旗帜鲜明，开一派风气之先。他反"七星诗社"之道而行，主张纯洁语言，反对俚词俗语，在修辞风格方面，主张简洁明晰，反对浮华绮丽，在作诗格律方面，要求和谐匀称。诗人主张用词严格，诗节严整，节奏严谨。总之，他强调一是井然有序，二是合乎情理。他的一整套主张，成为后来古典主义创作理论的基础。但是，马莱伯并没有留下理论文字，他的观点散见于弟子梅纳尔（F. Mainard）、拉康（H. de Racan）的著述，以及在代博尔特（Ph. Desportes）诗集上的亲笔评点。

　　马莱伯轻感情，重理智，轻天才和灵感，重功夫和技巧，认为诗人只是一门"职业"："一个高明的诗人未必比一个九柱戏的高手对国家更有用。"又对弟子说："我们所能希望的最高荣誉，只是后人会说我们俩是安排音节的高手。"

　　古典主义理论家布瓦洛在《诗艺》里对马莱伯推崇备至，尊为师表：

> 马莱伯终于来到，他是法国第一人，
> 令人感到诗句中有节奏恰如其分，
> 教导用字有分量，位置要深思熟虑，
> 让缪斯俯首听命，让缪斯循规蹈矩。

　　诗评家布吕纳介（Ferdinand Brunetière）则认为他"不是诗人，只是诗匠而已。"

## CONSOLATION A MONSIEUR DUPERIER,

## GENTILHOMME D'AIX-EN-PROVENCE,

### Sur la mort de sa fille

Ta douleur, du Périer, sera donc éternelle,
  Et les tristes discours
Que te met en l'esprit l'amitié paternelle
4   L'augmenteront toujours?

Le malheur de ta fille au tombeau descendue
  Par un commun trépas,
Est-ce quelque dédale, où ta raison perdue
8   Ne se retreuve pas?

Je sais de quels appas son enfance était pleine,
  Et n'ai pas entrepris,
Injurieux ami, de soulager ta peine
12   Avecque son mépris.

Mais elle était du monde, où les plus belles choses
  Ont le pire destin:
Et rose elle a vécu ce que vivent les roses,
16   L'espace d'un matin.

Puis quand ainsi serait, que selon ta prière,
  Elle aurait obtenu
D'avoir en cheveux blancs terminé sa carrière,

20        Qu'en fût-il advenu?


Penses-tu que plus vieille en la maison céleste
        Elle eût eu plus d'accueil?
Ou qu'elle eût moins senti la poussière funeste
24        Et les vers du cercueil?


Non, non, mon du Périer, aussitôt que la Parque
        Ote l'âme du corps,
L'âge s'évanouit au-deçà de la barque,
28        Et ne suit point les morts.


Tithon n'a plus les ans qui le firent cigale;
        Et Pluton aujourd'hui,
Sans égard du passé les mérites égale
32        D'Archémore et de lui.


Ne te lasse donc plus d'inutiles complaintes;
        Mais sage à l'avenir,
Aime une ombre comme ombre, et des cendres éteintes
36        Eteins le souvenir.


C'est bien, je le confesse, une juste coutume,
        Que le cœur affligé
Par le canal des yeux vidant son amertume,
40        Cherche d'être allégé.

Même quand il advient que la tombe sépare

Ce que Nature a joint,

Celui qui ne s'émeut a l'âme d'un Barbare,

44　　　　Ou n'en a du tout point.

Mais d'être inconsolable, et dedans sa mémoire

Enfermer un ennui,

N'est-ce pas se haïr pour acquérir la gloire

48　　　　De bien aimer autrui?

Priam qui vit ses fils abattus par Achille,

Dénué de support,

Et hors de tout espoir du salut de sa ville,

52　　　　Reçut du réconfort.

François, quand la Castille, inégale à ses armes,

Lui vola son Dauphin,

Sembla d'un si grand coup devoir jeter des larmes

56　　　　Qui n'eussent point de fin.

Il les sécha pourtant, et comme un autre Alcide

Contre fortune instruit,

Fit qu'à ses ennemis d'un acte si perfide

60　　　　La honte fut le fruit.

Leur camp qui la Durance avait presque tarie

De bataillons épais,

Entendant sa constance eut peur de sa furie,

64            Et demanda la paix.

De moi, déjà deux fois d'une pareille foudre

           Je me suis vu perclus,

Et deux fois la raison m'a si bien fait résoudre

68            Qu'il ne m'en souvient plus.

Non, qu'il ne me soit grief que la tombe possède

           Ce qui me fut si cher;

Mais en un accident qui n'a point de remède,

72            Il n'en faut point chercher.

La mort a des rigueurs à nulle autre pareilles;

           On a beau la prier,

La cruelle qu'elle est, se bouche les oreilles,

76            Et nous laisse crier.

Le pauvre en sa cabane, où le chaume le couvre,

           Est sujet à ses lois;

Et la garde qui veille aux barrières du Louvre

80            N'en défend point nos rois.

De murmurer contre elle, et perdre patience,

           Il est mal à propos;

Vouloir ce que Dieu veut est la seule science

84            Qui nous met en repos.

Malherbe Œuvres, Edition présentée,

élablie et annotée par Antoine Adam,

*Bibliothèque de la Pléiade*, Gallimard, 1971, pp. 71—73.

## 慰杜贝里埃先生丧女

杜贝里埃，你受的痛苦会无穷无尽？
　　父亲对女儿的爱恋，
使你朝思又暮想，你如今无限伤心，
　　痛苦真会有增无减？

5　　人人都不免一死，令爱已不幸逝世，
　　　在坟墓里全身冰冷，
难道这就是迷津，使你失却了理智，
　　从此你就痛不欲生？

我知道，她虽年幼，已长得眉清目秀，
10　　　我可从来不曾企图
无视令爱的美貌，怨天尤人的朋友，
　　以此宽慰你的痛苦？

她生在这个世上，最美的事物种种
　　　却偏有最惨的命运：
15　她是一朵玫瑰花，遭遇和玫瑰相同：
　　一清早便香消玉殒。

退一步说，就假设根据父亲的请求，
　　　她能善于摄生保养，

能活到满头白发，以尽天年的时候，

20　　　那结果又会是怎样？


你以为，她更长寿，一旦来到了天府，
　　　会受到更多的欢迎？
或者睡在棺材里就不会化为尘土？
　　　感觉不到蛆虫欺侵？


25　　不，我的杜贝里埃，命运的女神一旦
　　　使灵魂脱离了身躯，
年龄马上就消失，决不会登上渡船，
　　　也不会随死者而去。


提托诺斯①太年迈，最后竟变成知了，

30　　　阿凯莫尔少年孤魂，②
冥王既不问过去，也不问是老是少，
　　　对这两人一视同仁。


请不要再为此事徒然地悲悲切切，
　　　今后最好顺应物理，

35　亡灵毕竟是幽魂，这火种已经熄灭，
　　　也请熄灭你的回忆。


心灵受到了创伤，我就是这么认为，
　　　想摆脱自己的苦楚，

---

①　希腊神话中不死的老人，老态龙钟，据说最后变成蝉。
②　传说中幼年夭折的王子。

想张开眼睛看看，寻求别人的宽慰，
40　　　　这是个良好的习俗。

即使有天作之合，如今这一座孤坟，
　　　　天上人间，两地悠悠，
但是无动于衷者心肠硬得像野人，
　　　　甚至连心肠也没有。

45　但是，如果把无法安慰的哀痛之情，
　　　　锁进了自己的回忆，
以便能赢得关心疼爱别人的美名，
　　　　岂不等于憎恨自己？

普里阿摩斯①诸子被阿喀琉斯②杀死，
50　　　　孤立无援，岌岌可危，
毫无希望能拯救自己被围的城市，
　　　　也接受别人的安慰。

弗朗索瓦③是兵强马壮，而继位太子
　　　　被卡斯蒂利亚④抢走，
55　他遭此沉重打击，理应会哭泣不已，
　　　　哭得眼泪滚滚而流。

---

① 荷马史诗《伊利亚特》中特洛伊城的老国王。
② 特洛伊战争中希腊一方的英雄，杀死特洛伊城的主将赫克托耳。
③ 指法国国王弗朗索瓦一世。
④ 本指西班牙中部地区，可泛指西班牙。

他擦干眼泪,却与阿尔喀得斯①一样,

也和厄运进行搏斗,

他使无耻的敌人认清自己的伎俩,

60　　　　　为卑劣行径而害羞。


敌人的营帐几乎把杜朗斯河②填平,

布下的军队真不少,

得知他坚定不移,又怕他大发雷霆,

只好向他求和修好。


65　我呢,我也两次为同样的意外打击

目瞪口呆,感到震惊,

可理智两次为我好好解决了问题,

我才忘得一干二净。


并不是坟墓吞噬我爱的亲生骨肉,

70　　　　　我就不想埋怨咒骂,

灾祸既然已降临,也没有办法挽救,

那又何必去找办法?


死神之铁面无情的确是与众不同,

苦苦求她根本不行,

75　死神有铁石心肠,她捂住耳朵装聋,

却让我们哭叫不停。

---

①　即希腊神话中著名的英雄赫拉克勒斯。

②　河在阿尔卑斯山的法国一侧。弗朗索瓦一世于一五三六年在法意边境击败入侵的西班牙国王卡尔五世。

穷人住在茅屋里睡的是干草一堆，

固然迟早总得一死；

但卢浮宫也徒有门禁森严的警卫，

80　　　国王仍要与世长辞。

一味地埋怨死神，不会克制和坚忍，

这种做法并不相宜；

顺应上帝的意志才是最大的学问，

我们才能得到安息。

【题解】　弗朗索瓦·杜贝利埃是埃克斯法院的律师，是马莱伯在普罗旺斯的挚友。一九三九年，有人找到他女儿的受洗证书，此女于一五九三年受洗，五岁时夭折。估计此诗作成于一五九八年七月前，又是马莱伯的代表作。"告慰诗"是古诗体之一。马莱伯的主张在其诗中得到体现。他认为，诗歌不是宣泄感情的工具，应该轻感情，重理智，提倡"顺应物理"的克制态度，宣扬逆来顺受的坚韧哲学，求得感情和理智的平衡。全诗明白晓畅，用韵、节奏、诗节都严谨，有推敲。

# AU ROI [LOUIS XIII]

## *Sonnet*

Qu'avec une valeur à nulle autre seconde,

Et qui seule est fatale à notre guérison,

Votre courage mûr en sa verte saison

4　　Nous ait acquis la paix sur la terre et sur l'onde：

Que l'hydre de la France en révoltes féconde,

Par vous soit du tout morte, ou n'ait plus de poison,

Certes c'est un bonheur dont la juste raison

8 Promet à votre front la couronne du monde.


Mais qu'en de si beaux faits vous m'ayez pour témoin,

Connaissez-le mon roi, c'est le comble du soin

11 Que de vous obliger ont eu les destinées.


Tous vous savent louer, mais non également:

Les ouvrages communs vivent quelques années:

14 Ce que Malherbe écrit dure éternellement.

*Ibid.*, pp. 141—142.


# 呈国王[路易十三]

陛下的无畏精神盖世而无双，

为臣民已在寰宇内赢得和平，

陛下有英勇气概，又正当年轻，

这才是救治国家仅有的良方；


5     法兰西生出毒龙，频频地反抗，[①]

已被你斩尽杀绝，再不能横行，

既有这般的大幸，岂不是理应

把天底下的王冠戴在你头上。

---

① 指新教徒反抗。

你的壮举可以我为见证之人，

10　四面八方的百姓，请陛下承认，

都为你效力，以求富贵和荣显。

人人对你唱颂歌，但各有文采：

普普通通的作品只留存数年，

马莱伯写的篇章传千秋万代。

【题解】　这首十四行诗是马莱伯献给年轻的国王路易十三的。新王二十三岁，刚在南方平定两起新教叛乱，维持勉强的和平局面。在前两节诗中，老诗人对国王武功的颂扬相当肉麻。但后面两节一转，又充分显示出诗人自己的尊严和自信，末句已成名句。

## SUR LA MORT DU FILS DE L'AUTEUR

### *Sonnet*

Que mon fils ait perdu sa dépouille mortelle，

Ce fils qui fut si brave，et que j'aimai si fort：

Je ne l'impute point à l'injure du sort，

4　Puisque finir à l'homme est chose naturelle.

Mais que de deux marauds la surprise indidèle

Ait terminé ses jours d'une tragique mort，

En cela ma douleur n'a point de réconfort：

8　Et tous mes sentiments sont d'accord avec elle.

O mon Dieu, mon Sauveur, puisque par la raison,

Le trouble de mon âme étant sans guérison,

11　Le voeu de la vengeance est un vœu légitime；

Fais que de ton appui je sois fortifié；

Ta justice t'en prie；et les auteurs du crime

14　Sont fils de ces bourreaux qui t'ont crucifié.

*Ibid.*，p. 166

# 悼儿诗

　　我的儿子已弃其躯壳而远行，

　　这孩子诚实善良，是我的宝贝，

　　我对不公的命运并没有责备，

　　人总有一死，本是自然的事情。

5　　是两个无赖使我儿死于非命，

　　设下阴谋和诡计，使他成冤鬼，

　　这件事使我痛苦，得不到安慰，

　　全身的感情为痛苦愤愤不平。

　　主啊，我的救世主，我心情恶劣，

10　　我心烦意乱，靠理智无法宽解，

　　复仇的愿望既是正当的愿望，

　　请主支持我，请让我更加坚忍：

　　你主持公道，几名罪犯都猖狂，

是钉死你的刽子手们的子孙。

【题解】　诗人的儿子马克-安东于一六二七年在一场争执中丧命。一向主张克制感情的马莱伯老来失子,悲恸不已。诗人力主是谋杀,并不顾七旬高龄,亲自去拉罗歇尔禀报国王,要求严惩凶手,未果,第二年伤心而死。

# 让·德·拉封丹　　1621—1695

## [ 诗人简介 ]

让·德·拉封丹(Jean de La Fontaine，1621—1695)先继承父业，充任管理河流森林的闲官，博览群书。步入文坛后，先是得到财政总监富凯的赏识，本想可以专心创作，但富凯自己不久也失宠。

拉封丹一度彷徨，寻找寄托。一六六五年出版《故事诗》，继承意大利作家薄伽丘《十日谈》的传统；一六六八年出版前六卷

《寓言诗》（les Fables），至一六九四年共出版十二卷，奠定他在
文学史上的重要地位。

　　拉封丹和莫里哀、拉辛往来密切，在当时的"古今之争"中是
复古派的代表，但普遍认为：《寓言诗》的成就在《伊索寓言》之
上。拉封丹一生投靠过几个贵族，最后遇见的拉萨布里埃尔夫
人对其关怀最多，两人结下深厚的友谊。拉封丹写过多种诗体，
也写过几首长诗，但诗人最大的成就，还是他的《寓言诗》。《寓
言诗》大多取材伊索寓言，借林中的百兽摹写十七世纪法国社会
的现实。他自称：

<blockquote>
将我的这部作品，<br>
写成庞大的喜剧，洋洋大观一百幕，<br>
供全世界这大舞台演出。
</blockquote>

　　又说：

<blockquote>
赤裸裸的教训只会叫人讨厌：<br>
讲讲故事，故事里边就有箴言。
</blockquote>

　　拉封丹的寓言诗是法国文化遗产的组成部分，三百年来为
法国人民所喜闻乐见。历代作家多推崇备至。赛维尼涅夫人
说："拉封丹的寓言诗像一篮樱桃。我们要挑最美的，篮子就空
了"；缪塞歌颂他为"智慧和欢乐之花"；圣伯夫说："我们真正的
荷马，谁能相信，是拉封丹"；纪德认为他是"文化的奇迹"。法国
当代诗歌史专家萨巴蒂耶（Robert Sabatier）也认为，拉封丹是
"他同时代最有特色的抒情诗人。"

## LA CIGALE ET LA FOURMI

La Cigale, ayant chanté
Tout l'été,
Se trouva fort dépourvue
Quand le bise fut venue.
5    Pas un seul petit morceau
De mouche ou de vermisseau.
Elle alla crier famine
Chez la Fourmi sa voisine,
La priant de lui prêter
10    Quelque grain pour subsister
Jusqu'à la saison nouvelle.
Je vous paierai, lui dit-elle,
Avant l'août, foi d'animal,
Intérêt et principal.
15    La Fourmi n'est pas prêteuse;
C'est là son moindre défaut.
Que faisiez-vous au temps chaud?
Dit-elle à cette emprunteuse.
Nuit et jour à tout venant
20    Je chantais, ne vous déplaise.
Vous chantiez? J'en suis fort aise:
Et bien! Dansez maintenant.

*Fables*

La Fontaine, *Œuvres Complètes*,
Edition établie, présentée et annotée par Jean-Pierre Collinet,
*Bibliothèque de la Pléiade*, Gallimard, 1991, p. 32.

## 知了和蚂蚁

知了歌唱了整个夏天，
　一天也不闲，
北风呼呼刮起的时候，
才发现自己一无所有；
既无半只苍蝇在屋内，
5　家里也不剩一条虫腿。
这知了来到蚂蚁家中，
向这位邻居叫饿哭穷，
并请求蚂蚁多多照应，
借一点吃的可以活命，
10　来年收获前有个温饱。
"打下了粮食，"知了说道：
"知了说话算数，就还你，
我还你的钱连本带利。"
15　一听说借粮，蚂蚁不肯，
这可是她的小小过错。
"天热时，你做什么工作？"
她向借粮的知了发问：
"白天和黑夜，请你息怒，
20　有人前来，我唱歌不停。"
"你是在唱歌？我真高兴：
那好哇！现在就请跳舞。"

《寓言诗》

【题解】　这是拉封丹十二卷《寓言诗》的首篇，取材于《伊索寓言》，为法国每一个学童所熟悉。

## LE CORBEAU ET LE RENARD

Maître Corbeau, sur un arbre perché,
Tenait en son bec un fromage.
Maître Renard, par l'odeur alléché,
Lui tint à peu près ce langage：
5      Et bonjour, Monsieur du Corbeau,
Que vous êtes joli! que vous me semblez beau!
Sans mentir, si votre ramage
Se rapporte à votre plumage,
Vous êtes le Phénix des hôtes de ces bois.
10    A ces mots le Corbeau ne se sent pas de joie,
Et pour montrer sa belle voix,
Il ouvre un large bec, laisse tomber sa proie.
Le Renard s'en saisit, et dit：Mon bon Monsieur,
Apprenez que tout flatteur
15    Vit aux dépens de celui qui l'écoute.
Cette leçon vaut bien un fromage sans doute.
Le Corbeau honteux et confus,
Jura, mais un peu tard, qu'on ne l'y prendrait plus.

*Fables*
*Ibid*., p. 32.

## 乌鸦和狐狸

乌鸦师傅蹲在一棵树上，

嘴里叼着一块奶酪。

狐狸师傅可闻到了奶香，

对乌鸦这般地说道：

5　　　"嘿！嘿！您好，乌鸦阁下，

我看您好英俊！好神气的乌鸦！

如果，您有歌喉美妙，

如同您的一身羽毛，

那您准是这林中百鸟的凤凰。"

10　　乌鸦一听这话，乐得忘乎所以；

为了舒展歌喉演唱，

他把大嘴张开，美食掉落在地，

狐狸一把接住，说："我的好先生，

要知道，拍马奉承，

15　　　靠的是对傻瓜巧语花言。

这教训完全顶这奶酪的价钱。"

乌鸦羞愧，狼狈不堪，

发誓再不上当，不过为时已晚。

《寓言诗》

【题解】　卢梭对拉封丹寓言的道德作用持异议，在教育小说《爱弥尔》中认为："在上面这则寓言中，孩子们嘲笑的是乌鸦，而人人都偏爱狐狸"，结论是孩子们的"做法几乎总是和作者的意图相反"。

## LA MORT ET LE BUCHERON

Un pauvre Bûcheron tout couvert de ramée,

Sous le faix du fagot aussi bien que des ans

Gémissant et courbé marchait à pas pesants,

Et tâchait de gagner sa chaumine enfumée.

5　　Enfin, n'en pouvant plus d'effort et de douleur,

Il met bas son fagot, il songe à son malheur:

Quel plaisir a-t-il eu depuis qu'il est au monde?

En est-il un plus pauvre en la machine ronde?

Point de pain quelquefois, et jamais de repos.

10　　Sa femme, ses enfants, les soldats, les impôts,

　　　　Le créancier, et la corvée

Lui font d'un malheureux la peinture achevée.

Il appelle la Mort; elle vient sans tarder,

　　　　Lui demande ce qu'il faut faire.

15　　　　C'est, dit-il, afin de m'aider

A recharger ce bois; tu ne tarderas guère.


　　　　Le trépas vient tout guérir;

　　　　Mais ne bougeons d'où nous sommes:

　　　　Plutôt souffrir que mourir,

20　　　　C'est la devise des hommes.

*Fables*

*Ibid.*, p. 54


# 死神和樵夫

有个贫穷的樵夫,背着砍下的柴火,

承受木柴的重压,加上年岁的包袱,

弯腰曲背又哼哼,举起沉重的脚步,

吃力地返回自己被烟熏黑的茅舍。

5　　樵夫又痛又疲劳,已无力再向前行,

他放下木柴,想起自己的种种不幸。

"自从来到这世界,他享过什么清福?

在这个地球之上,还有谁比他更苦?

有时吃不上面包,永远得不到休息。"

10　　要养活妻子儿女,应付债主和劳役,

要缴纳赋税,要招待士兵①,

使这不幸人成为穷苦生活的缩影。

他召唤死神前来。而死神说到就到,

问他有什么事情要吩咐。

15　　"来,请你帮我一把,"他说道:

"帮我背上这捆柴;误不了你的功夫。"

死能把一切困难解除;

立足脚下,别见异思迁:

与其去死,还不如受苦,

20　　这是做人的至理名言。

《寓言诗》

【题解】　这则寓言也取材《伊索寓言》,拉封丹加入现实生活的内容,比原著有发挥。圣伯夫认为,"拉封丹的独创性不在于其内容,而在于其手法。"法国思想家拉默内(Lamennais)认为"他真正是人民的诗人"。

_____

① 农民有义务留宿过路的士兵。

## LE CHENE ET LE ROSEAU

Le Chêne un jour dit au Roseau:
Vous avez bien sujet d'accuser la Nature;
Un Roitelet pour vous est un pesant fardeau.
　　Le moindre vent qui d'aventure
5 　　Fait rider la face de l'eau,
　　Vous oblige à baisser la tête:
Cependant que mon front, au Caucase pareil,
Non content d'arrêter les rayons du soleil,
　　Brave l'effort de la tempête.
10 Tout vous est aquilon, tout me semble zéphir.
Encor si vous naissiez à l'abri du feuillage
　　Dont je couvre le voisanage,
　　Vous n'auriez pas tant à souffrir:
　　Je vous défendrais de l'orage;
15 　　Mais vous naissez le plus souvent
Sur les humides bords des Royaumes du vent.
La Nature envers vous me semble bien injuste.
Votre compassion, lui répondit l'Arbuste,
Part d'un bon naturel; mais quittez ce souci.
20 Les vents me sont moins qu'à vous redoutables.
Je plie, et ne romps pas. Vous avez jusqu'ici
　　Contre leurs coups épouvantables
　　Résisté sans courber le dos;
Mais attendons la fin. Comme il disait ces mots,
25 Du bout de l'horizon accourt avec furie

Le plus terrible des enfants

Que le Nord eût portés jusque-là dans ses flancs.

L'Arbre tient bon; le Roseau plie.

Le vent redouble ses efforts,

30      Et fait si bien qu'il déracine

Celui de qui la tête au ciel était voisine,

Et dont les pieds touchaient à l'empire des morts.

*Fables*

*Ibid.*, pp. 64—65.

## 橡树和芦苇

有一天,橡树找芦苇交谈:

"你对大自然责怪,这的确很有道理;

一只山菊莺对你也是沉重的负担;

偶尔有一丁点儿风吹起,

5      水面上有粼粼皱纹浮泛,

而你已不得不低下了头,

而这时我的额头像高加索山高昂,

我巍巍高树,岂能满足于挡住阳光,

我迎头抗击风狂和雨骤。

10    一切对你刮北风,一切对我似和风。

再说,我向四周围布满绿叶和青枝,

如果你在绿叶丛中出世,

你本来也不会备受折腾:

我保护你不被风雨淋湿;

15    可你总喜欢出生在水边,

这湿漉漉的环境，永远有风波凶险。

我看大自然对你似乎是很不公平。"

芦苇回答橡树说："你对我如此同情，

应该说也很自然；请不必为此烦心：

20   风对于我未必比对你更可怕；

我弯腰，而不折断。迄今为止，你面临

  狂风暴雨的猛攻猛打，

   仍然挺立，背未曲，腰未弯；

可且听下回分解。"他的话没有说完，

25  北风家中豢养的一批又一批打手，

   其中最凶狠恶毒的无赖，

从地平线上肆无忌惮地杀奔而来。

   橡树顶住了；芦苇在点头。

  风越刮越猛，风越刮越烈，

30   最后终于把树连根拔起，

这棵树从前的头几乎把天顶触及，

这棵树从前的脚伸进鬼魂的世界。

            《寓言诗》


## LE LABOUREUR ET SES ENFANTS

Travaillez, prenez de la peine：

C'est le fonds qui manque le moins.

Un riche Laboureur sentant sa mort prochaine,

Fit venir ses enfants, leur parla sans témoins.

5 Gardez-vous, leur dit-il, de vendre l'héritage

Que nous ont laissé nos parents.

Un trésor est caché dedans.

Je ne sais pas l'endroit; mais un peu de courage

Vous le fera trouver, vous en viendrez à bout.

10　　Remuez votre champ dès qu'on aura fait l'août.

Creusez, fouillez, bêchez, ne laissez nulle place

Où la main en passe et repasse.

Le Père mort, les fils vous retournent le champ.

Deçà, delà, partout; si bien qu'au bout de l'an

15　　Il en rapporta davantage.

D'argent, point de caché. Mais le Père fut sage

De leur montrer, avant sa mort,

Que le travail est un trésor.

*Fables*

*Ibid.*, p. 191

# 农夫和他的孩子

要好好劳动,不要怕艰辛:

这才是从来不缺的本钱。

一个富裕的农夫感到死期已临近,

叫孩子们来听话,没有外人在床边。

5　　"你们可千万不能,"他说道:"变卖田地,

这是祖宗留下来的祖产:

地里藏着金银财宝一坛。

我不知藏在何处;只要能拿出勇气,

你们肯定会找到:你们肯定能成功。

10　等八月秋收以后，你们要把地翻动；

　　要挖，要掘，还要刨；不要留下一寸田，

　　不经过你们的双手翻遍。"

　　父亲一死，这几个儿子翻遍了田沟，

　　翻东，翻西，翻个够；这样到一年以后，

15　　　田里的收成比往年丰足。

　　而金银，却是没有。这父亲用心良苦，

　　逝世之前让儿辈们知道，

　　只有劳动，才是金银财宝。

《寓言诗》


## LES DEUX PIGEONS

Deux Pigeons s'aimaient d'amour tendre.

L'un d'eux, s'ennuyant au logis,

Fut assez fou pour entreprendre

Un voyage en lointain pays.

5　L'autre lui dit: Qu'allez-vous faire?

Voulez-vous quitter votre frère?

L'absence est le plus grand des maux:

Non pas pour vous, cruel. Au moins, que les travaux,

Les dangers, les soins du voyage,

10　Changent un peu votre courage.

Encore si la saison s'avançait davantage!

Attendez les zéphyrs. Qui vous presse? un Corbeau

Tout à l'heure annonçait malheur à quelque Oiseau.

Je ne songerai plus que rencontre funeste,

15 Que Faucons, que réseaux. Hélas! dirai-je, il pleut:

Mon frère a-t-il tout ce qu'il veut,

Bon soupé, bon gîte, et le reste?

Ce discours ébranla le cœur

De notre imprudent voyageur;

20 Mais le désir de voir et l'humeur inquiète

L'emportèrent enfin. Il dit:Ne pleurez point:

Trois jours au plus rendront mon âme satisfaite;

Je reviendrai dans peu conter de point en point

Mes aventures à mon frère.

25 Je le désennuierai: quiconque ne voit guère

N'a guère à dire aussi. Mon voyage dépeint

Vous sera d'un plaisir extrême.

Je dirai: J'étais là; telle chose m'avint;

Vous y croirez être vous-même.

30 A ces mots, en pleurant, ils se dirent adieu.

Le voyageur s'éloigne; et voilà qu'un nuage

L'oblige de chercher retraite en quelque lieu.

Un seul arbre s'offrit, tel encor que l'orage

Maltraita le Pigeon en dépit du feuillage.

35 L'air devenu serein, il part tout morfondu,

Sèche du mieux qu'il peut son corps chargé de pluie,

Dans un champ à l'écart voit du blé répandu,

Voit un Pigeon aurpès; cela lui donne envie;

Il y vole, il est pris; ce blé couvrait d'un las

40 Les menteurs et traîtres appas.

Le las était usé; si bien que de son aile,

De ses pieds, de son bec, l'Oiseau le rompt enfin.

Quelque plume y périt; et le pis du destin

Fut qu'un certain Vautour à la serre cruelle,

45    Vit notre malheureux qui, traînant la ficelle

Et les morceaux du las qui l'avait attrapé,

      Semblait un forçat échappé.

Le Vautour s'en allait le lier, quand des nues

Fond à son tour un Aigle aux ailes étendues.

50    Le Pigeon profita du conflit des voleurs,

S'envola, s'abattit auprès d'une masure,

      Crut, pour ce coup, que ses malheurs

      Finiraient par cette aventure;

Mais un fripon d'enfant, cet âge est sans pitié

55    Prit sa fronde, et, du coup, tua plus d'à moitié

      La Volatile malheureuse,

      Qui, maudissant sa curiosité,

      Traînant l'aile et tirant le pié,

      Demi-morte et demi-boîteuse,

60       Droit au logis s'en retourna:

      Que bien que mal elle arriva

      Sans autre aventure fâcheuse.

Voilà nos gens rejoints; et je laisse à juger

De combien de plaisirs ils payèrent leurs peines.

65    Amants, heureux amants, voulez-vous voyager?

      Que ce soit aux rives prochaines;

Soyez-vous l'un à l'autre un monde toujours beau,

Toujours divers，toujours nouveau；
Tenez-vous lieu de tout，comptez pour rien le reste；
70    J'ai quelquefois aimé！je n'aurais pas alors，
Contre le Louvre et ses trésors，
Contre le firmamant et sa voûte céleste，
Changé les bois，changé les lieux
Honorés par les pas，éclairés par les yeux
75        De l'aimable et jeune bergère
Pour qui，sous le fils de Cythère，
Je servis，engagé par mes premiers serments.
Hélas！quand reviendront de semblables moments？
Faut-il que tant d'objets si doux et si charmants
80    Me laissent vivre au gré de mon âme inquiète？
Ah！si mon cœur osait encor se renflammer！
Ne sentirai-je plus de charme qui m'arrête？
Ai-je passé le temps d'aimer？

*Fables*
*Ibid*.，pp. 348—350.


# 一对鸽子

有一对鸽子相亲又相爱：
其中一只在家无聊透顶，
竟然头脑发昏，不知好歹，
决心去远方做一次旅行。
5    另一只说："你打什么主意？
你真的想离开自己兄弟？

　　　　离家可没有一点点好处：

　　不是为你，狠心人！不过，一踏上旅途，

　　　　但愿劳顿、麻烦以及危险，

10　　　　会让你的脾气有所改变。

　　且不说眼下已是越来越冷的寒天！

　　你且等和风吹起，你一点不必着急。

　　刚才乌鸦还给人报告不祥的消息。

　　我往后梦中只会看到倒霉的事由，

15　　遇见猛禽，遇见网，唉！我说天会下雨。

　　　　吃得好，住得好，无忧无虑：

　　　　我的兄弟是否应有尽有？"

　　　　我们不安分守己的飞禽，

　　　　也被这一番话打动了心；

20　　可是，不安的天性，出去看看的意图，

　　最后仍占了上风。他说："别哭哭啼啼。

　　最多三天的时间，我就会心满意足，

　　我会马上飞回家，并且向我的兄弟

　　　　详细地讲讲所闻和所见；

25　　我会给他解解闷。谁不去见见世面，

　　那就会无话可谈。我的这一次旅行，

　　　　你一定会听得津津有味。

　　我去过什么地方，又发生什么事情；

　　　　你会感到是亲身的体会。"

30　　两只鸟说到这儿，才流着眼泪告别。

　　鸽子离家飞远了；突然有乌云一片，

　　他被迫随便找个什么地方好停歇。

　　前面只有一棵树，虽然有枝叶遮掩，

鸽子还是被雷雨淋得好狼狈可怜。

35　待天空重又放晴,冻僵的鸟又起飞,

以便把湿淋淋的身子尽可能吹干;

他看到一旁田里麦子一堆又一堆,

地上也有只鸽子:这下他满心喜欢;

他飞下就被逮住:麦田里弄虚作假,

40　诱饵后面都有绳结布下。

好在绳结已用旧;他翅膀乱拍乱抖,

用脚蹬,再用嘴咬,才挣脱绳结脱逃;

绳结上挂着羽毛;有件事却更糟糕,

原来有一只长着无情利爪的秃鹫,

45　发现我们不幸的小鸟、断绳和线头

还拖在鸽子身后,走起来步履蹒跚,

看上去像个越狱的逃犯。

秃鹫眼看抓住他,猛然从云端天顶,

又飞来一只翅膀张得大大的老鹰。

50　鸽子利用强盗间彼此在你争我夺,

赶紧飞走,一下子飞入破屋子一间,

满以为经过这一番风波,

再不会有别的什么危险;

可是又有个顽童(这年龄下手最凶)

55　拿起弹弓,一弹把可怜的小鸟打中,

打得他真是死去又活来,

鸽子为好奇心万分后悔,

耷拉着翅膀,半拖着小腿,

一瘸一瘸,简直呜呼哀哉,

60　就径直飞回自己的住家;

　　　　　　他好歹平平安安地到达，

　　　　　　　再没有发生其他的意外。

　　　　　　两兄弟重又相会；他们有多么高兴，

　　　　　　　才终于苦尽甘来？我留给大家去想。

65　　　天下幸福的情人，你们想不想旅行？

　　　　　　　哪怕去并不遥远的他乡。

　　　　　　你们俩彼此都是对方的整个天地，

　　　　　　　永远的美丽，永远的新奇；

　　　　　　你们自己是一切，其他别放在心上。

70　　　我曾经有过爱情：牧女也年轻美貌，

　　　　　　　我当时珍惜我这些财宝，

　　　　　　纤足穿行的森林，秀眼惠顾的地方，

　　　　　　　即使有人给我整个天宇，

　　　　　　给我卢浮宫以及宫中的金银美玉，

75　　　　　我当时也不会愿意交换。

　　　　　　　我有爱神为证，用情很专，

　　　　　　我曾经海誓山盟，我曾经处处相随。

　　　　　　唉！此情此景如今何时又再能返回？

　　　　　　难道这么多可爱迷人的奇花异草，

80　　　　会使我不安分的灵魂去颠沛流离？

　　　　　　啊！愿我的心敢于再一次熊熊燃烧！

　　　　　　我再也感受不到能左右我的魅力？

　　　　　　　难道我不再是青春年少？

　　　　　　　　　　　　　　　　《寓言诗》

　　**【题解】**　这首寓言是拉封丹的抒情名篇。上半首写一只鸽子不安分守己，狠心离开兄弟，想外出见见世面，结果先遇雷雨，

又遇老鹰,险些丧命,狼狈而归,引出这下半首的感慨。诗人曾
在另一首诗中坦陈:"唉,得了! 我心不专,诗歌爱情都是如此。"
《一对鸽子》是拉封丹晚年的肺腑之言,文学史家泰纳认为此篇
"字字句句都充满了柔情"。

## LE SONGE D'UN HABITANT DU MOGOL

Jadis certain Mogol vit en songe un Vizir
Aux Champs Elysiens possesseur d'un plaisir
Aussi pur qu'infini, tant en prix qu'en durée;
Le même songeur vit en une autre contrée
5  Un Ermite entouré de feux,
Qui touchait de pitié même les malheureux.
Le cas parut étrange, et contre l'ordinaire;
Minos en ces deux morts semblait s'être mépris.
Le dormeur s'éveilla, tant il en fut surpris.
10 Dans ce songe pourtant soupçonnant du mystère
  Il se fit expliquer l'affaire.
L'interprète lui dit: Ne vous étonnez point;
Votre songe a du sens; et, si j'ai sur ce point
  Acquis tant soit peu d'habitude,
15 C'est un avis des Dieux. Pendant l'humain séjour,
Ce Vizir quelquefois cherchait la solitude;
Cet Ermite aux Vizirs allait faire sa cour.

Si j'osais ajouter au mot de l'interprète,
J'inspirerais ici l'amour de la retraite;

20  Elle offre à ses amants des bien sans embarras,

Biens purs, présents du Ciel, qui naissent sous les pas.

Solitude, où je trouve une douceur secrète,

Lieux que j'aimai toujours, ne pourrai-je jamais,

Loin du monde et du bruit, goûter l'ombre et le frais?

25  Ô qui m'arrêtera sous vos sombres asiles!

Quand pourront les neuf Soeurs, loin des cours et des villes,

M'occuper tout entier, et m'apprendre des cieux

Les divers mouvements inconnus à nos yeux,

Les noms et les vertus de ces clartés errantes

30  Par qui sont nos destins et nos moeurs différentes?

Que si je ne suis né pour de si grands projets,

Du moins que les ruisseaux m'offrent de doux objets!

Que je peigne en mes vers quelque rive fleurie!

La Parque à filets d'or n'ourdira point ma vie;

35  Je ne dormirai point sous de riches lambris.

Mais voit-on que le somme en perde de son prix?

En est-il moins profond, et moins plein de délices?

Je lui voue au désert de nouveaux sacrifices.

Quand le moment viendra d'aller trouver les morts,

40  J'aurai vécu sans soins, et mourrai sans remords.

*Fables*

*Ibid.* , pp. 431—432.

# 莫卧尔人做梦

从前,有个莫卧尔人①在梦中见到宰相,

他生活在天国里能够把福份安享,

这可是全福,天长地久,又无边无际:

做梦者又在冥土看到有一个隐士,

5　　　隐士的全身被大火包裹,

令即使不幸的人都为之怜悯难过。

这梦境未免古怪,而且也有违常理:

弥诺斯②对两个人居然会张冠李戴。

此人睡醒后起来,吃惊得目瞪口呆。

10　他怀疑这个梦里具有神秘的意义,

他便请人前来解释此事。

释梦者对他说道:"请不必感到吃惊;

你的梦自有道理;如果我对此情景

多少有点经验,有点清楚,

15　这是众神的神谕。当年两人在尘世,

这位宰相在生前,有时候寻觅孤独;

而这个隐士却对大臣们大拍马屁。"


如果让我斗胆对释梦者补充两句,

我在此衷心希望大家能归来隐居:

20　归来隐居能带来自由自在的财富,

信步走走,脚下是天赐纯洁的礼物。

_____

①　"Mogol"有注家指印度北部的"莫卧尔"人,又有注家认为是包括印度北部在内的"蒙古"人。

②　弥诺斯是希腊神话中地狱里的主审判官。

孤独啊，我发现你才有隐蔽的乐趣，

我深爱的乡野啊，难道我再也不能

品尝绿荫的清凉，远离世俗的人声？

25　啊！是什么吸引我来寻访这片清幽！

何时这九位姐妹①永远留住我不走，

远离城市和朝廷，从天上教导周详：

行走的星星如何命名，有什么影响，

凡人未知的轨道，肉眼不见的轨迹，

30　使人人命运不同，使地地风俗相异？

但如果说我生来与鸿篇巨制无缘，

至少，淙淙的小溪送我悦目的林泉！

至少，我可用诗句梳理溪畔的花坪！

命运女神不会用金线编织我生命，

35　我也不会在雕栏玉砌的宫里安睡。

但午间小憩不会因此而失去兴味？

睡得不沉又不香！会因此不做美梦！

我许愿退隐山林，对睡神多加侍奉。

一旦这时刻来临，要去和死神作伴，

40　我已经活得潇洒，我更会死而无憾。

《寓言诗》

【题解】 这是一首拉封丹笔下的"孤独颂"。做梦的情节可能取自波斯诗人萨迪：有莫卧尔人在梦中见大官在天国享清福，又见隐士全身起火。释梦者谓梦是神谕，告示大官在人世时希望归隐，而隐士曾向大官们拍马逢迎。十七世纪的文学中"'我'

———————————

① 指九位缪斯。

是可憎"的东西,拉封丹却借鉴维吉尔的《牧歌》和《农事诗》,在应该客观的寓言里,披露自己内心深处的感情。

# 安德烈·舍尼埃　1762—1794

## ［诗人简介］

安得烈·舍尼埃(André Chénier,1762—1794)生于君士坦丁堡,母亲是希腊人,从小受到希腊文化的熏陶。一七八五年至一七八七年前,是他紧张创作的时期,构思不少,但成品不多,作品有牧歌,颂歌,悲歌等,多为希腊古诗的仿作,具有希腊式的忧伤和造型美。一七八七年至一七九○年,在英国谋生,酝酿新型的史诗:《赫耳墨斯》(*Hermès*)和《美洲》(*L'Amérique*),前者打算描写自然、人类和社会,反映其进步的社会理想;后者在美国独立后,以歌颂新大陆为主题。同时,长诗《创造》(*L'Inven-*

tion)则表达他对创作方面的信条：

> 采摘古代的鲜花，酿制我们的甜蜜；
>
> 取来古代的诗火，点燃我们的火炬；
>
> 要表达新的思想，写出古代的诗句。

舍尼埃为法国大革命欢欣鼓舞，一七九〇年回到法国，投入政治斗争，和友人创办报刊。他和思想家孔多塞和画家达维德是朋友，但他持温和的君主立宪思想，抨击罗伯斯庇尔和雅各宾党人。一七九四年三月七日在巴黎被捕，二十五日被判死刑，立即执行。他死后的第二天，罗伯斯庇尔下台。

一八一九年，诗人死后二十五年，作品首次出版，对一整代浪漫派诗人产生震动。雨果认为，他是"古典派中的浪漫派"；唯美派的戈蒂耶，帕纳斯派的勒贡特·德·利尔，都尊他为先驱。诗人雷尼埃认为，一部法国诗歌史，只是三个名字：龙沙，舍尼埃和雨果。蓬皮杜总统在他编选的《法国诗选》里认为，舍尼埃是"真正的诗人"，但"死得太早，未能完成使命"。

## ODE A VERSAILLES

Ô Versailles, ô bois, ô portiques,

Marbres vivants, berceaux antiques,

Par les Dieux et les rois Elysée embelli,

A ton aspect, dans ma pensée,

Comme sur l'herbe aride une fraîche rosée,

Coule un peu de calme et d'oubli.

Paris me semble un autre empire,

Dès que chez toi je vois sourire

Mes pénates secrets couronnés de rameaux,

D'où souvent les monts et les plaines

Vont dirigeant mes pas aux campagnes prochaines,

Sous de triples cintres d'ormeaux.


Les chars, les royales merveilles,

Des gardes les nocturnes veilles,

Tout a fui: des grandeurs tu n'es plus le séjour:

Mais le sommeil, la solitude,

Dieux jadis inconnus, et les arts, et l'étude,

Composent aujourd'hui ta cour.


Ah! malheureux! à ma jeunesse

Une oisive et morne paresse

Ne laisse plus goûter les studieux loisirs.

Mon âme, d'ennui consumée,

S'endort dans les langueurs. Louange et renommée

N'inquiètent plus mes désirs.


L'abandon, l'obscurité, l'ombre,

Une paix taciturne et sombre,

Voilà tous mes souhaits. Cache mes tristes jours,

Et nourris, s'il faut que je vive,

De mon pâle flambeau la clarté fugitive,

Aux douces chimères d'amours.

L'âme n'est point encor flétrie,
La vie encor n'est point tarie,
Quand un regard nous trouble et le cœur et la voix.
　Qui cherche les pas d'une belle,
Qui peut ou s'égayer ou gémir auprès d'elle,
De ses jours peut porter le poids.

J'aime, je vis. Heureux rivage!
Tu conserves sa noble image,
Son nom, qu'à tes forêts j'ose apprendre le soir,
Quand, l'âme doucement émue,
J'y reviens méditer l'instant où je l'ai vue,
Et l'instant où je dois la voir.

Pour elle seule encore abonde
Cette source, jadis féconde,
Qui coulait de ma bouche en sons harmonieux.
Sur mes lèvres tes bosquets sombres
Forment pour elle encor ces poétiques nombres,
Langage d'amour et des Dieux.

Ah! témoin des succès du crime,
Si l'homme juste et magnanime
Pouvait ouvrir son cœur à la félicité,
Versailles, tes routes fleuries,
Ton silence, fertile en belles rêveries,
N'auraient que joie et volupté.

Mais souvent tes vallons tranquilles,

Tes sommets verts, tes frais asiles,

Tout à coup à mes yeux s'enveloppent de deuil.

J'y vois errer l'ombre livide

D'un peuple d'innocents, qu'un tribunal perfide

Précipite dans le cercueil.

André Chénier *Œuvres complètes*,

Texte établi et commenté par Gérard Walter,

*Bibliothèque de la Pléiade*, Gallimard, 1958, pp. 183—185.

## 凡尔赛颂

噢,凡尔赛,噢,树林,噢,草坪,

古代的摇篮,云石的生命,

乐园啊,你的美丽依赖众神和列王,

在我思想里,见你真面目,

5       仿佛在干草茎上一滴新鲜的甘露,

送来一点安宁,一点遗忘。


巴黎对我别是一种乾坤:

在你园里,见我家的宅神

戴着枝条的树冠,脸上有笑容可掬,

10      而山峦平野会带我出发,

头上是一重一重小榆树搭的拱架,

会朝着附近的乡村走去。


銮舆和车辆,王家的奇观,

守卫在夜间的出巡当班，

15　俱往矣；你再不见昔日的富贵荣华：

如今是沉睡，如今是孤独，

如今陌生的神祇，是研究，还有艺术，

构成今天的朝廷和天下。

啊！伤心人！我是青春年少，

20　懒懒散散，沉闷以及无聊，

再也不容许我把求知的乐趣品尝。

我的心灵，已经无聊透顶，

已在疲惫颓丧中入睡。赞美和功名

再也无法刺激我的欲望。

25　放任而自流，无声又无臭，

默默无闻和阴沉的无求，

这才是我的祝愿；藏起我时日飘零，

而如果非要让我活下去，

供养短暂的光明，有我苍白的火炬，

30　以回应甜蜜的爱情幻景。

心灵，心灵还并没有憔悴，

生命，生命还并没有枯萎，

只要能见上一眼，让我们身心不安，

有谁在寻觅美人的踪迹，

35　谁在美人的身边高兴，或是叹息，

日子便能过得不算艰难。

我爱，故我在。幸福有边涯！
你牢记下音容高贵的她，
牢记我傍晚在你林中呼她的芳名，
40　　当心灵激动时自得其乐，
当我见到她，或是应该见她的一刻，
我会回来此地思念不停。


这泓泉水如今仍然丰沛，
在我嘴里成为华章优美，
45　　现在仅仅只为她一人而潺潺流淌。
你的茂密树林到我唇边，
只为她化成爱情以及诸神的语言，
便是这句句长短的诗行。


啊！你是罪行得逞的见证，
50　　如有人大度，并处事公正，
能够对极乐幸福敞开自己的心扉，
凡尔赛啊，你的芳草花径，
启发美丽的沉思，你的安谧寂静，
只会给我们欢乐和陶醉。


55　　但是，你的河谷十分清静，
葱绿的树顶，芳香的幽境，
突然在我的眼中看起来满目哀伤。
我只见狰狞的游荡黑影，
有几多的无辜者竟被卑鄙的法庭
60　　一个又一个送进了坟场。

**【题解】** 法国大革命爆发,年轻的诗人先是兴奋不已。他听从弟弟玛丽-约瑟·舍尼埃的建议,避居凡尔赛,并有美丽的女友范尼(Fanny)陪伴左右。这是诗人经受大风暴前短暂的幸福时期。凡尔赛的宫阙,凡尔赛的园林,是他和大自然最后一次的亲密接触。眼前的历史回忆,使诗人发思古幽情,而巴黎的历史形势,使诗人忐忑不安。诗人已经预感到风暴即将来临,最后两句诗最后竟成谶语。

## LA JEUNE TARENTINE

Pleurez, doux alcyons, ô vous, oiseaux sacrés,

Oiseaux chers à Thétis, doux alcyons, pleurez.

Elle a vécu, Myrto, la jeune Tarentine.

Un vaisseau la portait aux bords de Camarine.

Là l'hymen, les chansons, les flûtes, lentement,

Devaient la reconduire au seuil de son amant.

Une clef vigilante a pour cette journée

Sous le cèdre enfermé sa robe d'hyménée

Et l'or dont au festin ses bras seront parés,

Et pour ses blonds cheveux les parfums préparés.

Mais, seule sur la proue, invoquant les étoiles,

Le vent impétueux qui soufflait dans les voiles

L'enveloppe. Etonnée, et loin des matelots,

Elle crie, elle tombe, elle est au sein des flots.

Elle est au sein des flots, la jeune Tarentine.

Son beau corps a roulé sous la vague marine.

Thétis, les yeux en pleurs, dans le creux d'un rocher

Aux monstres dévorants eut soin de le cacher.

Par ses ordres bientôt les belles Néréides

L'élèvent au-dessus des demeures humides,

Le portent au rivage, et dans ce monument

L'ont, au cap du Zéphir, déposé mollement.

Puis de loin à grands cris appelant leurs compagnes,

Et les Nymphes des bois, des sources, des montagnes,

Toutes frappant leur sein et traînant un long deuil,

Répétèrent: « Hélas! » autour de son cercueil.

Hélas! chez ton amant tu n'es point ramenée.

Tu n'as point revêtu ta robe d'hyménée.

L'or autour de tes bras n'a point serré de noeuds.

Les doux parfums n'ont point coulé sur tes cheveux.

*Ibid.*, pp. 11—12.

# 塔兰托的新娘

请哀号,依依翠鸟①,你们神圣的海鸟,

忒提斯②所心爱的依依翠鸟,请哀号。

桃金娘③如今何在,塔兰托来的新娘。

海船载着她驶往卡马里那④的方向。

5　　岸上会听到歌声,笛声,有人来迎婚,

---

① 神话中的海中神鸟。

② 海中女神。

③ 少女的美名。

④ 意大利南部海港,古时属希腊世界。

会不慌不忙把她领回情人的家门。
今天，警惕的钥匙在雪松木盒盒底，
紧锁着她新嫁娘结婚时穿的新衣，
还有金镯，使她的玉臂喜筵时更美，
10　还有香水，为她的一头金发而准备。
可是，当她在船头独自祈求着星星，
鼓着船帆前进的狂风却大发雷霆，
把她抱住。她远离水手，吓慌了手脚，
她叫了一声跌倒，她跌进大海怀抱。
15　她跌进大海怀抱，塔兰托来的新娘。
她那美丽的躯体翻滚在波涛中央。
忒提斯痛哭流涕，就在礁石的洞里，
生怕有海兽吞吃，小心地藏进遗体。
美丽的海中仙女又遵照她的命令，
20　把她高高地托出万顷琉璃的幽境，
把她领回大海边，接着把遗体葬在
西风岬①畔的墓中，一个个无精打采。
然后，她们又大声召唤自己的伴侣，
召唤所有在林中、水边和山间的仙女。
25　仙女们捶胸顿足，大家都无限情伤，
围在她灵柩四周，一个个痛断肝肠。
唉！你没有被领回自己情人的家里；
你也没有能穿上结婚时穿的新衣；
你的双臂没有能戴上金手镯一对；
30　你的秀发没有能洒进馥郁的香水。

_____

① 意大利西西里岛的港口。

【题解】　这首诗是舍尼埃《牧歌集》中最脍炙人口的一首，取材于古希腊诗选中的悼诗。诗人用古词，仿古意，写"古"事，但却有新鲜感。舍尼埃对美丽的事物不幸夭折的悲剧十分敏感。

## LA JEUNE CAPTIVE

« L'épi naissant mûrit de la faux respecté;
Sans crainte du pressoir, le pampre tout l'été
　　　Boit les doux présents de l'aurore;
Et moi, comme lui belle, et jeune comme lui,
Quoi que l'heure présente ait de trouble et d'ennui,
　　　Je ne veux point mourir encore.

Qu'un stoïque aux yeux secs vole embrasser la mort:
Moi je pleure et j'espère. Au noir souffle du nord
　　　Je plie et relève ma tête.
S'il est des jours amers, il en est de si doux!
Hélas! quel miel jamais n'a laissé de dégoûts?
　　　Quelle mer n'a point de tempête?

L'illusion féconde habite dans mon sein.
D'une prison sur moi les murs pèsent en vain,
　　　J'ai les ailes de l'espérance.
Échappée aux réseaux de l'oiseleur cruel,
Plus vive, plus heureuse, aux campagnes du ciel
　　　Philomène chante et s'élance.

Est-ce à moi de mourir? Tranquille je m'endors,
Et tranquille je veille; et ma veille aux remords
    Ni mon sommeil ne sont en proie.
Ma bienvenue au jour me rit dans tous les yeux;
Sur des fronts abattus, mon aspect dans ces lieux
    Ranime presque de la joie.

Mon beau voyage encore est si loin de sa fin!
Je pars, et des ormeaux qui bordent le chemin
    J'ai passé les premiers à peine,
Au banquet de la vie à peine commencé,
Un instant seulement mes lèvres ont pressé
    La coupe en mes mains encor pleine.

Je ne suis qu'au printemps, je veux voir la moisson,
Et comme le soleil, de saison en saison,
    Je veux achever mon année.
Brillante sur ma tige et l'honneur du jardin,
Je n'ai vu luire encor que les feux du matin;
    Je veux achever ma journée.

O mort! tu peux attendre; éloigne, éloigne-toi;
Va consoler les coeurs que la honte, l'effroi,
    Le pâle désespoir dévore.
Pour moi Palès encore a des asiles verts,
Les Amours des baisers, les Muses des concerts.
    Je ne veux point mourir encore.»

Ainsi, triste et captif, ma lyre toutefois
S'éveillait, écoutant ces plaintes, cette voix,
    Ces voeux d'une jeune captive;
Et secouant le faix de mes jours languissants,
Aux douces lois des vers je pliais les accents
    De sa bouche aimable et naïve.

Ces chants, de ma prison témoins harmonieux,
Feront à quelque amant des loisirs studieux
    Chercher quelle fut cette belle.
La grâce décorait son front et ses discours,
Et comme elle craindront de voir finir leurs jours
    Ceux qui les passeront près d'elle.

*Ibid.*, pp. 185—186.

## 年轻的女囚徒

"麦穗刚成熟之时,镰刀也尊敬有礼;
葡萄在整个夏天不惧压榨的机器,
    畅饮曙光甜滋滋的礼物;
我和葡萄一般美,和葡萄一般年轻,
5    纵然这时代动荡离乱,更四海不宁,
    我还不想就此走上死路。

"让枯瘦的苦行僧快快去拥抱死亡:
我哭泣,我在希望。我面对北风猖狂,
    低下的头颅又抬得高高。

10　　有的时日会甜蜜，如有的岁月凄苦！
　　　唉！会有什么蜂蜜从来不使人厌恶？
　　　何处的海洋会没有风暴？

　　　"丰富多彩的幻想充满了我的胸口。
　　　牢房的高墙徒然重压在我的心头，
15　　　　我长着一对希望的翅膀。
　　　已经挣脱捕鸟者残酷无情的鸟笼，
　　　菲洛墨拉①唱着歌，更幸福，也更轻松，
　　　　振翅冲入这云霄和苍穹。

　　　"现在难道要我死？我平心静气入睡，
20　　我平心静气睡醒，我丝毫没有后悔，
　　　　我清醒后和入睡相同。
　　　人人的眼中笑迎我在阳光下降临，
　　　垂头丧气者看到我向着此地走近，
　　　　脸上重现的几乎是笑容。

25　　"我这美好的旅程还远远没有结束！
　　　我才出发，对旅途两边幼小的榆树，
　　　　我仅仅告别了前面几棵，
　　　生活刚刚开始其丰美盛大的宴会，
　　　我的嘴凑上手中盛得满满的酒杯，
30　　　　可仅仅只有一时和一刻。

────────────

①　神话中的雅典公主，被姐夫奸污后割去舌头，化作燕子，含糊诉苦。

"我仅有春光明媚，我想要硕果累累，

如同太阳，我想在一年的四季之内，

　　先历经春夏，再度过秋冬。

我在枝头上辉煌，我是花园的骄傲，

35　　我现在仅仅看到黎明的霞光照耀，

　　我想要一天完整的内容。


"死神啊！你可等待；请你，请你快走开；

有的人羞愧害怕，有的人绝望悲哀，

　　为他们放下生活的包袱。

40　　巴勒斯①还会给我郁郁葱葱的树荫，

爱神会给我亲吻，缪斯会给我琴音，

　　我还不想就此走上死路。"


我被囚禁的伤心诗琴因此而苏醒，

我倾听这年轻的女囚徒声声悲鸣，

45　　发出这心愿，道出此委屈；

我把自己苦难的重负先放置一边，

我推敲她小嘴里天真烂漫的语言，

　　遵照音律而谱写成诗句。


这曲歌是我铁窗生活的诗的见证，

50　　会使某个有情人，正当有雅兴萌生，

　　寻问谁是当年这位美人。

她的额头曾优美，她的言辞曾动听，

---

① 罗马神话中保护家畜的女神。

谁在她身边生活，将和她一般情景，

　　担心自己会有绝命之恨。

【题解】　舍尼埃被捕后关在巴黎圣拉撒路监狱。诗人在狱中遇见了"年轻的女囚徒"艾梅·德·夸尼，她才二十三岁，美丽聪慧。舍尼埃于一七九四七月二十五日上断头台，而"女囚徒"侥幸逃过厄运并于八月十日获释，后来还成为弗勒里公爵夫人。舍尼埃死后第二年，《年轻的女囚徒》出版，这是舍尼埃的诗作第一次问世。诗题非诗人所加，诗中前七节是"女囚徒"的独白，后两节是诗人的感慨。原诗在格律节奏上很有特色，是一首生命的颂歌，希望的颂歌。

## COMME UN DERNIER RAYON, COMME UN DERNIER ZEPHYRE
### ( IAMBES )

Comme un dernier rayon, comme un dernier zéphy[re]
　　Animent la fin d'un beau jour,
Au pied de l'échafaud j'essaye encor ma lyre.
　　Peut-être est-ce bientôt mon tour.
Peut-être avant que l'heure en cercle promenée
　　Ait posé sur l'émail brillant,
Dans les soixante pas où sa route est bornée,
　　Son pied sonore et vigilant;
Le sommeil du tombeau pressera ma paupière.
　　Avant que de ses deux moitiés
Ce vers que je commence ait atteint la dernière,

Peut-être en ces murs effrayés

Le messager de mort, noir recruteur des ombres,

Escorté d'infâmes soldats,

Ebranlant de mon nom ces longs corridors sombres

Où seul dans la foule à grands pas

J'erre, aiguisant ces dards persécuteurs du crime,

Du juste trop faibles soutiens,

Sur mes lèvres soudain va suspendre la rime;

Et chargeant mon bras de liens,

Me traîner, amassant en foule à mon passage

Mes tristes compagnons reclus,

Qui me connaissaient tous avant l'affreux message,

Mais qui ne me connaissent plus.

Et bien! j'ai trop vécu. Quelle franchise auguste,

De mâle constance et d'honneur

Quels exemples sacrés, doux à l'âme du juste,

Pour lui quelle ombre de bonheur,

Quelle Thémis terrible aux têtes criminelles,

Quels pleurs d'une noble pitié,

Des antiques bienfaits quels souvenirs fidèles,

Quels beaux échanges d'amitié,

Font digne de regrets l'habitacle des hommes?

La peur fugitive est leur Dieu,

La bassesse; la feinte. Ah! lâches que nous sommes

Tous, oui, tous. Adieu, terre, adieu.

Vienne, vienne la mort! —Que la mort me délivre!

Ainsi donc mon cœur abattu

Cède au poids de ses maux? Non, non. Puissé-je vivre!

Ma vie importe à la vertu.

Car l'honnête homme enfin, victime de l'outrage,

Dans les cachots, près du cercueil,

Relève plus altier son front et son langage,

Brillants d'un généreux orgueil.

S'il est écrit aux cieux que jamais une épée

N'étincellera dans mes mains;

Dans l'encre et l'amertume une autre arme trempée

Peut encor servir les humains.

Justice, Vérité, si ma main, si ma bouche,

Si mes pensers les plus secrets

Ne froncèrent jamais votre sourcil farouche,

Et si les infâmes progrès,

Si la risée atroce, ou, plus atroce injure,

L'encens de hideux scélérats

Ont pénétré vos coeurs d'une longue blessure;

Sauvez-moi. Conservez un bras

Qui lance votre foudre, un amant qui vous venge.

Mourir sans vider mon carq[uois]!

Sans percer, sans fouler, sans pétrir dans leur fan[ge]

Ces bourreaux barbouilleurs de lois!

Ces vers cadavéreux de la France asservie,

Égorgée! Ô mon cher trésor,

Ô ma plume! fiel, bile, horreur, Dieux de ma vie!

Par vous seuls je respire encor:

Comme la poix brûlante agitée en ses veines

Ressucite un flambeau mourant,

Je souffre; mais je vis. Par vous, loin de mes peines,

　　D'espérance un vaste torrent

Me transporte. Sans vous, comme un poison livide,

　　L'invisible dent du chagrin,

Mes amis opprimés, du menteur homicide

　　Les succès, le sceptre d'airain;

Des bons proscrits par lui, la mort ou la ruine,

　　L'opprobre de subir sa loi,

Tout eût tari ma vie, ou contre ma poitrine

　　Dirigé mon poignard. Mais quoi!

Nul ne resterait donc pour attendrir l'histoire

　　Sur tant de justes massacrés?

Pour consoler leurs fils, leurs veuves, leur mém[oire],

　　Pour que des brigands abhorrés

Frémissent aux portraits noirs de leur ressemblance,

　　Pour descendre jusqu'aux enfers

Nouer le triple fouet, le fouet de la vengeance

　　Déjà levé sur ces pervers?

Pour cracher sur leurs noms, pour chanter leur supplice?

　　Allons, étouffe tes clameurs;

Souffre, ô cœur gros de haine, affamé de justice.

　　Toi, Vertu, pleure si je meurs.

　　　　　　　　　　*Ibid.* , pp. 193—195.

## "如最后一线日光,如最后一阵和风……"
## [讽刺诗]

如最后一线日光,如最后一阵和风,
　　为美丽的一天结束增辉,
我在绞架下调试这把诗琴的琴声。
　　也许,马上会轮到我倒霉。

5 也许,这一圈一圈往复循环的时钟,
　　在其六十步为限的路途,
在其珐琅圆盘上响亮地行走匆匆,
　　来不及停下警惕的脚步,
坟墓的安睡将会阖上我这双眼睛。

10 也许,我才写的这句诗行,
最后的一个音节未完,笔下还未停,
　　有人已闯入受惊的铁窗,
死亡的不祥使者已来此招募鬼魂,
　　左右簇拥着卑劣的士兵,

15 我名字喊得震响,幽暗的长廊阴森,
　　仅我在人群中大步慢行,
我边走边琢磨着咬住罪行的诗箭,
　　这对好人是微弱的支持,
他会突然把我的诗句打断在嘴边,

20 他把我的双手捆绑严实,
他还会把我拖走,我被囚禁的难友,
　　在我经过的时候会站住,
他们人人认识我,在凶讯到达以后,
　　他们现在又视我为陌路。

25 唉！我已活得太久。有什么襟怀信仰，
   以荣誉为重，能矢志不移，
 有什么正人君子珍惜的神圣榜样，
   有什么幸福一点和一滴，
 有什么历史公论对于罪人是威胁，
30   有什么慈悲能眼泪汪汪，
 有谁还牢记不忘古代的高风亮节，
   有什么高尚友谊的交往，
 能使人类的居所值得留恋和眷顾？
   暧昧胆小正是人的上帝，
35 又卑鄙，又可耻啊！……我们可都是懦夫！
   人人如此，对。永别了，大地！
 死亡，让死亡快来！——请死亡为我解脱！
   让我疲惫沮丧的心，也好，
 被痛苦磨难压垮！不行！不行！我要活！
40   我的生命对于美德重要。
 因为诚实的好人虽横遭侮辱中伤，
   在牢房之前，在坟墓之边，
 他的声音更响亮，他的头颅更高昂，
   他激昂慷慨，他春风满面。
45 如果上天的命运规定我无此缘分，
   我手上不会有剑光闪出，
 那好，另一件武器饱蘸墨汁和悲愤，
   却仍然可以为人类服务。
 正义，真理啊，如果我的手和我的嘴，
50   如果我心灵深处的思想，
 从未使你们火冒三丈，又横眉冷对，

而如果卑鄙却得意洋洋，

如果难受的嘲笑，而污蔑更加难受，

无耻之尤者的膜拜焚香，

55　　已长驱直入，欺侵你们流血的心头，

救救我。留下义士和臂膀，

义士可报仇，臂膀投掷你们的霹雳。

此身先死，而我箭袋未尽！

未能把这些玷污法律的凶手——

60　　除掉，未能践踏，未能蹂躏

这堆法兰西又被奴役、又被扼杀后

尸身的蛆虫！啊，我的诗笔！

我的财宝！愤懑，恼怒，憎恶，众神不朽！

我有了你们才维持呼吸，

65　　仿佛有松脂在其血液中灼热滚烫，

使熄灭的火把重新燃烧。

我痛苦：但我活着。滚滚而来的希望

借你们载着我向前奔跑。

如没有你们，忧伤也有无形的利牙，

70　　如同一罐铁青色的毒药，

青铜的权杖无情，朋友们受气受压，

欺世杀人者得意的欢叫，

好人横遭流放后或死去，或是破灭，

任人宰割，真是奇耻大辱，

75　　这一切，会使我的生命早已经枯竭，

让我的匕首刺进我胸脯①！

怎么！难道没有人会留下感动历史，

告知这么多义士被屠杀？

―――――――――――

①　孔多塞和作家尚福尔都在狱中自杀。

安慰遗孀和孤儿，让美名人人皆知！

80　　　还让可恨的凶神和恶煞，

看到揭露他们的丑态而吓得发抖，

还径直走下地狱的大门，

举起粗重的鞭子，举起这皮鞭复仇，

高高举起，对准这些奸人？

85　为羞辱他们臭名，为他们难受歌唱？

得了吧，我急切复仇的心，

我渴求正义的心，先受苦，先别嚷嚷。

你呢，美德，请为我死哀悯。

【题解】　一七九四年三月七日，舍尼埃在探访一位入狱朋友的家属时被捕。七月二十四日在革命法庭出庭，但拒绝为自己辩护，二十五日被判处死刑并立即执行。据说他吟诵着拉辛的诗句走上断头台，死时年仅三十一岁。两天后，七月二十七日，罗伯斯庇尔也被送上了断头台。《讽刺诗》(Les Iambes)是诗人的最后一首诗，也是他最美、最重要的一首诗。诗人托一个好心的狱卒，将一包旧衣服带出圣拉撒路监狱，交给父亲，其中夹带十五首没有写完的诗稿，包括这首《讽刺诗》。诗人面对死亡，义愤填膺，满怀骄傲，慷慨陈词。《讽刺诗》又称"长短句"，仿公元前七世纪古希腊讽刺诗人阿尔基洛克斯(Archiloque)的旧制而作。这首政治讽刺诗在法国诗歌史上地位重要，在其之前只有多比涅的《惨景集》，在其之后只有雨果的《惩罚集》。

# 阿尔封斯·德·拉马丁　1790—1869

## ［诗人简介］

　　阿尔封斯·德·拉马丁（Alphonse de Lamartine，1790—1869）是法国浪漫主义的第一个重要诗人，出身于马孔的一个贵族世家，在大自然环境里度过童年。十八岁时读完书，返回家乡。青年时爱读夏多布里昂、歌德和拜伦的作品，畅游意大利，对那不勒斯情有独钟。又访问巴黎，出入沙龙，以风流倜傥著称。不久，在湖边疗养地遇见美丽多病、气质绝佳的朱丽·夏尔，两人相爱。次年，朱丽病逝。拉马丁经历这次沉痛的感情，于一八二〇年出版《沉思集》（Les Méditations），这是时代的呼唤,读者久久盼望的作品,立即轰动法国和欧洲的文坛。而《湖》更是爱情诗绝唱,风靡一代读者。圣伯夫在四十五年后回忆起《沉思集》的出版:"这在当时是一种启示。"

拉马丁的创作生涯不长,到一八三九年即告结束。一八三〇年发表《诗和宗教和谐集》(*Harmonies poétiques et religieuses*)。七月王朝后,诗人从政,诗中除宗教感情外,出现社会主题。一八四七年,出版历史著作《吉伦特党人史》,表明其温和的政治立场,成为舆论关注的热点人物。一八四八年曾出任临时政府的外交部长,但竞选总统失败。晚年经济拮据,变卖祖产,卖文为生,成为"耍笔杆的苦役犯",出版并自己发行《通俗文学教程》等。

拉马丁的诗发自内心,语言简单,感情真诚,节奏流畅,富有音乐魅力。作家布尔热(Paul Bourget)说:"雨果的诗中有画家,缪塞的诗中有演说家,维尼的诗中有哲学家。拉马丁才是纯粹的诗人。"但是,斯丹达尔指出:"拉马丁具有感人的声调,但当他不抒发爱情时则很稚嫩,他对人在哲学和观察方面没有高明的思想。"

## L'ISOLEMENT

Souvent sur la montagne, à l'ombre du vieux chêne,
Au coucher du soleil, tristement je m'assieds;
Je promène au hasard mes regards sur la plaine,
Dont le tableau changeant se déroule à mes pieds.

Ici, gronde le fleuve aux vagues écumantes,
Il serpente, et s'enfonce en un lointain obscur;

Là, le lac immobile étend ses eaux dormantes
Où l'étoile du soir se lève dans l'azur.

Au sommet de ces monts couronnés de bois sombres,
Le crépuscule encor jette un dernier rayon,
Et le char vaporeux de la reine des ombres
Monte, et blanchit déjà les bords de l'horizon.

Cependant, s'élançant de la flèche gothique,
Un son religieux se répand dans les airs,
Le voyageur s'arrête, et la cloche rustique
Aux derniers bruits du jour mêle de saints concerts.

Mais à ces doux tableaux mon âme indifférente
N'éprouve devant eux ni charme, ni transports,
Je contemple la terre ainsi qu'une ombre errante:
Le soleil des vivants n'échauffe plus les morts.

De colline en colline en vain portant ma vue,
Du sud à l'aquilon, de l'aurore au couchant,
Je parcours tous les points de l'immense étendue,
Et je dis:Nulle part le bonheur ne m'attend.

Que me font ces vallons, ces palais, ces chaumières?
Vains objets dont pour moi le charme est envolé;
Fleuves, rochers, forêts, solitudes si chères,
Un seul être vous manque, et tout est dépeuplé.

Que le tour du soleil ou commence ou s'achève,

D'un œil indifférent je le suis dans son cours;

En un ciel sombre ou pur qu'il se couche ou se lève,

Qu'importe le soleil? je n'attends rien des jours.


Quand je pourrais le suivre en sa vaste carrière,

Mes yeux verraient partout le vide et les déserts;

Je ne désire rien de tout ce qu'il éclaire,

Je ne demande rien à l'immense univers.


Mais peut-être au delà des bornes de sa sphère,

Lieux où le vrai soleil éclaire d'autres cieux,

Si je pouvais laisser ma dépouille à la terre,

Ce que j'ai tant rêvé paraîtrait à mes yeux?


Là, je m'enivrerais à la souce où j'aspire,

Là, je retrouverais et l'espoir et l'amour,

Et ce bien idéal que toute âme désire,

Et qui n'a pas de nom au terrestre séjour!


Que ne puis-je, porté sur le char de l'aurore,

Vague objet de mes voeux, m'élancer jusqu'à toi,

Sur la terre d'exil pourquoi resté-je encore?

Il n'est rien de commun entre la terre et moi.


Quand la feuille des bois tombe dans la prairie,

Le vent du soir s'élève et l'arrache aux vallon;

Et moi，je suis semblable à la feuille flétrie：
Emportez-moi comme elle，orageux aquilons！

*Méditations poétiques*（1820）
Lamartine，*Œuvres poétiques*，
Edition présentée，établie et annotée par Marius-François Guyard，
*Bibliothèque de la Pléiade*，Gallimard，2008，pp. 3—4.

## 孤独

眼前是落日西沉，头上有古老橡树，
我经常在山顶上心情忧伤地坐下；
我心不在焉地向平原上放眼骋目，
景色展现在我的脚下，我应接不暇。

5　此地有滔滔大河，波涛翻滚在怒吼，
蜿蜒曲折，消失在远方的迷茫之中；
那边是一池湖水，静静地纹丝不皱，
水中黄昏的月亮冉冉升起在碧空。

林木影影绰绰的一座座山顶上面，
10　垂暮的黄昏撒下最后的一抹余晖，
朦胧王国的女王驾冰轮登上云天，
并且已经染白了远方天边的周围。

此时，清幽的钟声在空中悠悠响起，
发自尖尖的塔顶，发自哥特式教堂，
15　旅人停下了脚步，白昼已无声无息，
乡村教堂的钟楼奏出神圣的叮当。

面对这良辰美景，我心中无动于衷，
既没有感到激动，更没有满心喜欢，
我静观大地，却和漂泊的游魂相同：
20　照耀活人的太阳无法让死者温暖。

我徒然纵目张望，从此山望到那山，
我已经望遍苍茫大地的每个角落，
我已从西望到东，我又从北望到南，
只能说："没有幸福在任何地方等我。"

25　于我何用，眼前的宫殿、茅屋和山谷？
虚幻之物的魅力于我已无踪无影。
水石，森林，曾经是赏心悦目的孤独，
你们少了一个人，万物便没有生命。

我对新生的红日，或是下山的太阳，
30　张着漠然的眼睛，望着运行的火球；
太阳西沉或东升，天空阴暗或明亮，
太阳何稀罕？我对光明已一无所求。

即使我可以注视太阳浩大的运行，
我眼中所见，惟有一片空虚和沙漠：
35　我对明媚的地方没有任何的热情；
我对茫茫的宇宙没有任何的寄托。

但是，也许在阳光无法照到的地方，

在有真太阳照耀其他天宇的那边，
如果我能把躯壳丢弃在大地之上，
40　　我所憧憬的梦想会在我眼前出现？

我沉醉于希冀的源泉中，心神宽舒，
我这才找到希望，我这才找到爱情，
找到这人人求之不得的理想财富，
这笔财富在红尘之中还无以命名！

45　　我为什么不能驾曙光的金车飞奔，
我心中之所憧憬，直到能把你抱住！
我为何被囚禁在大地上无法脱身？
在大地和我之间已没有共同之处。

林中的树叶纷纷扬扬，飘落在大地，
50　　晚风吹起，满地的落叶被扫出山沟；
而我，我完全可以和一枚枯叶相比：
狂风暴雨，请你们把我也一起吹走！

《沉思集》(1820)

【题解】　本诗是《沉思集》的首篇。拉马丁深爱的朱莉·夏尔(Julie Charles)于一八一七年底病逝，诗人返回家乡米伊(Milly)，整整数月，闭门谢客，离群索居，自称"我可以说，我在这段时期的生活，与死人相处得多，与活人相处得少"；他登临米伊的山，带去一册意大利诗人佩特拉克的诗集，回家时有了腹稿："你们少了一个人，万物便没有生命！"所以，"我像音乐家找到了一个主题，在借乐器弹奏之前，先对自己低声哼唱"。《孤

独》的特色主要不在于感伤和哲理的主题，而在其音乐美，缪塞
称为"神圣的抽泣"。

## LE VALLON

Mon cœur, lassé de tout, même de l'espérance,
N'ira plus de ses voeux importuner le sort;
Prêtez-moi seulement, vallons de mon enfance,
Un asile d'un jour pour attendre la mort.

Voici l'étroit sentier de l'obscure vallée:
Du flanc de ces coteaux pendent des bois épais,
Qui, courbant sur mon front leur ombre entremêlée,
Me couvrent tout entier de silence et de paix.

Là, deux ruisseaux cachés sous des ponts de verdure
Tracent en serpentant les contours du vallon;
Ils mêlelnt un moment leur onde et leur murmure,
Et non loin de leur source ils se perdent sans nom.

La source de mes jours comme eux s'est écoulée;
Elle a passé sans bruit, sans nom et sans retour:
Mais leur onde est limpide, et mon âme troublée
N'aura pas réfléchi les clartés d'un beau jour.

La fraîcheur de leurs lits, l'ombre qui les couronne,
M'enchaînent tout le jour sur les bords des ruisseaux;

Comme un enfant bercé par un chant monotone,
Mon âme s'assoupit au murmure des eaux.

Ah! c'est là qu'entouré d'un rempart de verdure,
D'un horizon borné qui suffit à mes yeux,
J'aime à fixer mes pas, et, seul dans la nature,
A n'entendre que l'onde, à ne voir que les cieux.

J'ai trop vu, trop senti, trop aimé dans ma vie,
Je viens chercher vivant le calme du Léthé;
Beaux lieux, soyez pour moi ces bords où l'on oublie:
L'oubli seul désormais est ma félicité.

Mon cœur est en repos, mon âme est en silence!
Le bruit lointain du monde expire en arrivant,
Comme un son éloigné qu'affaiblit la distance,
A l'oreille incertaine apporté par le vent.

D'ici je vois la vie, à travers un nuage,
S'évanouir pour moi dans l'ombre du passé;
L'amour seul est resté: comme une grande image
Survit seule au réveil dans un songe effacé.

Repose-toi, mon âme, en ce dernier asile,
Ainsi qu'un voyageur, qui, le cœur plein d'espoir,
S'assied, avant d'entrer aux portes de la ville,
Et respire un moment l'air embaumé du soir.

Comme lui, de nos pieds secouons la poussière;
L'homme par ce chemin ne repasse jamais:
Comme lui, respirons au bout de la carrière
Ce calme avant-coureur de l'éternelle paix.

Tes jours, sombres et courts comme les jours d'automne,
Déclinent comme l'ombre au penchant des coteaux;
L'amitié te trahit, la pitié t'abandonne,
Et, seule, tu descends le sentier des tombeaux.

Mais la nature est là qui t'invite et qui t'aime;
Plonge-toi dans son sein qu'elle t'ouvre toujours;
Quand tout chante pour toi, la nature est la même,
Et le même soleil se lève sur tes jours.

De lumière et d'ombrage elle t'entoure encore:
Détache ton amour des faux biens que tu perds;
Adore ici l'écho qu'adorait Pythagore,
Prête avec lui l'oreille aux célestes concerts.

Suis le jour dans le ciel, suis l'ombre sur le terre,
Dans les plaines de l'air vole avec l'aquilon,
Avec les doux rayons de l'astre du mystère
glisse à travers les bois dans l'ombre du vallon.

Dieu, pour le concevoir, a fait l'intelligence;
Sous la nature enfin découvre son auteur!

Une voix à l'esprit parle dans son silence,
Qui n'a pas entendu cette voix dans son cœur?

*Méditations poétiques*（1820）
*Ibid.*，pp. 19—20.

# 谷

我的心厌倦一切，甚至厌倦了希望，
再不去纠缠命运，去提出种种心愿，
我童年的山谷啊，我只求坐等死亡，
请借我一日清静，以避开车马之喧。

5 　看这边深谷幽幽，有一径羊肠小道，
半山腰间垂下的林木葱葱又茏茏，
枝柯相抱的树荫在我的头上笼罩，
我被围困在一片寂静与和平之中。

那边翠绿的桥下隐藏有两条小溪，
10 　迂回曲折，勾勒出脚下山谷的轮廓，
一时间两溪相汇，流水淙淙于一起，
距离源头不远处，无踪无影地隐没。

我生命的源头也如小溪尽付东流，
此生已无声无息流逝，一去而不回，
15 　可是溪水多清清，而我浑浊的心头
再也无法映照出晴空丽日的光辉。

水面浓浓的树荫，清清冽冽的溪水，
我伫立溪畔水边，整日都感到出神，
如孩子在摇篮里听着催眠曲入睡，
20　我的心在潺潺的水声中昏昏沉沉。

唉！我只有在此地，周围有林木葳蕤，
这天地虽然有限，于我却已经知足，
我喜欢在此停步，独自和自然相偎，
俯身只聆听泉水，仰头只观望天幕。

25　我已经饱经沧桑，我已经历尽风霜，
我虽生未死，却来寻求"忘川"①的安宁，
好山好水啊，恳请你们协助我遗忘，
从今后惟有遗忘是我的三生有幸。

我的心头很安宁，我的心灵很平静！
30　尘世远方的声响到我的脚下消逝，
如风传来遥远的声音，会越来越轻，
耳中似闻又未闻，声音半信又半疑。

此地有云掩雾遮，我看到生活于我
已在朦朦胧胧的往事中消失殆尽，
35　惟有爱情仍清晰，仿佛好梦已惊破，
仅有那一幅画面醒来后仍不消隐。

---

① "忘川"是神话中的冥河，死人的灵魂喝了河中之水，能忘却前生。

我的心灵啊，在此清幽世界里休息，
这情景好比旅客，心中有希望满怀，
为了呼吸黄昏时芬芳清香的空气，
40 入城之前，先要在城门口坐下身来。

我们和旅人相同，掸落鞋头的灰尘，
我们永远也不会重走这一条途径，
当此生已经告终，我们也如同旅人，
先呼吸永恒和平来临之前的安宁。

45 和秋天一样，你的生命阴沉而短暂，
已开始日薄西山，仿佛坡上的阴影，
怜悯已把你抛弃，友情已对你背叛，
孑然一人，你独自走下坟墓的小径。

大自然袒露胸怀，快投入她的怀抱，
50 只有大自然爱你，并向你发出邀请，
万物都对你变卦，大自然不变面貌，
不变的太阳升起，并照耀你的生命，

大自然为你照下光明，或投下浓荫，
失去的虚伪财富不能迷恋应拒绝，
55 欣赏毕达哥拉斯①十分欣赏的清音，
且和他一起侧耳恭听天国的仙乐。

———————————

① 古希腊哲学家和数学家。

追随天上的阳光,追随地下的阴影,
请驾长风,驰骋于苍苍茫茫的太空,
踏着神秘月光的柔辉,幽幽而清清,
60　穿越树林,请钻进深山与幽谷之中。

上帝给我们智慧,应明白此中道理,
应该在自然之中发现造化的主人,
有声音在寂静中对心灵说话低低,
又有谁对此声音未曾在心中听闻?

《沉思集》(1820)

【题解】　拉马丁为本诗写的"题解"中说:"这个谷在多菲内(法国东南部)的群山之中,在大朗(grand Lemps)的郊区;山谷深藏在两座林木葱茏的山岗之间,出口处被从前属于我朋友维里厄(Virieu)的旧庄园的遗址所挡住。"维里厄是诗人的中学同学,大朗是其住地。本诗约写于一八一九年六、七月间,在维里厄家中动笔,回到马孔自己家中后完稿,同年十月,在给维里厄的信中首次抄寄此诗。《谷》(*Le Vallon*)是浪漫主义诗人咏唱大自然的代表作。诗人所爱朱莉·夏尔逝世已近两年,大自然正在治愈诗人内心的创伤。

## LE LAC

Ainsi, toujours poussés vers de nouveaux rivages,
Dans la nuit éternelle emportés sans retour,
Ne pourrons-nous jamais sur l'océan des âges
　　Jeter l'ancre un seul jour?

O lac! l'année à peine a fini sa carrière,
Et près des flots chéris qu'elle devait revoir,
Regarde! je viens seul m'asseoir sur cette pierre
Où tu la vis s'asseoir!

Tu mugissais ainsi sous ces roches profondes,
Ainsi tu te brisais sur leurs flancs déchirés,
Ainsi le vent jetait l'écume de tes ondes
Sur ses pieds adorés.

Un soir, t'en souvient-il? nous voguions en silence;
On n'entendait au loin, sur l'onde et sous les cieux,
Que le bruit des rameurs qui frappaient en cadence
Tes flots harmonieux.

Tout à coup des accents inconnus à la terre
Du rivage charmé frappèrent les échos;
Le flot fut attentif, et la voix qui m'est chère
Laisse tomber ces mots:

« O temps! suspends ton vol! et vous, heures propices!
Suspendez votre cours:
Laissez-nous savourer les rapides délices
Des plus beaux de nos jours!

« Assez de malheureux ici-bas vous implorent,
Coulez, coulez pour eux;

Prenez avec leurs jours les soins qui les dévorent,
Oubliez les heureux.

« Mais je demande en vain quelques moments encore,
Le temps m'échappe et fuit;
Je dis à cette nuit:Sois plus lente; et l'aurore
Va dissiper la nuit.

« Aimons donc, aimons donc! de l'heure fugitive,
Hâtons-nous, jouissons!
L'homme n'a point de port, le temps n'a point de rive;
Il coule, et nous passons! »

Temps jaloux, se peut-il que ces moments d'ivresse,
Où l'amour à long flots nous verse le bonheur,
S'envolent loin de nous de la même vitesse
Que les jours de malheur?

Eh quoi! n'en pourrons-nous fixer au moins la trace?
Quoi! passés pour jamais! quoi! tout entiers perdus!
Ce temps qui les donna, ce temps qui les efface,
Ne nous les rendra plus!

Eternité, néant, passé, sombres abîmes,
Que faites-vous des jours que vous engloutissez?
Parlez: nous rendrez-vous ces extases sublimes
Que vous nous ravissez?

O lac! rochers muets! grottes! forêt obscure!
Vous，que le temps épargne ou qu'il peut rajeunir，
Gardez de cette nuit，gardez，belle nature，
　　　Au moins le souvenir!

Qu'il soit dans ton repos，qu'il soit dans tes orages，
Beau lac，et dans l'aspect de tes riants coteaux，
Et dans ces noirs sapins，et dans ces rocs sauvages
　　　Qui pendent sur tes eaux.

Qu'il soit dans le zéphyr qui frémit et qui passe，
Dans les bruits de tes bords par tes bords répétés，
Dans l'astre au front d'argent qui blanchit ta surface
　　　De ses molles clartés.

Que le vent qui gémit，le roseau qui soupire，
Que les parfums légers de ton air embaumé，
Que tout ce qu'on entend，l'on voit ou l'on respire，
　　　Tout dise:Ils ont aimé!

*Méditations poétiques*（1820）
*Ibid.*，pp. 38—40.


# 湖

　　是这样,我们永远被送向新的岸边,
　　在漫漫的长夜里一去后不再回还,
　　我们也永远不能,哪怕是仅仅一天,

在岁月的海上停船？

5　湖啊！这一年光阴还未曾完全流逝，[①]
在你可爱的湖畔，她本该旧地重游，
你看！我今天前来独坐的这块岩石，
去年是她在此停留！

去年，你也是这样在这悬崖下呼啸，
10　去年，你也是这样对巉岩浪花飞溅，
去年，风也是这样把你的湖水滔滔
打在她可爱的脚边。

有一晚，你可记得？我俩静静地荡桨；
在湖面上，天宇下，远近四周只听到
15　划桨的船儿轻摇，时起时落的声响
拍击你应和的波涛。

突然，传来人世间从未听到的声音，
而回声从着迷的此岸又飞到彼岸；
浪花在洗耳恭听，我亲爱的她不禁
20　发出了如下的哀叹：

"时光啊！请别飞行！而你们，良辰美景，
也请你们驻留不走！

---

①　拉马丁一八一六年九月在艾克斯温泉城遇见也来治病的朱莉·夏尔，两人相怜而相爱，相约来年九月来湖边相会。一八一七年八月，诗人先来，朱莉在巴黎病情加剧，十二月逝世。

　　　　我们美好生活中转眼即逝的温情，
　　　　　　请让我们细细享受！

25　　　世上多少不幸者向你们苦苦求告，
　　　　　　流吧，请为他们流吧；
　　　　带走他们的生命，带走他们的苦恼，
　　　　　　但请把幸福者留下。

　　　　可是我徒费口舌，白白地求了又求，
30-　　　　　时光弃我，不停不歇；
　　　　我对今夕的良宵说道'黑夜请慢走'；
　　　　　　黎明眼看驱散黑夜。

　　　　相爱吧，朝夕相伴！要知道良宵苦短，
　　　　　　切莫迟疑，相亲相爱！
35　　　时光并没有边岸，人生也没有港湾；
　　　　　　时光流逝，人生不再！"

　　　　时光啊！你好妒忌，那时刻令人心醉：
　　　　爱情向我们洒下滚滚而来的幸福，
　　　　欢乐和不幸怎能离我们远走高飞，
40　　　　　同样是转眼的工夫？

　　　　哪能说，难道我们留不下一点痕迹？
　　　　哪能说，欢乐已尽！哪能说，幸福已完？
　　　　时光对先是赠予、后又收回的醉意！
　　　　　　难道再也不肯归还？

5　　　天长地久不见底，万古千秋是深渊：
　　　　时光啊，你就非要吞噬美景和良辰：
　　　　请讲，从我们身上夺走消魂的缱绻，
　　　　　　还想不想归还我们？


　　　　湖水！幽暗的森林！洞窟！缄默的山崖！
50　　　时光让你们不老，对你们分外客气，
　　　　美丽的大自然啊，是夕良宵要留下，
　　　　　　至少留下一点回忆！


　　　　让你的狂风暴雨，让你的风平浪静，
　　　　美丽的湖啊，让你赏心悦目的山坡，
55　　　让这些黑色枞树，让这些怪石狰狞，
　　　　　　它们在湖水上高卧，


　　　　让轻轻地飘过时战战兢兢的和风，
　　　　让你湖水从此岸传到彼岸的声息，
　　　　让以柔辉染白你湖面的月色清冷，
60　　　　　——铭记这个回忆。


　　　　请让呻吟的轻风，请让叹息的芦苇，
　　　　让你馥郁的空中有清香扑鼻而来，
　　　　让耳之所闻，目之所见，和花草芳菲，
　　　　　　都说："他俩曾经相爱！"


　　　　　　　　　　　　　　《沉思集》(1820)

【题解】　《湖》是拉马丁的传世名篇，是浪漫主义爱情诗的

杰作。一八一六年九月,拉马丁去艾克斯温泉城治疗,遇见也来治病的朱莉·夏尔。拉马丁二十六岁,朱莉三十二岁,是巴黎自然科学院秘书的妻子,丈夫年近古稀。两人同病相怜,孤独寂寞,更加上景物宜人,秋日又增愁思,不久相爱。两人于十月底离开,冬天又在巴黎相会,直至一八一七年五月告别,相约八月底同去艾克斯。拉马丁先到,望穿秋水,不见佳人来到。此时,朱莉在巴黎病情加剧,并于十二月十八日逝世。拉马丁于八月三十日左右在湖畔写《湖》,九月成稿。研究家指出,拉马丁在"旧地重游"、"湖上泛舟"等主题及词语方面,借鉴卢梭等先辈作家。诗人在诗中把对朱莉的爱情神圣化,理想化,使尘世的爱情充满某种灵气,具有更大的普遍意义。许多作曲家为《湖》谱曲,拉马丁不以为然:"把音乐和诗歌联系在一起会两败俱伤。音乐和诗歌各自都是完整的艺术:音乐本身就有感情,美丽的诗句本身就有旋律。"又说:"这是我诗中在读者心里、也如同在我自己心里反响最大的一首诗。"


## L'AUTOMNE

Salut! bois couronnés d'un reste de verdure!
Feuillages jaunissants sur les gazons épars!
Salut, derniers beaux jours! le deuil de la nature
Convient à la douleur et plaît à mes regards!

Je suis d'un pas rêveur le sentier solitaire,
J'aime à revoir encor, pour la dernière fois,
Ce soleil pâlissant, dont la faible lumière
Perce à peine à mes pieds l'obscurité des bois!

Oui, dans ces jours d'automne où la nature expire,

A ses regards voilés je trouve plus d'attraits,

C'est l'adieu d'un ami, c'est le dernier sourire

Des lèvres que la mort va fermer pour jamais!

Ainsi, prêt à quitter l'horizon de la vie,

Pleurant de mes longs jours l'espoir évanoui,

Je me retourne encore, et d'un regard d'envie

Je contemple ses biens dont je n'ai pas joui!

Terre, soleil, vallons, belle et douce nature,

Je vous dois une larme aux bords de mon tombeau;

L'air est si parfumé! la lumière est si pure!

Aux regards d'un mourant le soleil est si beau!

Je voudrais maintenant vider jusqu'à la lie

Ce calice mêlé de nectar et de fiel!

Au fond de cette coupe où je buvais la vie,

Peut-être restait-il une goutte de miel?

Peut-être l'avenir me gardait-il encore

Un retour de bonheur dont l'espoir est perdu?

Peut-être dans la foule, une âme que j'ignore

Aurait compris mon âme, et m'aurait répondu?...

La fleur tombre en livrant ses parfums au zéphire;

A la vie, au soleil, ce sont là ses adieux;

Moi, je meurs; et mon âme, au moment qu'elle expire,
S'exhale comme un son triste et mélodieux.

*Méditations poétiques* (1820)
*Ibid*., pp. 75—76.

## 秋

致敬！渲染上最后一丝绿意的树林！
片片葱绿草地上渐渐转黄的叶丛！
致敬，最后美好的时光！自然在伤心，
正可以慰藉痛苦，我看了心中感动！

5    顺着孤独的小径，我独自信步闲逛；
我多想看了再看，最后一眼看不足
这淡又淡的太阳，这弱又弱的柔光，
在我脚边的草木已几乎看不清楚！

对，时届秋令，自然已不再神采飞扬，
10   秋天朦胧的目光，我感到更加美妙，
这是友人在告别，这也是死神即将
阖上的嘴唇绽出最后的一个微笑！

同样，我准备告别生命，去等待死亡，
我为漫漫岁月里希望消逝而哀哭，
15   我一再回头张望，我以嫉妒的目光，
静静注视生命里未曾享用的财富。

大地,太阳和山谷,美丽、可爱的自然,

在自己墓前,我该向你们洒泪一滴;

空气是如此清香! 阳光则金光闪闪!

20　在垂死者的眼中,太阳竟如此美丽!


现在,我多么想把这杯酒喝得空空,

这杯酒里有痛苦心酸,有玉液琼浆!

在我喝饮生命的这一只酒杯杯中,

也许,也许还剩有一滴甘美的蜜糖?


25　幸福的希望早已消失得无踪无影,

也许,未来让我的幸福有回光返照!

也许,人群中还有我不认识的心灵,

会理解我的心灵,愿和我结为知交?……


花儿落地,会先把花香托付给西风;

30　这是花儿对生命,对太阳表示告别:

我,我也将死,仿佛忧伤、悦耳的琴声,

我的心灵离去时,化作诗章的一页。

《沉思集》(1820)

【题解】 《秋》写于拉马丁在米伊的故居,时间在一八一九年十月至十一月。拉马丁自称:"这些诗句是两种本能之间的斗争:伤感的本能叫人接受死亡,而幸福的本能叫人怀念生命。"拉马丁在夏天认识了英国姑娘伯奇小姐,第二年即一八二〇年六月六日两人举行了婚礼。

## L'OCCIDENT

Et la mer s'apaisait, comme une urne écumante
Qui s'abaisse au moment où le foyer pâlit,
Et retirant du bord sa vague encor fumante,
Comme pour s'endormir, rentrait dans son grand lit;

Et l'astre qui tombait de nuage en nuage
Suspendait sur les flots son orbe sans rayon,
Puis plongeait la moitié de sa sanglante image,
Comme un navire en feu qui sombre à l'horizon;

Et la moitié du ciel pâlissait, et la brise
Défaillait dans la voile, immobile et sans voix,
Et les ombres couraient, et sous leur teinte grise
Tout sur le ciel et l'eau s'effçait à la fois;

Et dans mon âme, aussi pâlissant à mesure,
Tous les bruits d'ici-bas tombaient avec le jour,
Et quelque chose en moi, comme dans la nature,
Pleurait, priait, souffrait, bénissait tour à tour!

Et, vert l'occident seul, une porte éclatante
Laissait voir la lumière à flots d'or ondoyer,
Et la nue empourprée imitait une tente
Qui voile sans l'éteindre un immense foyer;

Et les ombres, les vents, et les flots de l'abîme,
Vers cette arche de feu tout paraissait courir,
Comme si la nature et tout ce qui l'anime
En perdant la lumière avait craint de mourir!

La poussière du soir y volait de la terre,
L'écume à blancs flocons sur la vague y flottait;
Et mon regard long, triste, errant, involontaire,
Les suivait, et de pleurs sans chagrin s'humectait.

Et tout disparaissait; et mon âme oppressée
Restait vide et pareille à l'horizon couvert,
Et puis il s'élevait une seule pensée,
Comme une pyramide au milieu du désert!

O lumière! où vas-tu? Globe épuisé de flamme,
Nuages, aquilons, vagues, où courez-vous?
Poussière, écume, nuit! vous, mes yeux! toi, mon âme!
Dites, si vous savez, où donc allons-nous tous?

A toi, grand Tout! dont l'astres est la pâle étincelle,
En qui la nuit, le jour, l'esprit, vont aboutir!
Flux et reflux divin de vie universelle,
Vaste océan de l'Etre où tout va s'engloutir!...

*Harmonies poétiques et religieuses* (1830)
*Ibid.*, pp. 341—342.

# 西天

看大海平静下来，如同熄灭了炉灶，
锅里原本翻腾的泡沫便不再沸腾，
大海从海边收起滚滚不息的波涛，
返回自己巨大的海床里就寝入梦；

5　　看太阳在云层间一级又一级下沉，
把不发光的圆球在海浪上空悬挂，
接着在水中沉没半个血红的圆轮，
仿佛天边有一艘着火的舟船沉下。

　　半边的天空越来越白，而海风已经
10　无声地停下，正在帆蓬里奄奄一息，
天底下，水面上，滚滚而来，都是黑影，
这灰蒙蒙的一切都在一一地消失；

　　看我的心灵里也渐渐地变得苍白，
尘世的声音随着日光越来越模糊，
15　我身上也有什么东西和自然合拍，
时而在哭泣，祈祷，时而在受苦，祝福；

　　看这灿烂的大门仅仅面朝着西天，
透出的光芒，如同黄金的波涛汹涌，
看有紫红的云幕且作挂起的门帘，
20　遮住巨大的炉灶，炉灶里大火熊熊；

看海上的风，海上的浪，海上的薄暮，
万物向着这火的方舟似奔驰匆忙，
仿佛是大自然和人间的万事万物，
害怕失去光明时会失去生命死亡！

25　　从大地上向夕阳飞去一阵阵暮霭，
浪花白白的飞沫沉浮在波涛之上；
而我的悠悠目光在游移，无精打采，
我注目而视，闪着泪花，但并不忧伤。

看万物逐渐消退；我的心感到压抑，
30　　空空荡荡，和云层之下的天际一样，
于是，仅有的唯一一个思想在升起，
如同一座金字塔立在沙漠的中央！

光明啊！你去哪里？烈焰消退的星星，
你们又奔向何处，云彩、北风和海浪？
35　　尘埃，浪花，和黑夜！我的心！我的眼睛！
请说说，我们大家究竟去什么地方？

归于你，劫数！太阳是你的一粒火星，
看黑夜，白昼，精神，都是以你为归宿！
何其神圣，这往来反复的宇宙生命，
40　　一切都在存在的大海里归于虚无！……

《诗和宗教和谐集》(1830)

【题解】　本诗选自《诗和宗教和谐集》，所以是一首"和谐"

诗，可能作于意大利。《西天》透露出诗人某种发自内心的不安心情。全诗虽然极写自然的壮美和神秘，但用词精确，形象明晰，这和拉马丁的《沉思集》相较，是一大变化。有人认为，《西天》预示拉马丁已经开未来帕那斯派的诗风之先。

# 阿尔弗雷德·德·维尼　1797—1863

## ［诗人简介］

　　阿尔弗雷德·德·维尼（Alfred de Vigny，1797—1863）是浪漫主义的重要作家。他的一生是失望、失意和壮志未酬的一生。他出生在破落的贵族世家，早年从军，自感生不逢时，愤而辞职。维尼投身文学创作，一八二六年出版《古今诗集》（*Poèmes antiques et modernes*），创作历史小说，戏剧创作从改编莎士比亚开始：《罗密欧与朱丽叶》，《威尼斯商人》，《奥赛罗》。一八三五年上演剧本《查特顿》（*Chatterton*），写天才的英国少年诗人服毒自尽的故事，备受浪漫主义作家推崇。中年后人生的打击接踵而来,退隐故居,遁入"象牙之塔",闭门精思,以诗文自娱,但发表作品不多。诗人晚景凄凉,家有病妻,自己又受胃癌折磨,郁郁而终。诗人哀叹:"独立一直是我的心愿,而依赖是我的命运。"

维尼自视甚高,悲天悯人,体现了贵族孤傲自尊的态度。诗人一生悲观,视世界为牢狱,生活为禁闭:"囚徒对过错和案情一无所知,但忍受牢狱生活"。他一八四五年自称:"我严厉冷淡,有点阴沉的性格不是与生俱来的。这是生活赋予我的性格。"主要诗集《命运集》(Les Destinées)作为遗著出版,反映出诗人对人类生活悲观和荒诞的感受。维尼还为后人留下一册珍贵的《诗人日记》。

他在文学史上曾有"哲理诗人"的美称。维尼的悲观哲学和存在主义作家加缪的荒诞哲学有共通之处。维尼在一八四二年写的《笛子》一诗中说:

　　　　永恒的西绪福斯漂亮、孤独而匆忙,
　　　　他从来不哼一声,灼热而遍体鳞伤,
　　　　从不承认在流血,不承认永远应该
　　　　把他滚落的岩石非得要捡拾起来。

这和加缪的《西绪福斯神话》(1942)不谋而合。

## MOÏSE

### *Poème*

Le soleil prolongeait sur la cime des tentes
Ces obliques rayong, ces flammes éclatantes,

Ces larges traces d'or qu'il laisse dans les airs,

Lorsqu'en un lit de sable il se couche aux déserts.

5    La pourpre et l'or semblaient revêtir la campagne.

Du stérile Nébo gravissant la montagne,

Moïse, homme de Dieu, s'arrête, et, sans orgueil,

Sur le vaste horizon promène un long coup d'œil.

Il voit d'abord Phasga, que des figuiers entourent;

10   Puis, au delà des monts que ses regards parcourent,

S'étend tout Galaad, Ephraïm, Manassé

Dont le pays fertile à sa droite est placé;

Vers le Midi, Juda, grand et stérile, étale

Ses sables où s'endort la mer occidentale;

15   Plus loin, dans un vallon que le soir a pâli,

Couronné d'oliviers, se montre Nephtali;

Dans des plaines de fleurs magnifiques et calmes

Jéricho s'aperçoit, c'est la ville des palmes;

Et, prolongeant ses bois, des plaines de Phogor,

20   Le lentisque touffu s'étend jusqu'à Ségor.

Il voit tout Chanaan, et la terre promise,

Où sa tombe, il le sait, ne sera point admise.

Il voit; sur les Hébreux étend sa grande main,

Puis vers le haut du mont il reprend son chemin.

\*

25   Or, des champs de Moab couvrant la vaste enceinte,

Pressés au large pied de la montagne sainte,

Les enfants d'Israël s'agitaient au vallon

Comme les blés épais qu'agite l'aquilon.

Dès l'heure où la rosée humecte l'or des sables

30 Et balance sa perle au sommet des érables,

Prophète centenaire, environné d'honneur,

Moïse était parti pour trouver le Seigneur.

On le suivait des yeux aux flammes de sa tête,

Et, lorsque du grand mont il atteignit le faîte,

35 Lorsque son front perça le nuage de Dieu

Qui couronnait d'éclairs la cime du haut lieu,

L'encens brûla partout sur les autels de pierre,

Et, six cent mille Hébreux, courbés dans la poussière,

A l'ombre du parfum par le soleil doré,

40 Chantèrent d'une voix le cantique sacré;

Et les fils de Lévi, s'élevant sur la foule,

Tels qu'un bois de cyprès sur le sable qui roule,

Du peuple avec la harpe accompagnant les voix,

Dirigeaient vers le ciel l'hymne du Roi des Rois.

\*

45 Et debout devant Dieu, Moïse ayant pris place,

Dans le nuage obsur lui parlait face à face.

Il disait au Seingeur:« Ne finirai-je pas?

Où voulez-vous encor que je porte mes pas?

Je vivrai donc toujours puissant et solitaire?

50 Laissez-moi m'endormir du sommeil de la terre.

Que vous ai-je donc fait pour être votre élu?

J'ai conduit votre peuple où vous avez voulu.

Voilà que son pied touche à la terre promise,

De vous à lui qu'un autre accepte l'entremise,

55 Au coursier d'Israël qu'il attache le frein,

Je lui lègue mon livre et la verge d'airain.

« Pourquoi vous fallut-il tarir mes espérances,

Ne pas me laisser homme avec mes ignorances,

Puisque du mont Horeb jusques au mont Nébo

60 Je n'ai pu trouver le lieu de mon tombeau?

Hélas! Vous m'avez fait sage parmi les sages!

Mon doigt du peuple errant a guidé les passages.

J'ai fait pleuvoir le feu sur la tête des rois;

L'avenir à genoux adorera mes lois;

65 Des tombes des humains j'ouvre la plus antique,

La mort trouve à ma voix une voix prophétique,

Je suis très grand, mes pieds sont sur les nations,

Ma main fait et défait les générations.

Hélas! Je suis, Seigneur, puissant et solitaire,

70 Laissez-moi m'endormir du sommeil de la terre!

« Hélas! Je sais aussi tous les secrets des cieux,

Et vous m'avez prêté la force de vos yeux.

Je commande à la nuit de déchirer ses voiles;

Ma bouche par leur nom a compté les étoiles,

75 Et, dès qu'au firmament mon geste l'appela,

Chacune s'est hâtée en disant : "Me voilà".

J'impose mes deux mains sur le front des nuages

Pour tarir dans leurs flancs la source des orages;

J'engloutis les cités sous les sables mouvants;
80　Je renverse les monts sous les ailes des vents;
Mon pied infatigable est plus fort que l'espace;
Le fleuve aux grandes eaux se range quand je passe,
Et la voix de la mer se tait devant ma voix.
Lorsque mon peuple souffre, ou qu'il lui faut des lois,
85　J'élève mes regards, votre esprit me visite,
La terre alors chancelle et le soleil hésite;
Vos anges sont jaloux et m'admirent entre eux.
Et cependant, Seigneur, je ne suis pas heureux;
Vous m'avez fait vieillir puissant et solitaire,
90　Laissez-moi m'endormir du sommeil de la terre.

« Sitôt que votre souffle a rempli le berger,
Les hommes se sont dit:"Il nous est étranger";
Et lures yeux se baissaient devant mes yeux de flamme,
Car ils venaient, hélas! d'y voir plus que mon âme.
95　J'ai vu l'amour s'éteindre et l'amitié tarir,
Les vierges se voilaient et craignaient de mourir.
M'enveloppant alors de la colonne noire,
J'ai marché devant tous, triste et seul dans ma gloire,
Et j'ai dit dans mon cœur:"Que vouloir à présent?
100　Pour dormir sur un sein mon front est trop pesant,
Ma main laisse l'effroi sur la main qu'elle touche,
L'orage est dans ma voix, l'éclair est sur ma bouche;
Aussi, loin de m'aimer, voilà qu'ils tremblent tous,
Et, quand j'ouvre les bras, on tombe à mes genoux. "

105　O Seigneur! J'ai vécu puissant et solitaire,

　　Laissez-moi m'endormir du sommeil de la terre.»

　　　　　　　　＊

　　Or, le peuple attendait, et, craignant son courroux,

　　Priait sans regarder le mont du Dieu jaloux;

　　Car s'il levait les yeux, les flancs noirs du nuage

　　Roulaient et redoublaient les foudres de l'orage,

　　Et le feu des éclairs, aveuglant les regards,

　　Enchaînait tous les fronts courbés de toutes parts.


　　Bientôt le haut du mont reparut sans Moïse.

　　Il fut pleuré. Marchant vers la terre promise,

115　Josué s'avançait pensif et pâlissant,

　　Car il était déjà l'élu du Tout-Puissant.

*Ecrit en 1822.*

*Poèmes antiques et modernes* (1826)

Alfred de Vigny, *Œuvres complètes*, I Poésie et Théâtre,

Texte présenté, établi et annoté par Frauçois Germain et André Jarry,

*Bibliothèque de la Pléiade*, Gallimard, 1986, pp. 7—10.

# 摩　西

当日头在沙漠的沙床上就寝之前，

向帐篷尖顶撒下这般耀眼的火焰，[①]

还撒下这般日脚长而又长的斜阳，

---

① 以色列人在沙漠游荡四十年后，进入福地之前，是游牧民族，住在帐篷里。

　　　　这般金黄的光柱，都留在空中发亮。
5　　　田野里似乎又被紫金的颜色涂抹。
　　　　上帝的仆人摩西攀登贫瘠的奈伯①，
　　　　他停下步来，他并没有骄傲的神情，
　　　　凝视广漠的天边，抬起张望的眼睛。
　　　　他先见到毗斯迦②，周围是无花果树；
10　　接着，跟在他视线所及的群山远处，
　　　　躺着基列、以法连以及玛拿西全境，
　　　　在他右边，是一片富庶乡土的身形；
　　　　将近中午的时分，辽阔贫瘠的犹大
　　　　展现出来西边有大海③沉睡的黄沙；
15　　更远处，浅淡色的山谷里黄昏登临，
　　　　拿弗他利出现了，四周是橄榄树林；
　　　　一片平原上，开出美好、静谧的花枝，
　　　　耶利哥④已经在望，这棕榈树的城市；
　　　　从琐珥一直长到伯毗珥平原之上，
20　　正是开心果长得密密麻麻的地方，
　　　　他看到迦南全境，这真是一片福地，
　　　　他知道，他将不会在此地长眠休息。
　　　　他看呀；他向希伯来人伸出了大手，
　　　　接着，他在登峰的山径上继续前走。

　　　　　　　　　　　　＊

25　　他的人民已遍布摩押巨大的城郭，

---

①　巴勒斯坦死海东边的山名。
②　以下迦南福地的各地名参考《旧约·申命记》的译名。
③　指地中海。
④　耶利哥今称杰里科。

拥挤在圣山脚下，山脚下十分辽阔，

以色列的子孙在一处山谷里聚集，

如同北风吹动时长得厚实的麦子。

正当露水把颗颗金色的沙粒湿透，

30　　在槲树的树顶上晃动珍珠的时候，

先知摩西是百岁老人①，他满身荣耀，

他已经出发上路，他去把天主寻找。

大家借他头上的光芒目送他前行，

当摩西终于到达这座大山的山顶，

35　　当他的额头触破裹住上帝的云层，

闪闪的电光团团围住圣地的顶峰，

石头筑的祭坛上处处有香烟缭绕。

香气氤氲，但见有金色的阳光照耀，

六十万希伯来人匍匐在尘埃之中，

40　　众人异口同声把感恩的圣歌高颂；

利未的众子孙②从人群里走将出来，

如同一片柏树林在流沙地上覆盖，

调拨竖琴，他们为人民的歌声伴奏，

护送天王的颂歌直达天国的范畴。

\*

45　　现在，摩西在上帝面前站好，于是他

站在云雾缭绕中和他面对面说话。

他对天主说："那我就没有完的时候？

你要让我的双脚远走到何处方休？

---

①　据《圣经》载，此时摩西已有一百二十岁。

②　圣经中利未及其子孙负责祭祀仪式。

我得永远活下去，我有权，但我孤独？
50　请让我安息就寝，长眠在大地深处。
我对你做错什么，才让你选中了我？
我带领你的人民来你指定的山河。
眼下，人民可已经接触到这片乐土。
愿别人完成你和人民联络的任务，
55　愿他给以色列这匹马把马衔套上；
我给他留下五经①，留下青铜的节杖。

"你为了什么非要让我绝望到透顶，
不让我懵懂无知，做个平凡的百姓，
既然从哈雷山起，走到尼波山这里，
60　我都没有寻找到我可下葬的墓地？
唉！是你让我成为智者中间的智者！
由我指引游荡的人民去跋山涉河。
我在众王的头上降落下一场火雨；
后世会跪下，供奉由我制定的法律；
65　是我打开人类中最为古老的坟茔，
死神发现我的话竟是先知的声音；
我魁伟高大，脚踩天下众多的国家，
我手中可以主宰世世代代的生杀。
唉！天主啊，我握有大权，而我却孤独？
70　请让我安息就寝，长眠在大地深处。

---

① 相传《圣经》中的前五部分，统称"五经"，为摩西所写。

"唉！我也知晓普天之下的一切机密；
是你借我你自己双眼洞察的威力；
是我给黑夜下达撕破夜幕的命令，
我的嘴巴要清点星星，便直呼其名，

75　　只要我对天穹的某颗星示意一叫，
那每一颗星都会忙不迭回答：'我到'。
我伸出两只大手，我会把云头按住，
为了把云层里的雷雨阵雨都倒出；
我把一座又一座城市埋进了流沙；

80　　我借风的翅膀把大山掀翻在地下；
我的脚不知疲倦，可征服一切空间；
滔滔的江水见我经过，会闪在一边，
大海也不再咆哮，一旦听到我讲话。
当我的人民受苦，或他们需要律法，

85　　我抬头仰望，你的灵气充满我身上；
大地也摇摇晃晃，太阳也驻足观望，
你的众天使嫉妒，彼此在对我赞叹。
只不过，我的主啊，我毫无幸福可言；
你让我年老力衰，我有权，我却孤独，

90　　请让我安息就寝，长眠在大地深处。


"当你的灵气充满这位牧童①的全身，
人们彼此这样说：'他是我们的外人'；
看到我眼睛闪光，他们低垂下眼睛，
他们看到的东西，哎，超乎我的心灵。

_____

① 摩西早年当过牧童。

95　　我看到爱情熄灭，我看到友谊空虚；
　　　处女们披上面纱，怕看到我会死去。
　　　我于是夹裹黑色旋风，为众人领路，
　　　我何等荣耀，但愁容满面，何等孤独，
　　　我心中自言自语：'现在，还想要什么？'
100　　我枕在别人胸头，却重得非同小可，
　　　我的手摸别人手，会让人感到害怕，
　　　我讲话时在打雷，闪电出自我嘴巴；
　　　所以，他们不爱我，他们会人人发抖，
　　　我才伸出手，他们一个个朝我磕头。
105　　主啊！我活得大权在握，但我很孤独，
　　　请让我安息就寝，长眠在大地深处。"

＊

　　　不过，人民在等待，怕天主大发雷霆，
　　　又在祈祷，并不看妒忌上帝的山顶；
　　　如人民抬眼张望，但见有乌云滚滚，
110　　雷声隆隆，是雷雨大作，已地黑天昏，
　　　现在电光是火光，照瞎人人的眼珠，
　　　四面八方，把每个低垂的脑袋罩住。
　　　不久，山头又重现，而摩西已经不见。
　　　众人都为他哀哭。约书亚①举步向前，
115　　朝福地走去，他在沉思，苍白的面容，
　　　因为，是他已经被全能的上帝选中。

一八二二年作

---

　　① 约书亚是摩西指定的接班人，最后由约书亚率领希伯来人来到迦南福地。

《古今诗集》(1826)

【题解】《摩西》取材《圣经》，一八二二年创作，一八二六年发表。全诗展示古代希伯来民族的山川和风物。但是，诗中人物的形象和《圣经》并不一致。维尼笔下的摩西对自己的事业和功绩，充满苦涩的失落感，表达的是一个伟人精神上的孤独感，而这正是维尼贯穿自己一生的思想。一八三八年，诗人谈起《摩西》，在给友人的信中写道："这个伟大的人名，只是历朝历代一个人的面具，而且是今人、不是古人的面具：天才，为自己永恒的孤独而厌倦，为看到自己越是伟大，孤独越是无边、越是无助而深感绝望。天才不求伟大，但求一走了事。"《摩西》告示后人：天才在自己所在的位置上，永远高处不胜寒。

## Le Cor
### *Poème*

#### I

J'aime le son du Cor, le soir, au fond des bois,
Soit qu'il chante les pleurs de la biche aux abois,
Ou l'adieu du chasseur que l'écho faible accueille,
Et que le vent du nord porte de feuille en feuille.

5　　Que de fois, seul, dans l'ombre à minuit demeuré,
J'ai souri de l'entendre, et plus souvent pleuré!
Car je croyais ouïr de ces bruits prophétiques
Qui précédaient la mort des Paladins antiques.

O montagne d'azur! ô pays adoré!

10  Rocs de la Frazona, cirque du Marboré,

Cascades qui tombez des neiges entraînées,

Sources, gaves, ruisseaux, torrents des Pyrénées;

Monts gelés et fleuris, trône des deux saisons,

Dont le front est de glace et le pied de gazons!

15  C'est là qu'il faut s'asseoir, c'est là qu'il faut entendre

Les airs lointains d'un Cor mélancolique et tendre.

Souvent un voyageur, lorsque l'air est sans bruit,

De cette coix d'airain fait retentir la nuit;

A ces chants cadencés, autour de lui, se mêle

20  L'harmonieux grelot du jeune agneau qui bêle.

Une biche attentive, au lieu de se cacher,

Se suspend, immobile, au sommet du rocher,

Et la cascade unit, dans une chute immense,

Son éternelle plainte au chant de la romance.

25  Ames des Chevaliers, revenez-vous encor?

Est-ce vous qui parlez avec la voix du Cor?

Roncevaux! Roncevaux! Dans ta sombre vallée

L'ombre du grand Roland n'est donc pas consolée!

## II

Tous les preux étaient morts, mais aucun n'avait fui.

Il reste seul debout, Olivier près de lui,

30 L'Afrique sur les monts l'entoure et tremble encore.

« Roland, tu vas mourir, rends-toi, criait le More;

Tous les pairs sont couchés dans les eaux des torrents. »
Il rugit comme un tigre, et dit:« Si je me rends,
35 Africain, ce sera lorsque les Pyrénées
Sur l'onde avec leurs corps rouleront entraînées.

—Rends-toi donc, répond-il, ou meurs, car les voilà. »
Et du plus haut des monts un grand rocher roula.
Il bondit, il roula jusqu'au fond de l'abîme,
40 Et de ses pins, dans l'onde, il vint briser la cime.

« Merci, cria Roland, tu m'as fait un chemin. »
Et jusqu'au pied des monts le rouland d'une main,
Sur le roc affermi comme un géant s'élance,
Et, prête à fuir, l'armée à ce seul pas balance.

### III

45 Tranquilles cependant, Charlemagne et ses preux
Descendaient la montagne et se parlaient entre eux.
A l'horizon déjà, par leurs eaux signalées,
De Luz et d'Argelès se montraient les vallées.

L'armée applaudissait. Le luth du troubadour
50 S'accordait pour chanter les saules de l'Adour;

Le vin français coulait dans la coupe étrangère;
Le soldat, en riant, parlait à la bergère.

Roland gardait les monts; tous passaient sans effroi.
Assis nonchalamment sur un noir palefroi
55    Qui marchait revêtu de housses violettes,
Turpin disait, tenant les saintes amulettes:

« Sire, on voit dans le ciel des nuages de feu;
Suspendez votre marche; il ne faut tenter Dieu.
Par monsieur saint Denis, certes ce sont des âmes
60    Qui passent dans les airs sur ces vapeurs de flammes.

Deux éclairs ont relui, puis deux autres encor. »
Ici l'on entendit le son lointain du Cor.
L'Empereur étonné, se jetant en arrière,
Suspend du destrier la marche aventurière.

65    « Entendez-vous? Dit-il. —Oui, ce sont des pasteurs
Rappelant les troupeaux épars sur les hauteurs,
Répondit l'archevêque, ou la voix étouffée
Du nain vert Obéron qui parle avec sa Fée. »

Et l'Empereur poursuit; mais son front soucieux
70    Est plus sombre et plus noir que l'orage des cieux.
Il craint la trahison, et, tandis qu'il y songe,
Le Cor éclate et meurt, renaît et se prolonge.

« Malheur! c'est mon neveu, malheur! car si Roland
Appelle à son secours, ce doit être en mourant.

75    Arrière! chevaliers, repassons la montagne!
Tremble encor sous nos pieds, sol trompeur de l'Espagne!» .

## IV

Sur le plus haut des monts s'arrêtent les chevaux;
L'écume les blanchit; sous leurs pieds, Roncevaux
Des feux mourants du jour à peine se colore.

80    A l'horizon lointain fuit l'étendard du More.

« Turpin, n'as-tu rien vu dans le fond du torrent?
—J'y vois deux chevaliers: l'un mort, l'autre expirant.
Tous deux sont écrasés sous une roche noire;
Le plus fort, dans sa main, élève un Cor d'ivoire,

85    Son âme en s'exhalant nous appela deux fois.»

*

Dieu! Que le son du Cor est triste au fond des bois!

*Ecrit à Pau, en 1825.*

*Poèmes antiques et modernes* (1826)
*Ibid.*, pp. 81—84.

# 号 角

## 一

我爱号角的角声，夜晚，在树林深处，
或是唱牝鹿被围以后的声声啼哭，

或是猎人的道别，有回声传来轻轻，
更被一片片树叶借北风彼此呼应。

5　多少次夜晚时分，我暗中独自站立，
我听着角声微笑，更多时候是哭泣！
因为，我以为已经听到这预告声声：
古代查理大帝的勇士们即将牺牲。

啊，蓝天下的大山！啊，难忘怀的国土！
10　弗拉佐那的巉岩，马尔博雷的深谷①，
冰雪融化而成的瀑布水层层跌落，
比利牛斯山中的急流、小溪和水波；

大山冰封又开花，王座②是冷暖世界，
头上是皑皑白雪，脚下有青草绿叶！
15　应该在此地坐下，应该在此地倾听，
号角声远远吹起，忧伤中带着深情。

经常是这样，空中没有一点点声响，
有旅人在夜空中吹起这角声嘹亮；
在他身边，应和着富于节奏的号角，
20　是铃声叮咚响的小羊羔咩咩地叫。

牝鹿仔细地倾听，并不急急地逃命，
却一动不动，立在高高的山崖之顶，

---

① 比利牛斯山脉中的两座山名。
② "王座"是大山的形象。

瀑布水浩浩荡荡,瀑布水横冲直撞,
唱不完水声呜咽,唱不尽传奇悲壮。

25　　骑士们的英灵在,你们能不能回来?
你们是不是借助号角的角声表白?
隆斯伏①啊! 隆斯伏! 在你幽深的谷底,
伟大罗兰②的幽魂并没有得到慰藉!

二

勇士一个个阵亡,没有人临阵脱逃。
30　　他孤身一人站立,和奥利维埃③一道,
非洲人将他围在山上,却还在颤抖。
"投降吧,"摩尔人喊:"罗兰,你死到临头;

你的同伴都躺在瀑布之水的中央。"
他如猛虎般震怒:"要让我举手投降,
35　　非洲佬,且等比利牛斯山和我战友
的尸体一起滚落,一起在水中漂走。"

"那你投降吧,否则是死路一条,你看。"
一块大石头滚下最高最高的大山,
又蹦又跳,滚落进深深的沟底停住,
40　　一路在水中压断多少山上的松树。

---

　①　西班牙靠近法国的小山村,公元七七八年,查理大帝的军队在此被歼,成为
史诗《罗兰之歌》的主要情节。
　②　查理大帝的勇士,《罗兰之歌》的主角。
　③　奥利维埃是罗兰的亲密战友。

"谢谢,你给我开出一条路。"罗兰说道。
他一出手将巨石推下群山的山脚,
像巨人纵身跃上稳稳当当的山岩,
大军眼看要溃败,这一下稳住局面。

三

45　此时,查理大帝和众勇士心安理得,
　　他们已翻山越岭,大家在七嘴八舌。
　　阿尔斯莱斯谷和吕兹谷①已在天边
　　隐约出现,有两道溪流水奔至眼前。

　　将士们拍手欢呼。行吟诗人有新谱,
50　调拨诗琴,好咏唱阿杜尔河②的柳树;
　　异国的酒杯荡漾法兰西产的美酒;
　　战士笑语盈盈地向牧女喋喋不休。

　　罗兰守卫着大山;大军入侵不害怕,
　　杜尔班③懒洋洋地骑一匹黑色骏马,
55　蹄声得得,马背上披着紫红色鞍鞯,
　　杜尔班手握神符,他走上前来进言:

　　"陛下,有人在天上看到大堆的火云;
　　请圣驾暂停前进,以防不测的厄运。

---

① 法国比利牛斯山的两处温泉。
② 法国河流,发源于比利牛斯山。
③ 杜尔班是罗兰的战友,兰斯的大主教。

圣德尼①在天有灵，肯定有鬼魂许多，

60　　驾着这些火红的烟尘在空中经过。

已经有两次闪电，又闪过两次电光。"
此时，大家又听到号角响起在远方。
皇帝也大吃一惊，他猛然回头注意，
勒住了自己胯下款款而行的坐骑。

65　　"你可听到？"皇帝问。"听到，这是有牧童
叫唤山上走散的羊群快返回家中，"
大主教回答："或者，这个绿色的侏儒
奥伯龙②压低嗓子对他的仙女倾诉。"

皇帝又继续赶路；但他的额头垂下，

70　　比天边的雷阵雨更阴沉，也更可怕。
他害怕有人谋反，这个念头刚闪过，
角声吹响，又沉寂，又吹响，时起时落。

"有大祸！是我侄儿！有大祸！如果罗兰
吹号呼救，这肯定说明他即将遇难。

75　　向后转，各位骑士，要重新翻越山头！
让西班牙的逆土在我们脚下发抖！"

四

一匹匹在高高的山巅站住的战马，

---

① 圣德尼是公元三世纪的巴黎首任主教，殉教而死。
② 法国古诗中的神怪人物。

满嘴喷吐出白沫,隆斯伏又在脚下,
已被落日的余晖涂抹成一片淡红。
80　　摩尔人扛着军旗向天边逃走匆匆。


"杜尔班,难道你在急流中一无所见?"
"两个骑士:一个死,另一个气息奄奄。①
一块黑色的巨石压住两人的手脚;
那位勇士的手中高举象牙的号角,
85　　他的灵魂出窍时,两次向我们报信。"

＊

主啊! 林中号角的声音有多么伤心!


一八二五年写于波城②

《古今诗集》(1826)

【题解】　维尼一八二三年在军中服役,驻防在比利牛斯山山麓的小城,参观了附近西班牙境内的隆斯优隘口,发思古之幽情,写成这首代表作之一的《号角》。法国浪漫主义的特点之一,是从本国的历史,特别是中世纪历史中觅取创作的灵感。我们知道,《罗兰之歌》这部法兰西民族史诗的抄本于一八三二年发现,一八三七年才首次出版。维尼只参考其他著作,在没有读到《罗兰之歌》的情况下,于一八二五年写成本诗。

---

①　罗兰死,奥利维埃气息奄奄。
②　法国比利牛斯山山麓的城市。

## LA MORT DU LOUP

### I

Les nuages couraient sur la lune enflammée

Comme sur l'incendie on voit fuir la fumée,

Et les bois étaient noirs jusques à l'horizon.

—Nous marchions, sans parler, dans l'humide gazon,

5 Dans la bruyère épaisse et dans les hautes brandes,

Lorsque, sous des sapins pareils à ceux des landes,

Nous avons aperçu les grands ongles marqués

Par les Loups voygeurs que nous avions traqués.

Nous avons écouté, retenant notre haleine

10 Et le pas suspendu. — Ni le bois ni la plaine

Ne poussaient un soupir dans les airs; seulement

La girouette en deuil criait au firmament.

Car le vent, élevé bien au-dessus des terres,

N'effleurait de ses pieds que les tours solitaires,

15 Et les chênes d'en bas, contre les rocs penchés,

Sur leurs coudes semblaient endormis et couchés.

—Rien ne bruissait donc, lorsque, baissant la tête,

Le plus vieux des chasseurs qui s'étaient mis en quête

A regardé le sable, attendant à genoux,

20 Qu'une étoile jetât quelque lueur sur nous;

Puis, tout bas, a juré que ces marques récentes.

Annonçaient la démarche et les griffes puissantes

De deux grands Loups-cerviers et de deux louveteaux.

　　—Nous avons tous alors préparé nos couteaux,

25　Et, cachant nos fusils et leurs lueurs trop blanches,

　　Nous allions, pas à pas, en écartant les branches.

　　　Trois s'arrêtent, et moi, cherchant ce qu'ils voyaient,

　　J'aperçois tout à coup deux yeux qui flamboyaient,

　　Et je vois au delà quelques formes légères

30　Qui dansaient sous la lune au milieu des bruyères,

　　Comme font, chaque jour, à grand bruit, sous nos yeux,

　　Quand le maître revient, les lévriers joyeux.

　　L'allure était semblable et semblable la danse;

　　Mais les enfants du Loup se jouaient en silence,

35　Sachant bien qu'à deux pas, ne dormant qu'à demi,

　　Se couche dans ses murs l'homme , leur ennemi.

　　　Le Père était debout, et plus loin, contre un arbre,

　　Sa Louve reposait comme celle de marbre

　　Qu'adoraient les Romains, et dont les flancs velus

40　Couvaient les demi-dieux Rémus et Romulus.

　　—Le Loup vient et s'assied, les deux jambes dressées,

　　Par leurs ongles crochus dans le sable enfoncées.

　　Il s'est jugé perdu, puisqu'il était surpris,

　　Sa retraite coupée et tous ses chemins pris.

45　Alors il a saisi, dans sa gueule brûlante,

　　Du chien le plus hardi la gorge pantelante,

　　Et n'a pas desserré ses mâchoires de fer,

　　Malgré nos coups de feu qui traversaient sa chair

　　Et nos couteaux aigus qui, comme des tenailles,

50　Se croisaient en plongeant dans ses larges entrailles,

Jusqu'au dernier moment où le chien étranglé,

Mort longtemps avant lui, sous ses pieds a roulé.

Le Loup le quitte alors et puis il nous regarde.

Les couteaux lui restaient au flanc jusqu'à la garde,

55　　Le clouaient au gazon tout baigné dans son sang;

Nos fusils l'entouraient en sinistre croissant.

—Il nous regarde encore, ensuite il se recouche,

Tout en léchant le sang répandu sur sa bouche,

Et, sans daigner savoir comment il a péri,

60　　Refermant ses grands yeux, meurt, sans jeter un cri.


## II

J'ai reposé mon front sur mon fusil sans poudre,

Me prenant à penser, et n'ai pu me résoudre

A poursuivre sa Louve et ses fils qui, tous trois

Avaient voulu l'attendre, et, comme je le crois,

65　　Sans ses deux Louveteaux la belle et sombre veuve

Ne l'eût pas laissé seul subir la grande épreuve,

Mais son devoir était de les sauver, afin

De pouvoir leur apprendre à bien souffrir la faim,

A ne jamais entrer dans le pacte des villes

70　　Que l'homme a fait avec les animaux serviles

Qui chassent devant lui, pour avoir le coucher,

Les premiers possesseurs du bois et du rocher.


## III

Hélas! ai-je pensé, malgré ce grand nom d'Hommes,

Que j'ai honte de nous, débiles que nous sommes!

75  Comment on doit quitter la vie et tous ses maux,

C'est vous qui le savez, sublimes animaux!

A voir ce que l'on fut sur terre et ce qu'on laisse,

Seul le silence est grand; tout le reste est faiblesse.

— Ah! Je t'ai bien compris, sauvage voyageur,

80  Et ton dernier regard m'est allé jusqu'au cœur!

Il disait;« Si tu peux, fais que ton âme arrive,

A force de rester studieuse et pensive,

Jusqu'à ce haut degré de Stoïque fierté

Où, naissant dans les bois, j'ai tout d'abord monté.

85  Gémir, pleurer, prier est également lâche.

—Fais énergiquement ta longue et lourde tâche

Dans la voie où le Sort a voulu t'appeler,

Puis après, comme moi, Souffre et meurs sans parler. »

*Les Destinées* (1849)

*Ibid.*, pp. 143—145.

# 狼之死

## 一

阵阵乌云奔驰在火红的月亮上面,

仿佛看到失火时冒出的滚滚浓烟,

黑糊糊的树林子一眼望不到尽头。

我们在湿漉漉的草地上悄悄行走,

5　欧石南又密又稠,灌木林又高又大,

突然,在和荒原上一般的杉木林下,

我们瞥见巨大的兽爪印留在地上,

正是我们围捕的四处游荡的群狼。

我们侧耳静听着,人人都屏住呼吸,

10    并且停下了脚步。—— 没有一点点声息,

树林里和平原上都很静,仅仅只有

悲戚戚的风信标在向着苍穹呼求。

此时,风越刮越高,远远离开了地面,

风脚仅仅触及到孤独寂寞的塔尖,

15    下面一棵棵橡树靠着山向前低垂,

似乎用两肘支着已经躺下和入睡。

没有一丝儿声响,猎人们正在追捕,

年纪最长的猎手突然低下了头颅,

他跪在地上等候,对沙地仔细注视。

20    等有星星向我们洒下来星光之时,

接着他低声断言:这刚留下的爪痕,

表明有两头大狼、两只小狼崽逃遁,

狼群已经过此地,都有强劲的利爪。

于是我们每个人都准备好了猎刀,

25    并把猎枪和枪上荧荧的青光掩盖,

我们一步步前进,一边把树枝推开。

三个人停步,我们看到了什么事情?

我猛然瞥见两只火红火红的眼睛,

我看到远处几个黑影①是又轻又小。

30    正在矮树林里的月光下蹦蹦跳跳,

---

① 指两只狼崽在月光下的身影。

如主人回家，猎狗每天都高高兴兴
在我们面前吵吵闹闹乱跳的情形。
行走的模样相同，跳得也一般模样；
可是狼的孩子们游戏时一声不响，
35　因为他们很清楚，人可是狼的大敌，
人就在几步以外，睡觉时眼睛不闭。

父亲站立在地上，远处背靠着大树，
是他的母狼，如同那头大理石狼母①，
罗马人奉若神明，那毛茸茸的狼身
40　哺育过罗慕路斯、雷穆斯两位半神。
公狼走来并坐下，两条腿高高站起，
他弯钩形的爪子深深地掐进沙地。
他断定自己完了，因为已被人发现，
无处可退，而出路已经被一一切断；
5　这下子，他张开了他火辣辣的大口，
咬住了最凶猛的狗垂死抽动的咽喉，
我们的枪弹徒然把他的皮肉打穿，
锋利的猎刀徒然像是一把把铁钳，
交叉着深深刺进他那宽大的前胸，
50　他强有力的铁嘴死死地不肯放松，
直至最后的一刻，被他咬死的猎狗
倒毙在他的脚边，原来早已经死透。
公狼这才放下狗，接着看我们一眼，
猎刀刺进他体内，仅护手留在外面，

---

①　相传一头母狼喂养孪生兄弟罗慕路斯、雷穆斯，长大后罗慕路斯创建罗马城。

55　他被钉在草地上，满地是他的鲜血；
　　猎枪把他包围住，像是催命的新月。
　　他又看我们一眼，然后才重又倒下，
　　一边舐着他的血，鲜血流满了嘴巴，
　　他不惜知道为何有此悲惨的结局，
60　重又闭上大眼睛，一声不吭地死去。

二

　　我把放空的猎枪靠着自己的额头，
　　我真拿不定主意，心里在想着是否
　　还要去追捕狼崽以及他们的母亲？
　　一家三口本来会等他，而且我相信，
65　如没有两只小狼，美丽忧郁的寡妇
　　绝不会让他独自经受这一场劫数；
　　可是，她的责任是抚养这孩子两个，
　　可以教育他们去学会忍饥和挨饿，
　　学会永远不仿照奴性十足的兽类①，
70　做出和城里居民协议讲和的行为，
　　深山老林的主人本来是它们猎狗，
　　为了能寄人篱下，甘做猎人的帮手。

三

　　唉！我就想，人徒有"人"这个伟大的称号，

① 指狗。

我们有多么虚弱，我为人感到害臊！

75　该如何告别生命，告别生命的痛苦，

崇高的兽类，此事只有你们才清楚！
看看身后的名声，看看人世的生活，
只有沉默才伟大，其他事都是软弱。
——　哎！我对你很理解，四处游荡的野兽，

80　而你的最后一眼直钻进我的心头！
仿佛是在说："只要你愿意，你的心灵
只要能认真学习，只要能思考不停，
就可以达到这般坚韧不拔的高度，
我在森林里出生，生来就有此功夫。

85　呻吟、哭泣和恳求，同样是懦弱无能。
登上命运一定要召唤你去的前程，
尽你漫长、沉重的使命，要不屈顽强，
然后呢，像我受苦和死去，一声不响。"

《命运集》(1849)

【题解】《狼之死》是维尼最好的代表作，写于一八三八年十月底，一八四三年二月发表于《新旧大陆评论》，后收入《命运集》。维尼一八三七年底丧母，一八三八年八月和多年相好的女演员分手，心情恶劣。一八四三年致友人书："许许多多事情使我难受，我只字不提！对我来说，写《狼之死》是一次放血。"诗中"狼"的象征可能来自诗人拜伦的《恰尔德·哈罗尔德游记》，但维尼在一八二四年的日记中称："平静的绝望，不要愤怒的发作，

不要怨天尤人,这才是最大的明智。"在维尼笔下,猎狼的经过成
了谋杀的过程。诗人借狼的嘴提出其责任为大,荣誉为重的"坚
韧"哲学,对敌人鄙夷不屑,对命运默默忍受。本诗最后一节结
论历来十分有名。

# 维克多·雨果　1802—1885

## ［ 诗人简介 ］

　　维克多·雨果（Victor Hugo，1802—1885）是法国文学最
重要的作家之一。他的生命和创作周期都很长，像一棵枝繁叶
茂、独立支撑的大树，挺立在十九世纪的文坛之上，在戏剧、小说
和诗歌等方面，都有杰出的成就。雨果早年是浪漫主义运动的
旗手，代表作品有《克伦威尔〈序言〉》（1825），戏剧《埃尔那尼》
（1830）和历史小说《巴黎圣母院》（1830）。

　　雨果青年时受母亲影响持保王派立场，他的思想随时代发展而不断进步，一八四八年后成为共和党人，第二帝国时被迫流亡海外，兀立海岛，是与暴君抗争和追求精神独立的象征，晚年被誉为共和国的祖父，死后举行国葬。雨果一生热爱艺术，热爱人民，热爱祖国，是法兰西民族的良心。

　　雨果生前发表诗集十九种，身后出版诗集六种，一生写下的诗句近二十万行。雨果是全天候和全方位的诗人，《东方集》序言称："一切皆是诗题；一切属于艺术；一切有权入诗。"《颂歌集》和《东方集》以技巧和音韵见长，《秋叶集》、《暮歌集》、《心声集》和《光影集》是抒情诗，《惩罚集》是讽刺诗，《静观集》有悲歌体和哲理诗，《历代传说集》则是史诗。

　　波德莱尔称雨果是"没有国界的天才"。经过二〇〇二年雨果诞辰二百周年的纪念活动，我们知道：雨果还是中国人民的伟大朋友。

　　雨果的诗是一本大书，无所不有，无所不包。雨果的诗充满豪情，是一部"爱"的大书。作家纪德虽然钦佩雨果的才华，却似乎并不欣赏雨果，一九〇五年有记者问他："据你看来，谁是法国最伟大的诗人？"答："唉！是雨果。"

## CE SIECLE AVAIT DEUX ANS!
## ROME REMPLAÇAIT SPARTE

Ce siècle avait deux ans! Rome remplaçait Sparte,

Déjà Napoléon perçait sous Bonaparte,

Et du premier consul déjà, par maint endroit,

Le front de l'empereur brisait le masque étroit.

Alors dans Besançon, vieille ville espagnole,
Jeté comme la graine au gré de l'air qui vole,
Naquit d'un sang breton et lorrain à la fois
Un enfant sans couleur, sans regard et sans voix;
Si débile qu'il fut, ainsi qu'une chimère,
Abandonné de tous, excepté de sa mère,
Et que son cou ployé comme un frêle roseau
Fit faire en même temps sa bière et son berceau.
Cet enfant que la vie effaçait de son livre,
Et qui n'avait pas même un lendemain à vivre,
C'est moi. —

　　　　　Je vous dirai peut-être quelque jour
Quel lait pur, que de soins, que de voeux, que d'amour,
Prodigués pour ma vie en naissant condamnée,
M'ont fait deux fois l'enfant de ma mère obstinée,
Ange qui sur trois fils attachés à ses pas
Epandait son amour et ne mesurait pas!
O l'amour d'une mère! — amour que nul n'oublie!
Pain merveilleux qu'un Dieu partage et multiplie!
Table toujours servie au paternel foyer!
Chacun en a sa part, et tous l'ont tout entier!

Je pourrai dire un jour, lorsque la nuit douteuse
Fera parler les soirs ma vieillesse conteuse,
Comment ce haut destin de gloire et de terreur
Qui remuait le monde aux pas de l'empereur,

Dans son souffle orageux m'emportant sans défense,
A tous les vents de l'air fit flotter mon enfance.
Car, lorsque l'aquilon bat ses flots palpitants,
L'océan convulsif tourmente en même temps
Le navire à trois ponts qui tonne avec l'orage
Et la feuille échappée aux arbres du rivage!

Maintenant jeune encore et souvent éprouvé,
J'ai plus d'un souvenir profondément gravé,
Et l'on peut distinguer bien des choses passées
Dans ces plis de mon front que creusent mes pensées.
Certes, plus d'un vieillard sans flammes et sans cheveux,
Tombé de lassitude au bout de tous ses voeux,
Pâlirait s'il voyait, comme un gouffre dans l'onde,
Mon âme où ma pensée habite comme un monde,
Tout ce que j'ai souffert, tout ce que j'ai tenté,
Tout ce qui m'a menti comme un fruit avorté,
Mon plus beau temps passé sans espoir qu'il renaisse,
Les amours, les travaux, les deuils de ma jeunesse,
Et quoiqu'encore à l'âge où l'avenir sourit,
Le livre de mon cœur à toute page écrit!

Si parfois de mon sein s'envolent mes pensées,
Mes chansons par le monde en lambeaux dispersées;
S'il me plaît de cacher l'amour et la douleur
Dans le coin d'un roman ironique et railleur;
Si j'ébranle la scène avec ma fantaisie;

Si j'entre-choque aux yeux d'une foule choisie
D'autres hommes comme eux, vivant tous à la fois
De mon souffle et parlant au peuple avec ma voix;
Si ma tête, fournaise où mon esprit s'allume,
Jette le vers d'airain qui bouillonne et qui fume
Dans le rhythme profond, moule mystérieux
D'où sort la strophe ouvrant ses ailes dans les cieux;
C'est l'amour, la tombe, et la gloire, et la vie,
L'onde qui fuit, par l'onde incessamment suivie,
Tout souffle, tout rayon, ou propice ou fatal,
Fait reluire et vibrer mon âme de cristal,
Mon âme aux mille voix, que le Dieu que j'adore
Mit au centre de tout comme un écho sonore!

D'ailleurs j'ai purement passé les jours mauvais,
Et je sais d'où je viens si j'ignore où je vais.
L'orage des partis avec son vent de flamme
Sans en altérer l'onde a remué mon âme;
Rien d'immonde en mon cœur, pas de limon impur
Qui n'attendît qu'un vent pour en troubler l'azur!

Après avoir chanté, j'écoute et je contemple,
A l'empereur tombé dressant dans l'ombre un temple,
Aimant le liberté pour se fruits, pour ses fleurs,
Le trône pour son droit, le roi pour ses malheurs;
Fidèle enfin au sang qu'ont versé dans ma veine
Mon père vieux soldat, ma mère vendéenne!

Juin 1830.

*Les Feuilles d'automne*（1831）

Victor Hugo，*Œuvres complètes*，

Edition établie，sous la direction de Jacques Seebacher

assisté de Guy Rosa，par le Groupe inter-universitaire

de Travail sur Victor Hugo，*Bouquins*

Robert Laffont，Poésie I，1985，pp. 565—567.

## "本世纪正好两岁，
## 罗马替代斯巴达……"

　　本世纪正好两岁①！罗马替代斯巴达②，

　　拿破仑脱颖而出，本来只是波拿巴③，

　　首席执政的冠冕已经显得太窄小，

　　多处已经被戳穿，露出皇帝的头角。

5　　这时候在贝桑松④，一座西班牙古城，

　　有个布列塔尼和洛林⑤的孩子诞生，

　　有风刮起，他像颗种子便落地安身，

　　孩子脸上无色，嘴里无声，眼中无神；

　　他简直是个怪物，这般萎弱和羸瘦，

10　　人人见了都摇头，只有母亲肯收留，

　　小脖颈东倒西歪，细得如芦苇一般，

---

　　① 雨果生于一八〇二年。

　　② 罗马喻帝制，斯巴达喻共和，指拿破仑称帝，取消法国大革命后的共和制。

　　③ 拿破仑是名，波拿巴是姓。帝王用名，称帝前是波拿巴将军，称帝后是拿破仑皇帝。

　　④ 法国东北部城市，十六、十七世纪曾一度被西班牙占领。

　　⑤ 雨果父亲是洛林人，母亲是布列塔尼人。

无奈只好一边做棺材，一边做摇篮。
这个已被命运从大书上勾掉名字，
这个甚至连明天都活不成的孩子，
15　就是我。——


　　　　　我有一天也许会对你讲明，
对于我刚出世就注定夭折的生命，
她倾注多少乳汁，多少祝愿和爱心，
给我两次生命的是我固执的母亲，
天使脚边拖着的三个儿子①都很小，
20　母亲播撒爱心时，可从不计较多少！
啊！慈母的爱心啊，人人不忘的春晖！
这是神奇的面包，由神仙制作分配！
父亲家中的餐桌，饭菜永远很丰盈，
人人都会有一份，都吃得高高兴兴！


25　有朝一日，我成了老人，会喜欢闲聊，
外面的夜色沉沉，我说个没完没了，
皇帝所到处，世界跟着他地覆天翻，
威风凛凛的命运，使人人心惊胆战，
毫不费力地把我夹走，如狂风呼啸，
30　将我的童年随风在各处颠簸飘摇。
因为，当北风吹起阵阵急促的波澜，
骚动的大海，不问大船有三层甲板，
不问岸边飘下的树叶是又轻又小，

————————————

① 　雨果母亲有三个儿子：阿贝尔，欧仁和维克多，雨果是幼子。

都——卷进波涛，一起翻滚和咆哮。

35　　现在，我虽然年轻，却有严峻的考验，

　　　我思绪纷繁，额头有条条皱纹出现，

　　　皱纹深处刻印着许许多多的回忆，

　　　从中还可以看见以往的不少经历。

　　　要知道，几多老人头发已秃得光光，

40　　他们都心灰意冷，他们都饱经沧桑，

　　　如有人见到我的心像海中的深渊，

　　　是个住满了形形色色思想的大院，

　　　看到我百般挣扎，看到我苦难尝遍，

　　　看到像烂果子的谎言曾对我欺骗，

45　　看到我虽是未来向我微笑的年华，

　　　看到我内心的书每一页密密麻麻，

　　　看到我大好时光已一去不复再来，

　　　青春有喜怒哀乐，他准会脸色发白！

　　　如有思想和歌曲从我的胸中飞升，

50　　思想会有人附和，歌曲会有人应声；

　　　如果，我喜欢借助嬉笑怒骂的小说①，

　　　作为藏匿爱情和痛苦的某个场所；

　　　如果我驰骋想象，动摇了当今舞台②，

　　　如在为数不多的有识之士者看来，

55　　我会是与我同声相应、并借我声音

　　　向人民说话的人相互争斗的原因；

---

①　雨果一八二三年发表小说《冰岛魔王》。

②　雨果一八三〇年上演《埃尔那尼》，这是浪漫主义胜利的标志。

　　　　　如果我的头颅是点燃思想的火炉，
　　　　　炼出青铜的诗句，不断地翻腾飞舞，
　　　　　加上深沉的节奏是铸模，奇妙无穷，
60　　　　出来的诗行张开翅膀，就飞向天空；
　　　　　这是因为：爱情和坟墓，光荣和生命，
　　　　　前浪被后浪推着，一个个奔流不停，
　　　　　任何声息和闪光，也不论是吉是凶，
　　　　　都使我这颗水晶之心闪耀和颤动，
65　　　　崇敬的上帝把我铿锵有声的灵魂，
　　　　　如同一个响亮的回声，放进了乾坤！


　　　　　再说，我已度过的苦日子光明磊落，
　　　　　我如不知道去向，我知道来的线索。
　　　　　党派之间的纷争，可真是如火如荼，
70　　　　我灵魂虽被触动，却没有受到玷污。
　　　　　我心中没有肮脏，所以也没有污泥
　　　　　在风吹草动之时搅乱明澈的心底。


　　　　　我曾经歌唱，现在，我要倾听和思考，
　　　　　我为下野的皇帝暗中把庙堂建造，
75　　　　我爱自由，是因为自由已开花结果，
　　　　　我爱国王，是因为他不幸失去王座；
　　　　　我忠于父母的血，血在我身上流淌，
　　　　　我父亲是个老兵，母亲是个保王党①！

--------

　　①　雨果父亲是拿破仑时代的军人，以将军衔退休；母亲在家乡接受保王党思想。

# 一八三〇年六月

《秋叶集》(1831)

**【题解】** 本诗是《秋叶集》的首篇。雨果年届三十，成家立业，通过这篇"诗传"，给自己的童年和青年时代作了诗的回顾。给雨果作传的人都要引用这首诗的材料，而"一个响亮的回声"已成了对诗人雨果最好的总结。这首诗对诗人思想上的矛盾倾向作了巧妙的解释。

## OH! N'INSULTEZ JAMAIS UNE
## FEMME QUI TOMBE

Oh! n'insultez jamais une femme qui tombe!

Qui sait sous quel fardeau la pauvre âme succombe!

Qui sait combien de jours sa faim a combattu!

Quand le vent du malheur ébranlait leur vertu,

Qui de nous n'a pas vu de ces femmes brisées

S'y cramponner long-temps de leurs mains épuisées!

Comme au bout d'une branche on voit étinceler

Une goutte de pluie où le ciel vient briller,

Qu'on secoue avec l'arbre et qui tremble et qui lutte,

Perle avant de tomber et fange après sa chute!


La faute en est à nous; à toi, riche! à ton or!

Cette fange d'ailleurs contient l'eau pure encor.

Pour que la goutte d'eau sorte de la poussière,

Et redevienne perle en sa splendeur première,

Il suffit, c'est ainsi que tout remonte au jour,

D'un rayon du soleil ou d'un rayon d'amour!

Septembre 1835.

*Les Chants du crépuscule*（1835）

*Ibid*., p.732.

## "噢！千万不要侮辱一个
## 失足的妇女……"

噢！千万不要侮辱一个失足的妇女！
谁知道什么压力才使她受此委屈！
谁知道她和饥饿斗争了多少时间！
这些憔悴的妇女，我们谁没有看见，
5　灾难的风一阵阵动摇她们的贞操，
她们疲惫的双手把贞操紧紧握牢！
如同枝头有一滴雨水，晶莹而可爱，
雨水在闪闪发光，映出天空的光彩，
摇摇树，雨滴一抖，挣扎着不肯下坠，
10　落下以前是珍珠，以后成污泥浊水！

错误在我们；在你，富人！你为富不仁！
这一滴污泥浊水所包含的水很纯。
为了让水珠能从尘埃中脱身而出，
重新变成最初时容光焕发的珍珠，
15　如同万物少不了对于光明的依赖，
只要有一线阳光，有一点温暖的爱！

一八三五年九月

《暮歌集》(1835)

【题解】　这首诗使人想起《悲惨世界》中的芳汀，也使人想起雨果的情人朱丽叶·德鲁埃。据说，朱丽叶在身上贴胸藏着这首诗。她和雨果结合前，漂泊无定。据巴尔杜在《一个诗人的爱情》中说，朱丽叶"在自己身上贴胸藏着一张纸，上面由诗人为她写着如下动人和宽容的诗句：'噢！千万不要侮辱……'"

## PUISQUE J'AI MIS MA LEVRE A TA COUPE ENCOR PLEINE

Puisque j'ai mis ma lèvre à ta coupe encor pleine；

Puisque j'ai dans tes mains mon front pâli；

Puisque j'ai respiré parfois la douce haleine

De ton âme, parfum dans l'ombre enseveli；

Puisqu'il me fut donné de t'entendre me dire

Les mots où se répand le cœur mystérieux；

Puisque j'ai vu pleurer, puisque j'ai vu sourire

Ta bouche sur ma bouche et tes yeux sur mes yeux；

Puisque j'ai vu briller sur ma tête ravie

Un rayon de ton astre, hélas! voilé toujours；

Puisque j'au vu tomber dans l'onde de ma vie

Une feuille de rose arrachée à tes jours；

Je puis maintenant dire aux rapides années：

—Passez；passez toujours! je n'ai plus à vieillir!

Allez-vous-en avec vos fleurs toutes fanées；

J'ai dans l'âme une fleur que nul ne peut cueillir!

Votre aile en le heurtant ne fera rien répandre
Du vase où je m'abreuve et que j'ai bien rempli.
Mon âme a plus de feu que vous n'avez de cendre!
Mon cœur a plus d'amour que vous n'avez d'oubli!

Janvier 18...

*Les Chants du crépuscule*（1835）
*Ibid*．，p. 755.

## "既然我的嘴喝过你还满满的
## 酒杯……"

既然我的嘴喝过你还满满的酒杯；
既然我苍白的脸曾偎在你的手中；
既然我有时闻到你心灵里的芳菲，
这一阵暗香已经消失得无影无踪；

5　　　既然你曾经对我把话儿说得悄悄，
话里不可思议的心儿在跳得轻轻；
既然我见你哭泣，既然我见你微笑，
笑时嘴唇对嘴唇，哭时眼睛对眼睛；

既然我见到你的星星总是被隐藏，
10　　但一线星光在我欣喜的头顶生辉；
既然我见到掉进我的生命的波浪，
是从你的年华里摘下的一片玫瑰；

我现在可以告诉匆匆流逝的光阴：
"流吧！不停地流吧！我不会早生华发！
你们快快和落英缤纷去同归于尽；
我心中开着一朵采撷不去的鲜花！

让我解渴的水罐已盛得又满又多，
光阴的翅膀想要拨翻它绝对不行。
光阴冰冷，冷不了我这满腔的热火！
光阴健忘，忘不了我心灵里的爱情！"

一八××年一月

《暮歌集》(1835)

15
20

【题解】 这是雨果著名的爱情诗之一，歌颂爱情的无穷威力。此诗的创作日期表明：雨果对自己和朱丽叶的爱情充满信心，这对为自己天才横溢的年轻情人提心吊胆的朱丽叶当然是一大安慰。

## A OL

O poète! je vais dans ton âme blessée
Remuer jusqu'au fond ta profonde penée.

Tu ne l'avais pas vue encor, ce fut un soir,
A l'heure où dans le ciel les astres se font voir,
Qu'elle apparut soudain à tes yeux, fraîche et belle,
Dans un lieu radieux qui rayonnait moint qu'elle.
Ses cheveux pétillaient de mille diamants;

Un orchestre tremblait à tous ses mouvements
Tandis qu'elle enivrait la foule haletante,
Blanche avec des yeux noirs, jeune, grande, éclatante.
Tout en elle était feu qui brille, ardeur qui rit.
La parole parfois tombait de son esprit
Comme un épi doré du sac de la glaneuse,
Ou sortait de sa bouche en vapeur lumineuse.
Chacun se récriait, admirant tour-à-tour
Son front plein de pensée éclose avant l'amour,
Son sourire entr'ouvert comme une vive aurore,
Et son ardente épaule, et, plus ardent encore,
Comme les soupiraux d'un centre étincelant,
Ses yeux où l'on voyait luire son cœur brûlant.
Elle allait et passait comme un oiseau de flamme,
Mettant sans le savoir le feu dans plus d'une âme,
Et dans les yeux fixés sur tous ses pas charmants,
Jetant de toutes parts des éblouissements!
Toi, tu la contemplais, n'osant approcher d'elle,
Car le baril de poucre a peur de l'étincelle.

Mai 1837.

*Les Voix intérieures* (1837)
*Ibid.*, p. 854.

## 致奥

诗人啊! 我要在你受过创伤的心中,
把你心底深处的思想兜底地翻动。

当时，你还并没有见过她；那个傍晚，

正当星星开始在天幕上金光闪闪，

5　她鲜艳美丽，突然出现在你的近旁，

那地方虽然辉煌，有了她黯然无光。

她的头发里，但见万千颗钻石闪耀；

她的一举和一动，使乐队慌了手脚，

年轻，高大，白皮肤，黑眼睛，满面春光，

10　令大家目瞪口呆，使人人如醉似狂。

她全身都是热情在笑，是热火在烧。

有时，她说一句话，她的话机智美妙，

像拾穗者袋子里掉下的金黄麦穗，

又像明亮的烟雾，离开她那张小嘴。

15　人人都在对她的额头惊叹和赞赏，

额头上充满了先爱情而开的思想，

她嫣然一笑，如同曙光在大放光明，

她那光亮的肩膀，更加光亮的眼睛，

仿佛光彩夺目的大楼里两扇小窗，

20　眼睛里能看见她火热的心在闪光。

她走过来，走过去，如同是一只火鸟，

在多少心里播下火种，自己不知道，

大家随她迷人的舞步忽东又忽西，

人人盯着的眼睛都看得目眩神迷！

25　你，你虽然凝视她，你却不敢靠近她，

因为，满桶的火药对于火星就是怕。

一八三七年五月

《心声集》(1837)

【题解】　雨果于一八三二年五月的一次舞会上，第一次见到情人朱丽叶。此诗手稿赠朱丽叶，题词为："纪念我第一次见到我的朱的那天"。

## STELLA

Je m'étais endormi la nuit près de la grève.

Un vent frais m'éveille, je sortis de mon rêve,

J'ouvris les yeux, je vis l'étoile du matin.

Elle resplendissait au fond du ciel lointain

Dans une blancheur molle, infinie et charmante.

Aquilon s'enfuyait emportant la tourmente.

L'astre éclatant changeait la nuée en duvet.

C'était une clarté qui pensait, qui vivait;

Elle apaisait l'écueil où la vague déferle;

On croyait voir une âme à travers une perle.

Il faisait nuit encor, l'ombre régnait en vain,

Le ciel s'illuminait d'un sourire divin.

La lueur argentait le haut du mât qui penche;

Le navire était noir, mais la voile était blanche;

Des goélands debout sur un escarpement,

Attentifs, contemplaient l'étoile gravement

Comme un oiseau céleste et fait d'une étincelle;

L'océan, qui ressemble au peuple, allait vers elle,

Et, rugissant tout bas, la regardait briller,

Et semblait avoir peur de la faire envoler.

Un ineffable amour emplissait l'étendue.

L'herbe verte à mes pieds frissonnait éperdue,

Les oiseaux se parlaient dans les nids; une fleur

Qui s'éveillait me dit: C'est l'étoile ma sœur.

Et pendant qu'à longs plis l'ombre levait son voile,

J'entendis une voix qui venait de l'étoile

Et qui disait: — je suis l'astre qui vient d'abord.

Je suis celle qu'on croit dans la tombe et qui sort.

L'ai lui sur le Sina, j'ai lui sur le Taygète;

Je suis le caillou d'or et de feu que Dieu jette,

Comme avec une fronde, au front noir de la nuit.

Je suis ce qui renaît quand un monde est détruit.

O nations! je suis la Poésie ardente.

J'ai brillé sur Moïse et j'ai brillé sur Dante.

Le lion Océan est amoureux de moi.

J'arrive. Levez-vous, vertu, courage, foi!

Penseurs, esprits! montez sur la tour, sentinelles!

Paupières, ouvrez-vous! allumez-vous, prunelles!

Terre, émeus le sillon; vie, éveille le bruit;

Debout, vous qui dormez; — car celui qui me suit,

Car celui qui m'envoie en avant la première,

C'est l'ange Liberté, c'est le géant Lumière!

Jersey, juillet 1853.

*Châtiments* (1853)

Victor Hugo, *Œuvres complètes*,

Edition établie, sous la direction de

Jacques Seebacher assisté de Guy Rosa,

par le Groupe inter-universitaire de Travail sur Victor Hugo,

*Bouquins*, Robert Laffont, Poésie II, 1985, p. 165.

## 晨　星

夜里，我在沙滩上入睡，一旁是大海。
一阵风把我吹醒，我就从梦中醒来，
我张开我的眼睛，看到启明的晨星。
这颗晨星闪耀在又远又高的天顶，
5　　洒下柔和的白光，无穷无尽又可爱。
北风已经挟带着风暴偷偷地走开。
明亮的星把乌云化成了鹅毛轻轻。
这一点光明正在沉思，它也有生命；
这颗星使波涛在海礁上不再翻滚；
10　　我们仿佛能透过珍珠①看到有灵魂。
天色尚黑，黑暗的统治已好景不长，
上帝的嫣然一笑，使天空豁然开朗。
歪斜的桅顶染上银色的晨光熹微；
船帆已经在发白，船身还仍然很黑；
15　　几只海鸥站立在悬崖峭壁的绝顶，
聚精会神，严肃地注视着这颗星星，
如对闪光幻成的这只天鸟在凝望；
像是人民的大海对星星多么向往，
大海在轻轻呼啸，看着星星在照耀，
20　　似乎是非常害怕把星星吓得飞掉。
无法言传的爱情充满了茫茫海空。
青草丛如痴如醉，在我的脚下乱动。

---

① 珍珠指色泽白而淡的晨星。

鸟儿们待在窝里交谈；有一朵花蕾
　　　　醒了过来，对我说："这颗星是我姐妹。"
25　　正当黑夜把皱褶长长的帷幕揭开，
　　　　我听到一个声音从星星传了下来，
　　　　星星在说："我这颗星星只是个先驱。
　　　　我出来了，有人说我已在墓中死去。
　　　　我在西奈山①照耀，在泰格特山②升起，
30　　我是金光闪闪的小石子，我被上帝
　　　　仿佛用弹弓击中深夜黑暗的额头③。
　　　　一个世界毁灭时，我又会重返地球。
　　　　我是热血沸腾的诗歌啊！各国人民！
　　　　我曾照亮过摩西，我曾照亮过但丁。
35　　大海是一头雄狮，它对我爱慕不已。
　　　　我来了。站起来吧，美德、信仰和勇气；
　　　　思想家，仁人志士，请登上塔楼，哨兵！
　　　　快快点亮吧，眼珠！快快张开吧，眼睛！
　　　　生命，把声音唤醒；大地，叫田沟掀动；
40　　你们在沉睡，起来；—— 因为，我有人陪同，
　　　　因为，第一个派我出来的人，他其实
　　　　是光明这位巨人，是自由这位天使！"

一八五三年七月于泽西岛

《惩罚集》(1853)

【题解】《晨星》也许是《惩罚集》中最受人称道的作品。全

---

①　西奈山是上帝启示希伯来人的先知和立法者摩西的地方。
②　泰格特山是希腊南部山脉名，相传是阿波罗和众位诗神喜爱的居住地。
③　这个形象取自《圣经》中以色列王大卫和独眼巨人斗争的故事。

诗不见一字影射时事，只从身边景物写起，而以宇宙万物的象征结束。诗人对自由的渴望，对光明的追求，其境界和风格和诗集中的其他讽刺诗大异其趣。

## DEMAIN, DES L'AUBE,
## A L'HEURE OU BLANCHIT LA CAMPAGNE

Demain, dès l'aube, à l'heure où blanchit la campagne,
Je partirai. Vois-tu, je sais que tu m'attends.
J'irai par la forêt, j'irai par la montagne.
Je ne puis demeurer loin de toi plus longtemps.

Je marcherai les yeux fixés sur mes pensées,
Sans rien voir au dehors, sans entendre aucun bruit,
Seul, inconnu, le dos courbé, les mains croisées,
Triste, et le jour pour moi sera comme la nuit.

Je ne regarderai ni l'or du soir qui tombe,
Ni les voiles au loin descendant vers Harfleur,
Et, quand j'arriverai, je mettrai sur ta tombe
Un bouquet de houx vert et de bruyère en fleur.

3 septembre 1847.

*Les Contemplations* (1856)
*Ibid.*, p. 410.

## "明天天一亮,正当田野上
## 天色微明……"

明天天一亮,正当田野上天色微明,
我立即动身。你看,我知道你在等我。
我穿越辽阔森林,我翻爬崇山峻岭。
我再不能长久地远远离开你生活。

5　　　我将一边走①,眼睛盯着自己的思想,
我对外听而不闻,我对外视而不见,
我弯着腰,抄着双手,独自走在异乡,
我忧心忡忡,白昼对我将变成夜间。

我将不看黄昏时金色夕阳的下沉,
10　　也不看远处点点飘下的白帆如画,
只要我一到小村,马上就给你上坟,
放一束冬青翠绿,一束欧石南红花②。

一八四七年九月三日

《静观集》(1856)

【题解】　这是雨果悼念女儿的著名小诗。一八四三年九月四日,雨果的掌上明珠,十八岁的长女莱奥波特蒂娜和新婚半年的丈夫在塞纳河荡舟时,双双溺毙。此诗写于女儿忌辰四周年的前夕,当时雨果已四十五岁,为女儿上坟的心情比朝山进香的

---

①　雨果从勒阿佛尔出发去维勒基埃女儿的墓地,要在塞纳河河谷的山坡地区步行三十五公里。清早上路,大步行走,也要傍晚到达目的地。

②　冬青和欧石南是乡间普通的野花野草。

香客更加虔诚。

## PLEIN CIEL ( extrait )

Qu'importe le moment! qu'importe la saison!
La brume peut cacher dans le blême horizon
  Les Saturenes et les Mercures;
La bise, conduisant la pluie aux crins épars,
Dans les nuages lourds grondant de toutes parts,
  Peut tordre des hydres obscures;

Qu'importe! il va. Tout souffle est bon; simoun, mistral!
La terre a disparu dans le puits sidéral.
  Il entre au mystère nocturne;
Au-dessus de la grêle et de l'ouragan fou,
Laissant le globe en bas dans l'ombre, on ne sait où,
  Sous le renversement de l'urne.

Intrépide, il bondit sur les ondes du vent;
Il se rue, aile ouverte et la proue en avant,
  Il monte, il monte, il monte encore,
Au delà de la zone où tout s'évanouit,
Comme s'il s'en allait dans la profonde nuit
  A la poursuite de l'aurore!

Calme, il monte où jamais nuage n'est monté;
Il plane à la hauteur de la sérénité,

Devant la vision des sphères;
Elles sont là, faisant le mystère éclatant,
Chacune feu d'un gouffre, et toutes constatant
Les énigmes par les lumières.

Andromède étincelle, Orion resplendit;
L'essaim prodigieux des Pléiades grandit;
Sirius ouvre son cratère;
Arcturus, oiseau d'or, scintille dans son nid;
Le Scorpion hideux fait cabrer au zénith
Le poitrail bleu du Sagittaire.

L'aéroscaphe voit, comme en face de lui,
Là-haut, Aldébaran par Céphée ébloui,
Persée, escarboucle des cimes,
Le chariot polaire aux flamboyants essieux,
Et, plus loin, la lueur lactée, ô sombres cieux,
La fourmilière des abîmes!

Vers l'apparition terible des soleils,
Il monte; dans l'horreur des espaces vermeils,
Il s'oriente, ouvrant ses voiles;
On croirait, dans l'éther où de loin on l'entend,
Que ce vaisseau puissant et superbe, en chantant,
Part pour une des ces étoiles!

Tant cette nef, rompant tous les terrestes noeuds,

Volante, et franchissant le ciel vertigineux,

Rêve des blêmes Zoroastres,

Comme effrénée au souffle insensé de la nuit,

Se jette, plonge, enfonce et tombe et roule et fuit

Dans le précipice des astres!

\*

Où donc s'arrêtera l'homme séditieux?

L'espace voit, d'un œil par moment soucieux,

L'empreinte du talon de l'homme dans les nues;

Il tient l'extrémité des choses inconnues;

Il épouse l'abîme à son argile uni;

Le voilà maintenant marcheur de l'infini.

Où s'arrêtera-t-il, le puissant réfractaire?

Jusqu'à quelle distance ira-t-il de la terre?

Jusqu'à quelle distance ira-t-il du destin?

L'âpre Fatalité se perd dans le lointain;

Toute l'antique histoire affreuse et déformée

Sur l'horizon nouveau fuit comme une fumée.

Les temps sont venus. L'homme a repis possession

De l'air, comme du flot la grêbe et l'alcyon.

Devant nos rêves fiers, devant nos utopies

Ayant des yeux croyants et des ailes impies,

Devant tous nos efforts pensifs et haletants,

L'obscurité sans fond fermait ses deux battants;

Le vrai champ enfin s'offre aux puissantes algèbres;

L'homme vainqueur, tirant le verrou des ténèbres,

Dédaigne l'Océan, le vieil infini mort.

La porte noire cède et s'entre-bâille. Il sort!

O profondeurs! faut-il encor l'appeler l'homme?

L'homme est d'abord monté sur la bête de somme;
Puis sur le chariot que portent des essieux;
Puis sur la frêle barque au mât ambitieux;
Puis, quand il a fallu vraincre l'écueil, la lame,
L'onde et l'ouragan, l'homme est monté sur la flamme;
A présent l'immortel aspire à l'éternel;
Il montait sur la mer, il monte sur le ciel.

L'homme force le sphinx à lui tenir la lampe.
Jeune, il jette la sac du vieil Adam qui rampe,
Et part, et risque aux cieux, qu'éclaire son flambeau,
Un pas semblable à ceux qu'on fait dans le tombeau;
Et peut-être voici qu'enfin la traversée
Effrayante, d'un astre à l'autre, est commencée!

*

Stupeur! se pourrait-il que l'homme s'élançât?
O nuit! se pourrait-il que l'homme, ancien forçat,
    Que l'esprit humain, vieux reptile,
Devînt ange, et, brisant le carcan qui le mord,
Fût soudain de plain-pied avec les cieux? La mort
    Va donc devenir inutile!

Oh! franchir l'éther! songe épouvantable et beau!

Doubler le promontoire énorme du tombeau!

　Qui sait? Toute aile est magnanime：

L'homme est ailé. Peut-être,ô merveilleux retour!

Un Christophe Colomb de l'ombe, quelque jour,

　Un Gama du cap de l'abîme,


Un jason de l'azur, depuis longtemps parti,

De la terre oublié, par le ciel englouti,

　Tout à coup, sur l'humaine rive

Reparaîtra, monté sur cet alérion,

Et montrant Sirius, Allioth, Orion,

　Tout pâle, dira：J'en arrive!


Ciel! ainsi, comme on voit aux voûtes des celliers

Les noirceurs qu'en rôdant tracent les chandeliers

　On pourrait, sous les bleus pilastres,

Deviner qu'un enfant de la terre a passé,

A ce que le flambeau de l'homme aurait laissé

　De fumée au plafond des astres!…

*La Légende des siècles*（1859）

*Ibid.*，pp. 815—817.


## 天苍苍（节译）

……

既不问什么季节！也不问什么时机！

茫茫海雾却能在远处灰白的天际

　　　　藏匿一颗颗土星和水星[①]；
　　　　阵阵海风驾驭着披头散发的大雨，
5　　　能在浓云密布中，隆隆声断断续续，
　　　　　让幽暗的海怪翻滚不停；

　　　　没关系！南风，北风，对飞船都是好风！
　　　　大地已经消失在星星汇集的底层。
　　　　　飞船驶进了神秘的黑夜；
10　　　俯视发作的飓风，飞临冰雹的上空，
　　　　把地球留在一片黑暗的混沌之中，
　　　　　留在狂风和暴雨的下界。

　　　　乘风破浪的飞船无畏地突飞猛进；
　　　　张开翅膀向前冲，拨正船头不松劲，
15　　　　向上飞，向上飞，飞个不停，
　　　　飞出了万事万物悄然逝去的天边，
　　　　仿佛这是为了在沉沉的黑夜中间，
　　　　　去追逐曙光，去追逐黎明！

　　　　飞船静静地飞上白云不到的地方；
20　　　便在一片寂静的高处翱翔和游逛，
　　　　　面前看到了众多的星球。
　　　　星球在眼前都是其亮无比的奥秘，
　　　　每颗星是一团火，火光里千古之谜
　　　　　——被洞照得玲珑剔透。

---

①　土星和水星是古代海上指引海船航向的星辰。

25　　仙女座闪闪发光,猎户座光华灼灼;
　　　昴星团数不清的繁星正越聚越多;
　　　　天狼星张开了血盆大口;
　　　大角是一只金鸟,在窝里眨着眼睛;
　　　而丑陋的天蝎座使人马座对天顶
30　　　　挺起蓝色的前胸和马首。


　　　这首飞艇在高处仿佛面对面看见:
　　　毕宿五被仙王座照耀得十分迷恋,
　　　　英仙座是顶上的红宝石,
　　　北极的大熊星穿光亮华丽的盛装,
35　　　极目远望,是银河深处幽暗的微光,
　　　　无量数的深渊比比皆是!


　　　飞船向着一颗颗猛然出现的太阳
　　　飞升;在令人骇怕而又红亮的天疆,
　　　　张起了满帆,向前面进发;
40　　　这一艘坚不可摧、神采奕奕的飞艇,
　　　似乎在空中向着其中某一颗星星,
　　　　一路高唱欢歌,即将到达!


　　　这艘船已和地球割断了一切联系,
　　　飞行穿越的天空令人目眩和神迷,
45　　　　琐罗亚斯特①之辈有梦想,
　　　仿佛黑夜的阴风吹得它恼羞成怒,

---

　　①　琐罗亚斯特(公元前 7 世纪—前 6 世纪)是古代波斯拜火教的创始人。雨果以他象征历来的幻视者。

在无底的星空里不停地飞进飞出，
又跌打滚爬，又上下翱翔！

\*

想造反的人究竟要走到什么地方？
50　宇宙空间不时以忧心忡忡的目光
看到人在云端中留下自己的足迹；
人以其血肉之躯和苍穹结为一体；
人已掌握了未知事物的尽头末端；
现在，他在无限的太空中行走往还。
55　这个倔强的强者，走到何时才罢休？
他究竟要走多远，一旦走出了地球？
一旦走出了命运，他究竟要走多远？
人世难逃的劫数到天边已经无权；
古代关于新世界写下的全部史料
60　拙劣得不值一看，如今都云散烟消。
新世纪已经来临。人已占有了空气，
如同大海鸟占有波涛，生活在水里。
面对我们的美梦，面对我们的幻想，
具有虔诚的眼睛，却有荒唐的翅膀，
65　面对我们的勤勤恳恳和聚精会神；
茫茫的黑夜曾经关上了两扇黑门；
几何代数有力量，打开真正的天地；
人拔掉了黑夜的门闩，取得了胜利，
旧的无限是大海，如今已觉得可悲。
70　黑门已动，露出了一条缝。人往外飞！

又深又远！该不该还把人称作凡人？

人骑在牛马背上，这是最初的时分；
然后，坐上了车舆，由车轮支撑前进；
然后，驾驭着轻舟，帆篷有勃勃雄心；
75　　然后，为了能制服礁石和惊涛急湍，
制服浪花和风暴，人又登上了轮船；
现在，不死的凡人要超越死的界线；
人已经骑上大海，现在要骑上蓝天。

人强迫斯芬克斯①为他掌灯和引路。
80　　人年纪轻轻，扔掉亚当爬行的包袱，
出发去天上冒险，用火炬照亮太空，
跨出的一步，危险和跨进坟墓相同；
也许，现在终于已开始从一颗星星
到另一颗星星的令人害怕的航行！

\*

85　　惊愕万分！难道人真是冲锋的好汉？
黑夜啊！难道是人这个昔日的囚犯，
　　人类这古老的爬行动物，
变成了天使，砸烂紧紧卡他的枷锁？
突然之间就能和上苍平起又平坐？
90　　　死亡将因此而一无用处！

———————————

① 斯芬克斯象征大自然之谜。

啊！穿越浩浩太空！多么吓人的美梦！

去开辟绕过坟墓这大海岬的航程！

　　谁知道？翅膀都高贵无比：

人有了翅膀。也许，啊！奇迹般的归来！

95　　一天，有位哥伦布来自冥冥的天外，

　　有个伽马①来自天空大气，


有蓝天的伊阿宋②，出发后很久很久，

地球已把他忘怀，天空却把他扣留，

　　突然间大地上云雾一开，

100　　他将会重新出现，骑坐着这头巨鹰，

一面指指天狼星、大熊星和猎户星，

　　脸色发白："我从那儿回来！"


天哪！这样，如人们在地窖顶上见到

举着烛台行走时留下的黑灰不少，

105　　蓝色的天柱矗立在碧落，

看到人类的火炬留在星星的屋顶，

有一片片的烟灰，也许就能够断定：

　　地球上的某个孩子来过！……

《历代传说集》(1859)

**【题解】** 雨果的史诗《历代传说集》写到《二十世纪》，一首
分两部分的长诗：《海茫茫》和《天苍苍》，歌颂人类未来科学技术

---

① 哥伦布发现美洲新大陆；伽马是葡萄牙航海家，发现绕道好望角通向印度
的航路。

② 伊阿宋是希腊神话中历尽艰险觅取金羊毛的英雄。

的进步。一八五七年,法国工程师贝坦(Pétin)建造的飞艇试验失败。此事震动并激发了雨果的想象力,一八五九年九月九日写成长五百零二行的《天苍苍》。人类宇宙航行的时代是在二十世纪七十年代开始的。一九六一年,前苏联宇航员加加林在空中绕地球一圈;一九六九年,美国人阿姆斯特朗登上月球;但早在一百多年前,雨果就以先知先觉的自信,庄严宣告:"也许,现在终于已开始从一颗星星 / 到另一颗星星的令人害怕的航行!"

## SAISON DES SEMAILLES. LE SOIR

C'est le moment crépusculaire.
J'admire, assis sous un portail,
Ce reste de jour dont s'éclaire
La dernière heure du travail.

Dans les terres, de nuit baignées,
Je contemple, ému, les haillons
D'un vieillard qui jette à poignées
La moisson future aux sillons.

Sa haute silhouette noire
Domine les profonds labours.
On sent à quel point il doit croire
A la fuite utile des jours.

Il marche dans la plaine immense,

Va, vient, lance la graine au loin,
Rouvres sa main, et recommence,
Et je médite, obscur témoin,

Pendant que, déployant ses voiles,
L'ombre, où se mêle une rumeur,
Semble élargir jusqu'aux étoiles
Le geste auguste du semeur.

*Les Chansons des rues et des bois*（1865）
*Ibid.*，pp. 978—979.

## 播种季节的黄昏

这时候,已是夕阳低垂。
我坐着,头上有座门洞,
我赞美这片落日余晖,
照亮最后一刻的劳动。

5　　一个衣衫褴褛的老人,
将收获大把撒向田垅,
此时,大地上夜色深沉,
我静静注视,心情激动。

　　精耕细作的田里升起
10　　他高大而黑黑的身影。
我们感到,他毫不怀疑:
时光带来丰收的前景。

他在这片旷野上走动，

手撒了又撒，反反复复，

15 走去走来，向远处播种。

黄昏张开了重重夜幕，

夜籁声起，黄昏的黑影

使播种者庄严的风姿

似乎更高大，直逼星星，

20 我这无名过客在沉思。

《林园集》(1865)

**【题解】** 这是雨果著名的短诗之一。原稿注明成诗于九月二十三日，专家估计年份在一八六五年。一八五〇年，画家米莱(Millet)发表油画《播种者》(Les Glaneuses)，轰动一时。雨果的诗有可能受到画作的启发。

## NOS MORTS

Ils gisent dans le champ terrible et solitaire.

Leur sang fait une mare affreuse sur la terre;

Les vautours monstrueux fouillent leur ventre ouvert;

Leurs corps farouches, froids, épars sur le pré vert,

Effroyables, tordus, noirs, ont toutes les formes

Que le tonnerre donne aux foudroyés énormes;

Leur crâne est à la pierre aveugle ressemblant;

La neige les modèle avec son linceul blanc;

On dirait que leur main lugubre, âpre et crispée,

Tâche encor de chasser quelqu'un à coups d'épée;

Ils n'ont pas de parole, ils n'ont pas de regard;

Sur l'immobilité de leur sommeil hagard

Les nuits passent; ils ont plus de chocs et de plaies

Que les suppliciés promenés sur des claies;

Sous eux rampent le ver, le larve et la fourmi;

Ils s'enfoncent déjà dans la terre à demi

Comme dans l'eau profonde un navire qui sombre;

Leur pâles os, couverts de pourriture et d'ombre,

Sont comme ceux auxquels Ezéchiel parlait;

On voit partout sur eux l'affreux coup du boulet,

La balafre du sabre et le trou de la lance;

Le vaste vent glacé souffle sur ce silence;

Ils sont nus et sanglants sous le ciel pluvieux.

O mort pour mon pays, je suis votre envieux.

*L'Année terrible* (1872)

Victor Hugo, *Œuvres complètes*,

Edition établie, sous la direction de Jacques Seebacher assisté de Guy Rosa,

par le Groupe inter-universitaire de Travail sur Victor Hugo,

*Bouquins*, Robert Laffont, Poésie III, 1985, p. 55.

# 国　殇

他们已经长眠在恐怖、孤独的战场。

他们流淌下的血一摊摊,积在地上;

凶恶的秃鹫搜索他们剖开的肚皮;

他们冰冷的尸体在草中狼藉满地,

5　　扭曲的身子发黑,很可怕,他们死亡

后和遭雷击的人一样是奇形怪状；

他们的头颅很像不长眼睛的石头；

白雪展开的尸布，铺在他们的四周；

他们伸出来的手，凄凉、蜷曲而枯干，

10　仿佛还想要挥剑，好把什么人驱赶；

他们嘴里无话语，他们眼中无目光；

沉沉黑夜里，他们睡的神气很惊慌，

却一动不动；他们受的打击和伤口

多于关在铁笼里游街示众的死囚；

15　他们身底下爬着蚂蚁和各种小虫，

他们的身子一半已经埋进了土中，

好像一艘沉没在深水之中的船只；

他们的堆堆白骨，没有烂尽的腐尸，

如同当年以西结①与之谈话的尸身；

20　他们的全身上下都是可怕的弹痕，

砍刀留下的刀伤，长矛戳出的窟窿；

阵阵寒冷的野风在这寂静中吹动；

天阴雨湿，他们赤身露体，斑斑血渍。

为国捐躯的人啊，我对你们好妒忌。

《凶年集》(1872)

【题解】　一八七〇年，普法战争爆发。第二帝国垮台。国防政府无能，前线节节败退。是年巴黎冬天奇寒。十一月二十九日，法军十万人在东南郊突围失败，折兵逾万。诗人用白描的手法，描写战场上殉难的士兵。诗人年迈，但报国之心殷切。

————————

①　以西结是犹太先知。

## FENETRES OUVERTES
## LE MATIN. — EN DORMANT

J'entends des voix. Lueurs à travers ma paupière.
Une cloche est en branle à l'église Saint-Pierre.
Cris des baigneurs. Plus près! plus loin! non, par ici!
Non, par là! Les oiseaux gazouillent, Jeanne aussi.
Georges l'appelle. Chant des coqs. Une truelle
Racle un toit. Des chevaux passent dans la ruelle.
Grincement d'une faulx qui coupe le gazon.
Chocs. Rumeurs. Des couvreurs marchent sur la maison.
Bruits du port. Sifflement des machines chauffées.
Musique militaire arrivant par bouffées.
Brouhaha sur le quai. Voix françaises. Merci.
Bonjour. Adieu. Sans doute il est tard, car voici
Que vient tout près de moi chanter mon rouge-gorge.
Vacarme de marteaux lontains dans une forge.
L'eau clapote. On entend haleter un steamer.
Une mouche entre. Souffle immense de la mer.

*L'Art d'être grand-père* (1877)
*Ibid.*, pp. 726—727.

## 打开窗子
## ——晨睡未起

我听到有人说话。眼睑透进了亮光。

当当当，是圣彼得①教堂的钟在摇晃。

游泳的声音。近了！远了！不，越来越大！

不！越来越小！小鸟，让娜②，都叽叽喳喳。

5　乔治③在喊她。公鸡打鸣。有一把镘刀

刮屋顶。蹄声得得，几匹马在街上跑。

嚓嚓嚓，一把长柄镰刀在整修草丛。

砰。乱哄哄。屋顶上有屋面工在走动。

海港的声音。机器发动，并尖声鸣叫。

10　军乐队的音乐声不时一阵阵轻飘。

码头上熙熙攘攘。有人讲法语。再会。

你好啊。谢谢。时间已肯定不早，因为

我的红喉雀已到我身边放声歌唱。

远处打铁铺里的铁锤敲响：当当当。

15　水声劈啪。听得到一艘汽船在喘气。

飞进来一只苍蝇。茫茫大海在呼吸。

《祖父乐》(1877)

【题解】　小诗写于雨果流亡生活后期的一八七〇年。雨果在根西岛的住宅"高城居"离海边很近。诗人"晨睡未起"，通过听觉捕捉到二十余种声音，给我们留下一幅盛夏小海港清晨繁忙的景象。

## LE POT CASSE

O ciel! toute la Chine est par terre en morceaux!

---

①　圣彼得是雨果当时的流亡地根西岛的首府。教堂离雨果寓所高城居很近。

②　孙女。

③　孙子。

Ce vase pâle et doux comme un reflet des eaux,

Couvert d'oiseaux, de fleurs, de fruits, et des mensonges

De ce vague idéal qui sort du bleu des songes,

Ce vase unique, étrange, impossible, engourdi,

Gardant sur lui le clair de lune en plein midi,

Qui paraissait vivant, où luisait une flamme,

Qui semblait presque un monstre et semblait presque une âme,

Mariette, en faisant la chambre, l'a poussé

Du coude par mégarde, et le voilà brisé!

Beau vase! Sa rondeur était de rêves pleine,

Des boeufs d'or y broutaient des prés de porcelaine.

Je l'aimais, je l'avais acheté sur les quais,

Et parfois aux marmots pensifs je l'expliquais.

Voici l'Yak; voici le singe quadrumane;

Ceci c'est un docteur peut-être, ou bien un âne;

Il dit la messe, à moins qu'il ne dise hi-han;

Ça c'est un mandarin qu'on nomme aussi kohan;

Il faut qu'il soit savant, puisqu'il a ce gros ventre.

Attention, ceci, c'est le tigre en son antre,

Le hibou dans son trou, le roi dans son palais,

Le diable en son enfer; voyez comme ils sont laids!

Les monstres, c'est charmant, et les enfants le sentent.

Des merveilles qui sont des bêtes les enchantent.

Donc je tenais beaucoup à ce vase. Il est mort.

J'arrivai furieux, terrible, et tout d'abord:

— Qui donc a fait cela? criai-je. Sombre entrée!

Jeanne alors, remarquant Mariette effarée,

Et voyant ma colère et voyant son effroi,

M'a regardé d'un air d'ange, et m'a dit:—C'est moi.

L'Art d'être grand-père（1877）
Ibid., pp. 770—771.

## 跌碎的花瓶

老天哪！整个中国在地上跌得粉碎！

这花瓶又白又细，像一滴闪光的水，

花瓶上画满花草和虫鸟，妙不可言，

来自蓝色的梦境，有理想依稀可辨，

5　绝无仅有的花瓶，难得一见的奇迹，

虽然是日中时分，瓶上有月色皎洁，

还有一朵火苗在闪耀，仿佛有生命，

又像是稀奇古怪，又像是有心通灵。

玛丽叶特①在收拾房间，出手不小心，

10　碰倒了这个瓷瓶，跌碎了这件珍品！

圆圆的花瓶多美，圆得在梦中难找！

瓶上有几头金牛在啃吃瓷的青草。

我真喜欢，码头是我买花瓶的地方，

有时候，对沉思的孩子我大讲特讲。

15　这是头牦牛；这是手脚并用的猴子；

这个，是一头笨驴，也许是一个博士；

他在念弥撒，如果不是哼哧地叫喊；

那个，是一个大官，他们也叫做"可汗"；

---

① 雨果家的女仆。

既然他肚子很大，就应该满腹经纶。

20　　这只藏在洞中的老虎，当心要伤人，

猫头鹰躲在洞里，国王在深宫高楼，

魔鬼在地狱，你瞧，他们人人都很丑！

妖怪其实很可爱，这孩子们都知道。

动物的神奇故事让他们手舞足蹈。

25　　花瓶死了。我非常珍惜这一个花瓶。

我赶来时很生气，我马上大发雷霆：

"这是谁干的好事？"我嚷道，来势汹汹！

让娜①这下注意到玛丽叶特很惊恐，

先看看她在害怕，又看看我在发火，

30　　于是，像天使一般瞧我一眼说："是我。"

《祖父乐》(1877)

【题解】 雨果欣赏中国艺术，流亡时在英属根西岛的"高城居"(Hauteville House)，以及为情人朱丽叶布置的"中国客厅"(le Salon chinois)里，有很多中国瓷器和其他中国艺术品。

## VASE DE CHINE

### A LA PETITE CHINOISE Y-HANG-TSEI

Vierge du pays du thé,

Dans ton beau rêve enchanté,

Le ciel est une cité

Dont la Chine est la banlieue.

---

① 雨果的孙女。本诗作于 1877 年，让娜 8 岁。

Dans notre Paris obscur,

Tu cherches, fille au front pur,

Tes jardins d'or et d'azur

Où le paon ouvre sa queue;


Et tu souris à nos cieux;

A ton âge un nain joyeux

Sur la faïence des yeux

Peint l'innocence, fleur bleue.

1<sup>er</sup> décembre 1851.

*Toute la lyre* (1888, 1893)

Victor Hugo, *Œuvres complètes*,

Edition établie, sous la direction de Jacques Seebacher assisté de Guy Rosa,

par le Groupe inter-universitaire de Travail sur Victor Hugo,

*Bouquins*, Robert Laffont, Poésie IV, p. 446.

## 中国花瓶
### —— 赠中国小姑娘易杭彩

你，来自茶国的小妹，

你做的梦又奇又美：

天上有座大城崔巍，

中国是天城的城郊。


5　　姑娘，我们巴黎昏暗，

你在寻找，天真烂漫，

找金碧辉煌的花园，

　　以及孔雀开屏美妙；

　　你笑看我们的天顶；
10　有小矮人高高兴兴，
　　对你的瓷白色眼睛，
　　把纯洁的蓝花轻描。

《全琴集》(1888,1893)

　　**【题解】**　这是雨果又一首以中国花瓶为题材的小诗，收入遗著《全琴集》，所以鲜为人知。"易杭彩"是音译，我们在雨果各种传记材料中没有找到有关"易杭彩"的踪迹。此诗的写作日期引人注目。一八五一年十二月二日，即写成此诗的第二天，未来的拿破仑三世发动政变，雨果开始其漫长的流亡生活。所以，这首诗是雨果流亡前写下的最后一首诗。

# 热拉尔·奈瓦尔　1808—1855

## [ 诗人简介 ]

　　热拉尔·德·奈瓦尔（Gérard de Nerval，1808—1855）是十九世纪对后世产生重要影响的作家和诗人。他本名热拉尔·拉勃吕尼，青年时代是浪漫主义的信徒，和作家戈蒂耶是同学和知交。

　　一八二八年，翻译歌德的《浮士德》。奈瓦尔一生经常外出旅行，曾四游德国，一八五〇年神游东方，足迹遍及埃及和君士坦丁堡，归来后出版《东方游记》。

奈瓦尔很早为神秘主义哲学所吸引，相信"梦境是另一种生活"，使梦境、回忆、想象和现实生活发生错位，认为现实世界和超现实世界之间有对应关系，因此，一切事物都是符号，都是象征。

一八三六年，奈瓦尔腼腆地爱上平凡的女演员燕妮·科龙。科龙死后，在诗人的思想里逐渐变成永恒女性的化身。一八四一年起，奈瓦尔开始出现精神失常，发病时接受治疗，利用病愈或清醒期倾力创作，将自己的内心历程写成诗文。一八五一年至一八五四年间，奈瓦尔写成他的主要作品，有中篇小说集《火女》(*Les Filles du feu*)和诗集《神女集》(*Les Chimères*)。

一八五五年十二月二十五日，巴黎奇寒，气温降至零下十八度。有人黎明时发现奈瓦尔吊死在市中心老灯街路边的栏杆上，医生认为是病发时自缢身亡。

文学史家蒂波代(Albert Thibaudet)说："《神女集》在浪漫主义的鼎盛期，指明了通向象征主义和纯诗的道路。"奈瓦尔今天的历史地位高于戈蒂耶。奈瓦尔的精神主要是音乐的精神，而不是绘画的精神，是神秘的精神，而不是驾驭文字的精神，是内在诗的精神，而不是外在诗的精神。


## UNE ALLEE DU LUXEMBOURG

Elle a passé, la jeune fille

Vive et preste comme un oiseau：

A la main une fleur qui brille,

A la bouche un refrain nouveau.

C'est peut-être la seule au monde

Dont le cœur au mien répondrait,

Qui venant dans ma nuit profonde

D'un seul regard l'éclaircirait!...


Main non, — ma jeunesse est finie...

Adieu, doux rayon qui m'as lui, —

Parfum, jeune fille, harmonie...

Le bonheur passait, — il a fui!

*Odelettes*（1832—1835）

Gérard de Nerval, *Œuvres complètes*, I

Edition publiée sous la direction de Jean Guillaume

et de Claude Pichois, *Bibliothèque de la Pléiade*,

Gallimard, 1989, p. 338.

## 卢森堡公园的小径

少女刚才走了过去，

像只小鸟，轻盈活泼；

她嘴上哼一支新曲，

她手中握鲜花一朵。


5　　　也许世上仅她一人，

可以和我心心相印；

她走进我黑夜深沉，

夜空在她眼中消隐！……


噢不，——我的青春已走……

10　　　　别了，我心中的光明，——

　　　　　芳香，少女，乐声悠悠……

　　　　　幸福不再，—— 已无踪影！

《小颂歌集》(1832—1835)

【题解】　奈瓦尔早年是浪漫主义的信徒。这首"小颂歌"作于一八三一年，并无深意，但轻巧细腻，是诗人早期有代表性的作品。

## EL DESDICHADO

Je suis le ténébeux，— le veuf，— l'inconsolé，

Le prince d'Aquitaine à la tour abolie：

Ma seule *étoile* est morte，— et mon luth constellé

4　　Porte le *soleil noir* de la *Mélancolie*.


Dans la nuit du tombeau，toi qui m'as consolé，

Rends-moi le Pausilippe et la mer d'Italie，

La *fleur* qui plaisait tant à mon cœur désolé，

8　　Et la treille où le pampre à la rose s'allie.


Suis-je Amour ou Phébus?… Lusignan ou Biron?

Mon front est rouge encor du baiser de la reine；

11　　J'ai rêvé dans la grotte où nage la sirène…


Et j'ai deux fois vainqueur traversé l'Achéron：

Modulant tout à tour sur la lyre d'Orphée

14     Les soupirs de la sainte et les cris de la fée.

*Les Chimères*（1854）

*Ibid.*，p.645.

## 被剥夺的人①

我是鳏夫，——我没有安慰，——我黯然神伤，
我是阿基坦亲王，仅有拆除的城堡②：
我的"明星"③已死去——《苦闷》④的"黑色太阳"
在我星光灿烂的诗琴上悬空高照。

5    你在黑夜的墓中是安慰我的女郎⑤，
请还我使我愁心舒展的那朵"花苞"⑥，
再请还我"无忧岬"⑦，还我意大利海浪，
再请还我和玫瑰长在一起的葡萄。

我是爱神？福玻斯⑧？是吕济尼昂⑨？比龙⑩？

———————————

① 诗题"被剥夺的人"用西班牙文，借自英国作家司各特的历史小说《艾凡赫》：一名骑士被国王剥夺了狮心理查赏赐给他的城堡，遂取此名为其座右铭。
② 奈瓦尔自认是阿基坦某地的王族，族徽上有三座银色的城堡。
③ "明星"是情人的象征。
④ 《苦闷》是德国版画家丢勒的名作，画上有"黑色的太阳"。
⑤ 英国姑娘奥克塔薇，一八三四年在意大利和奈瓦尔相遇，使他摆脱自杀的念头。
⑥ 奈瓦尔自己曾注明此花叫"耧斗菜"，开蓝色、白色或粉红色花。
⑦ "无忧岬"在意大利那不勒斯，旁有诗人维吉尔墓。
⑧ 即太阳神阿波罗。
⑨ 阿基坦贵族，传说娶仙女为妻。
⑩ 奈瓦尔家乡的历史人物。

10 我额头上还印有王后红红的亲吻①；
　我在洞窟②里入梦，内有美人鱼浮沉……

　我跨越冥河，去了又返回，两度成功③：
　我在俄耳甫斯④的竖琴上弹唱曲调，
　既唱圣女的唏嘘，也唱仙女的喊叫。⑤

《神女集》(1854)

【题解】 《神女集》收十四行诗十二首，一八五四年与中篇小说集《火女》一起出版。奈瓦尔的梦境、回忆和想象交融一起，诗中超乎现实的幻想不是艺术的手法，而是诗人切身的感受，真实的经历。本诗是《神女集》的序诗，作于一八五三年。诗人精神病发，自知摆脱不掉悲惨的命运，强自镇定，写成此诗，以中世纪被悲惨命运紧追不放的不幸骑士自比。诗人说："如果诗可以解释的话"，他的诗"解释后会失去魅力"。但此诗历来注家众多。有人认为，此诗是"奈瓦尔一生生活、经验、阅读和思索的缩影"。

## MYRTHO

Je pense à toi，Myrtho，divine enchanteresse，

---

① 诗人童年过节，节日的"王后"阿德利安娜曾给幼小的奈瓦尔额头上印上一个难忘的吻，而她还具有王族血统。

② 可能指那不勒斯附近的"龙洞"。

③ 可能指诗人两次病发后痊愈。

④ 神话中诗人俄耳甫斯曾为救妻子而下地狱。

⑤ 诗人将自己的情人同时比成基督教的圣女和异教的仙女。圣女可以是阿德利安娜，她后来成为修女；仙女可以是情人燕妮·科隆，她是女演员。

Au Pausilippe altier, de mille feux brillant,

A ton front inondé des clartés d'Orient,

4    Aux raisins noirs mêlés avec l'or de ta tresse.

C'est dans ta coupe aussi que j'avais bu l'ivresse,

Et dans l'éclair furtif de ton œil souriant,

Quand aux pieds d'Iacchus on me voyait priant,

8    Car la Muse m'a fait l'un des fils de la Grèce.

Je sais pourquoi là-bas le volcan s'est rouvert…

C'est qu'hier tu l'avais touché d'un pied agile,

11    Et de cendres soudain l'horizon s'est couvet.

Depuis qu'un duc normand brisa tes dieux d'argile,

Toujours, sous les rameaux du laurier de Virgile,

14    Le pâle Hortensia s'unit au Myrte vert!

*Les Chimères*（1854）

*Ibid*., pp. 645－646.

## 桃金娘

我想念你,桃金娘①,魅力迷人的神后,

想念无忧岬高傲,闪耀着万点金辉,

想念你金发辫里却有黑葡萄下垂,

还想念你沐浴着东方光明的额头。

---

①　"桃金娘"是希腊女性的美名,词源意义为"香桃木",而香桃木是献给爱神的。

5    当有人看到我在酒神的脚边祈求，
　　　我是借助你偷偷张望的盈盈秋水，
　　　我在你的酒杯里喝下了酩酊大醉，
　　　希腊的缪斯已把我这个孩儿收留。

　　　我知道远处火山①为什么重又喷发……
10   昨天，是你把火山踩在轻巧的脚底，
　　　突然，天际弥漫着滚滚烟灰和尘沙。

　　　诺曼底公爵②毁掉你泥土塑的神祇，
　　　从此以后，维吉尔借来月桂树③隐蔽，
　　　绣球花苍白，香桃木葱绿，结成一家！

《神女集》(1854)

【题解】 诗人在意大利的天空下，和英国姑娘奥克达薇相遇，是个美好的回忆，也是本诗的出发点。但诗中的人物、背景和经历又都具有象征的意义，使诗中歌颂的情人既是回忆的对象，又是梦境的产物。

## DELFICA

La connais-tu, Dafné, cette ancienne romance,
Au pied du sycomore, ou sous les lauriers blancs,

---

①　那不勒斯附近有维苏威火山。
②　两西西里国王奥特维尔是诺曼底人，一一三九年曾占领那不勒斯。
③　月桂用来编织诗人的桂冠。

　　Sous l'olivier, le myrtne, ou les saules tremblants,
4　Cette chanson d'amour… qui toujours recommence!

　　Reconnais-tu le Temple, au péristyle immense,
　　Et les citrons amers où s'imprimaient tes dents?
　　Et la grotte, fatale aux hôtes imprudents,
8　Où du dragon vaincu dort l'antique semence?

　　Ils reviendront ces dieux que tu pleures toujours!
　　Le temps va ramener l'ordre des anciens jours;
11　La terre a tressailli d'un souffle prophétique…

　　Cependant la sibylle au visage latin
　　Est endormie encor sous l'arc de Constantin:
14　— Et rien n'a dérangé le sévère portique.

*Les Chimères*（1854）
*Ibid*. , p. 647.

## 特尔斐祭①

你可会唱,达芙妮②,这首抒情的传奇③,
埃及无花果树下,或者头顶香桃木,④

---

　　①　特尔斐是希腊古城,建有古希腊最大的阿波罗神庙。
　　②　达芙妮是林中仙女,为摆脱阿波罗的追求,化作月桂树。此处比作所爱的
情人。
　　③　可能是在那不勒斯听到的民歌。
　　④　埃及产的无花果木可制木乃伊盒,香桃木纪念爱神。

橄榄树①,白色月桂②,或颤悠悠的柳树,
这支古老的情歌……会不断从头唱起?

5　你可认得这庙堂,长廊有列柱逶迤,
以及留有你牙齿印痕的柠檬很苦?
你可认得冒失鬼有去无回的洞窟,
被降逆龙古老的龙种在洞中休息?

这些神会回来的,你天天为之哀悼!
10　恢复古代古风的这时刻也会来到;
预言之风已刮起,使大地为之颤抖……

然而,长有拉丁人脸型的女预言家③,
仍然躺卧在君士坦丁④的凯旋门下:
——"而风风雨雨无损这座朴素的门楼⑤。"

《神女集》(1854)

【题解】　本诗和《桃金娘》相同,也从和奥克达薇在意大利
的相遇开始,但视野迅速扩大。特尔斐是希腊古遗址,其太阳神
庙的神谕在古代威信极高。诗末借罗马的门楼预言事物的法则
周而复始,太阳神在未来的世纪一定回归。

---

①　橄榄树纪念智慧女神密涅瓦。
②　月桂纪念太阳神。
③　指"库迈的女预言家",库迈是古代希腊在意大利建立的第一座城市。库迈
的女预言家曾预言黄金时代的到来。
④　罗马帝国皇帝,立基督教为罗马帝国国教。
⑤　一八三三年,罗马发现罗马信奉基督教之前建立的最后一座门楼。

## VERS DORES

> Eh quoi! tout est sensible!
> Pythagore.

Homme, libre penseur! te crois-tu seul pensant
Dans ce monde où la vie éclate en toute chose?
Des forces que tu tiens ta liberté dispose,
4    Mais de tous tes conseils l'univers est absent.

Respecte dans la bête un esprit agissant：
Chaque fleur est une âme à la Nature éclose；
Un mystère d'amour dans le métal repose；
8    « Tout est sensible!» Et tout sur ton être est puissant.

Crains, dans le mur aveugle, un regard qui t'épie：
A la matière même un verbe est attaché…
11    Ne la fais pas servir à quelque usage impie!

Souvent dans l'être obscur habite un Dieu caché；
Et comme un œil naissant couvert par ses paupières,
14    Un pur esprit s'accroît sous l'écorce des pierres!

*Les Chimères* (1854)
*Ibid.*, p. 651.

## 金玉良言

怎么说! 万物有感觉!

—— 毕达哥拉斯①

人啊,自由思想家! 你是否以为,在此
万物洋溢生机的世上,你才有思想?
你可以自由支配你所掌握的力量?
但宇宙并不理睬你提的任何建议。


5　　人应该尊重畜生也会通情和达理:
每朵花都有灵魂,向着大自然开放;
金属的心灵深处有爱情之谜隐藏;
"万物有感觉!"并对你生命发挥威力。


当心盲目的墙上有目光对你窥探:
10　　就是物质也有话要说,要注意倾听⋯⋯
不要让物品用于歪门邪道的打算!


即使卑微的生命,会藏有某个神明;
如同眼眶包裹着一颗新生的眼珠,
石头的皮肤下面有精神活动潜伏!

《神女集》(1854)

【题解】 《金玉良言》又名《古思》,是《神女集》的末篇,给全
集定下结论的基调。奈瓦尔相信万物有灵论,是泛神论的信徒,
这和基督教的教义是格格不入的。《金玉良言》和波德莱尔的
《交感》有相通之处。

_____

① 古希腊哲学家和数学家。他提出万物有灵说,相信灵魂轮回。《金玉良言》
是毕达哥拉斯一本"至理名言集"的集名。

## EPITAPHE

Il a vécu tantôt gai comme un sansonnet,
Tout à tour amoureux insoucieux et tendre,
Tantôt sombre et rêveur comme un triste Clitandre.
Un jour il entendit qu'à sa porte on sonnait.

C'était la Mort! Alors il la pria d'attendre
Qu'il eût posé le point à son dernier sonnet;
Et puis sans s'émouvoir, il s'en alla s'étendre
Au fond du coffre froid où son corps frissonnait.

Il était paresseux, à ce que dit l'histoire,
Il laissait trop sécher l'encre dans l'écritoire.
Il voulait tout savoir mais il n'a rein connu.

Et quand vint le moment où, las de cette vie,
Un soir d'hiver, enfin l'âme lui fut ravie,
Il s'en alla disant:« Pourquoi suis-je venu? »

Georges Pompidou, *Anthologie
de la poésie française*, Le Livre de poche, Hachette, 1961, p. 329.

## 墓志铭

他的一生有时候开心得像只小鸟,
有时候温柔,无牵无挂,也有时多情,

有时候忧伤，幻想，像克利唐特①不幸。
一天，他听到自己大门口有人在敲。

5　　死神来敲门！于是，他请死神先安静，
他要为最后一首十四行诗划上句号；
然后，钻进冰冷的大木箱，气和心平，
他躺下来时全身在哆嗦，从头到脚。

据世人说，此人的生活很懒懒散散，
10　　他让墨水瓶里的墨水会经常变干。
他希望无所不知，但头脑空空荡荡。

最后的时刻来临，他深感已经活够，
一个冬天的夜晚，他的灵魂已出走，
他去的时候在说："我为何来到世上？"

【题解】　我们在法国蓬皮杜总统编选的《法国诗选》中，发现这首奈瓦尔自撰的《墓志铭》。据研究资料，此诗写成于一八五二年至一八五四年间，但至一八九七年才出版。从时间上看，应和《神女集》中的十四行诗作于同一时间。诗人对自己死亡时间的正确寓言，令人害怕。

---

①　莫里哀喜剧中的人物。

# 阿尔弗雷德·德·缪塞　1810—1857

## [ 诗人简介 ]

　　阿尔弗雷德·德·缪塞（Alfred de Musset，1810—1857）是浪漫主义的重要作家。少年时即是诗坛神童，二十岁出版诗集，一鸣惊人。缪塞风流倜傥，玩世不恭。他对一八三〇年后雨果等人关心社会主题不以为然，认为："诗人不应该搞政治"，提出"啊！请扣敲你的心，天才在你的心里"；又说："要知道，当手握笔在挥写诗句，/ 是心儿在说话和叹息"。缪塞希望从爱情中寻觅灵感，于一八三三年底和女作家乔治·桑相爱，但爱情以悲剧告终,给诗人留下的心灵创伤,终身未能愈合。一八三五年至一八三七年,诗人由此写出四首《夜》:《五月之夜》(La Nuit de Mai),《十二月之夜》(La Nuit de Décembre),《八月之夜》(La Nuit d'Août)和《十月之夜》(La Nuit d'Octobre),成为缪塞和法国抒情诗的名作。他写过小说《一个世纪儿的忏悔》,创作多部散文剧本,后世认为缪塞的戏剧成就很高。他晚年对古典主义重新评价,作诗颂扬莫里哀。

诗人一旦失意,颓废消沉,不能自拔,做人一如做诗,未老先衰,激情消退,才思干涸。一八五二年虽然入选法兰西学士院,但四十六岁时便无声无息地谢世,最后十六年几乎没有作品问世。缪塞的诗都是真情实感,如行云流水,有时接近亲切的散文。罗贝尔的《十九世纪诗人论》:"他是我国最有个性的诗人,最诚挚、最真实的诗人"。文学史家泰纳:"我们人人熟记他的诗"。但是,瓦雷里说:"艺术家缺乏的东西,也是做人缺乏的东西:刚阳之气"。福楼拜称:"'只有心儿是诗人',这种说法只能讨妇女的欢心"。波德莱尔更加严厉:"我从来不能忍受这个花花公子的大师"。

## LA NUIT DE MAI

### La Muse

Poète, prends ton luth et me donne un baiser;
La fleur de l'églantier sent ses bourgeons éclore,
Le printemps naît ce soir; les vents vont s'embraser;
Et la bergeronnette, en attendant l'aurore,
Aux premiers buissons verts commence à se poser.
Poète, prends ton luth et me donne un baiser.

### Le Poète

Comme il fait noir dans la vallée!

J'ai cru qu'une forme voilée

Flottait la-bas sur la forêt.

Elle sortait de la prairie;

Son pied rasait l'herbe fleurie;

C'est une étrange rêverie;

Elle s'efface et disparaît.


### La Muse

Poète, prends ton luth; la nuit, sur la pelouse,

Balance le zéphyr dans son voile odorant.

La rose, vierge encor, se referme jalouse

Sur le frelon nacré qu'elle enivre en mourant.

Ecoute! Tout se tait; songe à ta bien-aimée.

Ce soir, sous les tilleuls, à la sombre ramée

Le rayon du couchant laisse un adieu plus doux.

Ce soir, tout va fleurir: l'immortelle nature

Se remplit de parfums, d'amour et de murmure,

Comme le lit joyeux de deux jeunes époux.


### Le Poète

Pourquoi mon cœur bat-il si vite?

Qu'ai-je donc en moi qui s'agite

Dont je me sens épouvanté?

Ne frappe-t-on pas à ma porte?

Pourquoi ma lampe à demi morte

M'éblouit-elle de clarté?

Dieu puissant! Tout mon corps frissonne.

Qui vient? Qui m'appelle? — Personne.

Je suis seul; c'est l'heure qui sonne;

O solitude! ô pauvreté!


La Muse

Poète, prends ton luth; le vin de la jeunesse

Fermente cette nuit dans les veines de Dieu.

Mon sein est inquiet; la volupté l'oppresse,

Et les vents altérés m'ont mis la lèvre en feu.

O paresseux enfant! Regarde, je suis belle.

Notre premier baiser, ne t'en souviens-tu pas,

Quand je te vis si pâle au toucher de mon aile,

Et que, les yeux en pleurs, tu tombas dans mes bras?

Ah! Je t'ai consolé d'une amère souffrance!

Hélas! bien jeune encor, tu te mourais d'amour.

Console-moi ce soir, je me meurs d'espérance

J'ai besoin de prier pour vivre jusqu'au jour.


Le Poète

Est-ce toi dont la voix m'appelle,

O ma pauvre Muse! Est-ce toi?

O ma fleur! ô mon immortelle!

Seul être pudique et fidèle

Où vive encor l'amour de moi!

Oui, te voilà, c'est toi, ma blonde,

C'est toi, ma maîtresse et ma soeur!
Et je sens, dans la nuit profonde,
De ta robe d'or qui m'inonde
Les rayons glisser dans mon cœur.

La Muse

Poète, prends ton luth; c'est moi, ton immortelle,
Qui t'ai vu cette nuit triste et silencieux,
Et qui, comme un oiseau que sa couvée appelle,
Pour pleurer avec toi descends du haut des cieux.
Viens, tu souffres, ami. Quelque ennui solitaire
Te ronge, quelque chose a gémi dans ton cœur;
Quelque amour t'est venu, comme on en voit sur terre,
Une ombre de plaisir, un semblant de bonheur.
Viens, chantons devant Dieu; chantons dans tes pensées,
Dans tes plaisirs perdus, dans tes peines passées;
Partons, dans un baiser, pour un monde inconnu.
Eveillons au hasard les échos de ta vie,
Parlons-nous de bonheur, de gloire et de folie,
Et que ce soit un rêve, et le premier venu.
Inventons quelque part des lieux où l'on oublie;
Partons, nous sommes seuls, l'univers est à nous.
Voici la verte Ecosse et la brune Italie,
Et la Grèce, ma mère, où le miel est si doux,
Argos, et Ptéléon, ville des hécatombes,
Et Messa la divine, agréable aux colombes,
Et le front chevelu du Pélion changeant;

Et le bleu Titarèse, et le golfe d'argent

Qui montre dans ses eaux, où le cygne se mire,

La blanche Oloossone à la blanche Camyre.

Dis-moi, quel songe d'or nos chants vont-ils bercer?

D'où vont venir les pleurs que nous allons verser?

Ce matin, quand le jour a frappé ta paupière,

Quel séraphin pensif, courbé sur ton chevet,

Secouait des lilas dans sa robe légère,

Et te contait tout bas les amours qu'il rêvait?

Chanterons-nous l'espoir, la tristesse ou la joie?

Tremperons-nous de sang les bataillons d'acier?

Suspendrons-nous l'amant sur l'échelle de soie?

Jetterons-nous au vent l'écume du coursier?

Dirons-nous quelle main, dans les lampes sans nombre

De la maison céleste, allume nuit et jour

L'huile sainte de vie et d'éternel amour?

Crierons-nous à Tarquin :« l est temps, voici l'ombre!»

Descendrons-nous cueillir la perle au fond des mers?

Mènerons-nous la chèvre aux ébéniers amers?

Montrerons-nous le ciel à la Mélancolie?

Suivrons-nous le chasseur sur les monts escarpés?

La biche le regarde; elle pleure et supplie;

Sa bruyère l'attend; ses faons sont nouveau-nés;

Il se baisse, il l'égorge, il jette à la curée

Sur les chiens en sueur son cœur encor vivant.

Peindrons-nous une vierge à la joue empourprée,

S'en allant à la messe, un page la suivant,

Et d'un regard distrait, à côté de sa mère,

Sur sa lèvre entr'ouverte oubliant sa prière?

Elle écoute en tremblant, dans l'écho du pilier,

Résonner l'éperon d'un hardi cavalier.

Dirons-nous aux héros des vieux temps de la France

De monter tout armés aux créneaux de leurs tours,

Et de ressusciter la naïve romance

Que leur gloire oubliée apprit aux troubadours?

Vêtirons-nous de blanc une molle élégie?

L'homme de Waterloo nous dira-t-il sa vie,

Et ce qu'il a fauché du troupeau des humains

Avant que l'envoyé de la nuit éternelle

Vînt sur son tertre vert l'abattre d'un coup d'aile,

Et sur son cœur de fer lui croiser les deux mains?

Clouerons-nous au poteau d'une satire altière

Le nom sept fois vendu d'un pâle pamphlétaire,

Qui, poussé par la faim, du fond de son oubli,

S'en vient, tout grelottant d'envie et d'impuissance,

Sur le front du génie insulter l'espérance,

Et mordre le laurier que son souffle a sali?

Prends ton luth! prends ton luth! je ne peux plus me taire,

Mon aile me soulève au souffle du printemps.

Le vent va m'emporter; je vais quitter la terre.

Une larme de toi! Dieu m'écoute; il est temps.


Le Poète

S'il ne te faut, ma soeur chérie,

Qu'un baiser d'une lèvre amie

Et qu'une larme de mes yeux,

Je te les donnerai sans peine;

De nos amours qu'il te souvienne,

Si tu remontes dans les cieux.

Je ne chante ni l'espérance,

Ni la gloire, ni le bonheur,

Hélas! pas même la souffrance.

La bouche garde le silence

Pour écouter parler le cœur.


## La Muse

Crois-tu donc que je sois comme le vent d'automne,

Qui se nourrit de pleurs jusque sur un tombeau,

Et pour qui la douleur n'est qu'une goutte d'eau?

O poète! un baiser, c'est moi qui te le donne.

L'herbe que je voulais arrcher de ce lieu,

C'est ton oisiveté; ta douleur est à Dieu,

Quel que soit le souci que ta jeunesse endure,

Laisse-la s'élargir, cette sainte blessure

Que les noirs séraphins t'ont faite au fond du cœur:

Rien ne nous rend si grands qu'une grande douleur.

Mais, pour en être atteint, ne crois pas, ô poète,

Que ta voix ici-bas doive rester muette.

Les plus désespérés sont les chants les plus beaux,

Et j'en sais d'immortels qui sont de purs sanglots.

Lorsque le pélican, lassé d'un long voyage,

Dans les brouillards du soir retourne à ses roseaux,

Ses petits affamés courent sur le rivage

En le voyant au loin s'abattre sur les eaux.

Déjà, croyant saisir et partager leur proie,

Ils courent à leur père avec des cris de joie

En secouant leurs becs sur leurs goitres hideux.

Lui, gagnant à pas lents une roche élevée,

De son aile pendante abritant sa couvée,

Pêcheur mélancolique, il regarde les cieux.

Le sang coule à longs flots de sa poitrine ouverte;

En vain il a des mers fouillé la profondeur;

L'Océan était vide et la plage déserte;

Pour toute nourriture, il apporte son cœur.

Sombre et silencieux, étendu sur la pierre

Partageant à ses fils ses entrailles de père,

Dans son amour sublime il berce sa douleur,

Et, regardant couler sa sanglante mamelle,

Sur son festin de mort il s'affaisse et chancelle,

Ivre de volupté, de tendresse et d'horreur.

Mais parfois, au milieu du divin sacrifice,

Fatigué de mourir dans un trop long supplice,

Il craint que ses enfants ne le laissent vivant;

Alors il se soulève, ouvre son aile au vent,

Et, se frappant le cœur avec un cri sauvage,

Il pousse dans la nuit un si funèbre adieu,

Que les oiseaux des mers désertent le rivage,

Et que le voyageur attardé sur la plage,

Sentant passer la mort, se recommande à Dieu.

Poète, c'est ainsi que font les grands poètes.

Ils laissent s'égayer ceux qui vivent un temps;

Mais les festins humains qu'ils servent à leurs fêtes

Ressemblent la plupart à ceux des pélicans.

Quand ils parlent ainsi d'espérances trompées,

De tristesse et d'oubli, d'amour et de malheur,

Ce n'est pas un concert à dilater le cœur.

Leurs déclamations sont comme des épées:

Elles tracent dans l'air un cercle éblouissant,

Mais il y pend toujours quelque goutte de sang.


Le Poète

O Muse! Spectre insatiable,

Ne m'en demande pas si long.

L'homme n'écrit rien sur le sable

A l'heure où passe l'aquilon.

J'ai vu le temps où ma jeunesse

Sur mes lèvres était sans cesse

Prête à chanter comme un oiseau;

Mais j'ai souffert un dur martyre,

Et le moins que j'en pourrais dire,

Si je l'essayais sur ma lyre,

La briserait comme un roseau.

Alfred de Musset *Poésies complètes*,
Edition établie et annotée par Maurice Allem,
*Bibliothèque de la Pléiade*, Gallimard, 1957, pp. 304—309.

# 五月之夜

### 缪斯

诗人，请拿起诗琴；并请给我一个吻；
野玫瑰感到它的花蕾一朵朵绽开。
春天在今晚降临；风儿将激动万分；
而鹡鸰正等待着黎明曙光的到来，
5　　已开始在抽绿的灌木丛中间栖身。
诗人，请拿起诗琴，并请给我一个吻。

### 诗人

山谷里天黑得看不分明！
我想是有个朦胧的黑影，
飘忽摆动在森林的那边，
10　　这个黑影从草原上走来，
脚下在把发花的草地踩，
这个幻觉真是稀奇古怪，
转眼之间就又消失不见。

### 缪斯

诗人，请拿起诗琴；黑夜在草地之上，
15　　用它清香的面纱抖动起阵阵和风。
玫瑰还是童贞女，死死地挟住不放
一只被它熏醉的油光铮亮的黄蜂。
你请听！万籁俱寂；请想想你的情人。
今晚在菩提树下，黄昏时落日西沉，
20　　给枝枝叶叶留下告别的淡淡余光。

今晚，万物要开花，而永生的大自然
处处充满了芳香、爱情和细语喃喃，
仿佛是年轻夫妻恩爱欢乐的新床。

### 诗人

为什么我的心跳得很快？
25　什么东西在我身上作怪，
连我自己竟也感到恐怖？
是不是有人敲我的门窗？
为什么时明时灭的灯光，
竟亮得使我张不开双目？
30　全能的上帝，我全身颤抖，
谁来了？谁叫我？无人开口。
只有我；这是敲钟的时候；
啊，多么可悲！啊，多么孤独！

### 缪斯

诗人，请拿起诗琴，青春的美酒今晚
35　会在我们上帝的血脉里沸腾发酵。
在欲望的压迫下，我的胸部很不安，
饥渴的风使我的双唇热得在发烧；
我懒散的孩子啊！你瞧，我有多可爱。
你我的第一个吻，你应该不会忘记，
40　当我用翅膀一摸，见到你脸色苍白，
你两眼哭得伤心，就倒在我的怀里？
啊！是我给你安慰，摆脱痛苦的旋涡！
唉！受爱情折磨时，你还是年纪轻轻。

今晚请你安慰我，我受希望的折磨；
45　　我需要不停祈祷，我才能活到天明。


诗人

是你的声音在向我发问，
我可怜的缪斯啊！真是你？
我的花朵！我永生的女神！
我唯一纯洁忠贞的女人，
50　　对我的爱情还活在心里！
不错，是你，我金发的天仙，
是你，我的情人，我的姐妹！
我感到夜深人静的时间，
从你晃眼睛的金袍里面，
55　　有光明流进了我的心肺。


缪斯

诗人，请拿起诗琴；是我，永生的女神，
我今夜看你；闷闷不乐，又悲悲戚戚，
像母鸟听到小鸟召唤去尽其责任，
我从天而降，只为能陪你一起哭泣。
60　　来，朋友，你很痛苦，有些难言的烦恼
使你难受，有东西在你的心中呻吟；
人世常见的爱情你如今已经遇到，
似有却无的幸福，一丝一毫的欢欣。
来，对着上帝歌唱，我们唱你的感叹，
65　　唱你失去的欢乐，唱你经受的苦难；
让我们借一个吻进入陌生的世界。

让我们——唤醒你生命中的回声，

让我们只谈幸福、淘气和锦绣前程，

但愿这是一个梦，第一个梦最亲切。

70　　我们找几个地方，可以把一切忘记；

走吧，就我们两人，天下归我们所有。

看，葱绿的苏格兰，看，褐色的意大利，

希腊是我的母亲，有蜂蜜又甜又稠，

阿尔戈斯①、普台隆②，是行大祭的城市，

75　　而古代圣城梅萨却是鸽子的福地；

皮利翁长发复额；景色多变的山峦，

懒散的蒂达雷兹，还有银色的海湾，

水中有天鹅照镜，有两座村庄倒挂：

白白的奥洛索那和白白的卡弥拉；

80　　告诉我，我们歌唱哪个金色的梦乡？

我们挥洒的泪水又来自哪个方向？

今天早晨，当阳光叩开了你的眼睛，

哪位沉思的天使曾凑在你的床头，

向你款款地叙说他所梦见的爱情，

85　　并用轻盈的长袍把丁香抖了又抖？

我们将歌唱希望、欢欣或者是悲愁？

我们将千军万马杀它个片甲不留？

我们是否把情人抢上轻盈的软梯？

我们是否让骏马在空中迎风神游？

90　　我们要不要说明，是谁在重天九霄，

日日夜夜地伸手把无数油灯点燃，

---

① 希腊古城。

② 普台隆等以下希腊地名源出荷马史诗《伊利亚特》。

让生命和永爱的圣火能光辉灿烂？
要不要告诉塔甘①："天黑了，时间已到！"
我们要不要潜入海底去采集珍珠？
95　要不要带母山羊去苦涩的乌木树？
要不要给受伤者指示天国的安慰？
我们要不要跟随猎人去崇山峻岭？
那牝鹿望着猎人，它在求饶，在流泪；
林中的家在等它，鹿仔离不开母亲，
100　猎人俯身杀死鹿，向汗涔涔的猎犬
随手扔出的鹿心还在卜卜地跳动。
要不要写位处女，脸蛋儿又红又圆，
她去教堂望弥撒，身后跟了个随从，
她待在母亲身旁，两眼却东张西望，
105　半启的嘴唇已把祈祷的经文忘光？
她身子颤抖，根据柱子的回声倾听
勇敢的骑士走来，马刺声听得分明。
我们要不要命令法国古代的英雄，
身披盔甲地爬上自己塔楼的雉堞，
110　重演由行吟诗人一代又一代歌咏
并编成的传奇中天真幼稚的情节？
要不要把无力的悲歌唱得很凄凉？
那滑铁卢的好汉是否把经历讲讲，
给我们讲讲冥冥长夜的使者登临
115　葱绿的小岛，翅膀一碰，就把他击倒，
双手把他钢铁的心脏紧紧带按牢，

_____

①　公元前六世纪的罗马最后一位国王。

可他又曾经葬送多少芸芸的生民？
我们要不要借助高昂的讽刺诗篇，
把那无耻之人的贱名钉死在里面？

120 他为饥饿所驱使，不甘心默默无闻，
为妒忌，又为无能气得几乎要发狂，
他肆意侮辱天才额头之上的希望，
朝他呼吸玷污的桂冠上又咬又啃？
拿起诗琴！拿起诗琴！我再不能沉默！

125 我的翅膀借春风把我的身躯托起。
给我一滴泪！时间紧迫。上帝在等我。
风儿将带我而去；我就要离开大地。

## 诗人

如果你只要，亲爱的姐妹，
朋友眼睛里的一滴眼泪，

130 和我嘴唇上的一个亲吻，
我可以很容易地都给你；
如果你飞返天国的府第，
请记住我两深切的情分。
可是，我将既不歌唱荣华，

135 唉！我甚至也不歌唱痛苦。
我虽然有嘴，却不愿意倾诉，
只是听自己心儿在说话。

## 缪斯

那你就真的相信我像秋风般伤悲，

140 只以眼泪为食粮，而且是始终如一，

而痛苦对于秋风仅仅是一颗水滴？
诗人啊！一个亲吻，要由我给你才对。
我当年要从此地铲除的野草荆棘，
是你的懒懒散散；你的痛苦归上帝，
145　不论你青春时代经受过什么悲愁，
忧愁天使在你的心底挖开了创口；
让这神圣的创伤变成巨大的伤疤，
只有巨大的痛苦才能使我们伟大。
可是，一旦有痛苦，诗人啊，请别相信，
150　你就应该在人间压抑自己的声音。
世上最美丽的歌其实最悲悲戚戚，
而有些不朽的歌只是一声声抽泣。
鹈鹕对长距离的飞行已感到烦厌，
便于烟雾迷茫中返回自己的芦塘，
155　饿慌了的孩子们纷纷奔跑到海边，
看着父亲远远地一头落到了水上。
小鸟们以为可以分享可口的佳肴，
奔到父亲的身边，发出欢乐的喊叫，
在丑陋的垂肉上一边摇晃着小嘴。
160　鹈鹕爬上块巨石，步履缓慢而稳重，
这位忧伤的渔夫抬头仰望着天空，
垂下翅膀，好保护自己的一群宝贝。
鲜血从它的胸口汩汩地往外涌流；
鹈鹕白白地打量上下左右的海洋：
165　大海上空空荡荡，大海边一无所有；
它只有自己的心权作带回的食粮。
鹈鹕阴沉而沉默，躺卧在岩石之上，

它把父亲的心肝分给儿女们品尝。
它出于崇高的爱，如今已视死如归，
170 它眼看着自己的胸膛上血流如注，
在它死的盛宴上摇摇晃晃站不住，
为消魂，也为爱情，也为恐惧而陶醉。
有几次，在神圣的牺牲进行的时候，
太慢太慢的痛苦而不死真太难受，
175 它又生怕儿女们不让它这样死去，
于是它迎风展翅，再一次飞入天宇，
发出嘶哑的叫声，并捶击自己的心，
它在夜里一声声道别是何等凄厉，
海鸟都纷纷飞去，一一飞离了海滨，
180 这只待在海滩上滞留不去的飞禽，
感到死亡已临近，把自己交给上帝。
诗人，伟大的诗人创作时也是这样；
大诗人能让凡夫俗子都眉开眼笑；
而大诗人为他们献上的人间宴飨，
185 大多数和鹈鹕的盛宴也不差分毫。
当诗人这样谈到希望会上当受骗，
谈到爱情和不幸，谈到忧伤和忘却，
这并不是一曲曲令人开心的音乐；
他们的吟唱啸咏如同一把把利剑：
190 在空中划出一圈耀人眼目的金光，
可上面总是会有几滴鲜血在流淌。

### 诗人

别向我提出这么多要求，

缪斯啊，永不满足的幽魂！
当北风呼呼刮起的时候，
195　　人在沙子上写不成诗文。
我已经不再是青春年少，
我的青春曾像一只小鸟，
时时刻刻准备歌唱婉转；
可是，我的痛苦难以忍受，
200　　如果我想在竖琴上弹奏，
我只要稍稍地开一开口，
就会把竖琴芦苇般折断。

【题解】　诗人缪塞和女作家乔治·桑的威尼斯之行是一场感情的灾难。缪塞受到英国诗人杨格《夜思》的启发，写成《五月之夜》(1835)、《十二月之夜》(1835)、《八月之夜》(1836)和《十月之夜》(1837)，加上《致拉马丁》(1836)和《回忆》(1841)，合成"乔治·桑组诗"。一八三五年三月，两人分手。缪塞感到"心灵中有东西想要出来"，用两天一夜时间，一气呵成《五月之夜》。全诗以诗人和缪斯的对话形式展开，而缪斯只是诗人的化身而已。缪斯责备诗人慵懒，鼓励他可以写各种体裁和各种题材的诗，并提出"痛苦的诗学"："只有巨大的痛苦才能使我们伟大"。但诗人心力交瘁，并没有接受缪斯的建议。同时代的评论家圣伯夫认为：这首诗是"发自年轻人一吐为快的心中最感人、最精美的呼喊之一"。

## TRISTESSE

J'ai perdu ma force et ma vie，

Et mes amis et ma gaité；

J'ai perdu jusqu'à la fierté

Qui faisait croire à mon génie.


Quand j'ai connu la Vérité，

J'ai cru que c'était une amie；

Quand je l'ai comprise et sentie，

J'en étais déjà dégoûté.


Et pourtant elle est éternelle，

Et ceux qui se sont passés d'elle

Ici-bas ont tout ignoré.


Dieu parle, il faut qu'on lui réponde.

Le seul bien qui me reste au monde

Est d'avoir quelquefois pleuré.

1840.

*Ibid*.，p. 402.

# 悲哀

我失去生活，失去朋友，

我失去活力，失去欢欣，

连自己天才也不相信，

连这点自尊也已没有。


我先和真理彼此亲近，

我本来以为她是朋友，

当我理解她，有了感受，

我已对真理感到恶心。

10

而真理是永恒的真理，

你不把真理放在眼里，

在人间就会两眼漆黑。

上帝有话，应回答天主：

—— 留在世上的唯一财富，

是我有时洒下的眼泪。

一八四〇年。

【题解】 一八四〇年，缪塞在巴黎东北蒙莫朗西乡下的朋友塔泰家里做客。一天清晨，主人在诗人桌上的纸片上发现这首小诗。这是缪塞精神颓丧中，经过一夜失眠后，用铅笔草草写成的。是年缪塞才三十岁。

## SUR TROIS MARCHES DE MARBRE ROSE
### (Extrait)

Depuis qu'Adam, ce cruel homme,

A perdu son fameux jardin,

Où sa femme, autour d'une pomme,

Gambadait sans vertugadin,

Je ne crois pas que sur la terre

Il soit un lieu d'arbres planté

Plus célébré, plus visité,

Mieux fait, plus joli, mieux hanté,

Mieux exercé dans l'art de plaire,

Plus examiné, plus vanté,

Plus décrit, plus lu, plus chanté

Que l'ennuyeux parc de Versailles.

O dieux! ô berges! ô rocailles!

Vieux Satyres, Termes grognons,

Vieux petits ifs en rangs d'oignons,

O bassins, quinconces, charmilles!

Boulingrins pleins de majesté,

Où les dimanches, tout l'été,

Bâillent tant d'honnêtes familles!

Fantômes d'empereurs romains,

Pâles nymphes inanimées

Qui tendez aux passants les mains

Par des jets d'eau tout enrhumées!

Tourniquets d'aimables buissons,

Bosquets tondus où les fauvetttes

Cherchent en pleurant leurs chansons,

Où les dieux font tant de façons

Pour vivre à sec dans leurs cuvettes!

O marronniers! n'ayez pas peur;

Que votre feuillage immobile,

Me sachant versificateur,

N'en demeure pas moins tranquille.

Non, j'en jute par Apollon

Et par tout le sacré vallon,

Par vous, Naïades ébréchées,

Sur trois cailloux si mal couchées,

Par vous, vieux maîtres de ballets,

Faunes dansant sur la verdure,

Par toi-même, auguste palais,

Qu'on n'habite plus qu'en peinture,

Par Neptune, sa fourche au poing,

Non, je ne vous décrirai point.

Je sais trop ce qui vous chagrine;

De Phoebus je vois les effets:

Ce sont les vers qu'on vous a faits

Qui vous donnent si triste mine.

Tant de sonnets, de madrigaux,

Tant de ballades, de rondeaux,

Où l'on célébrait vos merveilles,

Vous ont assourdi les oreilles,

Et l'on voit bien que vous dormez

Pour avoir été trop rimés.


En ces lieux où l'ennui repose,

Par respect aussi j'ai dormi.

Ce n'était, je crois, qu'à demi:

Je rêvais à quelque autre chose.

Mais vous souvient-il, mon ami,

De ces marches de marbre rose,

En allant à la pièce d'eau

Du côté de l'Orangerie，

A gauche，en sortant du château？

C'était par là，je le parie，

Que venait le roi sans pareil，

Le soir，au choucher du soleil，

Voir dans la forêt，en silence，

Le jour s'enfuir et se cacher

(Si toutefois en sa présence

Le soleil osait se choucher)．

Que ces trois marches sont jolies！

Combien ce marbre est noble et doux！

Maudit soit du ciel，disions-nous，

Le pied qui les aurait salies！

N'est-il pas vrai？ souvenez-vous．

— Avec quel charme est nuancée

Cette dalle à moitié cassée！

Voyez-vous ces veines d'azur，

Légères，fines et polies，

Courant，sous les roses pâlies，

Dans la blancheur d'un marbre pur？…

*Ibid*．，pp．454—456．

# 站在三级粉红色大理石的台阶上
## （节译）

亚当①这个男人严酷无情，

---

① 《圣经》中人类的祖先，其妻子是夏娃。

从他著名的花园①被赶走，

妻子围着苹果高高兴兴，

不穿长裙，手舞足蹈；此后，

5　　我不相信能在我们人间，

还会有绿树成荫的地方，

更有人赞颂，更有人寻访，

更美好，更漂亮，你来我往，

更赏心悦目，更令人眷恋，

10　　更有人细察，更有人夸张，

更有人描写、阅读和歌唱，

胜于讨厌的凡尔赛公园。

众神啊！牧童啊！假山！水泉！

老牧神，护界神②，嘀嘀咕咕，

15　　千金榆小径，梅花形树木，

排排似洋葱的低矮紫杉！

整个夏天，只要是星期天，

多少正经家庭来打哈欠，

而绿茵场上的气派不凡！

20　　一群古罗马皇帝的幽灵，

树林的仙女们感冒咳嗽，

苍白的脸，神色又冷又冰，

隔着喷泉在向行人伸手！

灌木丛搭成的旋转栅门，

25　　光秃秃的小树林里，黄莺

流着眼泪在把歌声找寻，

---

①　伊甸园。

②　石柱上立胸像，置房舍田地边缘，作为界标。

　　　　　　而众神的态度毕恭毕敬，
　　　　　　以便在干涸的池内活命！
　　　　　　栗树啊！请你们不必害怕；
30　　　　　知道我这诗人只有歪才，
　　　　　　愿你们安静的树叶枝杈，
　　　　　　无需为此而不感到自在。
　　　　　　不，我凭诗神阿波罗保证，
　　　　　　凭全体缪斯的神圣山峰①，
35　　　　　凭缺手断脚的水中仙女，
　　　　　　在三块卵石上躺下身躯，
　　　　　　凭在草地上跳舞的牧神，
　　　　　　你们都是芭蕾舞团团长，
　　　　　　还凭你宫殿，啊，巍峨至尊，
40　　　　　可惜现在只能充作画廊②，
　　　　　　凭海神，手握长柄的齿叉，
　　　　　　不，我对你们不加以描画。
　　　　　　阿波罗的厉害我已看见；
　　　　　　我很明白你们为何烦恼：
45　　　　　恰恰是描绘你们的诗稿，
　　　　　　使你们一个个愁眉苦脸。
　　　　　　一首首十四行诗和情诗，
　　　　　　一首首回旋诗回旋不止，
　　　　　　对你们的奇迹大加称颂，
50　　　　　喧哗吵闹得让你们耳聋，
　　　　　　大家看到你们呼呼入睡，

① 希腊帕那斯山。
② 一八三七年，一部分凡尔赛宫辟为绘画陈列馆。

一再入诗入韵，不堪疲惫。

在无聊安然休息的此地，
我出于礼貌，也进入梦境。
55　我想，我不过是半睡半醒：
我还有其他的事情想起。
朋友，你是否记得分明，
这粉红色大理石的台级，
在偌大一座橙园①的那头，
60　在去一大片水池的中途，
出凡尔赛城堡，便往左走？
正是在这儿，我可以打赌，
这一位天下无双的国王②，
在傍晚夕阳西下的时光，
65　静悄悄来此地林中观看，
白昼的逃遁，白昼的消隐，
（当然，还要太阳果真胆敢
在圣上的面前躺下就寝。）
这三级台阶有多么美丽！
70　这大理石多么可爱高贵！
我们真想说，老天爷可畏，
该诅咒踩脏台级的脚底！
请好好记住：这难道不好？
——这块石板已有一半破损，
75　其色调之细腻，实在迷人！

---

① 橙园在凡尔赛宫前的左侧下端。
② 路易十四史称"太阳王"。

可看见条条湛蓝的纹理，

又是轻，又是细，又是光滑，

在一层薄薄的粉红之下，

隐入白色纯洁的大理石？……

【题解】 缪塞一八四四年后没有发表作品。一八四九年三月一日在《新旧大陆评论》上刊出的本诗，是诗人晚年的少数诗作之一。其实，缪塞是喜欢凡尔赛公园的，不时来此寄托遐想。缪塞此时已是苦日愁长，但在诗中却挖苦讽刺，妙趣横生，不减当年少年诗人盛气凌人的风格。这是缪塞诗才的一个重要侧面，为拉马丁、维尼和雨果所没有。评者认为其俏皮刻薄，加上使用八音节诗句，可与十八世纪的伏尔泰相比。选译部分为原诗的前五分之二。

# 戴奥菲尔·戈蒂耶 1811—1872

## [ 诗人简介 ]

戴奥菲尔·戈蒂耶(Théophile Gautier，1811—1872)早年喜爱绘画，最后献身文学。他从外省来巴黎读中学，和奈瓦尔是同学，结识已经成名的雨果。一八三〇年二月二十五日，在雨果的《埃尔那尼》在法兰西剧院上演的晚上，他身穿大红背心，率领年轻一代的浪漫主义者，为把古典主义赶下历史舞台立下过汗马功劳,成为文学史上的一则佳话。他写过许多小说,一八三六年任《新闻报》记者,成为戏剧和艺术评论家,但其禀赋是诗人,白天谋生辛苦,晚上作诗自娱。一八四〇年旅游归来,发表《西班牙游记》,一八四五年出版诗集《西班牙集》(*España*),主要作品是一八五二年问世的《珐琅与雕玉》(*Emaux et Camées*),希望创造可以和绘画美和音乐美相匹敌的诗歌美。

戈蒂耶是"为艺术而艺术"的倡导者,认为艺术是目的,不是手段,不应为政治服务。他在小说《莫班小姐》(*Mademoiselle de Maupin*,1835)的"序言"中写道:"只有不能使用的东西才是真正美的,有用的东西都是丑的"。他追求绘画美,造型美,形式美。《龚古尔日记》回忆,戈蒂耶曾说过:"我的全部价值,在于我是一个存在外部世界的人"。

戈蒂耶的理论和实践为帕那斯派无动于衷的诗歌开辟了道路,对波德莱尔也有影响。《恶之华》的献词即是献给"十全十美的诗人,法国文学完美的魔术师"戈蒂耶的。雨果为戈蒂耶写的悼诗十分动人:

> 戈蒂耶,你也是一代文章,
> 如今追随大仲马,拉马丁,缪塞去世……

作家纪德则说:"我并不责备戈蒂耶这种为艺术而艺术的理论,……而是责备他迫使艺术仅仅表达这么一点点东西"。

戈蒂耶还是芭蕾舞剧《吉赛儿》(1841)的词作者。


## CHINOISERIE

Ce n'est pas vous, non, madame, que j'aime,

Ni vous non plus, Juliette, ni vous,
Ophélia, ni Béatrix, ni même
Laure la blonde, avec ses grands yeux doux.

Celle que j'aime, à présent, est en Chine;
Elle demeure avec ses vieux parents,
Dans une tour de porcelaine fine,
Au fleuve Jaune, où sont les cormorans.

Elle a des yeux retroussés vers les tempes,
Un pied petit à tenir dans la main,
Le teint plus clair que le cuivre des lampes,
Les ongles longs et rougis de carmin.

Par son treillis elle passe la tête,
Que l'hirondelle, en volant, vient toucher,
Et, chaque soir, aussi bien qu'un poëte,
Chante le saule et la fleur du pêcher.

*Poésies diverses* (1833—1846).

Théophile Gautier, *Œuvres poétiques complètes*,

Edition établie par Michel Brix, Bartillat, 2004, p. 315.

## 中国花瓶

我心中的情人，夫人，并不是您，
也不是你们，朱丽叶，奥菲丽亚，
贝雅特丽齐，也不是，说来不信，

大眼睛秀丽的金发姑娘劳拉①。

5　　我心中的情人在遥远的中国；
　　　陪伴美人的是她年迈的双亲，
　　　一起在细瓷筑的高楼里生活，
　　　住在有鸬鹚出没的黄河之滨。

　　　美人一双眼的眼梢又细又长，
10　　一只小脚小得可以握在手中，
　　　脸色比紫铜的灯盏更加明亮，
　　　纤纤的十指用胭脂涂得通红。

　　　美人打开窗棂，正在探首窗外，
　　　燕子马上飞过，轻轻抚摸娇娃，
15　　每天晚上，她像诗人一般抒怀，
　　　先是歌咏杨柳，再是吟唱桃花。

　　　　　　　　　　　　　　　《杂诗集》(1833—1846)

【题解】　此诗作于一八三五年，后收入《杂诗集》(1833—1846)。戈蒂耶热爱中国，有中国朋友，一八四六年发表中国题材的小说《水榭》。他的女儿朱娣特·戈蒂耶(Judith Gautier)在父亲影响下，成为对东方文学有浓厚兴趣的女作家，曾选译过一册中国诗选《玉书》(1876)。

---

　　① 本节列举的四个美人，前两人是莎士比亚悲剧中的女主人公，后两人分别是意大利诗人但丁和佩特拉克的情人。

## TERZA RIMA

Quand Michel-Ange eut peint la chapelle Sixtine,
Et que de l'échafaud, sublime et radieux,
Il fut redescendu dans la cité latine,

Il ne pouvait baisser ni les bras ni les yeux;
Ses pieds ne savaient pas comment marcher sur terre;
Il avait oublié le monde dans les cieux.

Trois grands mois il garda cette attitude austère;
On l'eût pris pour un ange en extase devant
Le saint triangle d'or, au moment du mystère.

Frère, voilà pourquoi les poëtes, souvent,
Buttent à chaque pas sur les chemins du monde;
Les yeux fichés au ciel ils s'en vont en rêvant.

Les anges secouant leur chevelure blonde,
Penchent leur front sur eux et leur tendent les bras,
Et les veulent baiser avec leur bouche ronde.

Eux marchent au hasard et font mille faux pas;
Ils cognent les passants, se jettent sous les roues,
Ou tombent dans des puits qu'il n'aperçoivent pas.

Que leur font les passant, les pierres et les boues?

Ils cherchent dans le jour le rêve de leurs nuits,
Et le feu du désir leur empourpre les joues.

Ils ne comprennent rien aux terrestres ennuis,
Et quand ils ont fini leur chapelle Sixtine,
Ils sortent rayonnants de leurs obscurs réduits.

Un auguste reflet de leur oeuvre divine
S'attache à leur personne et leur dore le front,
Et le ciel qu'ils ont vu dans leurs yeux se devine.

Les nuits suivront les jours et se succéderont,
Avant que leurs regards et leurs bras ne s'abaissent,
Et leurs pieds, de longtemps, ne se raffermiront.

Tous nos palais sous eux s'éteignent et s'affaissent;
Leur âme à la coupole où leur oeuvre reluit,
Revole, et ce ne sont que leurs corps qu'il nous laissent.

Notre jour leur paraît plus sombre que la nuit;
Leur œil cherche toujours le ciel bleu de la fresque,
Et le tableau quitté les tourmente et les suit.

Comme Buonarotti, le peintre gigantesque,
Ils ne peuvent plus voir que les choses d'en haut,
Et que le ciel de marbre où leur front touche presque.

Sublime aveuglement! magnifique défaut!

*Poésies diverses*(1833—1846)

*Ibid.*, pp. 293—294.

## 三韵诗

当年米开朗琪罗①画完西斯廷教堂②，
他从脚手架走下，返回罗马城城里，
走下时神态庄严，走下时满面红光，

可他低不下眼睛，他也弯不下手臂；
5　他的双脚不知道如何在地上走路；
他在天花板顶上已经把世界忘记。

不平凡的三个月，他始终这般肃穆；
别人简直以为他是天使从天而降，
面对三位一体的奥义而神情恍惚。

10　兄弟，诗人们经常，这道理也是一样，
在人世间的路上，每一步跌跌爬爬！
眼睛盯住了天上，走路时都在梦想。

天使们都在抖动金光闪闪的长发，
向着他们低下头，伸出自己的双手，

---

①　米开朗琪罗(1475—1564)是意大利文艺复兴时期的艺术大师。
②　米开朗琪罗于一五〇八年至一五一二年在罗马梵蒂冈，为西斯廷教堂创作巨型天顶画，长四十米，宽十三米。

15　并想吻一吻诗人，凑上圆圆的嘴巴。

诗人们一再跌交，他们盲目地行走；
他们会撞上行人，倒在车轮的下面，
会因为没有看清而失足跌入井口。

行人、石头和污泥对诗人毫不爱怜！
20　他们在大白天把夜晚的梦境寻找，
强烈渴求的火焰映红他们的脸面。

他们也丝毫不懂尘世的种种烦恼，
诗人们一旦完成诗的西斯廷教堂，
走出自己的陋室，喜滋滋脸上带笑。

25　他们神圣的作品透出庄严的光芒，
笼罩在他们身上，额头上金光烨烨，
他们见到的天国闪现在他们眼眶。

日以继夜，又夜以继日，又日日夜夜，
他们才能够低下眼睛，弯得下手臂，
30　他们的双脚走路才能不歪歪斜斜。

宫殿在他们脚下坍塌，会无声无息；
他们的灵魂向着作品耀眼的穹顶
飞升，仅仅给我们留下他们的躯体。

我们的白昼对于他们比黑夜晦暝；

35　　他们的眼睛总在寻觅壁画的苍穹，

　　　放下画幅，使他们痛苦，便不得安宁。

　　　正和魁伟的画家米开朗琪罗相同，

　　　诗人们只能看清来自天国的事物，

　　　看清其额头几乎触及的穹顶天空。

40　　妙不可言的缺点！卓越崇高的盲目！

　　　　　　　　　　　　　　《杂诗集》(1833—1846)

【题解】　"三韵诗"(Terza rima)是意大利诗体，难度大，十六世纪传入法国。戈蒂耶认为"作品克服的困难越大，越是美"。波德莱尔有《信天翁》一诗，写诗人"巨大的翅膀阻碍他不会行走"，本诗完全可以和《信天翁》媲美。

## CARMEN

Carmen est maigre, — un trait de bistre

Cerne son œil de gitana.

Ses cheveux sont d'un noir sinistre,

Sa peau, le diable la tanna.

Les femmes disent qu'elle est laide,

Mais tous les hommes en sont fous

Et l'archevêque de Tolède

Chante la messe à ses genoux;

Car sur sa nuque d'ambre fauve

Se tord un énorme chignon

Qui, dénoué, fait dans l'alcôve

Une mante à son corps mignon.


Et, parmi sa pâleur, éclate

Une bouche aux rires vainqueurs;

Piment rouge, fleur écarlate,

Qui prend sa pourpre au sang des coeurs.


Ainsi faite, la moricaude

Bat les plus altières beautés,

Et de ses yeux la lueur chaude

Rend la flamme aux satiétés.


Elle a dans sa laideur piquante

Un grain de sel de cette mer

D'où jaillit, nue et provocante,

L'âcre Vénus du gouffre amer.

*Emaux et Camées*(1852)

*Ibid.*, pp. 532—533.


# 卡门

卡门很瘦，这茨冈①女人

———————————

① 茨冈人即吉卜赛人。

勾勒茶色把眼睛围住。
她头发黑得可怕阴森，
魔鬼染黑了她的皮肤。

5      女人说卡门长得丑陋，
男人都为她疯疯癫癫：
托莱多①大主教是名流，
唱弥撒时跪在她脚边；

她的颈背有琥珀色彩，
10     颈背盘着大大的发髻，
躺在绣床上一旦解开，
成为披风，遮住了玉体。

苍白的脸，好一张嘴巴，
露出扬扬得意的笑容；
15     红红辣椒，加红红鲜花，
从人心的血借来殷红。

黑皮肤女人令人难忘，
胜过天下的掌上明珠，
她眼中热乎乎的目光，
20     把热情扇得不知餍足。

她的丑味道又辛又辣，

---

① 托莱多是西班牙城市。

蕴含一粒大海的海盐，

撩得人痒痒，一丝不挂，

辛辣的美神海底涌现。

《珐琅和雕玉》(1852)

【题解】 《卡门》又译《嘉尔曼》，是梅里美的传世小说
(1845)，也是比才的传世歌剧(1875)。这个吉卜赛姑娘已成为欧
洲文学艺术的不朽形象。本诗最初于 1861 年发表，但是，据专家
研究，倒是梅里美参考过戈蒂耶于一八四三年出版的《西班牙游
记》中《记卡门》的一章。英国诗人 T. S.艾略特于 1920 年对本诗
有仿作，而美国诗人庞德认为本诗是"不朽的诗句"。

## SYMPHONIE EN BLANC MAJEUR

De leur col blanc courbant les lignes,

On voit dans les contes du Nord,

Sur le vieux Rhin, des femmes-cygnes

Nager en chantant près du bord;

Ou, suspendant à quelque branche

Le plumage qui les revêt

Faire luire leur peau plus blanche

Que la neige de leur duvet.

De ces femmes il en est une,

Qui chez nous descend quelquefois

Blanche comme le clair de lune

Sur les glaciers dans les cieux froids;

Conviant la vue enivrée
De sa boréale fraîcheur
A des régals de chair nacrée,
A des débauches du blancheur!

Son sein, neige moulée en globe,
Contre les camélias blancs
Et le blanc satin de sa robe
Soutient des combats insolents.

Dans ces grandes batailles blanches,
Satins et fleurs ont le dessous,
Et, sans demander leurs revanches,
Jaunissent comme des jaloux.

Sur les blancheurs de son épaule,
Paros au grain éblouissant,
Comme dans une nuit du pôle,
Un givre invisible descend.

De quel mica de neige vierge,
De quelle moelle de roseau,
De quelle hostie et de quel cierge
A-t-on fait le blanc de sa peau?

A-t-on pris la goutte lactée
Tachant l'azur du ciel d'hiver,
Le lis à la pulpe argentée,
La blanche écume de la mer;

La marbre blanc, chair froide et pâle,
Où vivent les divinités;
L'argent mat, la laiteuse opale
Qu'irisent de vagues clartés;

L'ivoire, où ses mains ont des ailes,
Et, comme des papillons blancs,
Sur la pointe des notes frêles
Suspendent leurs baisers tremblants;

L'hermine vierge de souillure,
Qui, pour abriter leurs frissons,
Ouate de sa blanche fourrure
Les épaules et les blasons;

Le vif-argent aux fleurs fantasques,
Dont les vitraux sont ramagés;
Les blanches dentelles des vasques,
Pleurs de l'ondine en l'air figés;

L'aubépine de mai qui plie
Sous les blancs frimas de ses fleurs;

L'albâtre où la mélancolie
Aime à retrouver ses pâleurs,

Le duvet blanc de la colombe,
Neigeant sur les toits du manoir,
Et la stalactite qui tombe,
Larme blanche de l'antre noir?

Des Groenlands et des Norvèges
Vient-elle avec Séraphita?
Est-ce la Madone des neiges,
Un sphinx blanc que l'hiver sculpta,

Sphinx enterré par l'avalanche,
Gardien des glaciers étoilés,
Et qui, sous sa poitrine blanche,
Cache de blancs secrets gelés?

Sous la glace où calme il repose,
Oh! qui pourra fondre ce cœur!
Oh! qui pourra mettre un ton rose
Dans cette implacable blancheur!

*Emaux et Camées*（1852）
*Ibid*.，pp. 461—463.

# 白色大调交响曲

我们在北国故事里看见，

天鹅美人游在莱茵河上，
白皙的玉颈，优美的曲线，
沿着古老的河岸在歌唱。

5　或者随便靠着一棵小树，
把全身上下的羽毛一挂，
照亮了她们洁白的肌肤，
胜似胸前毛茸茸的雪花。

其中有一位绝色的美女①，
10　她不时会光临我们中间，
白得如同在寒峭的天宇，
溶溶月色照在冰川上面；

面对她寒国的玉洁冰清，
我们的目光已沉醉入迷，
15　请看细皮嫩肉多么丰盈，
白花花能让人忘乎所以！

乳房是雪花堆成的圆球，
为比纯白的茶花更漂亮，
为胜过裙袍洁白的丝绸，
20　进行一番不寻常的较量。

这是场激烈的白色硬仗，

---

①　据说是北欧的一位伯爵夫人玛丽·卡莱吉斯，她是一个大美人，又有音乐才能。

丝绸和鲜花都不是对手，
虽然都妒忌得脸色发黄，
但却并不想为自己报仇。

25　请看这美人白皙的双肩，
帕罗斯石①有晶莹的肌理，
飘落下的寒霜无法看见，
仿佛在冰天雪地的夜里。

为了装成她的冰肌玉骨，
30　是用有嫩芯的芦苇一茎，
是用一片初雪般的云母，
还是用圣烛？还是用圣饼？

当冬天的晴日大放光华，
是取用碧空的乳汁清澈，
35　还是取海中白色的浪花，
还是取肉质银白的百合；

是白大理石暗冷的躯体，
古代的诸神曾借以寄身；
是取本色银器，取乳白石，
40　有一点光就会色彩缤纷；

是取象牙琴键，她的玉手

---

① 希腊产优质大理石。

如同有翅膀的白色蝴蝶，
蝴蝶送来的吻颤颤抖抖，
会在柔弱的音符上停歇；

45　　是纤尘不染的白色鼬皮，
为了保护双肩不被冻僵，
这洁白无瑕的裘衣可以
既温暖肩膀，又修饰纹章；

还是霜花，花形古怪多变，
50　　使彩绘玻璃窗遍栽玉树；
是喷泉四周的白色花边，
这水中仙女撒下的泪珠；

还是山楂树，五月间盛开，
被一簇簇白花压弯了腰；
55　　还是雪花石，晶莹又苍白，
忧伤地来此把愁容寻找；

还是小白鸽的绒毛一把，
像庄园屋顶上大雪霏霏，
是钟乳石从黑洞里落下，
60　　这是一滴滴白色的眼泪？

她是不是陪同赛拉菲塔①，

———————————

①　巴尔扎克一篇同名小说中的女主人公，故事发生在北欧挪威。

从格陵兰、挪威光临此地？

她可是白雪圣母马利亚，

是一尊白色的斯芬克司，

65　　由冬天塑成，被冰雪埋葬，

守卫着星光闪闪的冰川，

用她这白色的酥胸隐藏

已凝冻的白色秘密一团？

这颗冰封的心沉着安静，

70　　啊！谁能把这颗寒心化掉！

啊！谁能给这无情的白净，

涂抹上一点粉红的色调！

《珐琅和雕玉》(1852)

【题解】　戈蒂耶喜爱白色，白色是大理石的颜色。戈蒂耶主张不同艺术之间"移位"，本诗即是一例。诗中动员二十四种之多的白色人物和事物，当成二十四种乐器，各以自己不同的白色调，共同奏出这首"交响曲"。最后一节，在一片白色之中，点上一点点粉红，又把这首"交响曲"巧妙地化成一首淡雅的爱情诗。本诗于一八四九年在《新旧大陆杂志》发表。

# L'ART

Oui, l'oeuvre sort plus belle

D'une forme au travail

Rebelle,

Vers, marbre, onyx, émail.

Point de contraintes fausses!
Mais que pour marcher droit
　　Tu chausses,
Muse, un cothurne étroit.

Fi du rhythme commode
Comme un soulier trop grand,
　　Du mode
Que tout pied quitte et prend!

Statuaire, repousse
L'argile que pétrit
　　Le pouce,
Quand flotte ailleurs l'esprit;

Lutte avec le carrare,
Avec le paros dur
　　Et rare,
Gardiens du contour pur;

Emprunte à Syracuse
Son bronze où fermement
　　S'accuse
Le trait fier et charmant;

D'une main délicate
Poursuis dans un filon
    D'agate
Le profil d'Apollon.

Peintre, fuis l'aquarelle,
Et fixe la couleur
    Trop frêle
Au four de l'émailleur.

Fais les sirènes bleues,
Tordant de cent façons
    Leurs queues,
Les monstres des blasons;

Dans son nimbe trilobe
La Vierge et son Jésus,
    Le globe
Avec la croix dessus.

Tout passe. — L'art robuste
Seul a l'éternité.
    Le buste
Survit à la cité.

Et la médaille austère
Que trouve un laboureur

Sous terre

Révèle un empereur.


Les dieux eux-mêmes meurent，

Mais les vers souverains

Demeurent

Plus forts que les airains.


Sculpte，lime，cisèle；

Que ton rêve flottant

Se scelle

Dans le bloc résistant！

*Emaux et Camées*（1852）
*Ibid.*，pp. 570—572.

## 艺术

对，作品要称心如意，
形式必须反复推敲，
谈何容易，
诗句，珐琅，云石，玛瑙。


5　　有的约束毫无分寸！
如果你想要走正道，
我的诗神，
厚底靴①紧一点才好。

---

①　古希腊演员穿厚底靴演悲剧。

方便的节奏不能要，
10    像一只鞋尺码太大，
    这种曲调，
    谁的脚都可以穿它！

如果思想不能集中，
    雕塑家，有黏土在手，
15    也别摆弄，
    别用手指又捏又揉；

卡拉拉①大理石坚硬，
    帕罗斯大理石优良，
    轮廓分明，
20    你要和名石去较量；

你要制造青铜器皿，
    请向锡拉丘兹②取法：
    风格遒劲，
    线条又可爱，又挺拔；

25    下手可要又轻又巧，
    依玉石的色彩层次，
    细心下刀，
    刻尽阿波罗的丰姿。

---

① 意大利地名，产纯白大理石。
② 意大利西西里岛地名，古代产铜器。

画家，不要去画水彩，
30　你要把柔弱的颜色
　　　牢牢上在
　　上釉工的铜胎外侧。

要画蓝色的美人鱼，
鱼尾巴在水中乱摔，
35　　　扭来扭去，
　　要画纹章上的精怪；

在圣母和耶稣背后，
画上三叶状的光芒；
　　　要画地球，
40　把十字架画在球上。

万事万物去而不存。——
坚实的艺术才不朽。
　　　胸像一尊，
能比城市活得更久。

45　一名农夫正在耕田，
地里拾到一枚古币，
　　　头像威严，
这才发现一位皇帝。

就连神明也会死亡，

50　　　　　诗句只要铿锵雄奇，
　　　　　　　百世流芳，
　　　　　　生命力连青铜难比。


　　　　　　精雕细刻，琢磨不止；
　　　　　　要让你飘忽的梦想，
55　　　　　借块顽石，
　　　　　　化成磨不灭的形象！

【题解】　一八五六年五月，帕那斯派诗人邦维勒（Théodore de Banville，1823—1891）在《艺术家》杂志发表一首小颂诗，题为《赠戈蒂耶》。次年，戈蒂耶作和诗回赠，于一八五七年九月十三日也刊于《艺术家》，题为"赠邦维勒先生，和其小颂诗而作"。一八五八年收入《珐琅与雕玉》，改名《艺术》。此诗不仅取邦维勒诗中的原意，而且步原诗的格律和节奏。《艺术》是《珐琅和雕玉》的压卷之作，既可看成帕那斯派的诗歌理论，也是又一篇"为艺术而艺术"的宣言。

# 勒贡特·德·利尔　1818—1894

## [ 诗人简介 ]

　　夏尔·勒贡特·德·利尔（Charles Leconte de Lisle，1818—1894）出生在非洲大陆东南方的留尼旺岛。夏尔是名，勒贡特·德·利尔是姓。成年前回祖籍布列塔尼学习法律，一八四五年定居巴黎。青年诗人曾是空想社会主义者傅立叶的信徒。一八四八年革命失败后，接着第二帝国成立，他失望之余，转而醉心希腊的古典理想及东方印度的古代智慧。

　　一八五二年，出版《古诗集》（*Poèmes antiques*），一八六二年是《蛮诗集》（*Poèmes barbares*），一八八四年最后的《悲诗集》

(*Poèmes tragiques*)问世。诗人为了谋生,曾翻译荷马的两部史诗。他提出约束浪漫主义的感情宣泄,倡导诗歌要客观,精确,无动于衷,排除自我。《古诗集》的"序言":"和盘托出内心的苦闷和不无枯涩的消魂是无聊的虚荣和亵渎"。诗人放下社会问题,转而营造古代和异国情调的美丽场景。他对当代时世悲观失望,傲视世人;他孤芳自赏,尊艺术为宗教,把被拉马丁请下帕那斯山的诗神又送回山上。

他和戈蒂耶一样,追求形式美,刻苦琢磨,精雕细刻。他的诗典雅匀称,有时精美,但有时也新意不足。一八六六年、一八七一年和一八七六年,他主持出版三辑《当代帕那斯》(*le Parnasse contemporain*),团结了一大批青年诗人,形成帕那斯派,是为浪漫主义之后,象征主义之前的重要诗歌流派。

波德莱尔在《浪漫主义艺术》中写道:"用美丽的诗句,描绘灿烂宁静的大自然的种种情态,人类迄今曾据此崇拜神,追求美,这就是勒贡特·德·利尔给其诗歌规定的目的。"十九世纪对他的评价很高,作家阿纳托尔·法朗士在一八九一年曾说:"他是人们无法企及的光荣之一。"

### MIDI

Midi, Roi des étés, épandu sur la plaine,
Tombe en nappes d'argent des hauteurs du ciel bleu.
Tout se tait. L'air flamboie et brûle sans haleine;
La Terre est assoupie en sa robe de feu.

5    L'étendue est immense, et les champs n'ont point d'ombre
Et la source est tarie où buvaient les troupeaux;

La lointaine forêt, dont la lisière est sombre,
Dort là-bas, immobile, en un pesant repos.

Seuls, les grands blés mûris, tels qu'une mer dorée,
10　Se déroulent au loin, dédaigneux du sommeil;
Pacifiques enfants de la Terre sacrée,
Ils épuisent sans peur la coupe du Soleil.

Parfois, comme un soupir de leur âme brûlante,
Du sein des épis lourds qui murmurent entre eux,
15　Une ondulation majestueuse et lente
S'éveille, et va mourir à l'horizon poudreux.

Non loin, quelques boeufs blancs, couchés parmi les herbes,
Bavent avec lenteur sur leurs fanons épais,
Et suivent de leurs yeux languissants et superbes
20　Le songe intérieur qu'il n'achèvent jamais.

Homme, si, le cœur plein de joie ou d'amertume,
Tu passais vers midi dans les champs radieux,
Fuis! la Nature est vide et le Soleil consume:
Rien n'est vivant ici, rien n'est triste ou joyeux.

25　Mais si, désabusé des larmes et du rire,
Altéré de l'oubli de ce monde agité,
Tu veux, ne sachant plus pardonner ou maudire,
Goûter une suprême et morne volupté,

30　Viens! Le Soleil te parle en paroles sublimes;
　　Dans sa flamme implacable absorbe-toi sans fin;
　　Et retourne à pas lents vers les cités infimes,
　　Le cœur trempé sept fois dans le Néant divin.

*Poèmes antiques*（1852）

Leconte de Lisle,*Poèmes antiques*,

Edition présentée, établie et annotée rer Claudine

Gothot-Mersch, *Bibliothèque de la Pléiade*,

Gallimard,1977, pp. 277—278.

## 烈日

烈日这盛夏之王,洒遍了整个平川,
从蓝天落下,化作一滩滩银色的水。
万籁俱寂。热空气燃烧得呼呼直喘;
大地裹在火袍里已迷迷糊糊入睡。

5　苍苍莽莽,田野里没有一点点树荫,
曾有牛群喝水的泉源早已经枯竭;
天边尽头处,睡着一片遥远的树林,
昏沉沉纹丝不动,而轮廓时明时灭;

只有高大成熟的麦子如金色大海,
10　一直伸展到远方,不屑于进入睡乡;
这块神圣大地上这些和平的童孩,
毫不畏惧地喝尽太阳杯中的酒浆。

仿佛从沉沉麦穗窃窃私语的胸膛,

　　　　　　从热乎乎的心中吐出的一阵呼吸，

15　　　　　不时有缓缓掠过、威武雄壮的波浪

　　　　　　惊起，并又消失在尘土飞扬的天际。


　　　　　　不远处，几头白牛倒卧在青草中间，

　　　　　　颈部厚厚的垂皮滴着口水在发愣，

　　　　　　虽说是无精打采，却很神气的大眼，

20　　　　　注视着内心深处永远做不完的梦。


　　　　　　人啊，不论你内心充满喜悦或悲戚，

　　　　　　如果你烈日当空，走进耀眼的田垄，

　　　　　　快走开！骄阳无情，大自然一片空寂：

　　　　　　万物并没有生机，更不识欢乐悲痛。


25　　　　　不过，如果你已经看破欢笑和眼泪，

　　　　　　真心诚意地渴求忘却烦恼的红尘，

　　　　　　对人无所谓怜悯，对人无所谓责备，

　　　　　　你想尝一尝至高而又木然的消魂，


　　　　　　来吧，阳光和你以非凡的语言交谈；

30　　　　　请痛快地沉浸于它火辣辣的烈焰；

　　　　　　然后，你款步返回渺小无比的人寰，

　　　　　　你的心已在神的寂灭中千锤百炼。


　　　　　　　　　　　　　　　《古诗集》(1852)


　　【题解】《烈日》作于一八五二年，是诗人生前最受欣赏的
名篇之一。诗中的大自然壮美、神秘，与人格格不入，和浪漫主

义的大自然更大异其趣。诗句观察精细，富有表现力。诗人在
最后表露出一种愤世嫉俗的悲观哲学，并非无我，也并非无动
于衷。

## LE CŒUR DE HIALMAR

Une nuit claire, un vent glacé. La neige est rouge.

Mille braves sont là qui dorment sans tombeaux,

L'épée au point, les yeux hagards. Pas un ne bouge.

Au-dessus tourne et crie un vol de noirs corbeaux.

5　La lune froide verse au loin sa pâle flamme.

Hialmar se soulève entre les morts sanglants,

Appuyé des deux mains au tronçon de la lame.

La pourpre du combat ruisselle de ses flancs.

　　— Holà! Quelqu'un a-t-il encore un peu d'haleine,

10　Parmi tant de joyeux et robustes garçons

Qui, ce matin, riaient et chantaient à voix pleine

Comme des merles dans l'épaisseur des buissons?

　　Tous sont muets. Mon casque est rompu, mon armure

Est trouée, et la hache a fait sauter ses clous.

15　Mes yeux saignent. J'entends un immense murmure

Pareil aux hurlements de la mer ou des loups.

　　Viens par ici, Corbeau, mon brave mangeur d'hommes!

Ouvre-moi la poitrine avec ton bec de fer.
Tu nous retrouveras demain tels que nous sommes.
20　Porte mon cœur tout chaud à la fille d'Ylmer.

Dans Upsal, où les Jarls boivent la bonne bière,
Et chantent, en heurtant les cruches d'or, en choeur,
A tire d'aile vole, ô rôdeur de bruère!
Cherche ma fiancée et porte-lui mon cœur.

25　Au sommet de la tour que hantent les corneilles
Tu la verras debout, blanche, aux longs cheveux noirs,
Deux anneaux d'argent fin lui pendent aux oreilles,
Et ses yeux sont plus clairs que l'astre des beaux soirs.

Va, sombre messager, dis-lui bien que je l'aime,
30　Et que voici mon cœur. Elle reconnaîtra
Qu'il est rouge et solide et non trembant et blême;
Et la fille d'Ylmer, Corbeau, te sourira!

Moi, je meurs. Mon esprit coule par vingt blessures.
J'ai fait mon temps. Buvez, ô loups, mon sang vermeil.
35　Jeune, brave, riant, libre et sans flétrissures,
Je vais m'asseoir parmi les Dieux, dans le soleil!

*Poèmes barbares* (1862)

Leconte de Lisle, *Poèmes barbares*, Edition présentée,
établie er annotée par Claudine Gothot-Mersch,
*Bibliothèque de la Pléiade*, Gallimard, 1977, pp. 84—85.

# 雅尔玛的心

夜色明,凉风阵阵。雪地上一片殷红。
千百条好汉没有坟墓,都躺在地上,
手握剑,眼神惊恐,一个个纹丝不动。
一群黑色的乌鸦在空中扑翅叫嚷。

5　一轮寒月向远处撒下惨白的清辉。
血淋淋的尸体中,雅尔玛坐起身来,
两只手撑着剑身,和宝剑紧相依偎。
赤血从腰间流出,他战斗时已挂彩。

"喂! 这漫山遍野的壮实、快活的儿郎,
10　谁的口中还剩下一丁点儿的呼吸?
今儿早晨,兄弟们欢笑着,歌声嘹亮,
仿佛是密林深处一群欢叫的黑鹂。

人人都缄默不语。我的头盔已变形,
盔甲被洞穿,钉头被斧头砍得飞掉。
15　我双眼流血。耳闻一阵巨大的轰鸣,
如同大海的怒涛,如同狼群的嚎叫。

我吃人肉的好鸟,乌鸦! 我请你飞来,
请张开你的铁嘴,请啄开我的胸膛。
到明天,你会看到我们的面目不改。
20　把我火热的心给伊尔梅女儿捎上。

　　林子里的流浪汉，请展翅直飞天宇，
　　飞进乌普萨拉城①：头儿们痛饮啤酒，
　　并齐声合唱，觥筹交错，又金樽高举，
　　找到我的未婚妻，我这心归她所有。

25　在只有小嘴乌鸦光临的高塔之上，
　　你会看到她亭亭玉立，长长的黑发，
　　她的眼睛比晴天晚上的星光更亮，
　　皮肤白皙，两耳有一副银耳环垂下。

　　去吧，不祥的使者，我对她怀着挚爱，
30　说收下我这颗心。她一看便会知晓：
　　这颗心又红又硬，不颤抖，也不灰白；
　　乌鸦啊，伊尔梅的女儿会对你微笑！

　　而我呢，我会死去。我的元气在流走；
　　狼群，请喝饮我的热血。我不虚此生。
35　我勇敢，年轻，开朗，我光荣，我也自由，
　　我会去众神之间，会在太阳里坐正！"

《蛮诗集》(1862)

　　**【题解】**　本诗一八六四年首次发表于《当代评论》，取材一八四二年出版的《北欧民歌集》。这首诗被帕那斯派诗人认为是《蛮诗集》的典型作品，写出非希腊世界的原始民族所具有的精神风貌：粗犷而又纯正、高尚。诗中有一点战斗情节，内容新奇，

---

　　①　瑞典古城，从前瑞典国王在此加冕。

也为当时一般读者所喜爱。

## LES ELEPHANTS

Le sable rouge est comme une mer sans limite,
Et qui flambe, muette, affaissée en son lit.
Une ondulation immobile remplit
L'horizon aux vapeurs de cuivre où l'homme habite.

5 　 Nulle vie et nul bruit. Tous les lions repus
Dorment au fond de l'antre éloigné de cent lieues,
Et la girafe boit dans les fontaines bleues,
Là-bas, sous les dattiers des panthères connus.

Pas un oiseau ne passe en fouettant de son aile
10 　 L'air épais, où circule un immense soleil.
Parfois quelque boa, chauffé dans son sommeil,
Fait onduler son dos dont l'écaille étincelle.

Tel l'espace enflammé brûle sous les cieux clairs.
Mais, tandis que tout dort aux mornes solitudes,
15 　 Les éléphants rugueux, voyageurs lents et rudes,
Vont au pays natal à travers les déserts.

D'un point de l'horizon, comme des masses brunes,
Ils viennent, soulevant la poussière, et l'on voit,
Pour ne point dévier de chemin le plus droit,

20      Sous leur pied large et sûr crouler au loin les dunes.

Cleui qui tient la tête est un vieux chef. Son corps
Est gercé comme un tronc que le temps ronge et mine;
Sa tête est comme un roc, et l'arc de son échine
Se voûte puissamment à ses moindres efforts.

25      Sans ralentir jamais et sans hâter sa marche,
Il guide au but certain ses compagnons poudreux;
Et, creusant par derrière un sillon sablonneux,
Les pèlerins massifs suivent leur patriarche.

L'oreille en éventail, la trompe entre les dents,
30      Ils cheminent, l'œil clos. Leur ventre bat et fume,
Et leur sueur dans l'air embrasé monte en brume;
Et bourdonnent autour mille insectes ardents.

Mais qu'importent la soif et la mouche vorace,
Et le soleil cuisant leur dos noir et plissé?
35      Ils rêvent en marchant du pays délaissé,
Des forêts de figuiers où s'abrita leur race.

Ils reverront le fleuve échappé des grands monts,
Où nage en mugissant l'hippopotame énorme,
Où, blanchis par la lune et projetant leur forme,
40      Ils descendaient pour boire en écrasant les joncs.

Aussi，pleins de courage et de lenteur，ils passent
Comme une ligne noire，au sable illimité；
Et le désert reprend son immobilité
Quand les lourds voyageurs à l'horizon s'effacent.

*Poèmes barbares*（1862）

*Ibid.*，pp. 164—165.

## 象群

红沙无垠,像一片不见尽头的大海,
躺着的平波细浪静悄悄,却火辣辣,
纹丝不动地舒展起伏,在远处直达
地平线上但见有热气熏蒸的村寨。

5　　一切无声又无息。吃得饱饱的群狮
都远在百里以外,在洞窟深处睡眠,
花豹熟悉常来的椰枣树树荫下面,
长颈鹿在暗蓝色水池里喝水不止。

滞重的晴空横过奇大无比的太阳,
10　　没有哪怕一只鸟拍击着翅膀飞过。
不时有一条睡得暖暖的蟒蛇出没,
蜷曲扭动的身上蛇鳞在闪闪发亮。

这片发烫的空间正在晴天下燃烧。
正当沉沉空寂中万物都没有动静,
15　　皮肤粗糙的象群笨重地举步慢行,

正穿越沙漠,走向自己家乡的目标。

如同棕褐色小点,从天边某处来到,
象群脚下扬起了尘沙,看得很清楚,
为了不至于偏离一条最近的直路,
20　又大又稳的象足把沙丘一一踢倒。

领队的是头老象,皱皮疙瘩的身躯
像是被风雨岁月剥蚀摧残的树干;
它脑袋大如巨石,动作虽又轻又慢,
却使弓形的脊背有劲地一弯一曲。

25　它前行从不迟缓,它赶路从不慌张,
带领风尘仆仆的伙伴朝终点行走;
象群的身后留下一条长长的沙沟,
这队魁伟的香客紧紧跟随着族长。

它们大耳如扇子,长鼻两侧是象牙,
30　它们都闭着眼睛,腹部在冒烟抖动;
汗水被灼热空气化成了轻雾升空;
嗡嗡叮咬的蚊蝇在四周飞上飞下。

不问贪婪的飞虫,也不问无水可饮,
更不问使皱黑的象背灼痛的骄阳,
35　它们一边走,一边思念别离的故乡,
思念曾保佑种族繁衍的无花果林。

象群要重见从那高山泻下的大河：

河里，硕大无朋的河马在游水嘶鸣，

河里，它们在月下映出白色的身影，

40  踩倒一片灯心草，走下大河去痛喝。


这群象步履蹒跚，全身充满了勇气，

就像无边无际的沙上一长条黑线。

当沉重的旅行者一一消失在天边，

沙漠重又恢复了原来静止的沉寂。

《蛮诗集》(1862)

【题解】《象群》写于一八五二年。诗人的一位朋友告诉我们，他"有一种兴趣：长时间潜心注视一头动物，研究它日常的一举一动，发现它一瞬间的本能"。诗人创作的许多动物诗，可以构成"一座动物陈列馆"。诗中象群的生物性迁徙，被写成某种命运的象征，甚至是某种尊严的象征。

## LE SOMMEIL DU CONDOR

Par delà l'escalier des roides Cordillères,

Par delà les brouillards hantés des aigles noirs,

Plus haut que les sommets creusés en entonnoirs

Où bout le flux sanglant des laves familières,

5  L'envergure pendante et rouge par endroits,

Le vaste Oiseau, tout plein d'une morne indolence,

Regarde l'Amérique et l'espace en silence,

Et le sombre soleil qui meurt dans ses yeux froids.

La nuit roule de l'Est, où les pampas sauvages
10 Sous les monts étagés s'élargissent sans fin;
Elle endort le Chili, les villes, les rivages,
Et la Mer Pacifique et l'horizon divin;
Du continent muet elle s'est emparée:
Des sables aux coteaux, des gorges aux versants,
15 De cime en cime, elle enfle, en tourbillons croissants,
Le lourd débordement de sa haute marée.
Lui, comme un spectre, seul, au front du pic altier,
Baigné d'une lueur qui saigne sur la neige,
Il attend cette mer sinistre qui l'assiège:
20 Elle arrive, déferle, et le couvre en entier.
Dans l'abîme sans fond la Croix australe allume
Sur les côtes du ciel son phare consetellé.
Il râle de plaisir, il agite sa plume,
Il érige son cou musculeux et pelé,
25 Il s'enlève en fouettant l'âpre neige des Andes,
Dans un cri rauque il monte où n'atteint pas le vent,
Et, loin du globe noir, loin de l'astre vivant,
Il dort dans l'air glacé, les ailes toutes grandes.

*Poèmes barbares* (1862)
*Ibid*., p. 171.

# 神鹰入睡

在陡峭的阶梯形科迪勒拉山 ① 远方，

---

① 南美洲山脉。

在只有黑鹰出没无常的浓雾那边，

神鹰既无精打采，神鹰又心不在焉，

懒散地垂下两只红斑点点的翅膀。

5　比削成漏斗形的高峰更高的天际，

峰上总有沸滚的殷红岩浆在流动，

巨鸟静静注视着美洲和整个天空，

暗红的太阳正在神鹰冷眼里咽气。

黑夜从东方滚来：潘帕斯草原①荒凉，

10　在层层梯田式的山脚下无边无际；

黑夜使城市，使河岸，也使智利安眠，

使太平洋和神圣地平线进入梦乡；

黑夜已经把无声无息的大地拥抱：

从沙洲直到海滩，从峡谷直到山坡，

15　黑夜一步步化作越来越大的漩涡，

如同涨潮的时候，翻起汹涌的波涛。

巨鸟如幽灵，独自在峰顶之上稳坐，

沐浴着在雪地上血红一片的寒光，

正等待这凶险的波涛会进攻猖狂；

20　黑夜已来临，奔腾澎湃，将神鹰淹没。

南十字座从无底深渊向天的周遭，

点亮自己的那座星光灿烂的灯塔。

神鹰欣喜地咕哝，拍动身上的羽毛，

直挺挺竖起脖颈，光秃秃，筋肉发达，

25　拍拍安第斯山②的皑皑白雪而起飞，

嘎然一声，便飞进不闻风声的天顶，

---

①　南美洲特有的地貌。

②　南美洲西海岸的火山山脉，南北连绵八千公里，高度近七千米。

远离黑黑的地球，远离生命的星星，

张开巨大的翅膀，在寒天冰空入睡。

《蛮诗集》(1862)

【题解】 "神鹰"是飞得最高的猛禽，产美洲安第斯山派，翼展达三米。诗中着力写黑夜如波涛滚滚而来，淹没大地。但是，只有神鹰沉着，傲然独立，无动于衷，这不正是勒贡特·德·利尔心目中"诗人"的象征吗？

## AUX MODERNES

Vous vivez lâchement, sans rêve, sans dessein,

Plus vieux, plus décrépits que la terre inféconde,

Châtrés dès le berceau par le siècle assassin

De toute passion vigoureuse et profonde.

5　Votre cervelle est vide autant que votre sein,

Et vous avez souillé ce misérable monde

D'un sang si corrompu, d'un souffle si malsain,

Que la mort germe seule en cette boue immonde.

Hommes, tueurs de Dieux, les temps ne sont pas loin

10　Où, sur un grand tas d'or vautrés dans quelque coin,

Ayant rongé le sol nourricier jusqu'aux roches,

Ne sachant faire rien ni des jours ni des nuits,

Noyés dans le néant des suprêmes ennuis,

Vous mourrez bêtement en emplissant vos poches.

*Poèmes barbares*（1862）

*Ibid*. ，p.308.

## 致现代人

你们的生活怯懦，没有梦想和宗旨，
比这贫瘠的大地更衰弱，也更老朽，
你们一出世，已被这世纪阉割去势。
本世纪已把刚强、深沉的激情斩首，

5　　你们的头脑空虚，你们的心胸也是，
这个卑鄙的世界为你们藏污纳垢：
在这片烂泥巴里只有死亡在繁殖。
流的血污浊不堪，呼的气污秽发臭，

杀害众神的人啊，这时代很快来到：
10　　你们抱着一大堆藏在某处的财宝，
已把养活世人的泥土啃到了地层，

你们不知道白天和黑夜还有何用，
只把无聊透顶的烦恼付予了虚空，
你们装满了口袋，却会死得像畜生。

《蛮诗集》(1862)

【题解】　本诗写于一八七二年，后收入《蛮诗集》。诗人早
年曾是空想社会主义的信徒，后来又推崇古代的理想世界，蔑视

眼前的颓废时代。这首诗是他用最明白、最毫无顾忌的语言，道出他对当时一贯持有的深恶痛绝的看法。诗人始终生活拮据，最后客死朋友家中。

## SACRA FAMES

L'immense Mer sommeille. Elle hausse et balance
Ses houles où le Ciel met d'éclatants îlots.
Une nuit d'or emplit d'un magique silence
La merveilleuse horreur de l'espace et des flots.

Les deux gouffres ne font qu'un abîme sans borne
De tristesse, de paix et d'éblouissement,
Sanctuaire et tombeau, désert splendide et morne
Où des millions d'yeux regardent fixement.

Tels, le Ciel magnifique et les Eaux vénérables
Dorment dans la lumière et dans la majesté,
Comme si la rumeur des vivants misérables
N'avait troublé jamais leur rêve illimité.

Cependant, plein de faim dans sa peau flasque et rude,
Le sinistre Rôdeur des steppes de la Mer
Vient, va, tourne, et, flairant au loin la solitude,
Entre-bâille d'ennui ses mâchoires de fer.

Certes, il n'a souci de l'immensité bleue,

Des Trois Rois, du Triangle ou du long Scorpion
Qui tord dans l'infini sa flamboyante queue,
Ni de l'Ourse qui plonge au clair Septentrion.

Il ne sait que la chair qu'on broie et qu'on dépèce,
Et, toujours absorbé dans son désir sanglant,
Au fond des masses d'eau lourdes d'une ombre épaisse
Il laisse errer son œil terne, impassible et lent.

Tout est vide et muet. Rien qui nage ou qui flotte,
Qui soit vivant ou mort, qu'il puisse entendre ou voir.
Il reste inerte, aveugle, et son grêle pilote
Se pose pour dormir sur son aileron noir.

Va, monstre! tu n'est pas autre que nous ne sommes,
Plus hideux, plus féroce, ou plus désespéré,
Console-toi! demain tu mangeras des hommes,
Demain par l'homme aussi tu seras dévoré.

La Faim sacrée est un long meurtre légitime
Des profondeurs de l'ombre aux cieux resplendissants,
Et l'homme et le requin, égorgeur ou victime,
Devant ta face, Ô Mort, sont tous deux innocents.

*Poèmes tragiques* (1884)

Leconte de Lisle, *Poésies complètes*,

Texte définitif avec notes et variantes de

Maurice Becque, Tome III, Slatkine Reprints,

Genève, 1974, pp. 73—74.

## 神圣的饥饿

　　无垠的大海入睡。大海上时而涌起、
　　时而跌落的波涛之中有小岛美景。
　　金光灿烂的黑夜,给令人恐怖入迷
　　的茫茫海空之上撒遍奇妙的寂静。

5　　上下有两个深渊,一般是无底深渊,
　　处处是光辉灿烂,是凄凉,也是和平,
　　是圣殿,也是坟场,漠漠浩大的荒原,
　　死死地注视着的是千百万只眼睛。

　　肃然起敬的水域,宏伟壮丽的重霄,
10　　这一般就寝,拥着一片威严和光明,
　　仿佛可悲的众生纵然有声声喧嚣,
　　两者无边的美梦从来没有被惊醒。

　　此时,茫茫海原上阴森凶险的"骑手",
　　虽满腹饥饿,却有松弛粗糙的表皮
15　　嗅出远处的孤独,游来游去又回头,
　　因为无聊打哈欠,露出铁钳的牙齿。

　　显然,他无意关心碧波无际的海涯,
　　不问"三王"①,"三角区"②,天蝎座身子修长

---

① 应指圣经中来瞻仰耶稣诞生的东方三王。
② 欠明。可能指海上的某些三角区。

在空间扭曲翻动自己火红的尾巴，
20　不问大熊星跳向明亮的小熊星上。

他只知道一件事：肉要咬碎，要撕碎，
心无他用，只想着自己嗜血的欲望，
他身在暗影重重、深而又深的深水，
张着无神的眼睛缓缓地东游西荡。

25　一片空寂和静寂。他听不到、看不见
任何东西在游动，不论是死还是活。
为他领路的小鱼，因为他呆滞，瞎眼，
停歇在他黑黑的鱼鳍上可以安卧。

好哇，畜生！可你和我们人没有区分，
30　你更恶心，更凶残，也许你更加绝望。
你可以聊以自慰！今天，你可以吃人，
到明天，你也可以反被人吃个精光。

这神圣的"饥饿"是合法的慢性谋杀。
从黑黢黢的海底，到亮晶晶的天幕，
35　人也好，鲨鱼也罢，是吃，或是被吃下，
死神啊，在你面前，他们俩都是无辜。

《悲诗集》(1884)

【题解】　一八五九年达尔文出版《物种起源》。一八六二年
起，勒贡特·德·利尔提倡"艺术和科学的结合"。《神圣的饥
饿》在冷峻壮美的夜幕下，海上嗜血的鲨鱼在游弋，在觅食。我

们感到在物种进化的大背景下，这不过是物竞天择的自然现象。诗人由鲨鱼联想到人类社会同样存在弱肉强食的问题。诗人感到无可奈何，流露出他深深的悲观哲学。本诗作于一八八四年，在同年出版的《悲诗集》首次发表。

# 夏尔·波德莱尔　1821—1867

## [ 诗人简介 ]

　　夏尔·波德莱尔（Charles Baudelaire，1821—1867）是法国近代诗歌的倡导者。他生于巴黎，幼时孤独，生活窘困，命运凄凉。六岁丧父，七岁母亲再醮，成年后继承遗产，却有法定的监护人，从此终生经济窘迫。作家萨特指出："他没有得到他应有的生活"。

　　波德莱尔是艺术评论家。一八五七年出版酝酿已久的诗集《恶之华》（*Les Fleurs du Mal*）。法语中"恶"字可作"病"和"痛苦"解，诗集名应多解。《恶之华》因"有伤风化"被判有罪，勒令删去六首"淫诗"，对诗人打击很大。

四十岁以后,诗人怀有许多创作计划,但烦恼,债务,疾病纷纷袭来。他生命的最后五年,从一八六二年至一八六七年,其实是一个长期而痛苦的弥留过程,患有偏瘫和失语症。波德莱尔四十六岁谢世时,已是一个废人。

波德莱尔翻译和出版过美国作家爱伦·坡的多种作品,他的其他重要著作有《散文小诗集》和评论集《浪漫主义艺术》等。

波德莱尔一生与"忧郁"为伍,厌恶当代社会,虽百般挣扎,终归无效,只求一醉和解脱,身陷肉体的泥潭,向往理想和美的境界,写成这部表达人在精神和物质间辗转痛苦的记录。诗人认为:"诗歌除了诗歌自身外,没有其他目的,也不可能有其他目的"。

文学史家卡斯泰克斯(Pierre-Georges Castex)认为,《恶之华》这部诗集"纯化和深化了抒情诗的灵感"。雨果收到诗人寄赠的《恶之华》后,回信对波德莱尔说:"您在创造一种新的战栗"。《恶之华》没有为同时代人所理解和接受。诗人身后,文学大师纷纷向波德莱尔致敬。兰波说他是"真正的上帝"。布勒东说他是"道德上第一个超现实主义者"。普鲁斯特著有《波德莱尔论》,瓦雷里写过《波德莱尔的境遇》,萨特有专著《波德莱尔》。瓦雷里曾说:"法国诗歌有了波德莱尔,终于走出国境线"。爱略特认为他是"现代各国诗人最伟大的原型"。

## L'ALBATROS

Souvent, pour s'amuser, les hommes d'équipage
Prennent des albatros, vastes oiseaux des mers,
Qui suivent, indolents compagnons de voyage,
Le navire glissant sur les gouffres amers.

A peine les ont-ils déposés sur les planches,
Que ces rois de l'azur, maladroits et honteux,
Laissent piteusement leurs grandes ailes blanches
Comme des avirons trainer à côté d'eux.

Ce voyageur ailé, comme il est gauche et veule!
Lui, naguère si beau, qu'il est comique et laid!
L'un agace son bec avec un brûle-gueule,
L'autre mime, en boitant, l'infirme qui volait!

Le Poète est semblable au prince des nuées
Qui hante la tempête et se rit de l'archer;
Exilé sur le sol au milieu des huées,
Ses ailes de géant l'empêchent de marcher.

*Les Fleurs du mal* (1857)

Baudelaire, *Œuvres complètes*,

Notices et notes de Michel Jamet,

*Bouquins*, Robert Laffont, p. 7.

## 信天翁[①]

经常，船上的水手为了取乐和寻欢，

抓来几只信天翁，这大海上的巨鸟，

懒洋洋的同路人，无精打采的旅伴，

紧随着航船划破茫茫的烟波浩淼。

---

① 信天翁为巨型海鸟，善飞，翼展可超过三米半。

5　　水手们把信天翁刚在甲板上放下，
　　　这些蓝天的君王笨拙得羞愧难当，
　　　垂下白色的巨大翅膀，真可怜巴巴，
　　　仿佛是两只船桨拖挂在自己身旁。


　　　这位善飞的游子有多么滑稽丑陋！
10　　他现在呆笨懦弱，而刚才无比健美！
　　　有人逗弄他的嘴，竟用滚烫的烟斗，
　　　有人瘸着腿，模仿本会飞翔的残废！


　　　诗人和这位穿云入雾的高手一样，
　　　搏击空中的风暴，耻笑地上的射手；
15　　如今在嘘叫声中被人放逐在地上，
　　　是他巨人的翅膀妨碍他地上行走。

《恶之华》(1857)

【题解】　一八四一年六月，波德莱尔由家中安排，搭海船去印度，但行至非洲东南端的留尼旺岛折返，一八四二年二月回到巴黎。本诗据旅途中的见闻写成，以信天翁象征诗人在社会上的处境，使象征具有痛苦的意义。诗人一生与"忧郁"为伍，深感无人理解之苦。此诗于一八五九年初次发表，收入一八六一年的《恶之华》第二版。


# CORRESPONDANCE

La Nature est un temple où de vivants piliers

Laissent parfois sortir de confuses paroles；

L'homme y passe à travers des forêts de symboles
Qui l'observent avec des regards familiers.

Comme de longs échos qui de loin se confondent
Dans une ténébreuse et profonde unité,
Vaste comme la nuit et comme la clarté,
Les parfums, les couleurs et les sons se répondent.

Il est des parfums frais comme des chairs d'enfants,
Doux comme les hautbois, verts comme les prairies,
— Et d'autres, corrompus, riches et triomphants,

Ayant l'expansion des choses infinies,
Comme l'ambre, le musc, le benjoin et l'encens,
Qui chantent les transports de l'esprit et des sens.

Les Fleurs du mal (1857)

Ibid., p. 8.

## 感应

大自然是座庙堂,而有生命的列柱
有时会传出一些模模糊糊的话语;
人类穿越象征的森林从此地过去,
森林亲切的目光对人类十分关注。

5　　　各种香味、色彩和声音会彼此相通,
如同悠长的回声到远处没有差异,

最后在冥冥之中归于深沉的统一，
同在黑夜里消失，同在光明里消融。

有的香味鲜嫩得像孩子身上的肉，
10 像双簧管般轻柔，像牧场一样葱绿，
—— 有的香味却丰富、洋洋得意和腐朽，

作为无穷无尽的事物能不绝如缕，
如龙涎香和麝香，如安息香和乳香，
对精神和感官的激动都一一颂扬。

《恶之华》(1857)

【题解】 "感应"本是神秘哲学家的术语。波德莱尔于一八
五七年曾说："正是对美的这种令人赞叹的，永生不灭的本能，使
我们把尘世及其众生相看成是上天的一瞥，仿佛是上天的一种
'感应'。"如是，诗人则成为尘世和上天的中介。本诗提出"感
觉感应"的理论，对象征派的诗歌语言产生重大的影响。

## HYMNE A LA BEAUTE

Viens-tu du ciel profond ou sors-tu de l'abîme,
O Beauté? ton regard, infernal et divin,
Verse confusément le bienfait et le crime,
Et l'on peut pour cela te comparer au vin.

Tu contiens dans ton œil le couchant et l'aurore;
Tu répands des parfums comme un soir orageux;

Tes baisers sont un philtre et ta bouche une amphore
Qui font le héros lâche et l'enfant courageux.

Sors-tu du gouffre noir ou descends-tu des astres?
Le Destin charmé suit tes jupons comme un chien;
Tu sèmes au hasard la joie et les désastres.
Et tu gouvernes tout et ne réponds de rien.

Tu marches sur des morts, Beauté, dont tu te moques;
De tes bijoux l'Horreur n'est pas le moins charmant,
Et le Meurtre, parmi tes plus chères breloques,
Sur ton ventre orgueilleux danse amoureusement.

L'éphémère ébloui vole vers toi, chandelle,
Crépite, flambe et dit: Bénissons ce flambeau!
L'amoureux pantelant inclié sur sa belle
A l'air d'un moribond caressant son tombeau.

Que tu viennes du ciel ou de l'enfer, qu'importe.
O Beauté! monstre énorme, effrayant, ingénu!
Si ton œil, ton souris, ton pied, m'ouvrent la porte
D'un Infini que j'aime et n'ai jamais connu?

De Satan ou de Dieu, qu'importe? Ange ou Sirène,
Qu'importe, si tu rends, — fée aux yeux de velour.
Rythme, parfum, lueur, ô mon unique reine! —
L'univers moins hideux et les instants moins lourds?

*Les Fleurs du mal*（1857）
*Ibid.*，p.18.

## 美人颂

你是否出自渊薮，你是否来自天穹，
美人啊？你的目光有神和魔的光辉，
传布恩惠，又倾注罪行，你胡来一通，
这点上可以把你比作是美酒一杯。

5　你眼中映出夕阳，也有曙光在照耀；
你播撒阵阵芳香，如下雷雨的傍晚；
你的嘴是只古瓶，你的吻是剂春药，
使儿童倍增勇气，使英雄为之气短。

你从星星里下凡？你从深渊中出来？
10　命运也对你痴迷，拜倒在石榴裙下；
你随随便便，盲目播撒欢乐和灾害，
你不负任何责任，却又对万物统辖。

你踩着死人行走，美人，还不惜一顾；
恐怖称不上是你精美绝伦的珍宝，
15　谋杀是你心爱的小摆设上的明珠，
在你的肉肚皮上含情脉脉地舞蹈。

着迷的蜉蝣向你飞来，发光吧，蜡烛，
请噼啪作响，并说：祝福这火炬明亮！
垂死抽动的情人向他的美人追逐，

20　　　一副临终前搂住自己坟墓的模样。

你来自天国，来自地狱，不必在意。
美人啊！你这可怖而又天真的妖孽！
只求你眼、你笑和你脚把大门开启，
通向我虽憧憬而陌生的极乐境界！

25　　　是撒旦，还是上帝，是美人鱼或天使，
都无所谓，只要你眉目传情的仙女，
我至尊的女王啊！是芳香，是光，是诗，
能让世界少一份丑陋，少一刻忧郁！

《恶之华》(1857)

【题解】　本诗写于一八六〇年，诗人借"美人"的形象探讨"美"的本质，认为"美"具有对立的双重性，既有神性，又有魔性，可以说，"美"是一朵"恶之华"。这对于理解《恶之华》的主题十分重要，也是理解波德莱尔一些爱情诗的钥匙。

## PARFUM EXOTIQUE

Quand, les deux yeux fermés, en un soir chaud d'automne,
Je respire l'odeur de ton sein chaleureux,
Je vois se dérouler des rivages heureux
Qu'éblouissent les feux d'un soleil monotone；

Une île paresseuse où la nature donne
Des arbres singuliers et des fruits savoureux；

Des hommes dont le corps est mince et vigoureux,
Et des femmes dont l'œil par sa franchise étonne.

Guidé par ton odeur vers de charmants climats,
Je vois un port rempli de voiles et de mâts
Encor tout fatigués par la vague marine,

Pendant que le parfum des verts tamariniers,
Qui circule dans l'air et m'enfle la narine,
Se mêle dans mon âme au chant des mariniers.

*Les Fleurs du mal* (1857)

*Ibid.*, pp. 18—19.

## 异香

秋日暖和的夜晚，当我把双眼闭上，
我闻着你热情的酥胸有馨香一片，
我会看到幸福的海岸在眼前展现，
骄阳单调的阳光照得十二分明亮；

5　有一处懒洋洋的海岛，大自然经常
　　结出的果实鲜美，栽种的奇树罕见；
　　许多男人的身材颀长，而体格壮健，
　　不少女人的目光诚实得令人心慌。

　　是你的馨香把我引向可爱的国土，
10　我又看见海港里满是帆樯和舟舻，

船只出航刚归来，一艘艘疲劳不堪，

葱绿的罗望子树①散发出芳香浓浓，
在空中飘来荡去，使我的鼻孔鼓满，
在我的心中已和水手的歌声交融。

【题解】　诗中的"你"是一个叫让娜·杜瓦尔(Jeanne Du-val)的混血女人，是波德莱尔一八四二年从海外归来后认识的，两人长期相处相伴。让娜秀发披肩，丰腴诱人，但愚钝无知。混血姑娘身上的香味把诗人送进异国的梦境，一片充满视觉、嗅觉和听觉享受的国土。

## HARMONIE DU SOIR

Voici venir les temps où vibrant sur sa tige
Chaque fleur s'évapore ainsi qu'un encensoir；
Les sons et les parfums tournent dans l'air du soir；
Valse mélancolique et langoureux vertige！

Chaque fleur s'évapore ainsi qu'un encensoir；
Le violon frémit comme un cœur qu'on afflige；
Valse mélancolique et langoureux vertige！
Le ciel est triste et beau comme un grand reposoir.

Le violon frémit comme un cœur qu'on afflige；

---

①　高大的热带树木。

Un cœur tendre, qui hait le néant vaste et noir!
Le ciel est triste et beau comme un grand reposoir.
Le soleil s'est noyé dans son sang qui se fige.

Un cœur tendre, qui hait le néant vaste et noir,
Du passé lumineux recueille tout vestige!
Le soleil s'est noyé dans son sang qui se fige...
Ton souvenir en moi luit comme un ostensoir!

*Les Fleurs du mal*（1857）
*Ibid.*，pp. 34—35.

## 夜的和谐

这时刻已经来临，花儿摇晃在枝头，
每朵花不停挥发，如同是一座香炉；
夜的空中，乐声和芳香在飘飘忽忽；
华尔兹舞多哀伤，头晕目眩好烦忧！

5　　每朵花不停挥发，如同是一座香炉；
提琴的琴声如被刺伤的心在颤抖；
华尔兹舞多哀伤，头晕目眩好烦忧！
如同祭坛的天空既美丽，而又愁苦。

提琴的琴声如被刺伤的心在颤抖；
10　有一颗柔嫩的心恨只恨飘渺虚无！
如同祭坛的天空既美丽，而又愁苦。
夕阳躺在自己的血泊中又粘又稠。

有一颗柔嫩的心恨只恨飘渺虚无，

昔日光辉的遗物，要一一捧接在手！

15　夕阳躺在自己的血泊中又粘又稠……

你在我心中闪亮，仿佛圣洁的圣壶！

《恶之华》(1857)

【题解】　这是波德莱尔写得最美的诗篇之一。这种源自东方马来语的诗体结构上精雕细刻，每节二、四句成为下一节的一、三句。全诗只用两个韵，反复出现，如诵读经文。诗中夕阳明亮，心情凄伤，一外一内，交织成一片夜的和谐，有人认为是象征派诗歌的样本。作曲家德彪西曾为之谱曲。

## L'INVITATION AU VOYAGE

Mon enfant, ma sœur,

Songe à la douceur

D'aller là-bas vivre ensemble!

Aimer à loisir,

Aimer et mourir

Au pays qui te ressemble!

Les soleils mouillés

De ces ciels brouillés

Pour mon esprit ont les charmes

Si mystérieux

De tes traîtres yeux,

Brillant à travers leurs larmes.

Là, tout n'est qu'ordre et beauté,
Luxe, calme et volupté.

Des meubles luisants,
　　Polis par les ans,
Décoreraient notre chambre;
　　Les plus rares fleurs
　　Mêlant leurs odeurs
Aux vagues senteurs de l'ambre,
　　Les riches plafonds,
　　Les miroirs profonds,
La splendeur orientale,
　　Tout y parlerait
　　A l'âme en secret
Sa douce langue natale.

Là, tout n'est qu'ordre et beauté,
Luxe, calme et volupté.

　　Vois sur ces canaux
　　Dormir ces vaisseaux
Dont l'humeur est vagabonde;
　　C'est pour assouvir
　　Ton moindre désir
Qu'ils viennent du bout du monde.
　　— Les soleils couchants
　　Revêtent les champs,

Les canaux, la ville entière,

D'hyacinthe et d'or;

Le monde s'endort

Dans une chaude lumière.


Là, tout n'est qu'ordre et beauté,

Luxe, calme et volupté.

*Les Fleurs du mal* (1857)

*Ibid*. , pp. 39—40.


## 邀游

我的宝贝,好妹妹,

想想这会有多美,

同去那边生活和欢聚!

那地方和您相像,

把爱情尽情品尝,

5

在一起相爱,一起死去!

模糊不清的天上,

被水淋湿的太阳,

在我心中有极大魅力,

其神秘捉摸不定,

10

如你该死的眼睛,

隔着泪水更神采奕奕。


那边处处美,有条不紊,

处处安宁,华贵和消魂。

15　　　　布置我们的卧室，
　　　　　因为岁月的流逝，
　　　　都是闪亮光滑的家具；
　　　　　最美的异草奇花，
　　　　　有芳香阵阵散发，

20　　　融入琥珀香，一并飘去，
　　　　　天花板装饰华美，
　　　　　玻璃镜高大深邃，
　　　　以及瑰丽的东方色彩，
　　　　　都对我俩的心灵 ——

25　　　　一切在诉说轻轻，
　　　　各自的家乡语言可爱。


　　　那边处处美，有条不紊，
　　　处处安宁，华贵和消魂。


　　　　请你看这些舟楫，

30　　　　睡在这些运河里，
　　　但醒来后去各地漫游；
　　　　　大船小船为满足
　　　　　你的每一个意图，
　　　因此来自世界的尽头。

35　　　　白昼的太阳将尽，
　　　　　借红锆石和黄金，
　　　给全城，给运河，给田垄，
　　　　　抹上金红的余辉；
　　　　　全世界已经入睡，

40　　　　　睡在温暖的光明之中。

那边处处美，有条不紊，
处处安宁，华贵和消魂。

《恶之华》(1857)

【题解】 《邀游》于一八五五年发表，诗句以富有节奏而受人称道。《邀游》写诗人的憧憬和追求，既有至上而神秘的爱情，更有遁世而隐逸的远游。"远游"是诗集《恶之华》的基本主题之一，诗人借以逃避鄙陋的现实生活。诗中的女人在现实生活中叫玛丽·多布兰(Marie Daubrun)，是一个绿眼睛的二流演员，一八五四年后是波德莱尔的情人。波德莱尔另有一首也题名叫《邀游》的散文诗，诗中指明所去的国家是荷兰，荷兰当时海上航运业发达，和东方各国能方便往来。

## LES CHATS

Les amoureux fervents et les savants austères
Aiment également, dans leur mûre saison,
Les chats puissants et doux, orgueil de la maison,
Qui comme eux sont frileux et comme eux sédentaires.

Amis de la science et de la volupté,
Ils cherchent le silence et l'horreur des ténèbres;
L'Erèbe les eût pris pour ses coursiers funèbres,
S'ils pouvaient au servage incliner leur fierté.

Ils prennent en songeant les nobles attitudes

Des grands sphinx allongés au fond des solitudes,

Qui semblent s'endormir dans un rêve sans fin;


Leurs reins féconds sont pleins d'étincelles magiques,

Et des parcelles d'or, ainsi qu'un sable fin,

Etoilent vaguement leurs prunelles mystiques.

*Les Fleurs du mal* (1857)

*Ibid*., p. 49.

## 猫

情人是热情洋溢,学者却庄重严肃,

到了成熟的年龄,对猫都一往情深。

猫是家中的骄傲,又温柔,又有精神,

像情人弱不禁风,像学者深居简出。


5　猫是乐趣的伴侣,又是知识的朋友,

它们只求安静和令人害怕的黑影。

它们如若生就是俯首帖耳的天性,

早已进入地狱里阴森幽暗的马厩。


每当在沉思默想,它们高贵的模样

10　如巍巍斯芬克司横卧在寂寞中央,

仿佛沉沉酣睡在无穷无尽的梦中。


丰满的身躯亮起无数奇妙的光点,

粒粒金星闪烁在它们神秘的瞳孔，

如同是颗颗金沙，——在若隐若现。

《恶之华》(1857)

【题解】《恶之华》有三首诗题名为《猫》，以此《猫》最著名。戈蒂耶记波德莱尔"喜爱这种迷人的猫，又安静，又神秘，又温柔，如电击一般颤动，常见的姿势是斯芬克司的神态，仿佛斯芬克司把自己的秘密传给了猫似的"。一九六二年，语言学大师雅可布逊(Jakobson)和人类学大师莱维-斯特罗斯(Lévi-Strauss)合作发表论文，对《猫》的各个层次的语言单位作详尽的结构分析后，提出第一节内容是"现实的"，第二节是"非现实的"，而最后部分是"超现实的"，开结构主义方法研究文学作品的风气之先。

## L'HORLOGE

Horloge! dieu sinistre, effrayant, impassible,
Dont le doigt nous menace et nous dit:« *Souviens-toi* !
Les vibrantes Douleurs dans ton cœur plein d'effroi
Se planteront bientôt comme dans une cible;

« Le Plaisir vaporeux fuira vers l'horizon
Ainsi qu'une sylphide au fond de la coulisse;
Chaque instant te dévore un morceau du délice
A chaque homme accordé pour toute sa saison.

« Trois mille six cents fois par heure, la Seconde

Chuchote : *Souviens-toi* ! — Rapide, avec sa voix

D'insecte, Maintenant dit : Je suis Autrefois,

Et j'ai pompé ta vie avec ma trompe immonde!


« *Remember* ! *Souviens-toi*, prodigue! *Esto memor* !

(Mon gosier de métal parle toutes les langues. )

Les minutes, mortel folâtre, sont des gangues

Qu'il ne faut pas lâcher sans en extraire l'or!


« *Souviens-toi* que le Temps est un joueur avide

Qui gagne sans tricher, à tout coup! c'est la loi.

Le jour décroit; la nuit augmente; *souviens-toi* !

Le gouffre a toujours soif; la clepsydre se vide.


« Tantôt sonnera l'heure où le divin Hasard,

Où l'auguste Vertu, ton épouse encor vierge,

Où le Repentir même (oh! La dernière auberge!)

Où tout te dira : Meurs, vieux lâche! Il est trop tard!»

*Les Fleurs du mal* (1857)

*Ibid.*, p. 59.


# 时钟

时钟这凶神,令人可畏,又无动于衷,

伸出其指头威胁我们说:"好好记住!

如同击中了箭靶,颤抖不已的痛苦

马上将稳坐在你战栗不已的心中;

5　　"烟雾氤氲的欢乐会在地平线消失，
　　　仿佛空中女精灵在舞台幕后隐去；
　　　对于给每一个人享受终身的乐趣，
　　　每时每刻从你的身上一块块吞噬。

　　　"每个小时有三千六百秒，秒针运行
10　　并低语：好好记住！步履迅速一溜烟，
　　　现在唧唧的声音似虫叫：我是'从前'，
　　　我用肮脏的吸管曾吸吮你的生命！

　　　"请记住①！好好记住！浪荡子！你要牢记②！
　　　（我金属制的喉咙会讲各国的语言。）
15　　醉生梦死者，分分秒秒都需要提炼，
　　　矿石未炼出黄金，可千万不要丢弃！

　　　"好好记住：时间是一个贪婪的赌徒，
　　　无需作弊总是赢，一定赢！这是法则！
　　　漏壶中的水已空，而深渊永远饥饿。
20　　白昼已变短；黑夜在渐长；好好记住！

　　　"这时刻即将敲响，那时神圣的'偶然'，
　　　那时，你还童贞的妻子庄严的'美德'，
　　　那时，甚至连'内疚'（啊！最后一家旅舍！）
　　　都会对你喊：死吧，老不死！为时已晚！"

---

①　原文用英文。
②　原文用拉丁文。

《恶之华》(1857)

【题解】 《时钟》是一首哲理诗,但写得非常生动,非常独特。"时光"是波德莱尔心头挥之不去的一大烦恼。全诗只是"时钟"在发言,给人一顿血淋淋的教训。这首诗 于一八六〇年发表,反映诗人颓丧的心态,波德莱尔绝望之余,在一八四五年和一八六〇年两次想到过自杀。

## LA SERVANTE AU GRAND CŒUR
## DONT VOUS ETIEZ JALOUSE

La servante au grand cœur dont vous étiez jalouse,

Et qui dort son sommeil sous une humble pelouse,

Nous devrions pourtant lui porter quelques fleurs.

Les morts, les pauvres morts, ont de grandes douleurs,

Et quand Octobre souffle, émondeur des vieux arbres,

Son vent mélancolique à l'entour de leurs marbres,

Certe, ils doivent trouver les vivants bien ingrats,

A dormir, comme ils font, chaudement dans leurs draps,

Tandis que, dévorés de noires songeries,

Sans compagnon de lit, sans bonnes causeries,

Vieux squelettes gelés travaillés par le ver,

Ils sentent s'égoutter les neiges de l'hiver

Et le siècle couler, sans qu'amis ni famille

Remplacent les lambeaux qui pendent à leur grille.


Lorsque la bûche siffle et chante, si le soir,

Calme, dans le fauteuil je la voyais s'asseoir,
Si, par une nuit bleue et froide de décembre,
Je la trouvais tapie en un coin de ma chambre,
Grave, et venant du fond de son lit éternel
Couver l'enfant grandi de son œil maternel,
Que pourrais-je répondre à cette âme pieuse,
Voyant tomber des pleurs de sa paupière creuse?

*Les Fleurs du mal*（1857）

*Ibid.*，p. 74.

## "女仆的心地高尚,你曾经为之妒忌……"

女仆的心地高尚,你曾经为之妒忌,
如今她在平凡的草地下长眠不起,
而我们完全应该给她献花儿一束。
死者,可怜的死者,感到巨大的痛苦,
5　秋天一到,把老树修剪得片叶无剩,
在他们墓石周围刮起忧伤的寒风,
当然,死者会觉得活人都忘恩负义,
睡在自己被窝里,一个个温暖无比,
此时,他们被凄凉哀伤的思念欺侵,
10　床头没有说话人,也无人促膝谈心,
冻僵的老骨头上有蛆虫爬上爬下,
他们感到冬天的雪水在嘀嘀嗒嗒,
感到时光在流动,却不见亲友来此,
更换挂在墓栏上飘曳的残花败枝。

15　　正当炉中的劈柴到晚上吱吱歌唱，

　　　如果我能看到她安坐在扶手椅上，

　　　如果我在十二月寒冷、青色的夜晚，

　　　看她在我卧室的角落里缩成一团，

　　　神态严肃，从她那永恒的床上走来，

20　　充满母爱的目光紧裹长大的男孩，

　　　看到有泪水从她凹陷的眼眶滚落，

　　　对此虔诚的心灵，我还有何话可说？

《恶之华》(1857)

【题解】　波德莱尔很少以家中琐事入诗。这首对女仆这样的穷苦人充满同情心，很有人情味的诗在《恶之华》中是个别的例外。波德莱尔六岁丧父，七岁时母亲再醮，给诗人的童年蒙上一层孤苦伶仃的阴影。诗人童年的美好回忆，是母亲改嫁前和女仆三人共同生活的年代。孩子十岁时，忠心耿耿的女仆玛丽埃特逝世，波德莱尔终生怀有感激的眷恋之情，使母爱相形之下黯然失色。这首诗写成于一八四四年前，一八五七年发表。

## LA MORT DES AMANTS

Nous aurons des lits pleins d'odeurs légères,

Des divans profonds comme des tombeaux,

Et d'étranges fleurs sur des étagères,

Ecloses pour nous sous des cieux plus beaux.

Usant à l'envi leurs chaleurs dernières,

Nos deux coeurs seront deux vastes flambeaux,

Qui réfléchiront leurs doubles lumières
Dans nos deux esprits, ces miroirs jumeaux.

Un soir fait de rose et de bleu mystique,
Nous échangerons un éclair unique,
Comme un long sanglot, tout chargé d'adieux;

Et plus tard un Ange, entrouvrant les portes,
Viendra ranimer, fidèle et joyeux,
Les miroires ternis et les flammes mortes.

Les Fleurs du mal（1857）

Ibid. , p. 94.

## 恋人之死

我俩的床上将会有清香缭绕，
我俩的卧榻将会像坟茔深深，
在花木架上会有奇花和异草，
有晴空碧霄为我们五彩缤纷。

5　　两颗心会像两座大烛台燃烧，
争着散发出最后的火光阵阵，
这一双明镜放进我们的头脑，
彼此既照亮对方，又映出自身。

某个玫瑰红又蓝晶晶的晚上，
10　　你我会交换独一无二的闪光，

如呜咽悠长，倾诉着别离之情；

以后，有一位天使把宫门推开，
他走上前来，诚心诚意而高兴，
点亮暗淡的明镜、熄灭的烛台。

《恶之华》(1857)

【题解】　整部《恶之华》里，处处有"死"的踪迹。"死"对波
德莱尔不是"绝路"，而是"出路"，也是最后一次"远游"。《恋人
之死》写绝对而理想化的爱情，只有"死"才能把爱情提高到绝对
和理想化的高度。本诗一八五一年发表，曾由德彪西谱曲。

## RECUEILLEMENT

Sois sage, ô ma Douleur, et tiens-toi plus tranquille.
Tu réclamais le Soir；il descend；le voici：
Une atmosphère obscure enveloppe la ville,
Aux uns portant la paix, aux autres le soici.

Pendant que des mortels la multitude vile,
Sous le fouet du Plaisir, ce bourreau sans merci,
Va cueillir des remords dans la fête servile,
Ma Douleur, donne-moi la main；viens par ici,

Loin d'eux. Vois se pencher les défuntes Années,
Sur les balcons du ciel, en robes surannées；
Surgir du fond des eaux le Regret souriant；

Le Soleil moribond s'endormir sous un arche,

Et, comme un long linceul traînant à l'Orient,

Entends, ma chère, entends la douce Nuit qui marche.

*Les Fleurs du mal*（1857）

*Ibid.*，p.127.

## 静思

我的"痛苦"，你要乖，你可要安静一点。

你刚才要"傍晚"来，你瞧，他已在门口：

一片朦胧的气氛笼罩在城市上面，

既给人带来宁静，也给人带来忧愁。

5　无耻的芸芸众生正被"享乐"的皮鞭，

这无情的刽子手抽打得哆嗦直抖，

在卑屈的庆宴上自作自受地丢脸，

我的"痛苦"，把你的手给我，往这边走，

让我们走开。你看，穿着旧日的盛装，

10　流水"年华"斜倚着天上楼台在下望；

你看，河水里浮起笑容可掬的"后悔"；

你看，临终的夕阳正在桥洞下就寝，

夜幕如同长长的尸布在"东方"低垂，

你听，亲爱的，你听："黑夜"正轻轻走近。

《恶之华》(1857)

【题解】　这首悲歌体的抒情诗，被作家路意(Pierre Louÿs)

认为是"波德莱尔最好的十四行诗",反映了诗人逝世前几年的
一种心态:在极度痛苦之后,转而平静。孤独之中,痛苦已成知
己,夜晚来临,可以安慰诗人。这首诗一再被谱成歌曲,因为富
有形象的暗示,对象征派诗人有很大影响。

# 斯特凡·马拉美　1842—1898

## [ 诗人简介 ]

斯特凡·马拉美(Stéphane Mallarmé,1842—1898)和魏尔兰、兰波并列象征派三大诗人,而对后世影响最深。他的一生平淡无奇,是个中学的英语教师。

马拉美早年在波德莱尔的影响下写诗,憎恶鄙陋的现实,憧憬神秘的美学天堂。他中年后,创作两篇钜构:《牧神的午后》(L'Après-Midi d'un Faune)和《希罗底》(Hérodiade),形成自己独特的诗风。他的诗歌创作是文学史上绝无仅有的美学试验。马拉美信奉"诗的宗教",不为名,不求利,甘于寂寞,默默奉献。一八八四年,于斯曼(J.-K. Huysmans)的小说《逆反》(A

*rebours*）使他一举成名，但诗人不改藐视名利、孤芳自赏的态
度。一八八五年起，马拉美每周二晚上，在寓所接待年轻作家，
纵论诗歌，影响了一整代作家的创作道路，其中有瓦雷里、克洛
代尔和纪德。

　　马拉美希望借助纯化的语言，揭示事物的抽象本质。其诗
歌语言追求精练，蕴含丰富，用词深奥，甚至冷僻，风格晦涩多
解，作诗如同作曲，一首诗无异一团谜。他曾对记者表示："他们
帕那斯派诗人把事物完全握在手中，并展示出来，他们这样就无
神秘可言；他们砍去了人们相信自己在创作的极大乐趣。诗的
享受是一步步猜测，对事物'直呼其名'，取消了诗的四分之三的
享受：'暗示'事物，这才是梦想。……一个中等智力的人，文学
根底不足，偶尔打开一本这样写成的书，想要从中得到享受，这
是误会"。他创作很苦，惜墨如金。一生写诗一千五百行左右，
生前发表仅一千一百行。

　　马拉美的创作不为当时社会接受，后世的读者也只有借助
专家的"详注"，才能读懂他的作品。诗人瓦雷里表示："魏尔兰
和兰波在感觉和感受上继承了波德莱尔，而马拉美在诗的完美
和纯正方面发扬了波德莱尔"。

## SALUT

*Rien, cette écume, vierge vers*
*A ne désigner que la coupe ;*
*Telle loin se noie une troupe*
*De sirènes mainte à l'envers.*

*Nous naviguons, ô mes divers*

*Amis, moi déjà sur la poupe*

*Vous l'avant fastueux qui coupe*

*Le flot de foudres et d'hivers;*

*Une ivresse belle m'engage*

*Sans craindre même son tangage*

*De porter debout ce salut*

*Solitude, récif, étoile*

*A n'importe ce qui valut*

*Le blanc souci de notre toile.*

Mallarmé, *Œuvres complètes*, I,

Edition présentée, établie et annotée par Bertrand Marchal,

*Bibliothèque de la Pléiade*, Gallimard, 1998, p. 4.

## 致敬

空,波泛白沫,新句初诵,

指的无非是手中酒杯;

如远处有美人鱼一队,

乱纷纷翻身跌进水中。

5

我们的远航患难与共,

我早早已经坐在船尾,

朋友们,你们船首华贵,

破浪涛汹涌,朔风寒冬;

　　纵然酩酊大醉的情状，

10　　不怕在船上前后摇晃，

　　我要起身为各位祝酒：


　　无论何人，只要能服膺

　　我们船帆洁白的烦忧，

　　有寂寞，有暗礁，有星星。


【题解】　一八九三年二月九日，文学刊物《笔》举行宴会，请马拉美主持。马拉美在宴会上朗诵此诗，题为《敬酒》(*Toast*)。诗稿应于一月写成，二月十五日刊于新的一期《笔》。马拉美在准备未来的《诗集》出版时，将此诗作为"序诗"冠于《诗集》之首，并改今名。后人出版马拉美诗集，均遵此先例。《致敬》(*Salut*)本是应景诗，但诗人从手中香槟酒泛出的泡沫入诗，将诗人的命运比成一次冒险的远航，既总结自己一生的甘苦，又启示一切诗人的命运。


# L'AZUR

De l'éternel Azur la seraine ironie

Accable, belle indolemment comme les fleurs,

Le poëte impuissant qui maudit son génie

4　A travers un désert stérile de Douleurs.


Fuyant, les yeux fermés, je le sens qui regarde

Avec l'intensité d'un remords atterrant,

Mon âme vide. Où fuir? Et quelle nuit hagarde

8    Jeter, lambeaux, jeter sur ce mépris navrant?

Brouillards, montez! Versez vos cendres monotones
Avec de longs haillons de brume dans les cieux
Que noiera le marais livide des automnes
12   Et bâtissez un grand plafond silencieux!

Et toi, sors des étangs léthéens, et ramasse
En t'en venant la vase et les pâles roseaux,
Cher Ennui, pour boucher d'une main jamais lasse
16   Les grands trous bleus que font méchamment les oiseaux.

Encor! que sans répis les tristes cheminées
Fument, et que de suie une errante prison
Eteigne dans l'horreur de ses noires traînées
20   Le soleil se mourant jaunâtre à l'horizon!

—Le Ciel est mort. —Vers toi, j'accours! Donne, ô matière,
L'oubli de l'Idéal cruel et du Péché
A ce martyr qui vient partager la litière
24   Où le bétail heureux des hommes est couché,

Car j'y veux, puisque enfin ma cervelle, vidée
Comme le pot de fard gisant au pied du mur,
N'a plus l'art d'attifer la sanglotante idée,
28   Lugubrement bâiller vers un trépas obscur…

En vain! l'Azur triomphe, et je l'entends qui chante
Dans les cloches. Mon âme, il se fait voix pour plus
Nous faire peur avec sa victoire méchante,

32　Et du métal vivant sort en bleus angelus!

Il roule par la brume, ancien et traverse
Ta native agonie ainsi qu'un glaive sûr;
Où fuir dans la révolte inutile et perverse?

36　*Je suis hanté*. L'Azur! L'Azur! L'Azur! L'Azur!

*Du Parnasse contemporain*（1866）

*Ibid.*, pp. 14—15.

# 蓝天

永恒蓝天发出的嘲讽从容而冷静，
其懒洋洋的美丽如花朵一般可爱，
无所作为的诗人感到难堪，他行经
"痛苦"的贫瘠沙漠，诅咒自己的天才。

5　　我闭上眼睛逃跑，可我总感到蓝天
却以令人震惊的悔恨那一般强烈，
注视我这空虚的灵魂。何处逃？哪片
黑夜可用来盖住蓝天伤人的轻蔑？

大雾，请升起！播撒你雾蒙蒙的云烟，
10　　向空中播撒破破烂烂的雾气浓浓，
去淹没秋季混沌杂乱的青灰色脸，

请建造一座巨大而又寂静的天穹！

亲爱的"烦恼"，请你走出健忘的池沼，
顺路拾取淤泥和苍白的芦苇丛丛，
15　　并以永不疲惫的双手，堵住有飞鸟
不怀好意捅开的巨大的蓝色窟窿。

还有！但愿忧伤的烟囱不停地吐烟，
黑黑的烟炱仿佛流动的监狱一样，
用恐怖而浓浓的长条烟柱，在天边
20　　熄灭色泽暗黄而奄奄待毙的太阳！

"苍天死了。"物质啊，我向你急步奔来！
请让这位殉道者忘怀自己本有"罪"，
忘怀严酷的"理想"，他抱住草褥称快，
上有幸福的众生像牲口一般安睡，

25　　既然我的脑子里已经被掏空挖干，
如同躺倒在墙脚边上的一罐脂粉，
再没有本领可为呜咽的思想打扮，
不如在草上愁打哈欠，坐等作死人……

枉然！蓝天胜利了，我听到蓝天正在
30　　钟楼震响。我的心，蓝天在放声歌唱，
胜利后耀武扬威，为了把我们吓呆，
走出颤动的青铜，化作蓝色的叮当！

　　　　蓝天在雾中逍遥，这位古人正洞穿

　　　　你那与生俱来的弥留，如一柄利剑；

35　　　你徒然而反常地反抗，往何处逃窜？

　　　　*我无法摆脱*。蓝天！蓝天！蓝天啊！蓝天！

《当代帕那斯》(1866)

　　【题解】《蓝天》(*L'Azur*)作于一八六四年一月。马拉美三月间告诉朋友，诗中"没有一个词不是花了我几小时的寻找"，一八六六年刊于第一辑《当代帕那斯》。这是诗人初期在波德莱尔影响下写成的代表作品，追求心中的"理想"。"蓝天"象征"绝对"和"理想"，无所作为的诗人"千方百计摆脱"蓝天。高呼"苍天死了"，但都无济于事，"蓝天"无所不在，缠住诗人不放。马拉美的友人于四月初向波德莱尔诵读"蓝天"，并向诗人报告喜讯："波德莱尔听完全诗，未有指责，这是有好感的巨大表示。"

## BRISE MARINE

La chair est triste, hélas! et j'ai lu tous les livres.

Fuir! là-bas fuir! Je sens que des oiseaux sont ivres

D'être parmi l'écume inconnue et les cieux!

Rien, ni les vieux jardins reflétés par les yeux

Ne retiendra ce cœur qui dans la mer se trempe

O nuits! ni la clarté déserte de ma lampe

Sur le vide papier que la blancheur défend,

Et ni la jeune femme allaitant son enfant.

Je partirai! Steamer balançant ta mâture

Lève l'ancre pour une exotique nature!

Un Ennui, désolé par les cruels espoirs,

Croit encore à l'adieu suprême des mouchoirs!

Et, peut-être, les mâts, invitant les orages

Sont-ils de ceux qu'un vent penche sur les naufrages

Perdus, sans mâts, sans mâts, ni fertiles îlots…

Mais, ô mon cœur, entends le chant des matelots!

*Du Parnasse contemporain*（1866）

*Ibid.*，p. 15.

## 海风

肉体多么可悲,唉！我书又读了一堆。

逃！逃往彼岸！我想海鸟有多么沉醉,

下有未知的波涛,上是茫茫的天幕！

谁挡得住这颗心去大海之中沉浮？

5　　既不是那映照在眼中的故园旧窗,

漫漫长夜！也不是桌上荒凉的灯光,

照亮着白得令人不忍下手的白纸,

也不是正给孩子喂奶①的年轻娇妻。

我非走不可！轮船,准备好你的帆樯,

10　　快快起锚吧,请你驶往异国和他乡！

有"烦恼"被无情的希望折磨得难受,

却还盼望着手绢告别时频频挥手！

而也有可能,船桅会邀来满天乌云,

---

① 诗人的女儿才半岁。

有风刮起，落得和沉船一般的命运，

15　不见桅顶，也不见小岛有绿树茂盛……

可是，我的心儿啊，请听水手的歌声！

《当代帕那斯》(1866)

【题解】　《海风》(*Brise marine*)作于一八六五年五月，是诗人波德莱尔色彩最浓的作品。邀游，远航，他乡，都是《恶之华》的常见主题，结句简直是"异香"的翻版。但是，诗中不满平庸的现实，需要离家出走，绝不是纸上谈兵的文学主题，而是马拉美真实的感受。一八六六年二月，马拉美致友人："有时候，这无法理解的渴求会攫住你，想要离开自己的亲人，想要出走。"其次，和波德莱尔相反，马拉美的邀游没有情爱的内容，诗人更明确地意识到远游包涵着灭顶之灾的风险。

## L'APRES-MIDI D'UN FAUNE

### Eglogue

#### Le Faune

Ces nymphes, je les veux perpétuer.

　　　　　　　　　　　Si clair,

Leur incarnat léger, qu'il voltige dans l'air

Assoupi de sommeils touffus.

　　　　　　　　　　Aimai-je un rêve?

Mon doute, amas de nuit ancienne, s'achève

5　En maint rameau subtil, qui, demeuré les vrais
　　Bois mêmes, prouve, hélas! que bien seul je m'offrais
　　Pour triomphe la faute idéale de roses——

　　Réfléchissons…

　　　　　　　　　Ou si les femmes dont tu gloses
　　Figurent un souhait de tes sens fabuleux!
10　Faune, l'illusion s'échappe des yeux bleus
　　Et froids, comme une source en pleurs, de la plus chaste:
　　Mais, l'autre tout soupirs, dis-tu qu'elle contraste
　　Comme brise du jour chaude dans ta toison?
　　Que non! par l'immobile et lasse pâmoison
15　Suffoquant de chaleurs le matin frais s'il lutte,
　　Ne murmure point d'eau que ne verse ma flûte
　　Au bosquet arrosé d'acords; et le seul vent
　　Hors des deux tuyaux prompt à s'exhaler avant
　　Qu'il disperse le son dans une pluie aride,
20　C'est, à l'horizon pas remué d'une ride,
　　Le visible et serein souffle artificiel
　　De l'inspiration, qui regagne le ciel.

　　O bords siciliens d'un calme marécage
　　Qu'à l'envi des soleils ma vanité saccage,
25　Tacites sous les fleurs d'étincelles, CONTEZ
　　« *Que je coupais ici les creux roseaux domptés*
　　*Par le talent; quand, sur l'or glauque de lointaines*

*Verdures dédiant leur vigne à des fontaines,*

*Ondoie une blancheur animale au repos:*

30 *Et qu'au prélude lent où naissent les pipeaux,*

*Ce vol de cygnes, non! de naïades se sauve*

*Ou plonge...»*

             Inerte, tout brûle dans l'heure fauve

Sans marquer par quel art ensemble détala

Trop d'hymen souhaité de qui cherche le *la*:

35 Alors m'éveillerais-je à la ferveur première,

Droit et seul, sous un flot antique de lumière,

Lys! et l'un de vous tous pour l'ingénuité.


Autre que ce doux rien par leur lèvre ébruité,

Le baiser, qui tout bas des perfides assure,

40 Mon sein, vierge de preuve, atteste une morsure

Mystérieuese, due à quelque auguste dent;

Mais, bast! arcane tel élut pour confident

Le jonc vaste et jumeau dont sous l'azur on joue:

Qui, détournant à soi le trouble de la joue,

45 Rêve, dans sun solo long, que nous amusions

La beauté d'alentour par des confusions

Fausses entre elle-même et notre chant crédule;

Et de faire aussi haut que l'amour se module

Evanouir du songe ordinaire de dos

50 Ou de flanc pur suivis avec mes regards clos,

Une sonore, vaine et monotone ligne.

Tâche donc, instrument des fuites, ô maligne

Syrinx, de refleurir aux lacs où tu m'attends!

Moi, de ma rumeur fier, je vais parler longtemps

55   Des déesses; et, par d'idolâtres peintures,

A leur ombre enlever encore des ceintures;

Ainsi, quand des raisins j'ai sucé la clarté,

Pour bannir un regret par ma feinte écarté,

Rieur, j'élève au ciel d'été la grappe vide

60   Et, soufflant dans ses peaux lumineuses, avide

D'ivresse, jusqu'au soir je regarde au travers.

O nymphes, regonflons des SOUVENIRS divers.

« *Mon œil, trouant les joncs, dardait chaque encolure*

*Immortelle, qui noie en l'onde sa brûlure*

65   *Avec un cri de rage au ciel de la forêt;*

*Et le splendide bain de cheveux disparaît*

*Dans les clartés et les frissons, ô pierreries!*

*J'accours; quand, à mes pieds, s'entrejoignent (meurtries*

*De la langueur goûtée à ce mal d'être deux)*

70   *Des dormeuses parmi leurs seuls bras hasardeux;*

*Je les ravis, sans les désenlacer, et vole*

*A ce massif, haï par l'ombrage frivole,*

*De roses tarissant tout parfum au soleil,*

*Où notre ébat au jour consumé soit pareil.* »

75   Je t'adore, courroux des vierges, ô délice

Farouche du sacré fardeau nu qui se glisse

Pour fuir ma lèvre en feu buvant, comme un éclair

Tressaille! la frayeur secrète de la chair:

Des pieds de l'inhumaine au cœur de la timide

80    Que délaisse à la fois une innocence, humide

De larmes folles ou de moins tristes vapeurs.

« *Mon crime, c'est d'avoir, gai de vaincre ces peurs*

*Traîtresses, divsié la touffe échevelée*

*De baisers que les dieux gardaient si bien mêlée;*

85    *Car, à peine j'allais cacher un rire ardent*

*Sous les replis heureux d'une seule (gardant*

*Par un doigt simple, afin que sa candeur de plume*

*Se teignît à l'émoi de sa soeur qui s'allume,*

*La petite, naïve et ne rougissant pas:)*

90    *Que de mes bras, défaits par de vagues trépas,*

*Cette proie, à jamais ingrate, se délivre*

*Sans pitié du sanglot dont j'étais encore ivre.* »


Tans pis! vers le bonheur d'autres m'entraîneront

Par leur tresse nouée aux cornes de mon front:

95    Tu sais, ma passions, que, pourpre et déjà mûre,

Chaque grenade éclate et d'abeilles murmure;

Et notre sang, épris de qui le va saisir,

Coule pour tout l'essaim éternel du désir.

A l'heure où ce bois d'or et de cendres se teinte

100   Une fête s'exalte en la feuillée éteinte:

Etna! c'est parmi toi visité de Vénus

Sur ta lave posant ses talons ingénus,

Quand tonne un somme triste où s'épuise la flamme.

Je tiens la reine!

      O sûr châtiment…

                Non，mais l'âme
105 De paroles vacante et ce corps alourdi
Tard succombent au fier silence de midi：
Sans plus il faut dormir en l'oubli du blasphème，
Sur le sable altéré gisant et comme j'aime
Ouvrir ma bouche à l'astre efficace des vins!

110 Couple，adieu；je vais voir l'ombre que tu devins.

*Autres poëmes*
*Ibid.*，pp. 22—25.

# 牧神①的午后
## 牧　歌

### 牧神

两仙女，我要她们能永存。

        肌肤粉红，
轻盈光润，在睡意浓浓密密的空中，
飞舞着闪来闪去。

---

①　牧神是罗马神话中的低等恶神。上身是人，长角，有须，下身为公山羊。性淫荡，善吹笛，爱追逐林中仙女。

　　　　　　　我爱的是场春梦？

　　疑团是一夜恍惚，可梦里百树丛生，
5　飘渺的枝柯眼前原来是真树实林，
　　唉！可见朵朵玫瑰妙不可言的消隐，
　　无非是自作多情，我竟然沾沾自喜——


　　好好想想……

　　　　　　　是否你品头评足的佳丽，
　　反映了你神奇的欲念里有此渴求！
10　牧神，这幻觉如从眼泪汪汪的泉流，
　　从正经仙女冷冷的蓝眼睛中消退：
　　另一个唉声叹气，如白昼和风轻吹，
　　拥着你一身羊毛，不就是恰成对比？
　　不对！天闷热不散，闷得人无法喘气，
15　凉风送爽的清晨即使想与之抗争，
　　已再无潺潺水声，何如我吹起笛声，
　　向树丛林间倾泻流韵；而风儿何在？
　　能从芦笛①的两端急匆匆飘将出来，
　　把乐音向干烈的云烟氤氲中撒遍，
20　那是在没有丝毫云气骚动的天边，
　　有一股灵气，有形有声，又从从容容，
　　灵气系人工所成，悠悠然直达苍穹。


　　啊，西西里岛②沼泽寂静无声的边岸，
　　怎敌得住我更比骄阳猖狂的傲慢，

---

① 诗中牧神的乐器时而称"芦笛"，"芦苇"，时而称"排箫"，均指一物。
② 地中海最大的岛屿，属意大利。

25 　你在星星火花下闷不做声,请你说:
　　"我曾在此地削制才气四溢的许多
　　空心芦苇,远处的绿树林葱茏繁茂,
　　泛出青蓝色金光,向水池献上葡萄,
　　一团白白的形体在歇息,前俯后仰:
30 　听到芦苇诞生后最初的乐声悠扬,
　　这群天鹅,不! 这群水仙或速速藏身,
　　或潜水……"

　　　　　万物昏沉,当此萎黄的时分,
　　看不出调音乐师心中追求的目标,
　　众多的神女,如何一下子逃之夭夭:
35 　百合花! 我定要为太初的热望觉醒,
　　独自起身,沐浴着亘古不灭的光明,
　　也成为一朵白花,和你们一般单纯。
　　且不说她们芳唇给人小小的甜吻,
　　这吻低声诉说着薄情女背信弃义,
40 　我胸头清白无痕,但我又确信不疑,
　　曾被庄严的牙齿①神秘地咬过一口;
　　可是,罢! 罢! 这奥秘曾借蓝天下吹奏
　　的宏大而响亮的双簧管倾吐衷肠,
　　骗得乐师的两颊一时间鼓鼓囊囊,
45 　吹出一曲悠长的独奏后酣然入梦,
　　梦中摹唱四周的美色,而其实芦笙
　　也是假声,再咏唱一厢情愿的歌谣;
　　梦想出铿锵、虚无而又平平的乐调,

---

① "庄严的牙齿"象征什么,评注家迄今无结论。

一改清纯的旧梦，或者仰卧，或侧睡，

50　以我闭阖的双目对梦境紧紧相随，

使笛声高扬，能和爱情的欢唱相比。

我诡诈的排箫啊，你是逃避的乐器，

你已在水边等我，请务必再吐清芬！

我为俗音而自豪，我会久久地谈论

55　这一群女神；想起幽影可敬又可爱，

朦胧中从她们的身上再解下腰带：

如同我把葡萄的光明已吸吮干净，

以求安慰自以为已经排遣的痴情，

我对夏日的晴空高举空瘪的葡萄，

60　我大笑不已，再把透亮的果皮"吹"饱，

一醉方休，我注目侧视，等夜晚来临。

仙女啊，让我们重"吹"往事，记忆犹新。

"我望穿芦苇，盯住青春长驻的颈背，

她们滚烫的身子潜入滚流的清水，

65　发出的声声惊叫，飞向林外的长天；

那一大滩华美的秀发已悄然不见，

只留下闪光，留下颤抖，啊，钻石晶莹！

我来了；只见脚边二女在梦中交颈，

四条玉臂空憔悴，软绵绵彼此相偎，

70　但只恨品尝到的是不成双的伤悲；

我一把抱住她们，并不把两人分开，

奔至烈日下吐尽芬芳的玫瑰花台，

轻佻的绿荫憎恨此地，从不肯留居，

　愿云雨与销熔的日色能并驾齐驱。"

75　我多喜爱处子的愤怒,真妙不可言,
　这堆绝妙、赤裸的重负,啊,壁垒森严,
　想挣脱他火辣辣的嘴唇,饥渴贪婪,
　如电光闪跳,面对肉体,则心惊胆战:
　从狠心女的光脚到傻姑娘的心头,

80　我无不一一吻遍,两人的清白已溜,
　或哗哗泪流满面,或乐得晕厥过去。
　"我急于制服她们把人急死的恐惧,
　便想以亲吻分开纷杂的这么许多
　老天搅得乱乱的头发,便铸成大错;

85　因为,我才想要在仙女迷人的深处,
　隐藏热情的一笑,(并动动指头已足,
　便按住小妞,让她羽毛一般的纯洁,
　看到他姐姐逐渐兴奋得激动不已,
　受到感染,她并不脸红,她幼稚天真:)

90　我手脚瘫软无力,正当我唧唧哼哼,
　这对忘恩负义的猎物便挣脱成功,
　对我为之陶醉的呻吟却无动于衷。"


　倒霉!还会有别的仙女用发辫缠住
　我额头上的羊角,带我去消受幸福:

95　我的激情,你知道,石榴已熟透殷红,
　一颗颗饱满开裂,只听得蜜蜂嗡嗡;
　我们有热血,迷上冤家会沉醉不醒,
　要为嗡嗡袭来的欲望而永流不停。
　此时,金色与灰色照在日暝的林间,

100　幽暗的树荫底下现出欢笑的场面：
　　只要不幸的鼾声如雷，或炉火不旺①，
　　埃特纳②！维纳斯会到你山坡上拜访，
　　娇憨的纤足踩在你的熔岩上行走。
　　我抱住王后！
　　　　那肯定受罚……

　　　　　　　　不行，心头
105　已经再没有话说，加上沉沉的躯体，
　　终将会屈从日中时分骄傲的静谧：
　　快在忘却中入睡，再不能亵渎神明，
　　躺在干渴的热沙上面，我多么高兴
　　能对善酿美酒的明星，张开我的嘴！

110　再见，两位，我会和你们的幽影相会。

　　　　　　　　　　　　　《别诗集》

　　【题解】《牧神的午后》(L'Après-midi d'un Faune)酝酿十数载后，于一八七六年发表，长一百一十行，是诗人篇幅最长，也是最富于暗示的诗作。马拉美宣称："一个中等智力的人，文学根底不足，偶尔打开一本这样写成的书，想要从中得到享受，这是误会。"对于此诗，近世评家和注家很多，这首《牧歌》的内容已大致清楚。烈日当空的下午，在意大利西西里岛的水滨，牧神从一场春梦中醒来。他念念不忘和两个仙女嬉戏的诱人情景，竟辨不清刚才的艳遇是真情，还是幻梦。牧神于心不甘，吹起笛

---

①　指爱神维纳斯的丈夫、火神伏尔甘在火山下睡觉。
②　西西里岛西北角的火山。

子,借乐声重温自己的风流韵事。不知不觉,他被自己的幻觉征
服,迷迷糊糊,又恍惚入梦,又去追逐失去的仙女。长诗中出现
几个主题,如"情欲"、"艺术"、"幻梦"和"回忆",或反复或交替出
现。这是诗人以作曲的手法在写诗。长诗问世后二三十年间,
多门艺术大师以《牧神的午后》为题材进行创作:画家马奈为长
诗作插图,作曲家德彪西作《牧神的午后序曲》,俄国舞蹈家尼金
斯基又按这首《序曲》创作同名的芭蕾舞剧。

## LE VIERGE, LE VIVACE ET LE BEL AUJOURD'HUI

Le vierge, le vivace et le bel aujourd'hui

Va-t-il nous déchirer avec un coup d'aile ivre

Ce lac dur oublié que hante sous le givre

4　　Le transparent glacier des vols qui n'ont pas fui!


Un cygne d'autrefois se souvient que c'est lui

Magnifique mais qui sans espoir se délivre

Pour n'avoir pas chanté la région où vivre

8　　Quand du stérile hiver a resplendi l'ennui.


Tout son col secouera cette blanche agonie

Par l'espace infligé à l'oiseau qui le nie,

11　　Mais non l'horreur du sol où le plumage est pris.


Fantôme qu'à ce lieu son pur éclat assigne,

Il s'immobilise au songe froid de mépris

14　　Que vêt parmi l'exil inutile le Cygne.

*Plusieurs sonnets*
*Ibid.*，pp. 36—37.

## "今天是何其美丽、贞洁和充满活力……"
## （天鹅十四行诗）

今天是何其美丽、贞洁和充满活力，
会以沉醉的翅膀击碎这湖冰坚硬！
未曾远去的高飞终还是冰川透明，
霜雪下由忘却的湖冰牢记在心里！

5　　一只往昔的天鹅正回忆起她自己，
无比神气，却徒然希望能脱身飞行，
只因未曾咏唱过自由翱翔的佳境，
烦恼才在贫瘠的冬季里洋洋得意。

飞禽又岂能接受无意栖身的空间，
10　　伸长脖颈，会摆脱白色的气息奄奄，
但挣脱不掉羽毛被泥地缠得紧紧。

幽灵白净的身子注定在此地停歇，
如今已在轻蔑的寒梦中无法前进，
毫无意义的贬谪使"天鹅"空余轻蔑。

《十四行诗诗集》

【题解】　本诗于一八八五年首次发表，实际创作年代可能
在一八六六年左右。这是马拉美最受读者欣赏的一首小诗。研
究家努莱夫人（Emilie Noulet）称此诗"若明，若暗，既有这份明

白,吸引读者,又有这份隐晦,把人迷住"。历来评家对诗的主题
众说纷纭。一种意见认为:"天鹅"是西方诗歌传统中诗人的形
象,天鹅困于酷寒冰封之中,象征诗人生活在冷漠的社会里,天
才横遭扼杀。努莱夫人一九四〇年提出新说,得到众多专家的
认同:"诗的主题是贯穿马拉美一生作品中的缺乏创作能力。"
近人达维埃斯(Gardner Davies)也认为主题是"缺乏创作能
力……诗人不是蔑视他注定生活其间的世界,而是蔑视他自
己。"音位学家指出:五个韵脚都包含[i]的音素。全诗是一首充
满天鹅凄厉叫声的诗。文学史家蒂博代(Albert Thibaudet)说:
"这十四个韵脚……展示出一片单调的广漠空间,孤独,寂静,白
茫茫的冰天雪地。……"

## SES PURS ONGLES TRES HAUT DEDIANT LEUR ONYX

　　　　Ses purs ongles très haut dédiant leur onyx,
　　　　L'Angoisse ce minuit, soutient, lampadophore,
　　　　Maint rêve vespéral brûlé par le Phénix
4　　　Que ne recueille pas de cinéraire amphore


　　　　Sur les crédences, au salon vide: nul ptyx,
　　　　Aboli bilelot d'inanité sonore,
　　　　(car le Maître est allé puiser des pleurs au Styx
8　　　Avec ce seul objet dont le Néant s'honore.)


　　　　Mais proche la croisée au nord vacante, un or
　　　　Agonise selon peut-être le décor
11　　　Des licornes ruant du feu contre une nixe,

Elle, défunte nue en le miroir, encor

Que, dans l'oubli fermé par le cadre, se fixe

14 De scintillations sitôt le septuor.

*Plusieurs sonnets*
*Ibid.*, pp. 37—38.

## "以纤纤手指高高献上月牙形玛瑙……"

以纤纤手指高高献上月牙形玛瑙，

执掌火炬的"焦虑"，今朝夜半的时候，

支撑几多的晚梦，被凤凰①——焚烧，

这再生鸟并没有骨灰盒能予收受。

5 客厅空空，桌台上也无海螺的短号，

空洞而又响亮的小摆设已被搬走，

（因为主人去冥河②，要汲取泪水滔滔，

仅只有虚无为之自豪的此物在手。）

空荡荡的窗面北，窗上有金光悠悠，

10 也许正沿着窗框在挣扎，上面饰有

几匹独角兽③对着小仙女喷火咆哮，

赤条条的仙女正在镜子里面弥留，

此时，在镜框之内已被遗忘的一角，

---

① "凤凰"是神鸟，在火中焚化后能从灰中再生。此处喻日光。

② "冥河"又名"忘川"，此处喻主人已上床就寝。

③ "独角兽"为神兽，中世纪象征"童贞"和"纯洁"。

又见到七颗明星①闪闪烁烁在演奏。

《十四行诗诗集》

【题解】　本诗于一八八七年发表,属马拉美后期的诗风,语言和意象均艰涩难懂。加上用词冷僻,用韵奇险,有人以为是游戏之作。一九三五年发现此诗的第一稿,作于一八六八年,题为《十四行自喻诗》,内容不尽相同。十四行诗四节,大意如下:夜思只有"焦虑",天明后才消失殆尽,客厅开启,有一点金光,是窗框图案上独角兽向仙女喷火;镜中还映照出夜空的北斗七星。诗中词与词,句与句,韵与韵,有意反复,是谓《十四行自喻诗》。意境空寂落寞,透出一种失落的无奈,也是诗人心态的"自喻诗"。

## LE TOMBEAU D'EDGAR POE

Tel qu'en Lui-même enfin l'éternité le change,

Le Poëte suscite avec un glaive nu

Son siècle épouvanté de n'avoir pas connu

4　　　Que la mort triomphait dans cette voix étrange !

Eux, comme un vil sursaut d'hydre oyant jadis l'ange

Donner un sens plus pur aux mots de la tribu

Proclamèrent très haut le sortilège bu

8　　　Dans le flot sans honneur de quelque noir mélange.

---

① 北窗的七颗星,为"大熊星座",即北斗七星。

Du sol et de la nue hostiles, ô grief!

Si notre idée avec ne sculpte un bas-relief

11　　Dont la tombe de Poe éblouissante s'orne

Calme bloc ici-bas chu d'un désastre obscur,

Que ce granit du moins montre à jamais sa borne

14　　Aux noirs vols du Blasphème épars dans le futur.

*Hommages et Tombeaux*

*Ibid.* , p. 38.

## 爱伦·坡墓志铭

岁月永恒,才还他自己的本来面目,

诗人高举闪亮的剑光把世人惊起,

世人因没有发现这声音古怪奇异,

竟是死亡的胜利,而感到莫名恐怖!

5　　他们像恶蛇挣扎猛扑,只因为不服

天使当年给俚语和俗词赋予新义,

大声嚷嚷地高呼:黑尿水奇臭无比,

这只是酒鬼灌醉以后施展的妖术。

上天下地竟如此相欺,噢,百般刁难!

10　　我们如不在坡的新坟上修饰打扮,

在他灿烂夺目的墓前刻一座浮雕,

巨石安静,因天外灾变而堕入凡尘,

但愿这块花岗岩能永远立为界标，
谁今后猖狂亵渎，就在此碎骨粉身。

《题赠悼诗集》

【题解】 马拉美爱写悼诗，以这首诗写得最好，首句起得突兀，已成名句。一八七五年美国巴尔的摩纪念爱伦·坡逝世二十五周年，立纪念像，请马拉美作诗。《爱伦·坡纪念文集》于一八七七年出版。马拉美自己曾将这首《爱伦·坡墓志铭》(*Le Tombeau d'Edgar Poe*)译成英文。法文原诗直至一八八四年才与法国读者见面。马拉美在诗中提出，诗人身后留下的全部作品，才是诗人的"本来面目"。爱伦·坡像是块"巨石"，从天外飞来，与人间格格不入，不能超越。马拉美的这首诗也是对自己一生的预言。

## A LA NUE ACCABLANTE TU

A la nue accablante tu

Basse de basalte et de laves

A même les échos esclaves

4    Par une trompe sans vertu

Quel sépulcral naufrage (tu

Le sais, écume, mais y baves)

Suprême une entre les épaves

8    Abolit le mât dévêtu

Ou cela que furibond faute

De quelque perdition haute

11  Tout l'abîme vain éployé


Dans le si blanc cheveu qui traîne

Avarement aura noyé

14  Le flanc enfant d'une sirène.

*Autres Poèmes et Sonnets*
*Ibid.*, p. 44.


## "雾笛有气无力只有沉默……"

雾笛有气无力只有沉默
对低垂的云层犹如天倾
这熔岩的暗礁面目狰狞
甚至对被囚的回声不说


5  有什么船沉入坟墓(飞沫,
你明白,却只是流涎不停)
抹去了无帆无索的桅顶
残骸最高和最后的线索


还是茫茫深渊烟波浩渺
10  守口如瓶偏又如雷暴跳
只因没有响当当的灾难


把小美人鱼的身腰如柳
早已一口吞下好不贪婪

只余白发一束随波漂流。

《十四行诗别集》

**【题解】** 这首诗是马拉美生前发表的倒数第二首诗,诗歌语言更奇:全诗一句,中间不设标点符号。连托尔斯泰也认为是"不可理解"的登峰造极之作。但是,近世专家已"破译"成功:茫茫大海,天上压下浓浓的云层,海上显出狰狞的礁石,重重压抑的气氛镇住了一切声音。第一个印象:刚才有船沉没,但又有另一个可能,大海由于未能吞下大船,暴跳如雷,便一口吞下小美人鱼。至于象征,马拉美常把创作比成冒险的航海,经过漫长探索,频频出现"沉船"的主题,表明诗人的努力归于失败。

# 保尔·魏尔兰　1844—1896

## [ 诗人简介 ]

　　保尔·魏尔兰(Paul Verlaine，1844—1896)是象征派三大家之一。他本是巴黎市政厅的小公务员，早年写诗，受到波德莱尔的影响。一八六六年，出版《愁诗集》(*Poèmes saturniens*)，形式活泼，内容哀愁，已显示出自己的特色。一八六九年，仿十八世纪画家风格的《庆宴集》(*Fêtes galantes*)问世。一八七〇年和少女玛蒂尔德·莫泰结婚，翌年出版《美好的歌》(*La Bonne Chanson*)，真挚动人。但魏尔兰婚后夫妇感情不和。一八七一年，魏尔兰结识比自己小十岁的兰波，丢下刚刚分娩的妻子和刚刚出生的儿子，和兰波离家出走，在比利时和英国浪游。玛蒂尔德追到比利时，魏尔兰避而不见，和兰波远走伦敦。魏尔兰意志薄弱，摄于兰波的天才，没有自己的主张。在布鲁塞尔酒后枪击兰波，被判两年监禁。诗人在狱中悔悟往事，皈依宗教。一八八一年的《觉悟集》(Sagesse)即是他改邪归正心态的反映。但是，他积习已深，意志薄弱，故态复萌。一八九三年，虽然入选法兰西学士院，一八九四年又被尊为"诗人王子"，晚年虽有多种诗集出版，但质量参差不齐。诗人在善恶之间摇摆不定，生活潦倒，酗酒多病，沉沦而终。诗人留下的遗嘱："我没有任何东西留给穷人，因为我自己就是个穷人。我信奉上帝。"

　　魏尔兰是语言细腻的艺术家，有明确的写作手法，集中体现在一八七四年的《诗艺》(Art poétique)中。他的名篇佳作多写哀愁，借富于暗示的音乐节奏感染读者。

　　布勒东认为："象征主义时代的巨大错误"是对魏尔兰评价过高。但瓦雷里认为，魏尔兰"远远没有失之天真，因为真正的诗人是不会失之天真的"。蓬皮杜总统在其《法国诗选》里对魏尔兰评价很高："魏尔兰是忧伤和悔恨的诗人。他懂得把忧伤和悔恨表达得最富有音乐性，最朦胧神秘。他是我们最心爱的诗人之一。"

## APRÈS TROIS ANS

Ayant poussé la porte étroite qui chancelle,

Je me suis promené dans le petit jardin

Qu'éclairait doucement le soleil du matin,

4　　Pailletant chaque fleur d'une humide étincelle.

Rien n'a changé. J'ai tout revu: l'humble tonnelle
De vigne folle avec les chaises de rotin...
Le jet d'eau fait toujours son murmure argentin
8　Et le vieux tremble sa plainte sempiternelle.


Les roses comme avant palpitent; comme avant
Les grands lys orgueilleux se balancent au vent.
11　Chaque alouette qui va et vient m'est connue.


Même, j'ai retrouvé debout la Velléda
Dont le plâtre s'écaille au bout de l'avenue,
14　—Grêle, parmi l'odeur fade du réséda.

*Poèmes saturniens* (1866)

Verlaine, *Œuvres poétiques*, Textes établis par Jacques Robichez,
professeur à la Sorbonne, Classiques Garnier,
Editions Garnier Frères, 1986, pp. 27—28.

## 三年后

我推开这扇摇摇欲坠的边门，
我走进小园，随意地走东走西，
清晨柔和的阳光洒满了一地，
每朵花闪出一点光，珠圆玉润。


5　　我见到景物依旧，可一一重温
野葡萄的圆棚里有几张藤椅……
喷泉清亮的潺潺声不停不息，
老杨树哼哼唧唧，一阵又一阵。

玫瑰像以前颤颤悠悠;像以前,

10 　　　百合花迎风摇摆,高大而威严。

每只云雀都相识,在来去飞翔。

我甚至发现石径深处的场所,

木犀草味道不香,韦莱达①女像

瘦骨伶仃地站着,石膏在剥落。

《愁诗集》(1866)

**【题解】** 这首格律严整的十四行诗,是诗人为纪念表姐埃莉萨·蒙孔布勒写的。魏尔兰十八岁,来到法国东北部加莱海峡省的莱格吕兹度假,见过表姐。三年后,父亲去世,诗人和母亲来此安家,重见小园。诗中只写景物,不叙人事,但"物是"反衬"人非",透露出诗人的忧伤心情。《愁诗集》是由表姐出资出版的。

## MON REVE FAMILIER

Je fais souvent ce rêve étrange et pénétrant

D'une femme inconnue, et que j'aime, et qui m'aime,

Et qui n'est, chaque fois, ni tout à fait la même

4　　Ni tout à fait une autre, et m'aime et me comprend.

Car elle me comprend, et mon cœur, transparent

---

① 古代高卢的女祭司。

Pour elle seule, hélas! cesse d'être un problème

Pour elle seule, et les moiteurs de mon front blême,

8     Elle seule les sait rafraîchir, en pleurant.


Est-elle brune, blonde ou rousse? — Je l'ignore.

Son nom? Je me souviens qu'il est doux et sonore

11    Comme ceux des aimés que la Vie exila.


Son regard est pareil au regard des statues,

Et, pour sa voix, lointaine, et calme, et grave, elle a

14    L'inflexion des voix chères qui se sont tues.

*Poèmes saturniens* (1866)

*Ibid.*, pp. 29.

# 亲切的梦

我经常做这个梦，挥之不去又离奇，

梦里的陌生女郎：我有爱，而她有情，

但是每个梦并不全是同一个人影，

但又不全是别人，她爱我，知我心意。


5    我这颗心只对她才不是一个问题，

因为她知我心意，唉！只对她才透明，

只有她流着眼泪，懂得会擦抹干净

我苍白的额头上热得发烫的汗滴。


她是金发？是红发？是棕发？—— 我不知道。

10    她的名字？我记得这名字动听，美好：
        如同那些被生命逐出境外的亲人。


        她的目光仿佛是一尊大理石雕像，
        而她说话的声音，遥远，安静，又深沉，
        这声音已经沉默，但是有余音绕梁。

《愁诗集》(1866)

【题解】 魏尔兰的名篇之一。据说诗人晚年对此诗仍情有独钟。魏尔兰一生未获女人青睐，诗中"陌生女郎"的身份十分朦胧，分不清是姐妹、情人或母亲。可以认为，"亲切的梦"主要反映诗人对人间温情的渴求。第十一句似乎暗示"女郎"已不在人间，但表姐埃莉萨于一八六七年去世，母亲于一八八六年逝世，本诗却早在一八六六年四月发表在《当代帕那斯》诗刊上。


## CHANSON D'AUTOMNE

        Les sanglots longs
        Des violons
3            De l'automne
        Blessent mon cœur
        D'une langueur
6            Monotone.


        Tout suffocant
        Et blême, quand
9            Sonne l'heure,

Je me souviens

Des jours anciens

12        Et je pleure;

Et je m'en vais

Au temps mauvais

15        Qui m'emporte

Deçà, delà,

Pareil à la

18        Feuille morte.

*Poèmes saturniens* (1866)

*Ibid*., p. 39.

## 秋歌

风起深秋，

琴声悠悠，

　　泣而诉；

我心伤悲，

5　　风吹心萎，

　　簌簌簌。

钟声叮噹，

愁绪难当，

　　景色晦；

10　往事云烟，

掠过心间，

　　　　　　　　盈盈泪。

　　　　　　　　人随风飘，
　　　　　　　　漫天扔抛，
　15　　　　　　　摇又曳，
　　　　　　　　忽西忽东，
　　　　　　　　仿佛空中
　　　　　　　　　的枯叶。

《愁诗集》(1866)

　　【题解】 《秋歌》(*Chanson d' Automne*)发表于一八六六年的《愁诗集》。《愁诗集》的集名和《秋歌》的篇名都为纪念波德莱尔。《秋歌》最能体现魏尔兰的风格、情调和特色。这首小诗之成为法国诗歌史上的绝唱之一，不在其单薄的语义内容，而在于其低回情伤，哀怨缠绵的音乐性。诗人的好友勒贝勒基埃(Lepelletier)认为，《秋歌》作成于一八六四年，诗人二十岁；并认为"魏尔兰当时并未受到任何恶风的侵袭"，"他认为感受到的痛苦只是艺术家的意境"。可以说，《秋歌》只是魏尔兰多愁善感的气质的自然流露。这首名诗全在六十六个音节奇妙的音乐构成。诗人借音乐的节奏，把心中的情绪暗示给读者，引起共鸣。一九四五年六月初，英国广播公司分两次向法国播出《秋歌》的第一节，通知法国抵抗力量：盟军即将登录。《秋歌》敲响了纳粹德国覆灭的丧钟。

## CLAIR DE LUNE

Votre âme est un paysage choisi

Que vont charmant masques et bergamasques,

Jouant du luth et dansant et quasi

4　　Tristes sous leurs déguisements fantasques.


Tout en chantant sur le mode mineur

L'amour vainqueur et la vie opportune,

Il n'ont pas l'air de croire à leur bonheur

8　　Et leur chanson se mêle au clair de lune,


Au calme clair de lune triste et beau,

Qui fait rêver les oiseaux dans les arbres

Et sangloter d'extase les jets d'eau,

12　Les grands jets d'eau sveltes parmi les marbres.

*Fêtes galantes* (1869)

*Ibid*. , p. 83.

## 月色

你的心中是一片如画的风景：

迷人的伴侣是戴面具的来宾，

手中奏诗琴，脚下有舞步轻盈，

穿着古怪的服装，却近乎伤心。


5　　弹弹又唱唱，弹着小调的曲谱，

唱爱情胜利，唱生活寻欢作乐，

但神气并不相信自己的幸福，

他们的歌声融进溶溶的月色，

溶溶的月色静悄悄，又愁又美，

10　　使树林里的小鸟进入了梦乡，

使喷泉的水呜呜咽咽地沉醉，

苗条的水柱，四周是大理石像。

《庆宴集》(1869)

【题解】 《月色》是《庆宴集》首篇。一八五九年龚古尔兄弟发表《十八世纪艺术》，掀起一股欣赏十八世纪画家弗拉戈那尔、华托和布歇等人的热潮。魏尔兰于一八六七年多次去卢浮宫观赏画展，遂有《庆宴集》之作。《月色》正是一幅十八世纪优美凄伤的"庆宴图"。本诗一八六七年发表，德彪西等多位作曲家为之谱曲。

## COLLOQUE SENTIMENTAL

Dans le vieux parc solitaire et glacé

2　　Deux formes ont tout à l'heure passé.

Leurs yeux sont morts et leurs lèvres sont molles,

4　　Et l'on entend à peine leurs paroles.

Dans le vieux parc solitaire et glacé

6　　Deux spectres ont évoqué le passé.

— Te souviens-il de notre extase ancienne?

8　　— Pourquoi voulez-vous donc qu'il m'en souvienne?

— Ton cœur bat-il toujours à mon seul nom?

10    Toujours vois-tu mon âme en rêve? — Non.

— Ah! Les beaux jours de bonheur indicible

12    Où nous joignions nos bouches! — C'est possible.

— Qu'il était bleu, le ciel, et grand, l'espoir!

14    — L'espoir a fui, vaincu, vers le ciel noir.

Tels ils marchaient dans les avoines folles,

16    Et la nuit seule entendit leurs paroles

*Fêtes galantes*（1869）
*Ibid.*, pp. 96—97.

## 绵绵情话

在破旧的公园里，冰冷而孤零，
刚才有两个人形在此地留停。

他们无神的眼睛，无力的嘴巴，
几乎就听不清楚他们的谈话。

5    在破旧的公园里，冰冷而孤零，
有两个鬼影谈起过去的事情。

"你可记得往日的甜情和蜜意?"
"您干吗偏要让我勾起这回忆?"

"你听到我的名字会心儿直跳？

10　　你就是做梦总会见到我？""无聊。"


"啊！那美好的生活多引人入胜，

我俩曾频频亲吻！可不是？""可能。"


"当年多美的希望，多美的天空！"

"风雨中希望破灭，已无影无踪。"


15　　他们在野麦地里这样地对答，

黑夜里无人听见他们的谈话。

《庆宴集》(1869)

【题解】　《绵绵情话》是《庆宴集》的终篇，给全集蒙上一层
无限凄凉的阴影。情郎回忆往日的欢乐，冷漠的女方已忘得一
干二净。诗人写人世间情断义绝的伤心事。而诗的题目和诗的
内容形成鲜明的反差，使伤心事更令人难堪。本诗曾由德彪西
谱曲。


## IL PLEURE DANS MON CŒUR

*Il pleure doucemnet sur la ville.*

( *Arthur Rimbaud* )

Il pleure dans mon cœur

Comme il pleut sur la ville;

Quelle est cette langueur

4　　Qui pénètre mon cœur?

O bruit doux de la pluie

Par terre et sur les toits!

Pour un cœur qui s'ennuie

8 　　O le chant de la pluie!


Il pleure sans raison

Dans ce cœur qui s'écœure.

Quoi! Nulle trahison?...

12 　　Ce deuil est sans raison.


C'est bien la pire peine

De ne savoir pourquoi,

Sans amour et sans haine,

16 　　Mon cœur a tant de peine!

*Romances sans paroles* (1874)

*Ibid.* , p. 148.


## "泪水落在我的心中……"

城里在轻轻下着雨。(兰波)[①]

泪水落在我的心中,

如同雨水落在城里。

不知道有什么苦痛

深深刺入我的心中?

---

① 迄今并没有发现兰波写过这句诗。

5     啊！淅淅沥沥的雨声，
       屋顶上有，地上也有！
       百无聊赖的心未曾
       啊！听过动听的雨声！


       泪水落下，却无原因，
10     落进我沉重的心中。
       怎么？难道无人变心？
       这份伤心，并无原因。


       最令人难受的悲哀，
       是说不清为了什么，
15     既没有恨，也没有爱，
       我心中充满了悲哀。

《无言歌集》(1874)

【题解】　这是魏尔兰又一首传颂最广的诗篇。有些诗人的心中会涌起无名的哀愁。魏尔兰的这首小诗把这种朦胧的心态表达得十分动人。小诗的用词造句平常，但节奏哀怨缠绵，极富音乐性。首句"泪水落在我的心中"，原诗用无人称句，这在诗歌语言上是大胆的创新。作曲家福雷曾为此诗谱曲。据法国作家莫洛亚称，英国诗人欧内斯特·多布森(Ernest Dobson)对本诗有仿作，前两句几乎是翻译。


# ECOUTEZ LA CHANSON BIEN DOUCE

Ecoutez la chanson bien douce

Qui ne pleure que pour vous plaire.

Elle est discrète, elle est légère:

4    Un frisson d'eau sur de la mousse!


La voix vous fut connue (et chère?),

Mais à présent elle est voilée

Comme une veuve désolée,

8    Pourtan comme elle encore fière,


Et dans les longs plis de son voile

Qui palpite aux brises d'automne,

Cache et montre au cœur qui s'étonne

12    La vérité comme une étoile.


Elle dit, la voix reconnue,

Que la bonté c'est notre vie,

Que de la haine et de l'envie

16    Rien ne reste, la mort venue.


Elle parle aussi de la gloire

D'être simple sans plus attendre,

Et de noces d'or et du tendre

20    Bonheur d'une paix sans victoire.


Accueillez la voix qui persiste

Dans son naïf épithalame.

Allez, rien n'est meilleur à l'âme

24　Que de faire une âme moins triste!

Elle est en peine et de passage,
L'âme qui souffre sans colère,
Et comme sa morale est claire!…
28　Ecoutez la chanson bien sage.

*Sagesse* (1881)
*Ibid.*，p. 201.

## "请听这支温柔的歌曲……"

请听这支温柔的歌曲，
为让你高兴，才不哭泣，
这支歌含蓄，很轻，很低：
水在青苔上战栗而去！

5　你曾熟悉（喜欢?）的声音，
但是现在却并不响亮，
如同是寡妇，心境凄凉，
但也像寡妇，仍然自矜，

她有皱褶长长的面纱，
10　当秋风吹起，抖动轻轻，
藏起又露出自己真情，
如同是星星，令人惊讶。

歌中熟悉的声音唱道：

我们的生活宽以待人，

15    两眼一闭，嫉妒和憎恨

都化为乌有，云散烟消。


这首歌接着颂唱分明：

朴素的生活无所企求，

唱金婚幸福，情长谊久，

20    唱和和睦睦，无输无赢。


真心的歌声你要倾听，

唱不完祝婚歌的声音。

行了，能让人不再伤心，

才是心灵最美的事情！


25    不安的灵魂终须归去，

哀而不怨，但毕竟痛苦，

歌中的道理明白清楚！……

请听合情合理的歌曲。


《觉悟集》(1881)


【题解】 这首"歌"是为妻子玛蒂尔德写的，作于一八七八年九月。一八七二年魏尔兰和兰波出走，玛蒂尔德于七月下旬赶至布鲁塞尔，希望把丈夫带回来，但没有成功。一八七四年，诗人在狱中获知法院已判玛蒂尔德和他分居。魏尔兰认识玛蒂尔德初期，写过一册《美好的歌》，现在请妻子再听昔日歌声，希望她能捐弃前嫌，重归于好。手稿托人转交给玛蒂尔德，只是她再也无意倾听这首写得优美动听的"温柔的歌曲"。

## MON DIEU M'A DIT: MON FILS,
## IL FAUT M'AIMER. TU VOIS

　Mon Dieu m'a dit: « Mon fils, il faut m'aimer. Tu vois
　Mon flanc percé, mon cœur qui rayonne et qui saigne,
　Et mes pieds offensés que Madelaine baigne
4　De larmes, et mes bras douloureux sous le poids

　De tes péché, et mes mains! Et tu vois la croix,
　Tu vois les clous, le fiel, l'éponge, et tout t'enseigne
　A n'aimer, en ce monde amer où la chaire règne,
8　Que ma Chair et mon Sang, ma parole et ma voix.

　Ne t'ai-je pas aimé jusqu'à la mort moi-même,
　O mon frère en mon Père, ô mon fils en l'Esprit,
11　Et n'ai-je pas souffert, comme c'était écrit?

　N'ai-je pas sangloté ton angoisse suprême
　Et n'ai-je pas sué la sueur de tes nuits,
14　Lamentable ami qui me cherches où je suis?»

*Sagesse* (1881)

*Ibid*. , pp. 212—213.

## "主对我说道:孩子,要爱我。你看多红……"

　　主对我说道:"孩子,要爱我。你看多红:
　　我的腰已破,我的心在闪光,在流血,

我的脚上有创伤,抹大拉①用泪洗涤,
我的臂膀被你的罪压得很痛很痛,

5    而我的双手! 你看,十字架多么沉重,
再看铁钉,看苦汁,海绵,都对你劝戒:
在此茫茫的人欲横流的苦难世界,
应该爱我的身体,我的血,我的音容。

我岂不是为爱你一直爱到我死去,
10    圣父有我的兄弟,圣灵有我的儿郎,
我不是受苦受难,一切都写在书上②?

我岂不是为你的极度苦恼而唏嘘?
我岂不是流下你夜里的汗水不少?
可怜的朋友,我在此地,你还要寻找?"

《觉悟集》(1881)

【题解】 一八七四年八月,魏尔兰在比利时狱中皈依天主教,写下两组朴素的十四行诗,选译的是第一首。十七世纪法国哲学家帕斯卡著有《耶稣的奥义》,最后以基督教和罪人的对话结束。魏尔兰的这组诗和帕斯卡的《耶稣的奥义》有异曲同工之妙。

---

① 《圣经·新约》载,抹大拉本是有罪之人,在耶稣受难周中,用眼泪给耶稣洗脚。

② 指《新约》。

## LE CIEL EST, PAR-DESSUS LE TOIT

Le ciel est, par-dessus le toit,
　　　　Si bleu, si calme!
Un arbre, par-dessus le toit,
4　　　　Berce sa palme.

La cloche, dans le ciel qu'on voit,
　　　　Doucement tinte.
Un oiseau sur l'arbre qu'on voit
8　　　　Chante sa plainte.

Mon Dieu, mon Dieu, la vie est là,
　　　　Simple et tranquille.
Cette paisible rumeur-là
12　　　　Vient de la ville.

— Qu'as-tu fait, ô toi que voilà
　　　　Pleurant sans cesse,
Dis, qu'as-tu fait, toi que voilà,
16　　　　De ta jeunesse?

*Sagesse* (1881)

*Ibid.*, p. 226.

## "屋顶上的那角天幕……"

屋顶上的那角天幕,

蔚蓝,宁静!

屋顶上的那棵大树,

摇晃轻轻。

5　　　钟声在眼前的天上,

悠悠响起,

鸟儿在眼前的树上,

哭哭啼啼。

主呀主,生活是这样,

10　　　简单悠闲。

城里这安宁的声响,

传来耳边。

你又如何虚扔,你呀,

哭泣阵阵,

15　　　你说,如何虚扔,你呀,

你的青春?

《觉悟集》(1881)

【题解】　这是魏尔兰的又一首名篇。一八七三年七月十一日,魏尔兰被拘留在布鲁塞尔的小加尔默罗修士监狱。这首诗于九月间在狱中写成。诗人在寂寞中尝到了铁窗滋味,扪心自问,抚今追昔,痛感蹉跎岁月,追悔失去的青春。这正是他第二年皈依宗教前的精神状态。二十年后,魏尔兰在《狱中岁月》回忆道:"在我窗前的围墙上空,在我可以说苦闷根本无法排遣的园子深处,时当八月,我看到街心广场或邻近大马路上几株高大

的杨树树顶轻轻摇晃，枝叶舒舒坦坦地颤动着。同时，节日又远
又轻的喧闹声传到我的身边。而我正在写下收入《觉悟集》中的
这些诗句。"


## ART POETIQUE

De la musique avant toute chose,

Et pour cela préfère l'Impair

Plus vague et plus soluble dans l'air,

4    Sans rien en lui qui pèse ou qui pose.


Il faut aussi que tu n'ailles point

Choisir tes mots sans quelque méprise：

Rien de plus cher que la chanson grise

8    Où l'Indécis au Précis se joint.


C'est des beaux yeux derrière des voiles,

C'est le grand jour tremblant de midi,

C'est par un ciel d'automne attiédi,

12    Le bleu fouillis des claires étoiles!


Car nous voulons la Nuance encor,

Pas la Couleur, rien que la Nuance!

Oh! La Nuance seule fiance

16    Le rêve au rêve et la flûte au cor!


Fuis du plus loin la Pointe assassine,

L'Esprit cruel et le Rire impur,

Qui font pleurer les yeux de l'Azur,

20   Et tout cet ail de basse cuisine!


Prends l'éloquence et tords-lui son cou!

Tu feras bien, en train d'énergie,

De rendre un peu la Rime assagie.

24   Si l'on n'y veille, elle ira jusqu'où?


O qui dira les torts de la Rime!

Quel enfant sourd ou quel nègre fou

Nous a forgé ce bijou d'un sou

28   Qui sonne creux et faux sous la lime?


De la musique encore et toujours!

Que ton vers soit la chose envolée

Qu'on sent qui fuit d'une âme en allée

32   Vers d'autres cieux à d'autres amours.


Que ton vers soit la bonne aventure

Eparse au vent cripé du matin

Qui va fleurant la menthe et le thym…

36   Et tout le reste est littérature.

*Jadis et Naguère* (1885)

*Ibid.*, pp. 261—262.

# 诗艺

要有音乐压倒一切的思想，
奇数音节的诗句与众不同：
更朦胧，更容易消融在空中，
这样没有分量，也没有力量。

5　　　除此以外，你务必马马虎虎
去挑选你诗中需要的词语：
最可贵的是灰蒙蒙的歌曲，
有清清楚楚，也有模糊模糊。

就像日中时分晃动的骄阳，
10　　就像秀眼明眸有面纱重重，
就像天气已经秋凉的夜空，
一堆蓝色的星星又明又亮！

因为，我们要的是色调细腻，
不要色彩，只要细腻的色调！
15　　把你我的梦，把长笛和号角，
啊！借细腻的色调联在一起！

把无情的才智，肮脏的微笑，
和害人的犀利文章都扫除！
它们使诗的理想伤心啼哭，
20　　扫除蹩脚厨房的大葱胡椒！

一把抓住夸夸其谈卡死它！
你下笔的时候请务必注意：
努力让诗的韵脚安分守己，
如不提防，韵脚就会不像话！

25　啊！谁又能道出韵脚的毛病！
是哪个幼稚野民，无知小鬼，
为我们铸造这廉价的宝贝？
敲一敲就听得出空洞不行。

音乐永远永远都应是第一！
30　当你的心灵正向新的天宇，
向新的爱情奔去，你的诗句
应感到是从中飞出的东西。

当清晨刮起的风瑟瑟缩缩，
又送来一阵阵薄荷的清香，
35　你的诗句就应该随风飘扬……
其他一切不过是舞文弄墨！

《今昔集》(1885)

【题解】　魏尔兰的《诗艺》(*Art poétique*)于一八七四年四月在比利时的蒙思监狱写成，一八八二年发表，一八八五年收入《今昔集》。《诗艺》发表后被年轻一代诗人奉为"象征派的宣言书"。这首诗，从内容到形式，都堪称魏尔兰的代表作。作为"宣言"，《诗艺》阐明了魏尔兰的诗歌观：首先，诗有"压倒一切"的"音乐性"；其次，诗是"灰蒙蒙的歌曲"，追求"模模糊糊"的美感；

第三,诗不求色彩,而重细腻的色调;最后,应该用"更容易消融在空中"的单音节诗句写诗,《诗艺》即用九音节诗句。此外,《诗艺》反对浪漫派的"夸夸其谈",反对帕那斯派的追求奇韵和险韵。魏尔兰晚年表示:"请不要从字面意义去理解我的《诗艺》—— 这首诗说到底,只不过是一首诗而已。"但即使有诗人的自谦之辞,后人仍然认为《诗艺》总结了象征派诗歌的创作特点,是"鸟儿挣脱帕那斯派樊笼的振翅奋飞"之举,是法国近代诗歌史上的里程碑之一。

# 亚瑟·兰波 1854—1891

## [ 诗人简介 ]

亚瑟·兰波(Arthur Rimbaud,1854—1891)天生是反叛的神童,十四岁写诗,二十一岁放下异彩纷呈的笔。少年的倔强变成对因循守旧的憎恨,少作已有反抗的印记。兰波以创作弥补对生活的绝望,他和波德莱尔一样,追求未知的理想世界。他努力创造新的语言,构筑诗的天地,并在其中自由翱翔。他数度离家出走。巴黎公社爆发前后,兰波途经巴黎,对巴黎公社产生自然的同情:"愤怒的情绪把我推向巴黎的战场,有这么多的劳动者在巴黎死去……"

　　一八七一年，十七岁的兰波完成两件大事。一是写出著名的"幻视者书"(*La Lettre dite « du voyant »*)，为自己确定诗歌革命的纲领："诗人通过长期、大量和清醒地让各种感官变得错乱，变成幻视者。"二是写出长诗《醉舟》(*Le Bateau ivre*)，去巴黎和魏尔兰会晤。

　　兰波和魏尔兰远走国外，前后两年间，东游西荡，时分时合。一八七三年，魏尔兰酒后开枪把兰波击伤，两人从此分手。散文诗集《地狱一季》(*Une Saison en enfer*)是对这段经历的回顾和瞻望。一八七四年，兰波在伦敦完成另一部散文诗集《彩饰集》(*Illuminations*)。此后，急风暴雨的癫狂生活告一段落，神童放下他神奇的诗笔，给文明世界留下近百页的作品，开始他后半生的冒险生涯，是年二十一岁。

　　他自称是"乘风来去的人"，先在欧洲各地漂泊，后来又去也门和埃塞俄比亚各地，在亚丁从事军火走私，足迹深入非洲的不毛之地，以冒险家的经历终其一生。一八九一年，兰波因病回国，在马赛截肢后死去，终年三十七岁。

　　超现实主义诗人步其后尘，视为先驱。布勒东："他的作品使诗歌发生了革命，应该是站立在我们路上的哨兵"。美国作家米勒(Henry Miller)认为："他是许多流派之父，却不是任何流派的亲戚"。


# MA BOHÈME
## (Fantaisie)


Je m'en allais, les poings dans mes poches crevées;
Mon paletot aussi devenait idéal;

J'allais sous le ciel, Muse! Et j'étais ton féal;
4  Oh! là là! que d'amours splendides j'ai rêvées!

Mon unique culotte avait un large trou.
— Petit-Poucet rêveur, j'égrenais dans ma course
Des rimes. Mon auberge était à la Grande-Ourse.
8  — Mes étoiles au ciel avaient un doux frou-frou

Et je les écoutais, assis au bord des routes,
Ces bons soirs de septembre où je sentais des gouttes
11  De rosée à mon front, comme un vin de vigueur;

Où, rimant au milieu des ombres fantastiques,
Comme des lyres, je tirais les élastiques
14  De mes souliers blessés, un pied près de mon cœur!

Rimbaud, *Œuvres complètes*,
Edition établie par André Guyaux,
avec la collaboration d'Aurélia Cervoni,
*Bibliothèque de la Pléiade*, Gallimard, 2009, p. 106.

# 我的游荡
## (幻想曲)

我走去,两个拳头插在破口袋前行;
同样,我穿的外套也变得自由自在;
头上天空,缪斯啊! 我对你十分崇拜;
好家伙! 我梦见过多少崇高的爱情!

5　　　　我穿的唯一短裤开了一个大窟窿。

　　　　—— 我真是小不点儿,我走路时背诵过

　　　　一串串诗行。我的旅舍在大熊星座。

　　　　—— 我的群星沙沙响,清脆得响彻天空。


　　　　我坐下听星星的声响,脚下是大路,

10　　　九月的夜晚多么美好,我感到甘露

　　　　一滴滴落在头上,如同健身的补酒;


　　　　我在奇妙无穷的阴影中吟诗感叹,

　　　　我如拨诗琴,便在我破皮鞋上拉弹

　　　　一条一条松紧带,一只脚放在心头!


　　【题解】　兰波从孩提时代起,多次离家出走。《我的游荡》便是自我的真实写照。所谓"幻想曲",可以指诗中"幻想"的成分多于"现实"的成分。诗中出走时的破衣烂衫,便不无夸大其词的地方。一八七〇年十一月二日,兰波给老师伊藏巴尔(Izambard)写道:"我很想还要多次地出走。—— 走吧,帽子,大衣,两个拳头插在口袋里,出走!"魏尔兰也有一幅兰波两手插在口袋里游荡的速写画。


## LES EFFARES

　　　　Noirs dans la neige et dans la brume,

　　　　Au grand soupirail qui s'allume,

3　　　　　　Leurs culs en rond,

A genoux, cinq petits, — misère! —
Regardent le boulanger faire

6         Le lourd pain blond...


Ils voient le fort bras blanc qui tourne
La pâte grise, et qui l'enfourne

9         Dans un trou clair.


Ils écoutent le bon pain cuire.
Le boulanger au gras sourire

12         Chante un vieil air.


Ils sont blottis, pas un ne bouge,
Au souffle du soupirail rouge,

15         Chaud comme un sein.


Et quand, pendant que minuit sonne,
Façonné, pétillant et jaune,

18         On sort le pain;


Quand sous les poutres enfumées,
Chantent les croûtes parfumées,

21         Et les grillons;


Quand ce trou chaud souffle la vie;
Ils ont leur âme si ravie

24         Sous leurs haillons,

Ils se ressentent si bien vivre,

Les pauvres petits pleins de givre,

27 　　— Qu'ils sont là, tous,


Collant leurs petits museaux roses

Au grillage, chantant des choses,

30 　　Entre les trous,


Mais bien bas, — comme une prière…

Repliés vers cette lumière

33 　　Du ciel rouvert,


— Si fort, qu'il crèvent leur culotte,

— Et que leur lange blanc tremblotte

36 　　Au vent d'hiver…

Arthur Rimbaud

20 sept. 70

*Ibid.*, pp. 82—83.


# 胆战心惊的孩子

黑影，在雪地里，在浓雾中，

面包作坊的大气窗通红，

　　屁股撅得高高，


五个孩子跪在地上——难过！——

5 　他们望着面包师傅制作

## 金黄的大面包……

他们看到有白臂膀粗大，
把灰色的面团揉捏翻打，
　　送进明亮炉灶，

10　面包的声响他们听仔细。
师傅露出的微笑很油腻，
　　在哼一曲老调。

他们缩成一团，一动不动，
望着呼呼响的气窗很红，
15　　热乎乎像乳房。

正当那子夜的钟声已敲，
取出劈啪又喷香的面包，
　　面包烤得金黄；

正当在熏黑的柱子下方，
20　有喷香的面包皮在歌唱，
　　还有一只蟋蟀；

正当这窟窿使生活温暖，
他们身上穿得破破烂烂，
　　心里好不痛快，

25　他们又为生活欣喜若狂，

可怜的小鬼却全身冰霜，
　　—— 他们待在那里，

他们都有粉红色的小嘴，
贴着铁栅栏，和栅栏相对
30　　　　在唱什么东西，

但唱得太轻，—— 像是在祈祷……
天国重新开启，他们拥抱
　　　射出来的光芒，

　　—— 抱得太紧，他们绷破短裤，
35　　—— 而白衬衣迎着寒风呼呼，
　　　但见随风飘荡……

兰波作于七〇年九月二十日

**【题解】** 兰波曾为友人亲笔誊写本诗，注明的日期是：一八七〇年九月二十日。是年，他十六岁。事后，兰波对自己一八七〇年创作的诗表示不满，要求友人付之一炬，但唯独要留下这首《胆战心惊的孩子》。寒冬的夜里，五个孩子在雪地里观看热面包出炉，少年诗人对孩子充满了同情。《胆战心惊的孩子》像是一幅充满童趣的风俗画。研究家努莱夫人（E. Noulet）认为："在《胆战心惊的孩子》中，有他自己真实的部分。""热乎乎像乳房"说明兰波从小没有享受过母爱。

# LE DORMEUR DU VAL

C'est un trou de verdure où chante une rivière

Accrochant follement aux herbes des haillons

D'argent; où le soleil, de la montagne fière,

4     Luit: c'est un petit val qui mousse de rayons.

Un soldat jeune, bouche ouverte, tête nue,

Et la nuque baignant dans le frais cresson bleu,

Dort; il est étendu dans l'herbe, sous le nue,

8     Pâle dans son lit vert où la lumière pleut.

Les pieds dans les glaïeuls, il dort. Souriant comme

Sourirait un enfant malade, il fait un somme:

11    Nature, berce-le chaudement: il a froid.

Les parfums ne font pas frissonner sa narine;

Il dort dans le soleil, la main sur sa poitrine

14    Tranquille. Il a deux troux rouges au côté droit.

Arthur Rimbaud

Octobre 1870

*Ibid.*, p. 112.

## 睡在山谷里的人

这个葱茏的角落,有河水蹦蹦跳跳,

一路欢唱,把银鳞悬挂在青草之上;

有太阳从高傲的山岗上往下照耀,

这处小小的山谷泛滥着点点阳光。

5　　　一名年轻的士兵张着嘴,光着脑袋,
　　　颈背浸在青青的新鲜水田芥中间,
　　　已睡着了;身下是青草,头上有云彩,
　　　脸色苍白,葱绿的床上有阳光耀眼。

　　　他脚在水菖蒲里已入睡。他微笑着,
10　　笑得像个有病的孩子,他小睡片刻:
　　　老天爷,好好哄他,给他温暖:他怕冷。

　　　花草的清香没有使他的鼻子翕动;
　　　他脸上的右侧有两点红红的窟窿。
　　　手摸着平静的心,他在阳光下入梦。

兰波作于一八七〇年十月

　　【题解】　此诗作于一八七〇年普法战争爆发初期,应取材于战争。但据研究,十月间诗人家乡一带并无战斗场面,诗中的描写并非真情实景,而只是"文学创作",可能还有依据。诗人以印象派的笔法,写出大自然欣欣向荣的生命和色彩,烘托出青年士兵尸体触目惊心的形象。

## VOYELLES

　A noir, E blanc, I rouge, U vert, O bleu: voyelles,
　Je dirai quelque jour vos naissances latentes:
　　A, noir corset velu des mouches éclatantes
4　Qui bombinent autour des puanteurs cruelles,

Golfes d'ombres; E, candeurs des vapeurs et des tentes,
Lance des glaciers fiers, rois blancs, frissons d'ombelles;
I, pourpres, sang craché, rire des lèvres belles
8   Dans la colère ou les ivresses pénitentes;

U, cycles, vibrements divins des mers virides,
Paix des pâtis semés d'animaux, paix des rides
11   Que l'alchimie imprime aux grands fronts studieux;

O, Suprême Clairon plein des strideurs étranges,
Silences traversés des Mondes et des Anges:
14   — O l'Oméga, rayon violet de Ses Yeux!

*Ibid.*, p. 167.

# 元音

A 黑,E 白,I 红,U 绿,O 蓝:五个元音,
我迟早会把你们隐秘的出身揭晓:
苍蝇围着发臭的脏水嗡嗡地鸣叫,
A 是金亮的苍蝇身上黑色的衣襟,

5   长满了绒毛;E 是帐篷,是白雾在飘,
是白花哆嗦,冰川高傲,且又白又纯;
I 是大红,是咯血,又是美丽的嘴唇
勃然大怒或苦行发狂时候的大笑;

U 是碧绿大海的从容往复和颤抖,

10　　　是牧场宁静，牛羊点点，炼金术雕镂

智者宁静的额头，皱纹一行又一行；

O是审判的喇叭，刺耳声古怪离奇，

是被尘寰和天使上下穿透的沉寂：

——O是奥米茄①，是她眼中②紫色的光芒！

【题解】　这首《元音》是兰波最著名的诗，大约作于一八七二年初。百余年来，各种评论文字数量巨大。有人认为，十四行诗只是文字游戏：兰波做学童时，见过一种把元音涂上颜色的识字课本。但是，多数研究家认为此诗具有某种意义。他们提出的解释五花八门，不一而足。波德莱尔有《感应》诗，提出"各种香味、色彩和声音会彼此相通"，而兰波只通过元音见到色彩。最不可思议者，有人从元音的形状着眼，认为五个元音写出了女性交合时自上而下的生理部位。兰波研究者艾田蒲（Etiemble）力排众议，认为这首"凌乱的诗，结构松散，尽是文学典故，书本上的形象"。兰波自己在《彩饰集》中说："我发明了元音的色彩！……我为发明有朝一日五种官能皆通的诗歌语言而自鸣得意。"这说明兰波有建立诗歌理论的愿望。

## LES CHERCHEUSES DE POUX

Quand le front de l'enfant, plein de rouges tourmentes,

Implore l'essaim blanc des rêves indistincts,

Il vient près de son lit deux grandes soeurs charmantes

---

①　"奥米茄"是希腊字母表中的最后一个字母。

②　一般认为，指兰波臆想的情人，非实指。

4　Avec de frêles doigts aux ongles argentins.

　　Elles assoient l'enfant devant une croisée
　　Grande ouverte où l'air bleu baigne un fouillis de fleurs
　　Et dans ses lourds cheveux où tombe la rosée
8　Promènent leurs doigts fins, terribles et charmeurs.

　　Il écoute chanter leurs haleines craintives
　　Qui fleurent de longs miels végétaux et rosés,
　　Et qu'interrompt parfois un sifflement, salives
12　Reprises sur la lèvre ou désirs de baisers.

　　Il entend leurs cils noirs battant sous les silences
　　Parfumés; et leurs doigts électriques et doux
　　Font crépiter parmi ses grises indolences
16　Sous leurs ongles royaux la mort des petits poux.

　　Voilà que monte en lui le vin de la Paresse,
　　Soupir d'harmonica qui pourrait délirer;
　　L'enfant se sent, selon la lenteur des caresses,
20　Sourdre et mourir sans cesse un désir de pleurer.

*Ibid.*, p. 157.

# 捉虱子的女人

　　男孩子的脑袋上难受得通红一片，
　　祈求模糊的白色幻梦成群地飞来，

　　　　两个俊俏的大姐走近了他的床边，
　　　　伸出银色的指甲，十指纤纤而可爱。

5　　　她俩叫孩子坐下，和长窗面面相对，
　　　　窗外碧蓝的空气沐浴着大堆鲜花，
　　　　孩子蓬松板结的头发里滴着露水，
　　　　她们神奇的纤指狠狠梳他的乱发。

　　　　他倾听着她们的胆怯呼吸在歌吟，
10　　还散发出一阵阵粉色的清新蜜香，
　　　　有时候，一声尖叫打断歌唱的声音，
　　　　口水又流回嘴边，或者为亲吻苦想。

　　　　喷香的寂静之中，她们黑黑的睫毛，
　　　　他听到正在颤动；轻柔的手指匆忙，
15　　正当孩子敌不住朦胧灰色的疲劳，
　　　　小虱子在大手中劈劈啪啪地死亡。

　　　　于是，他身上涌起一股慵懒的酒意，
　　　　这口琴的叹息会成为癫狂的乐曲；
　　　　抚摸得又慢又轻，孩子感觉到自己
20　　有股想哭的愿望不断涌出又逝去。

　　【题解】　对这首诗的创作时间，和谁是"捉虱子的女人"，各
家分歧很大。根据一种比较可靠的看法，兰波第一次离家出走
后，由他的中学教师伊尚巴尔带回后者的两位姑妈家中。当时
快满十六岁的兰波经过旅途困顿，身上可能已有虱子。诗人把

一段现实生活的小插曲写得诗意盎然，诗中的"音响效果"尤其清晰。

## LE BATEAU IVRE

Comme je descendais des Fleuves impassibles,

Je ne me sentis plus guidé par les haleurs：

Des Peaux-rouges criards les avaient pris pour cibles

4　Les ayant cloués nus aux poteaux de couleurs.


J'étais insoucieux de tous les équipages,

Porteur de blés flamands ou de cotons anglais

Quand avec mes haleurs ont fini ces tapages

8　Les Fleuves m'ont laissé descendre où je voulais.


Dans les clapotements furieux des marées

Moi l'autre hiver plus sourd que les cerveaux d'enfants,

Je courus! Et les Péninsules démarrées

12　N'ont pas subi tohu-bohus plus triomphants.


La tempête a béni mes éveils maritimes.

Plus léger qu'un bouchon j'ai dansé sur les flots

Qu'on appelle rouleurs éternels de victimes,

16　Dix nuits, sans regretter l'œil niais des falots!


Plus douce qu'aux enfants la chair des pommes sures,

L'eau verte pénétra ma coque de sapin

Et des taches de vins bleus et des vomissures

20    Me lava, dispensant gouvernail et grappin.


Et dès lors, je me suis baigné dans le Poème

De la Mer, infusé d'astres, et lactescent,

Dévorant les azurs verts; où, flottaison blême

24    Et ravie, un noyé pensif parfois descend;


Où, teignant tout à coup les bleuités, délires

Et rythmes lents sous les rutilements du jour,

Plus fortes que l'alcool, plus vastes que nos lyres,

28    Fermentent les rousseurs amères de l'amour!


Je sais les cieux crevant en éclairs, et les trombes

Et les ressacs et les courants: je sais le soir,

L'Aube exaltée ainsi qu'un peuple de colombes,

32    Et j'ai vu quelquefois ce que l'homme a cru voir!


J'ai vu le soleil bas, taché d'horreurs mystiques,

Illuminant de longs figements violets,

Pareils à des acteurs de drames très antiques

36    Les flots roulant au loin leurs frissons de volets!


J'ai rêvé la nuit verte aux neiges éblouies

Baiser montant aux yeux des mers avec lenteurs,

La circulation des sèves inouïes,

40    Et l'éveil jaune et bleu des phosphores chanteurs!

J'ai suivi, des mois pleins, pareille aux vacheries

Hystériques, la houle à l'assaut des récifs,

Sans songer que les pieds lumineux des Maries

44　　Pussent forcer le mufle aux Océans poussifs!


J'ai heurté, savez-vous, d'incroyables Florides

Mêlant aux fleurs des yeux de panthères à peaux

D'hommes! Des arcs-en-ciel tendus comme des brides

48　　Sous l'horizon des mers, à de glauques troupeaux!


J'ai vu fermenter les marais énormes, nasses

Où pourrit dans les joncs tout un Léviathan!

Des écroulements d'eaux au milieu des bonaces,

52　　Et les lointains vers les gouffres cataractant!


Glaciers, soleils d'argent, flots nacreux, cieux de braises!

Echouages hideux au fond des golfes bruns

Où les serpents géants dévorés des punaises

56　　Choient, des arbres tordus, avec de noirs parfums!


J'aurais voulu montrer aux enfants ces dorades

Du flot bleu, ces poissons d'or, ces poissons chantant.

— Des écumes de fleurs ont bercé mes dérades

60　　Et d'ineffables vents m'ont ailé par instants.


Parfois, martyr lassé des pôles et des zones,

La mer dont le sanglot faisait mon roulis doux

Montait vers moi ses fleurs d'ombre aux ventouses jaunes

64　Et je restais, ainsi qu'une femme à genoux...

Presque île, ballotant sur mes bords les querelles

Et les fientes d'oiseaux clabaudeurs aux yeux blonds

Et je voguais, lorsqu'à travers mes liens frêles

68　Des noyés descendaient dormir, à reculons!

Or moi, bateau perdu sous les cheveux des anses,

jeté par l'ouragan dans l'éther sans oiseau,

Moi dont les Monitors et les voiliers des Hanses

72　N'auraient pas repêché la carcasse ivre d'eau;

Libre, fumant, monté de brumes violettes,

Moi qui trouais le ciel rougeoyant comme un mur,

Qui porte, confiture exquise aux bons poètes,

76　Des lichens de soleil et des morves d'azur,

Qui courait, taché de lunules électriques,

Planche folle, escorté des hippocampes noirs,

Quand les juillets faisaient crouler à coups de triques

80　Les cieux ultramarins aux ardents entonnoirs;

Moi qui tremblais, sentant geindre à cinquante lieues

Le rut des Behemots et les Maelstroms épais,

Fileur éternel des immobilités bleues,

84　Je regrette l'Europe aux anciens parapets!

J'ai vu des archipels sidéraux! Et des îles

Dont les cieux délirants sont ouverts au vogueur：

— Est-ce en ces nuits sans fonds que tu dors et t'exiles，

88　Million d'oiseaux d'or，ô future Vigueur? —


Mais，vrai，j'ai trop pleuré! Les Aubes sont navrantes

Toute lune est atroce et tout soleil amer：

L'âcre amour m'a gonflé de torpeurs enivrantes

92　O que ma quille éclate! O que j'aille à la mer!


Si je désire une eau d'Europe，c'est la flache

Noire et froide où vers le crépuscule embaumé

Un enfant accroupi plein de tristesse，lâche

96　Un bateau frêle comme un papillon de mai.


Je ne puis plus，baigné de vos langueurs，ô lames，

Enlever leur sillage aux porteurs de cotons，

Ni traverser l'orgueil des drapeaux et des flammes，

100　Ni nager sous les yeux horribles des pontons.

*Ibid.*，pp. 162—164.


# 醉舟

我①在无动于衷的江河里顺流而下，

我感觉不到再有拉着我走的纤夫：

---

① 《醉舟》取一艘茋船自叙的形式。

闹哄哄的红种人已把他们当箭靶，
把他们赤身裸体绑上彩绘的木柱。

5    我无心过问水手都来自什么地方，
我装英格兰棉花，也装佛兰德①小麦。
一旦喧嚷的争吵和纤夫一起收场，
江河任着我随心所欲地漂向大海。

那年冬天，翻腾的海潮，拍岸的惊涛，
10    我呢，我比孩子的脑袋更不闻不问，
我拼命奔跑！脱缆滑入水中的半岛
也没有经受更加得意的颠簸翻滚。

我在海上的觉醒受到风暴的祝福；
我在波涛上跳舞，身子比瓶塞还轻，
15    人称波涛翻动着罹难水手的头颅，
我有十夜不在乎船灯发傻的眼睛！

绿色的海水涌进我杉木造的船舱，
比孩子心目中的酸苹果肉更香甜，
洗净了我船身上酒渍、秽物的肮脏，
20    也把船舵和锚钩冲得乱成了一片。

此后，我浸在大海这首诗篇中沉浮，
融和着点点星光，像乳汁又亮又白，

---

①　法国和比利时之间的平原地区。

吞下的碧绿之中，有个溺死者露出
沉思欣喜的神情，白糊糊迎面漂来；

25　　大海之上橙黄的爱情在酝酿发酵，
比烧酒更为强烈，比诗情更加恢宏，
这兴奋，这悠悠然经过阳光的照耀，
突然之间——把碧波渲染得通红！

我见到了龙卷风，电光劈碎的青天，
30　　见到破浪①，见到海流：此时天已夜凉，
曙光横亘在天顶，如同是白鸽一片，
我见到人所不敢信以为真的景象！

我见到太阳低垂，露出神秘的恐怖，
以一条条凝固的紫红色血带涂绘
35　　长浪，战栗正越传越远，又此起彼伏，
紫红色血带像是古代演员在排队！

我梦见绿色的夜闪出迷茫的雪光，
是在慢慢爬上去亲吻大海的眼睛，
梦见歌唱的磷光觉醒时又蓝又黄，
40　　还有见未所见的浆汁在滚滚运行！

我整整好几个月注视着长浪翻搅，
歇斯底里牛脾气，和礁石争斗较量，

---

① "破浪"亦称"三角浪"。

　　　　而没有想到三位马利亚①发光的脚，
　　　　迫使牛鼻子去吻气喘吁吁的海洋！

45　　难以置信的佛罗里达②曾被我撞上，
　　　　人皮豹子的眼睛四周有簇簇鲜花，
　　　　在茫茫海天之下，彩虹一条条很长，
　　　　如缰绳一般笼住海中青色的群马！

　　　　我见到大沼泽地鱼篓似地在发酵，
50　　整条利维坦③倒在灯心草中间腐烂！
　　　　见到风暴平静中大水哗啦啦倾倒，
　　　　见到天边的四方跌落进无底深渊！

　　　　彩浪，火红的长天，冰川，银色的太阳，
　　　　棕色的海湾深处，船只搁浅处骇怕，
55　　臭虫吞噬的巨蟒夹着恶浊的浓香，
　　　　正从枝柯扭曲的树干上一一坠下！

　　　　我真想给孩子们看看这些大黄鱼，
　　　　这些歌唱的金鱼，出自绿波和碧浪。
　　　　——花涛阵阵，祝福我离开锚地而他去，
60　　有时候祥风频吹，给我插上了翅膀。

　　　　我有时候在天南海北受够了苦难，

---

①　《圣经》中三位名马利亚的人物。
②　美国南部的半岛。
③　《圣经》中的海中怪兽，鳄鱼般的爬行动物。

大海在啜泣,使我左右轻晃着船身,
又对我花影摇曳,伸出黄色的吸盘,
我,我如同是一个双膝跪下的女人……

65　我几成小岛,一任金眼鸟呻吟不休,
　　把点点鸟粪不停朝我的全身乱撒,
　　我随波逐流,那些溺死者倒枕着头,
　　穿过我的破绳索,沉睡着顺流而下!

　　我这沉舟在小湾长长发髻下留停,
70　被风暴扔进飞鸟不到的浩淼太空,
　　纵有古时的帆船以及现代的快艇,
　　打捞我灌满水的船身也不会成功;

　　自由自在,冒着烟,紫雾权充是水手,
　　我捅破红色天幕,仿佛是洞穿墙壁,
75　我船上为大诗人备下的佳肴珍馐,
　　是金灿灿的地衣,是蓝盈盈的鼻涕。

　　我披着一圈圈的星光匆匆地赶路,
　　兴奋的木船四周有黑海马作朋友,
　　蓝得发青的天空受不住盛夏酷暑,
80　掉进了大海这只滚烫滚烫的漏斗;

　　我不寒而栗,听到正在交尾的怪兽,
　　听到黑漩涡,都在百里外哼哼唧唧,
　　我在青冥碧霄中不停不歇地奔走,

为看不见有古老护墙的欧洲惋惜！

85　　我看见密密麻麻、星星组成的群岛！
　　　有的岛上为游子拉开发狂的长天：
　　　—— 未来的创造力啊，万万千千只金鸟，
　　　难道你在这沉沉黑夜遁世和睡眠？——

　　　可真的，我哭够了！黎明都惊心怵目。
90　　而月色无不残忍，而阳光无不苦凄：
　　　辛辣的爱情使我充满醉人的恐怖，
　　　啊！愿我龙骨折断！啊！愿我葬身海底！

　　　我如果渴求什么欧洲水，一洼而已，
　　　又黑又冷的水边，香气袭人的傍晚，
95　　有孩子蹲在地上，满脸悲哀的神气，
　　　如放走一只粉蝶，正放下一只小船。

　　　我再不能，波浪啊，满含着你的愁苦，
　　　和运棉花的货船相遇而紧追不休，
　　　更不能拦住军旗高扬的战舰去路，
100　　不能在趸船虎视眈眈下驶进码头。

【题解】　一八七〇年八月底至一八七一年春，兰波三次离家出走，均受阻狼狈回家。《醉舟》写于一八七一年夏。是年秋，兰波应邀去巴黎，希望借此诗一举成名："这是我为到达后向他们介绍而写的东西。"魏尔兰读后，赞叹不已。诗人从未见过大海，更未到过美洲。诗中光怪陆离的景象来自他读过的文学作

品,如雨果的《海上劳工》,尤其是凡尔纳的《海底两万里》。但是,《醉舟》更是神童想象和幻觉的产物。长诗是兰波追求自由和精神历险的自我写照。小而言之,是以诗的语言对一八七〇年三次出逃的总结。大而言之,《醉舟》又预示兰波的追求和命运:放荡不羁的性格,对未知世界的迷恋,和传统习俗的决裂,自由美梦的破灭,最后是对欧洲和童年苦涩的怀念。兰波的一生,在《醉舟》中应有尽有。评注家努莱夫人认为:"《醉舟》大量、多方面和热情洋溢地使用象征手法,这改变世界面目的手法为所有象征派诗人努力仿效,但无人成功。"兰波写《醉舟》时,尚未满十七岁。

# 爱弥尔·维尔哈伦　1855—1916

## [ 诗人简介]

　　爱弥尔·维尔哈伦(Emile Verhaeren,1855—1916)是比利时法语诗人。他一生热爱家乡佛兰德地区。他生于富商家庭,但很早投身诗歌创作。一八八三年出版第一部诗集《佛兰德风情》(Les Flamandes),已经显示出浓重的象征主义色彩。以后,诗人在神秘主义思潮影响下,经历过一场严重的精神危机,悲观厌世,几近自杀,这时期的代表作品有《黄昏集》(Les Soirs)。一八九一年,维尔哈伦和女画家玛特·马桑结婚后,摆脱颓废的气氛,生活豁然开朗,热心时代进步,讴歌现代世界。维尔哈伦接近社会主义思想,赞颂世界人类的明天,在欧洲各地朗诵和讲演,被誉为"欧洲的惠特曼"。诗人这时期的诗风明朗,热情洋溢,主要作品有《伸出触手的城市》(Les Villes tentaculaires),此外有咏唱夫妻恩爱的《时光三部曲》(La Trilogie des Heures)和赞美故乡故土的《整个佛兰德》(Toute la Flandre)。

　　第一次世界大战爆发,战争无情地打破了诗人追求人类团结、欧洲统一的美梦。一九一六年,诗人应邀去鲁昂发表演说,却在火车站不幸被火车轧死。诗人遗骨战后运回比利时,安葬在生前选定的家乡河边。

　　文学史家蒂博代在其《一七八九年至今的法国文学史》里认为:"佛兰德诗人维尔哈伦的位置在象征派的范畴之内,是象征派最重要的代表之一。"


## L'ABREUVOIR

En un creux de terrain aussi profond qu'un antre,

Les étangs s'étalaient dans leur sommeil moiré,

Et servaient d'abreuvoir au bétail bigarré,

Qui s'y baignait, le corps dans l'eau jusqu'à mi-ventre.


Les troupeaux descendaient, par des chemins penchants:

Vaches à pas très lents, chevaux menés à l'amble,

Et les boeufs noirs et roux qui souvent, tous ensemble,

Beuglaient, le cou tendu, vers les soleils couchants.


Tout s'anéantissait dans la mort coutumière,

Dans la chute du jour：couleurs，parfums，lumière，
Explosions de sève et splendeurs d'horizons；

Des brouillards s'étendaient en linceuls aux moissons，
Des routes s'enfonçaient dans le soir — infinies，
Et les grands boeufs semblaient râler ces agonies.

*Les Flamandes*（1883）

Emile VERHAEREN *Œuvres*

Slatkine Reprints，Genève，1977，I—III，p. 36.

## 水 槽

状如洼地,和兽穴一般地深而又深,
这些池塘已入睡,梦境里映着夕照,
成为纷杂的牲口洗澡饮水的水槽,
牲口沉入池塘时,池水没过了腰身。

5　　　形形色色的畜群走下斜斜的坡道,
看母牛步履蹒跚,马群侧对步行走,
黑色、棕色的公牛经常是同声异口,
伸长了脖颈,对着夕阳齐声地鸣叫。

薄暮时分,这可是习以为常的死亡,
10　　　一切都在消逝中:色彩、清香和日光,
以及生机的勃发,以及天边的晚霞;

白雾迷蒙,是一幅尸布盖住了庄稼,

没有尽头的大路一条条转入晦暝，

硕大的牛群嘶叫，似在为万物哀鸣。

《佛兰德风情》(1883)

【题解】 《水槽》一诗选自《佛兰德风情》，作于一八七八年和一八八二年之间，写维尔哈论家乡佛兰德的风情，风格写实而又抒情，代表了诗人青年时期的特色。这首诗作为一幅风情画，评者认为可以和十七世纪著名佛兰德画家鲁本斯的风景画相媲美。

## LES PAYSANS

Ces hommes de labour, que Greuze affadissait

Dans les molles couleurs de paysannneries,

Si proprets dans leur mise et si roses, que c'est

Motif gai de les voir, parmi les sucreries

D'un salon Louis-Quinze animer des pastels,

Les voici noirs, grossiers, bestiaux — ils sont tels.


Entre eux ils sont parqués par villages: en somme,

Les gens des bourgs voisins sont déjà l'étranger,

L'intrus qu'on doit haïr, l'ennemi fatal, l'homme

Qu'il faut tromper, qu'il faut leurrer, qu'il faut gruger.

La patrie? Allons donc! Qui d'entre eux croit en elle?

Elle leur prend des gars pour les armer soldats,

Elle ne leur est point la terre maternelle,

La terre fécondée au travail de leurs bras.

La patrie! on l'ignore au fond de leur campagne.

Ce qu'ils voient vaguement dans un coin de cerveau,

C'est le roi, l'homme en or, fait comme Charlemagne

Assis dans le velours frangé de son manteau;

C'est tout un apparat de glaives, de couronnes,

Ecussonnant les murs des palais lambrissés,

Que gardent des soldats avec sabre à dragonnes.

Ils ne savent que ça du pouvoir. — C'est assez.

Au reste, leur esprit, balourd en toute chose,

Marcherait en sabots à travers droit, devoir,

Justice et liberté — l'instinct les ankylose;

Un almanach crasseux, voilà tout leur savoir;

Et s'ils ont endendu rugir, au loin, les villes,

Les révolutions les ont tant effrayés,

Que dans la lutte humaine ils restent les serviles,

De peur, s'ils se cabraient, d'être un jour les broyés.

*Les Flamandes* (1883)
*Ibid.*, I—III, pp. 54—55.


## 农民

这些耕地的农夫，在格勒兹①的笔下，

农民被画成一派柔和轻软的色彩，

穿着干净，而脸色红润得无以复加，

看到他们在贵族沙龙里，甜食满台，

———————————

① 格勒兹(1725—1805)是法国画家，擅长油画、粉画和素描，其风俗画很受人欣赏。

5　　　这样走进一幅幅粉画,可谓是开心,
　　　可他们又黑,又粗,又脏 —— 这才是农民。


　　　农民都被圈禁在各自的村庄:总之,
　　　邻村来的人就是外人,被视同陌路,
　　　闯入者应该憎恨,必然是敌人无疑,
10　　对他们应该欺,应该骗,都决不含糊。
　　　国家?有哪个农夫相信?国家在哪里?
　　　国家抢走他们的男儿,要他们当兵,
　　　国家根本就不是生养他们的土地,
　　　土地是靠他们的劳动才肥沃丰盈。

15　　国家!到了僻远的乡村,没有人能懂。
　　　他们的脑袋瓜里模模糊糊地看到
　　　穿金戴银的国王,和查理大帝①相同,
　　　端坐时穿着镶花边的天鹅绒长袍;
　　　威风凛凛的佩剑,豪华绚丽的王冠,
20　　纹章装饰着镶有护板的宫墙四侧,
　　　守卫士兵的佩刀带穗子,又尖又弯。
　　　农夫对政权知道这么多。—— 这也够了。
　　　再说,他们对任何事情也都很愚笨,
　　　简直会穿木拖鞋走遍权利和义务,
25　　正义和自由。—— 他们的本能就是迟钝;
　　　全部的知识就是一本污黑的历书;
　　　如果他们曾听到城市在远处怒吼,
　　　每次发生的革命使他们望而生畏,

---

　　① 查理大帝(742—814),也译查理曼大帝,是法兰克国王,后封西罗马帝国皇
帝。

对人和人的争斗，他们仍被牵着走，

30　　怕自己一发脾气，被别人碾得粉碎。

《佛兰德风情》(1883)

【题解】 本诗也选自《佛兰德风情》。诗人指出传统的绘画作品中，"农民"的形象被美化，不是佛兰德农民的真实面目。维尔哈伦笔下的家乡农民，既是愚钝和短视的农民，更是纯朴和处境悲惨的农民。

## LE MOULIN

Le moulin tourne au fond du soir, très lentement,
Sur un ciel de tristesse et de mélancolie;
Il tourne et tourne, et sa voile, couleur de lie,
Est triste et faible et lourde et lasse, infiniment.

Depuis l'aube, ses bras, comme des bras de plainte,
Se sont tendus et sont tombés; et les voici
Qui retombent encor, là-bas, dans l'air noirci
Et le silence entier de la nature éteinte.

Un jour souffrant d'hiver sur les hameaux s'endort,
Les nuages sont las de leurs voyages sombres,
Et le long des taillis qui ramassent leurs ombres,
Les ornières s'en vont vers un horizon mort.

Autour d'un vieil étang, quelques huttes de hêtre

Très misérablement sont assises en rond；
Une lampe de cuivre éclaire leur plafond
Et glisse une lueur aux coins de leur fenêtre.

Et dans la plaine immense，au bord du flot dormeur，
Ces torpides maisons，sous le ciel bas，regardent，
Avec les yeux fendus de leurs vitres hagardes，
Le vieux moulin qui tourne et，las，qui tourne et meurt.

*Les Soirs*（1887）
*Ibid.*，II—II，pp. 41—42.

# 风　车

有风车在黄昏里转呀转，转得很慢，
而天色愁容满面，充满哀伤和凄楚；
风车在转呀，转呀，那酒滓色的帆布
哀伤而虚弱，沉重而疲乏，可悲可叹。

5　天一亮，风车伸出一条一条的手臂，
仿佛哀求，伸出来，接着落下，而现在
还在不停地落下，大自然无精打采，
远处的天空黝黑，四周是一片静寂。

游云已对忧伤的旅行失却了兴趣，
10　冬天憔悴的日光在茅屋上空入睡，
已经收起树荫的小树林子的周围，
一道道车辙向着死灭的远方伸去。

古老的池塘四周，几座山毛榉草房
非常可怜巴巴地围着坐成了一圈；

15　　屋里的铜灯一盏，照着茅屋的墙垣，
给窗子角落投来一点依稀的灯光。

茫茫的平原之上，沉沉的死水之边，
在低垂的天空下，这些麻木的屋顶
张起神情呆滞的镶着玻璃的眼睛，

20　　望着老风车在转，转呀转，气息奄奄。

《黄昏集》(1887)

【题解】《黄昏集》的灵感大变。维尔哈伦常客居英国伦
敦，思想苦闷，疾病缠身。诗人发现工业城市的愁云惨雾和自己
的心境颇多相似之处。《风车》写家乡佛兰德的典型风光，但色
彩黯淡，调子低沉，情绪压抑，气氛颓丧，反映了这一时期诗人的
精神危机。

## LA VILLE

Tous les chemins vont vers la ville.

Du fond des brumes,
Avec tous ses étages en voyage
Jusques au ciel, vers de plus haus étages,
Comme d'un rêve, elle s'exhume.

Là-bas,

Ce sont des ponts musclés de fer,

Lancés, par bonds, à travers l'air;

Ce sont des blocs et des colonnes

Que décorent Sphinx et Gorgonnes;

Ce sont des tours sur des faubourgs;

Ce sont des millions de toits

Dressant au ciel leurs angles droits;

C'est la ville tentaculaire,

Debout,

Au bout des plaines et des domaines.


Des clartés rouges

Qui bougent

Sur des poteaux et des grands mâts.

Même à midi, brûlent encor

Comme des oeufs de pourpre et d'or;

Le haut soleil ne se voit pas;

Bouche de lumière, fermée

Par le charbon et la fumée.


Un fleuve de naphte et de poix

Bat les môles de pierre et les pontons de bois;

Les sifflets crus des navires qui passent

Hurlent de peur dans le brouillard;

Un fanal vert est leur regard

Vers l'océan et les espaces.

Des quais sonnent aux chocs de lourds fourgons;

Des tombereaux grincent comme des gonds;

Des balances de fer font choir des cubes d'ombre

Et les glissent soudain en des sous-sols de feu;

Des ponts s'ouvrant par le milieu,

Entre les mâts touffus dressent des gibets sombres

Et des lettres de cuivre inscrivent l'univers,

Immensément, par à travers

Les toits, les corniches et les murailles,

Face à face, comme en bataille.


Et tout là-bas, passent chevaux et roues,

Filent les trains, vole l'effort,

Jusqu'aux gares, dressant, telles des proues

Immobiles, de mille en mille, un fronton d'or.

Des rails raméfiés y descendent sous terre

Comme en des puits et des cratères

Pour reparaître au loin en réseaux clairs d'éclairs

Dans le vacarme et la poussière.

C'est la ville tentaculaire.


La rue — et ses remous comme des câbles

Noués autour des monuments —

Fuit et revient en longs enlacements;

Et ses foules inextricables

Les mains folles, les pas fiévreux,

La haine aux yeux,

Happent des dents le temps qui les devance.

A l'aube, au soir, la nuit,

Dans la hâte, le tumulte, le bruit,

Elles jettent vers le hasard l'âpre semence

De leur labeur que l'heure emporte.

Et les comptoirs mornes et noirs

Et les bureaux louches et faux

Et les banques battent des portes

Aux coups de vent de la démence.


Le long du fleuve, une lumière ouatée,

Trouble et lourde, comme un haillon qui brûle,

De réverbère en réverbère se recule.

La vie, avec des flots d'alcool est fermentée.

Les bars ouvrent sur les trottoirs

Leurs tabernacles de miroirs

Où se mirent l'ivresse et la bataille;

Une aveugle s'appuie à la muraille

Et vend de la lumière, en des boîtes d'un sou;

La débauche et le vol s'accouplent en leur trou;

La brume immense et rousse

Parfois jusqu'à la mer recule et se retrousse

Et c'est alors comme un grand cri jeté

Vers le soleil et sa clarté:

Places, bazars, gares, marchés,

Exaspèrent si fort leur vaste turbulence

Que les mourants cherchent en vain le moment de silence

Qu'il faut aux yeux pour se fermer.

Telle, le jour — pourtant, lorsque les soirs
Sculptent le firmamant, de leurs marteaux d'ébène,
La ville au loin s'étale et domine la plaine
Comme un nocturne et colossal espoir;
Elle surgit: désir, splendeur, hantise;
Sa clarté se projette en lueurs jusqu'aux cieux,
Son gaz myriadaire en buissons d'or s'attise,
Ses rails sont des chemins audcieux
Vers le bonheur fallacieux
Que la fortune et la force accompagnent;
Ses murs se dessinent pareils à une armée
Et ce qui vient d'elle encor de brume et de fumée
Arrive en appels clairs vers les campagnes.

C'est la ville tentaculaire,
La pieuvre ardente et l'ossuaire
Et la carcasse solennelle.

Et les chemins d'ici s'en vont à l'infini
Vers elle.

*Les Campagnes hallucinées* (1893)

*Ibid.*, I—I, pp. 9—14.

# 城 市

条条大路通向城市。

城市从浓雾之中，

夹带着高楼一层一层，一幢一幢，

都在作直达天顶、通向更高楼房的远航，

5　　仿佛从梦中钻出了地洞。


那边，

一座座钢筋铁骨的大桥，

猛一下穿越天空在蹦跳；

一堆堆建筑，一根根大柱，

10　　刻有狮身的头像，妖魔的面目；

一座座俯瞰近郊的高塔；

千千万万的屋顶，

向天空竖起的角又直又挺：

这是伸出触手的城市，

15　　高高站立，

站在平原和田野的尽头。


红色的亮光，

在高桅之顶，在大柱之上，

忽后忽前，

20　　甚至中午也在红光闪闪，

像一个个紫红和金色的圆蛋；

高悬的太阳已经不见：

大口里火光倾吐，

却被黑煤和浓烟封住。

25        一条石油和沥青的河流，

           冲击木质的趸船和石筑的码头，

           有船经过，汽笛喧嚷，

           在雾中因恐惧而嘶鸣；

           绿色的舷灯，是船的眼睛，

30        在向海上和空中张望。

           码头上货车相撞，声声巨响；

           车皮吱吱嘎嘎，像铰链一样；

           钢铁的天平丢下一方方黑糊糊的东西，

           又突然把它们塞进燃烧的地窖；

35        一座座在腰间开启的大桥，

           阴森的绞架在密密的桅杆丛架起，

           天上到处刻有铜的字母，

           奇大无比，远处近处，

           横过屋顶、檐口和大墙，

40        面面相觑，仿佛两军较量。

           就在头顶上，马在跑，车轮在转，

           火车在奔驰，力量在飞扬，

           直奔至车站，大厅像一动不动的船，

           每隔一英里，树起金的三角墙。

45        纵横交叉的铁轨钻进地下走，

           像钻入深坑，钻入火山口，

           然后夹着隆隆响声和尘烟，

           像一道道明亮的闪电冲出地面。

           这是伸出触手的城市。

50　　街道 —— 车水马龙,似一条条缆绳,
　　　　系在纪念性建筑物四周 ——
　　　　溜了又回来,不绝如缕,纠缠不休;
　　　　街上的人群往来纵横,
　　　　发疯的双手,发狂的脚步,
55　　眼中有仇恨隐伏,
　　　　嘴里咬紧的时光总在他们前面。
　　　　清晨,傍晚,深夜,
　　　　行色匆匆,吵吵嚷嚷,络绎不绝,
　　　　人群随意丢下被时间
60　　冲走的他们枯涩的劳动成果。
　　　　而柜台沮丧,昏黑,
　　　　而办公楼名不副实,鬼鬼祟祟,
　　　　而银行总有狂乱的风刮过,
　　　　大门乒乒乓乓,开向两边。


65　　沿河,一列毛茸茸的光明,
　　　　浑浊,沉重,像一条破布燃烧,
　　　　顺着一盏一盏路灯在隐消。
　　　　生活在发酵,靠滚滚不息的酒精。
　　　　酒吧开在人行道两旁,
70　　还有镶着镜子的篷帐,
　　　　醉酒和争斗在镜中都一览无遗;
　　　　一个瞎眼的女人背靠着大墙偎倚,
　　　　在出卖一个苏一个苏的光辉;
　　　　荒淫和偷盗在自己窝里交配;
75　　棕红色的大雾,四处弥漫;

此时,仿佛一声叫嚷,

投向太阳和阳光:

广场,集市,车站,商场,

80  一阵阵喧闹,已无以复加,真是要命,

使垂死的病人得不到一刻的安静,

等安静了眼睛才能闭上。

这是白天 —— 可每当夜晚

用乌木的锤子雕刻苍穹,

85  城市向远处展开,站立在平原上空,

仿佛黑夜的希望,大如巨人一般;

城市出现了:欲望,烦忧,辉煌;

城市的灯火闪闪有光,一直照亮天幕,

千百万盏煤气灯如金色的荆棘被拨旺,

90  铁轨是一条条大胆的大路

通向虚假骗人的幸福,

后面跟着幸运,跟着力量;

城市的墙连成一片,像浩荡的大军,

而从笼罩浓雾和煤烟的城市传来的音讯,

95  变成一声声响亮的召唤,向着乡村传扬。

这是伸出触手的城市,

是热气腾腾的章鱼,是遍地死尸,

是盛大庄严的骨架。

脚下的条条大路通向无穷的尽头,

100  向城市进发。

《迷惘的乡村》(1893)

【题解】 《城市》是诗集《迷惘的乡村》的首篇。诗人注视迅速发展的现代城市,感到惊喜,发出赞叹。十九世纪初,浪漫派诗人向人们展示美丽的大自然,维尔哈伦在二十世纪的门槛上,向我们描绘崭新的大城市。在这一点上,诗人大大超越了同时代象征派诗人几乎封闭静止的诗歌天地。这座"城市"从诗中的许多意象看来,指英国伦敦。诗中三次出现的"伸出触手的城市",又是一八九五年出版的新诗集的集名。新的灵感无法借用传统的格律,但这首一百行的"自由诗",有九十七行诗有"韵",译诗从原诗。

## UN MATIN

Dès le matin, par mes grand'routes coutumières

    Qui traversent champs et vergers,

    Je suis parti clair et léger,

Le corps enveloppé de vent et de lumière.


Je vais, je ne sais où. Je vais, je suis heureux;

    C'est fête et joie en ma poitrine;

    Que m'importent droits et doctrines,

Le caillou sonne et luit sous mes talons poudreux;


Je marche avec l'orgueil d'aimer l'air et la terre

    D'être immense et d'être fou

    Et de mêler le monde et tout

A cet enivrement de vie élémentaire.

Oh les pas voyageurs et clairs des anciens dieux!
　　Je m'enfouis dans l'herbe sombre
　　Où les chênes versent leurs ombres
Et je baise les fleurs sur leur bouches de feu.

Les bras fluides et doux des rivières m'accueillent;
　　Je me repose et je repars
　　Avec mon guide: le hasard,
Par des sentiers sous bois dont je mâche les feuilles.

Il me semble jusqu'à ce jour n'avoir vécu
　　Que pour mourir et non pour vivre:
　　Oh quels tombeaux creusent les livres
Et que de fronts armés y descendent vaincus!

Dites, est-il vrai qu'hier il existât des choses,
　　Et que des yeux quotidiens
　　Aient regardé, avant les miens,
Les vignes s'empourprer et s'exalter les roses?

Pour la première fois, je vois les vents vermeils
　　Briller dans la mer des branchages,
　　Mon âme humaine n'a point d'âge;
Tout est jeune, tout est nouveau sous le soleil.

J'aime mes bras, mes mains, mes épaules, mon torse

　　Et mes cheveux amples et blonds

　　Et je voudrais, par mes poumons,

Boire l'espace entier pour en gonfler ma force.


Oh ces marches à travers bois, plaines, fossés,

　　Où l'être chante et pleure et crie

　　Et se dépense avec furie

Et s'enivre de soi ainsi qu'un insensé!

*Les Forces tumultueuses* (1902)

*Ibid.*, II—V, pp. 239—241.

## 清　晨

东方发白，我上路出发，轻松而清醒，

　　我走上十分熟悉的大路，

　　穿过了田野，穿过了园圃，

我全身裹的是风，我上下披着光明。


5　　我走着，我就幸福。我走着，不知去向。

　　我胸中充满欢欣和欢乐；

　　权利和主义算得了什么，

仆仆风尘的脚下有石子闪光作响。


　　我骄傲地行走，我爱大地，我爱空气，

10　　我疯疯癫癫，我就是一切，

　　我把万事万物，我把世界，

　　　和这平凡生活的沉醉联系在一起。


　　　啊！古代神明云游四方的清晰脚印！
　　　　　我一头钻进幽深的草丛，
15　　　棵棵橡树投下身影重重，
　　　鲜花火辣辣的嘴可让我亲了又亲。


　　　小河温柔，流动的膀子在对我欢迎；
　　　　　我接着上路，我休息须臾，
　　　　　我的向导就是信步走去，
20　　　嚼着一片片绿叶，走上林中的小径。


　　　我仿佛觉得今天以前，我活得糊涂，
　　　　　活着为了死，不是为了生：
　　　　　啊！书本把多少坟墓挖成！
　　　多少丰富的脑袋败下来进了坟墓！


25　　　请说，是不是昨天也真有事物存在，
　　　　　也有眼睛张开，每日每时，
　　　　　比我的眼睛更早地注视
　　　玫瑰有满面春风，葡萄在张灯结彩！


　　　我是平生第一次，看到有透红的风
30　　　　在枝和叶的海洋里闪耀，
　　　　　我肉长的心无所谓老少；
　　　阳光之下，万物是青春，万物是新生。

　　　我爱自己的臂膀，双手，肩头和躯体，

　　　　爱我蓬松而金色的头发，

35　　　　我真想把我的两肺扩大，

　　　吞饮下整个宇宙，为我的力量打气。


　　　啊，我的散步穿过树林、平原和溪水：

　　　　生命在唱，在哭泣，在喊叫，

　　　　生命在发狂地争分夺秒，

40　　　像是糊涂的傻瓜，为自己兴奋陶醉！

　　　　　　　　　　　　　《喧嚣的力量》(1902)

**【题解】** 诗集《喧嚣的力量》于一九○二年出版。维尔哈伦早已摆脱前一时期压抑的绝望心情。《清晨》是诗集中很有代表性的佳作。全诗洋溢着充满希望的生命，写出了生命的神秘和生命的美，让大自然的盎然生机和内心世界的勃勃生气相沟通，融会成一曲生命的赞歌。


## LE NAVIRE

Nous avancions, tranquillement, sous les étoiles;

La lune oblique errait autour du vaisseau clair,

Et l'étagement blanc des vergues et des voiles

Projetait sa grande ombre au large sur la mer.


La froide pureté de la nuit embrasée

Scintillait dans l'espace et frissonnait sur l'eau;

On voyait circuler la grande Ourse et Persée

Comme en des cirques d'ombre éclatante, là-haut.

Dans le mât d'artimon et le mât de misaine,
De l'arrière à l'avant où se dardaient les feux,
Des ordres, nets et continus comme des chaînes,
Se transmettaient soudain et se nouaient entre eux.

Chaque geste servait à quelque autre plus large
Et lui vouait l'instant de son utile ardeur,
Et la vague portant la carène et sa charge
Leur donnait pour support sa lucide splendeur.

La belle immensité exaltait la gabarre
Dont l'étrave marquait les flots d'un long chemin.
L'homme qui maintenait à contre-vent la barre,
Sentait vibrer tout le navire entre ses mains.

Il tanguait sur l'effroi, la mort et les abîmes,
D'accord avec chaque astre et chaque volonté,
Et, maîtrisant ainsi les forces unanimes
Semblait dompter et s'asservir l'éternité.

*Les Rythmes souverains* (1910)
*Ibid.*, II—VI, pp. 114—115.

# 船

在星星的照耀下,我们平静地航行;

明亮的大船四周，月亮弯弯在蹒跚，
在茫茫大海之上投下巨大的身影，
是重重又叠叠的白色桅桁和船帆。

5　　在透亮的夜空里，一片清冷的纯洁
又在天穹下闪烁，又在水面上颤抖；
但见大熊星座和英仙星座在天际，
仿佛在暗又亮的大圆谷深处行走。

船的后桅和船的前桅息息而相关，
10　　从船尾到船首间，不断有灯光闪现，
清楚连贯的命令如一环扣紧一环，
突然在彼此传送，相互又紧紧相连。

每个动作都能对恢宏的事物有用，
在这一刻贡献出自己有益的热情，
15　　而驮载着船身和货物的波涛汹涌，
能够把大船托起，只靠辉煌的透明。

碧波万顷激励着自航的驳船前行，
一条长长的道路被艒柱印在水中；
船工劈风又斩浪，紧紧握住了舵柄，
20　　感到全船的命运在手里微微抖动。

船工在恐惧、死亡和深渊之上颠簸，
应和着每颗星星和人的每个意志，
制服眼前茫茫的桀骜不驯的水波，

似乎永恒被征服，似乎永恒被控制。

《最高的节奏》(1910)

【题解】　诗集《最高的节奏》共收诗十五首，写人类文明发展的不同时期。《船》是《最高的节奏》的压卷之作。所以，《船》是维尔哈伦对人类社会发展的最后概括。在诗人心中，"船"成了人类命运的象征。

Guillaume Apollinaire

# 纪尧姆·阿波利奈尔　1880—1918

## ［诗人简介］

　　纪尧姆·阿波利奈尔(Guillaume Apollinaire,1880—1918)是笔名,出生于罗马,母亲是波兰人,父亲是意大利人。他先在法国南方摩纳哥、戛纳和尼斯等地读中学,一八九九年随母亲来巴黎,即受雇去德国当家庭教师,游历德国、荷兰等地,回巴黎后成为评论家。一九一三年出版主要作品《烧酒集》(*Alcools*),原名《莱茵河的风》,反映了他诗歌天才的全部丰富性和多样性,奠定了他现代派诗歌的盟主地位。

　　第一次世界大战爆发后,他主动要求入伍参战。一九一六年获准入法国籍,头部受伤住院。一九一七年十一月二十六日作"新精神"(l'esprit nouveau)的演说:"为恢复开创精神,为明确理解自己的时代,为向外部世界和内部世界打开新的视野而斗争。"一九一八年出版《状物诗集》(Calligrammes)后,却因患流感而英年早逝。

　　阿波利奈尔是一个广交朋友,充满欲望,精力充沛的人。从文学史的角度看,他是带领法国二十世纪诗歌探索未来的领路人。他大胆尝试,勇于创新,启发了超现实主义运动,创制"超现实主义"一词。以后布勒东为纪念阿波利奈尔,选用这个新词命名自己领导的运动,但赋予它新的含义。阿波利奈尔最动人的诗篇,则是形式和内容继承传统的抒情诗。

　　评论家布瓦代弗尔(Pierre de Boisdeffre):"他将永远更接近维永和七星诗社,而不是接近查拉(Tzara),甚至雅里(Jarry)。"研究家代科丹(Michel Décaudin):"他的诗歌、短篇小说和戏剧作品,代表了一种向新的追求开放的现代性,而又没有割裂传统。"

## ZONE

A LA FIN tu es las de ce monde ancien

Bergère ô tout Eiffel le troupeau des ponts bêle ce matin

Tu en as assez de vivre dans l'antiquité grecque et
　　　　romaine

Ici même les automobiles ont l'air d'être anciennes

La religion seule est restée toute neuve la religion

Est restée simple comme les hangars de Port-Aviation

Seul en Europe tu n'es pas antique ô Christianisme

L'Européen le plus moderne c'est vous Pape Pie X

Et toi que les fenêtres observent la honte te retient

D'entrer dans une église et de t'y confesser ce matin

Tu lis les propectus les catalogues les affiches qui
      chantent tout haut

Voilà la poésie ce main et pour la prose il y a les journaux

Il y a les livraisons à 25 centimes pleines d'aventures
      policières

Portraits des grands hommes et mille titres divers

J'ai vu ce matin une jolie rue dont j'ai oublié le nom

Neuve et propre du soleil elle était le clairon

Les directeurs les ouvriers et les belles sténo-dactylo-
      graphes

Du lundi matin au samedi soir quatre fois par jour y
      passent

Le matin par trois fois la sirène y gémit

Une cloche rageuse y aboie vers midi

Les inscriptions des enseignes et des murailles

Les plaques les avis à la façon des perroquets criaillent

J'aime la grâce de cette rue industrielle

Située à Paris entre la rue Aumont-Thiévillle et l'avenue

des Ternes

Voilà la jeune rue et tu n'es encore qu'un petit enfant

Ta mère ne t'habille que de bleu et de blanc

Tu es très pieux et avec le plus ancien de tes camarades
  René Dalize

Vous n'aimez rien tant que les pompes de l'Eglise

Il est neuf heures le gaz est baissé tout bleu vous sortez
  du dortoir en cachette

Vous priez toute la nuit dans la chapelle du collège

Tandis qu'éternelle et adorable profondeur améthyste

Tourne à jamais la flamboyante gloire du Christ

C'est le beau lys que tous nous cultivons

C'est la torche aux cheveux roux que n'éteint pas le vent

C'est le fils pâle et vermeil de la douloureuse mère

C'est l'arbre toujours touffu de toutes les prières

C'est la double potence de l'honneur et de l'éternité

C'est l'étoile à six branches

C'est Dieu qui meurt le vendredi et ressuscite le dimanche

C'est le Christ qui monte au ciel mieux que les aviateurs

Il détient le record du monde pour la hauteur


Pupille Christ de l'oeil

Vingtième pupille des siècles il sait y faire

Et changé en oiseau ce siècle comme Jésus monte
  dans l'air

Les diables dans les abîmes lèvent la tête pour le regarder

Ils disent qu'il imite Simon Mage en Judée

Ils crient s'il sait voler qu'on l'appelle voleur

Les anges voltigent autour du joli voltigeur

Icare Enoch Elie Apollonius de Thyane

Flottent autour du premier aéroplane

Ils s'écartent parfois pour laisser passer ceux que

　　　transporte la Sainte-Eucharistie

Ces prêtres qui montent éternellement élevant l'hostie

L'avion se pose enfin sans refermer les ailes

Le ciel s'emplit alors de millions d'hirondelles

A tire-d'aile viennent les corbeaux les faucons les hiboux

D'Afrique arrivent les ibis les flamants les marabouts

L'oiseau Roc célébré par les conteurs et les poètes

Plane tenant dans les serres le crâne d'Adam la première

　　　tête

L'aigle fond de l'horizon en poussant un grand cri

Et d'Amérique vient le petit colibri

De Chine sont venus les pihis longs et souples

Qui n'ont qu'une seule aile et qui volent par couples

Puis voici la colombe esprit immaculé

Qu'escortent l'oiseau-lyre et le paon ocellé

Le phénix ce bûcher qui soi-même s'engendre

Un instant voile tout de son ardente cendre

Les sirènes laissant les périlleux détroits

Arrivent en chantant bellement toutes trois

Et tous aigle phénix et pihis de la Chine

Fraternisent avec la volante machine

Maintenant tu marches dans Paris tout seul parmi la
　　foule
Des troupeaux d'autobus mugissants près de toi rou-
　　lent
L'angoisse de l'amour te serre le gosier
Comme si tu ne devais jamais plus être aimé
Si tu vivais dans l'ancien temps tu entrerais dans un
　　monastère
Vous avez honte quand vous vous surprenez à dire
　　une prière
Tu te moques de toi et comme le feu de l'Enfer ton
　　rire pétille
Les étincelles de ton rire dorent le fond de ta vie
C'est un tableau pendu dans un sombre musée
Et quelquefois tu vas le regarder de près

Aujourd'hui tu marches dans Paris les femmes sont
　　ensanglantées
C'était et je voudrais ne pas m'en souvenir c'était au
　　déclin de la beauté

Entourée de flammes ferventes Notre-Dame m'a regardé
　　à Chartres
Le sang de votre Sacré-Cœur m'a inondé à Montmartre
Je suis malade d'ouïr les paroles bienheureuses
L'amour dont je souffre est une maladie honteuse
Et l'image qui te possède te fait survivre dans l'insomnie

et dans l'angoisse
C'est toujours près de toi cette image qui passe

Maintenant tu es au bord de la Méditerranée
Sous les citronniers qui sont en fleur toute l'année
Avec tes amis tu te promènes en barque
L'un est Nissard il y a un Mentonasque et deux Tur-
　　biasques
Nous regardons avec effroi les poulpes des profondeurs
Et parmi les algues nagent les poissons images du
　　Sauveur

Tu es dans le jardin d'une auberge aux environs de
　　Prague
Tu te sens tout heureux une rose est sur la table
Et tu observes au lieu d'écrire ton conte en prose
La cétoine qui dort dans le cœur de la rose

Epouvanté tu te vois dessiné dans les agates de Saint-Vit
Tu étais triste à mourir le jour où tu t'y vis
Tu ressembles au Lazare affolé par le jour
Les aiguilles de l'horloge du quartier juif vont à rebours
Et tu recules aussi dans ta vie lentement
En montant au Hradchin et le soir en écoutant
Dans les tavernes chanter les chansons tchèques

Te voici à Marseille au milieu des pastèques

Te voici à Coblence à l'hôtel du Géant

Te voici à Rome assis sous un néflier du Japon

Te voici à Amsterdam avec une jeune fille que tu
　　trouves belle et qui est laide
Elle doit se marier avec un étudiant de Leyde
On y loue des chambres en latin Cubicula locanda
Je m'en souviens j'y ai passé trois jours et autant à
　　Gouda

Tu es à Paris chez le juge d'instruction
Comme un criminel on te met en état d'arrestation

Tu as fait de douloureux et de joyeux voyages
Avant de t'apercevoir du mensonge et de l'âge
Tu as souffert de l'amour à vingt et à trente ans
J'ai vécu comme un fou et j'ai perdu mon temps
Tu n'oses plus regarder tes mains et à tous moments
　　je voudrais sangloter
Sur toi sur celle que j'aime sur tout ce qui t'a épouvanté

Tu regardes les yeux pleins de larmes ces pauvres émi-
　　grants
Ils croient en Dieu ils prient les femmes allaitent des
　　enfants
ils emplissent de leur odeur le hall de la gare Saint-

Lazare

Ils ont foi dans leur étoile comme les rois-mages

Ils espèrent gagner de l'argent dans l'Argentine

Et revenir dans leur pays après avoir fait fortune

Une famille transporte un édredon rouge comme vous

　　transportez votre cœur

Cet édredon et nos rêves sont ausi irréels

Quelques-uns de ces émigrants restent ici et se logent

Rue des Rosiers ou rue des Ecouffes dans des bouges

Je les ai vus souvent le soir ils prennent l'air dans la rue

Et se déplacent rarement comme les pièces aux échecs

Il y a surtout des Juifs leurs femmes portent perruque

Elles restent assises exsangues au fond des boutiques


Tu es debout devant le zinc d'un bar crapuleux

Tu prends un café à deux sous parmi les malheureux


Tu es la nuit dans un grand restaurant


Ces femmes ne sont pas méchantes elles ont des soucis

　　cependant

Toutes même la plus laide a fait souffrir son amant


Elle est la fille d'un sergent de ville de Jersey


Ses mains que je n'avais pas vues sont dures et gercées

J'ai une pitié immense pour les coutures de son ventre

J'humilie maintenant à une pauvre fille au rire horrible
　　ma bouche

Tu es seul le matin va venir
Les laitiers font tinter leurs bidons dans les rues
La nuit s'éloigne ainsi qu'une belle Métive
C'est Ferdine la fausse ou Léa l'attentive

Et tu bois cet alcool brûlant comme ta vie
Ta vie que tu bois comme une eau-de-vie

Tu marches vers Auteuil tu veux aller chez toi à pied
Dormir parmi tes fétiches d'Océanie et de Guinée
Ils sont des Christ d'une autre fome et d'une autre
　　croyance
Ce sont les Christ inférieurs des obscures espérances

Adieu Adieu

Soleil cou coupé

*Alcools* (1913)

Apollinaire, *Œuvres poétiques*,

Texte établi et annoté par Marcel Adéma et Michel Dédaudin,

*Bibliothèque de la Pléiade*, Gallimard pp. 39—44.

# 空　地

**最终** 你①对这个旧世界感到厌倦

牧羊女啊 艾菲尔铁塔 今天早上 这一群桥在咩咩
　　地喊
你在古希腊古罗马生活已经够呛

　　此地 即使是汽车 也有古老的模样
5　　只有宗教依然新鲜朴素
　　像是飞机场上的飞机库

　　在欧洲 只有你没有老朽啊 基督教
　　是您教皇庇护十世②在欧洲人里最时髦
　　而你门窗都在注视你 你感到羞愧
10　　今天早上不会走进教堂去忏悔
　　你读高声咏唱的说明书 商品目录报
　　以上是今早的诗歌 至于散文 有各家日报
　　有二十五生丁的增刊 尽是警匪的冒险故事
　　大人物的肖像 和成百上千的标题

15　　今天早上 我看见一条好看的街道 街名已忘掉
　　这条街新鲜干净 是阳光下的号角
　　厂长 工人 和漂亮的女速记员
　　每天四次在街上走 从周一上午到周六傍晚

---

① "你"指诗人自己。
② 罗马教皇庇护十世于一九零三年至一九一四年在位。

   汽笛上午在街上三次呻吟

20  发狂的钟声在街上吠叫 已近中午时分

   有标牌 有通知 有墙上的文字 有店招

   都像鹦鹉学舌一般地乱喊乱叫

   我喜欢巴黎的这条工业街 气魄不凡

   坐落在奥蒙-蒂埃维尔街和中奖三位数大道之间①


25  这可是条年幼的街 而你还是个小孩

   你母亲给你穿的衣服 不是蓝 就是白②

   你很虔诚 和你最早的同学勒内·达利兹③一起

   教堂有富丽的排场 你们再没有欢喜的东西

   九点钟 蓝蓝的煤气灯火小了 你们偷偷走出了宿舍

30  你们在学校小教堂里祈祷了整整一夜

   正当基督金光闪闪的荣耀不停地转动

   是个永恒 可爱的紫晶色深洞

   这儿有我们大家栽种的白色百合花

   这儿有风吹不灭的火炬 长着红头发

35  这儿有悲痛欲绝的母亲 把又白又红的儿子抱住

   这儿有接受任何祈祷的茂密的树

   这儿有光荣和永生的双重绞架

   这儿有六个枝杈的星星

   这儿有上帝 星期五死去 星期天苏醒

40  这儿有比飞行员在空中飞得更高的基督

---

 ① 这几条街都在巴黎第十七区。

 ② 母亲让孩子敬奉圣母的表示。

 ③ 两人于一八九二年认识。达利兹一九一七年战死。第二年，阿波利奈尔将
出版的《状物诗集》题赠给他。

他保持飞行高度的世界纪录

圣体饼有基督眼睛

诸世纪的第二十块圣体饼 他此地可懂

把本世纪变成一只小鸟 如耶稣升空

45　深渊里的魔鬼都抬头望他

他们说他这是仿效魔术师西蒙①在犹大

他们高喊如果他会飞，大家对他以窃贼②称呼

天使们围绕美丽的飞舞者飞舞

伊卡洛斯③以挪士④以利亚⑤提亚纳的阿波罗尼奥斯⑥

50　围着第一架飞机漂浮

他们有时给被圣体礼托起的人让路

这是些举着圣体饼升天的神甫

飞机终于着陆 却没有把翅膀收起

这样 天上充满了千千万万的燕子

55　飞来的有乌鸦 有猎鹰 有猫头鹰 拍着翅膀

从非洲来的有白鹮 有红鹳 有秃鹳

大鹏鸟翱翔 诗篇和故事里都有记载

爪子里夹着亚当的头盖骨 这第一个脑袋

老鹰从天边猛扑过来 一声大叫

60　而从美洲飞来的是蜂鸟

--------

① 相传魔术师西蒙想要圣彼得教他产生奇迹的本领。

② 法语"飞"和"偷"同音。

③ 希腊神话人物，借助用蜡粘结的翅膀飞翔，接近太阳时，蜡融化，堕海身亡。

④ 亚当的孙子，和以利亚同时升天。

⑤ 犹太先知，乘旋风升天。

⑥ 公元前一世纪的哲学家，相传是魔术师。

从中国飞来比翼鸟 舒展而颀长

此鸟只有一只翅膀 成双成对飞翔

接着是鸽子 和圣灵相通

由琴鸟和长满眼睛的孔雀一路护送

65　凤凰 这生生不息的火堆

一时间盖住了一切 用她燃烧的火灰

执掌生死和命运的美人鱼 克服狂涛怒海

三个人摇摇晃晃地到来

大家 老鹰 凤凰 中国的比翼鸟

70　都和飞翔的机器成为知交


现在 你独自在巴黎的人群里行走

一群一群的公共汽车在你身边驶过 嘴里在吼

爱情的焦虑紧紧地卡住你的脖子

似乎是以后再也不会有人爱你

75　你会进入修道院 如果你生活在古代

你们突然发现自己在祈祷时 你们会羞愧

你嘲笑你自己 你笑得噼里啪啦 像地狱里的火焰

你笑出来的火星照亮你的生活画面

这幅画张挂在昏暗的博物馆

80　有时候 你会去仔细端详


今天 你在巴黎行走 女人们血渍斑斑

这是 我真不愿意想起来 这是美貌一去不返


圣母院曾在沙特尔①注视我 四周是熊熊的大火

---

① 沙特尔在巴黎以南的平原地区,以十三世纪的大教堂闻名于世。

你们圣心大教堂①的血曾在蒙马特尔把我淹没

85　我为倾听令人幸福的话语而得病

我患了暗疾 为有痛苦的爱情

你挥之不去的形象让你在失眠和不安中苟延残喘

总是这个形象在你的身边


现在 你在地中海海边居住

90　头顶着常年开花的柠檬树

你和友人一起荡舟散心

其中一人是尼萨尔 有一个芒通人，两个拉杜尔
　　皮人②

我们看到大海深处的章鱼 大为惊慌

而海藻间游动的鱼 是救世主的形象③


95　你在布拉格郊区一家旅舍的花园里

你感到无比幸福 桌子上有一朵玫瑰

你的散文故事并不下笔匆匆

你注视着小金虫睡在玫瑰花心中


你在圣维特④的玛瑙中惊恐地看到画着自己

100　这一天 你在石头里看到自己 伤心得要死

你像拉撒路⑤被阳光照得吓昏了头

---

① 圣心大教堂坐落在巴黎北部的蒙马特尔高地。

② 芒通和拉杜尔皮都是法国南方尼斯附近的小城市。

③ 希腊文"鱼"字和"上帝之子救世主耶稣基督"的缩写相同。

④ 布拉格的大教堂。

⑤ 拉撒路本是乞丐，也是耶稣的朋友，死后第四天，耶稣使他复活。

犹太区大钟上的时针往后倒走
你这是慢慢地走回你的生活
爬上瓦尔德斯坦宫①晚上听着
105　有人唱捷克歌曲 都是小酒店

你这就在马赛 在西瓜中间

你这就在科布伦兹②在巨人旅馆下榻

你这就在罗马 坐在一棵日本枇杷树下

你这就在阿姆斯特丹 和一个姑娘一起 她长得丑 可
　　你觉得是美人
110　她该和一名莱顿③的大学生结婚
大家就地租了几间屋 拉丁文说"租店"
我记得 我住了三天 在豪达④住同样的时间

你在巴黎 在预审法官家里居住⑤
你作为犯人被人家拘捕

115　你还没有意识到谎言和年龄
已先做过痛苦而又开心的旅行

---

①　布拉格王宫。
②　德国城市。
③　荷兰城市。
④　荷兰城市。
⑤　一九一一年九月，他因被牵连偷窃卢浮宫雕像而入狱数天。

二十岁 三十岁 你有爱情的创伤[①]
我活得像个疯子 我浪费了时光
你再也不敢看自己的手 我时时刻刻想哭泣
120　哭你 哭你爱的她 哭让你害怕的一切东西


你望着自己满含泪水的眼睛 这些移民悲哀
他们信仰上帝 他们祈祷 女人给孩子喂奶
他们的气味充斥圣拉撒路车站[②]的大厅
如同当年来朝的三王 他们相信自己的星星
125　他们希望去阿根廷赚点银子[③]
希望发了财后返回自己的家里
一家人家搬运一个红色的鸭绒枕头 仿佛你们搬运
　　自己的心
这鸭绒枕头和我们的梦 同样都虚无飘渺
这些移民中有些人留了下来
130　住在玫瑰街 住在风筝街 在破屋子里呆
我晚上经常见到他们 他们来街上呼吸空气
很难得会像棋子一样走东走西
尤其有犹太人 犹太妇女戴着假发
她们坐在店堂里 脸色苍白


135　你站在一家下流酒吧的柜台前
你要了一杯两个苏的咖啡 在穷苦人中间

---

① 诗人写此诗时三十二岁,玛丽·洛朗森刚和他分手;大约十年前,安妮·普莱顿拒绝他的追求。
② 巴黎市内的火车站。
③ 阿根廷的词源意义为"银子"。

夜里 你在一家大饭店落脚

这些女人并不坏 不过她们也有苦恼
每个女人 即使最丑的婆娘 都让情人大吃苦头

140　泽西岛①的警察是她的爹

她的双手我过去没有见过 很硬 都已皲裂

我真为她肚子上的长条疤痕感到难过

现在 我的嘴凑在笑得可怕的穷姑娘身上

你独自一人 黎明即将来临
145　卖牛奶的在街上敲响牛奶罐

黑夜远去 像个美丽的混血儿姑娘
假惺惺的费尔迪娜 莱雅有专心的长相

你喝着这烧酒 烫得像你的生命
你喝你的生命 像喝烈酒一瓶

150　你向奥德伊②走去 你想步行回家
在大洋洲和几内亚的偶像中间躺下
这是些另一种形式 另一种信仰的基督

---

① 泽西岛是英国位于法国海边的岛屿。
② 一九零九年时，诗人住在巴黎的奥德伊区。

这是希望渺茫的基督 又低一级程度

别了 别了

155　太阳 被砍了脑袋

《烧酒集》(1913)

**【题解】**《空地》是《烧酒集》的首篇，可见其重要。其实，此诗于一九一二年在《巴黎夜谭》杂志发表，是在诗集出版前最后补入的，以加强诗集的现代气氛。"空地"二字不无费解，当时可指巴黎郊外待建而尚无规划的空地，含有"尚未确定"和"无所适从"的意思。《空地》是一首现代的颂诗，从内容到形式，都是创新之作。艾菲尔铁塔建于一八八九年，在当时是现代技术的象征。但是，诗人在现代生活面前感到忧心忡忡，反映现代人的失落感。

## LE PONT MIRABEAU

Sous le pont Mirabeau coule la Seine

Et nos amours

Faut-il qu'il m'en souvienne

La joie venait toujours après la peine

Vienne la nuit sonne l'heure

Les jours s'en vont je demeure

Les mains dans les mains restons face à face

Tandis que sous

Le pont de nos bras passe

Des éternels regards l'onde si lasse


Vienne la nuit sonne l'heure

Les jours s'en vont je demeure


L'amour s'en va comme cette eau courante

L'amour s'en va

Comme la vie est lente

Et comme l'Espérance est violente


Vienne la nuit sonne l'heure

Ls jours s'en vont je demeure


Passent les jours et passent les semaines

Ni temps passé

Ni les amours reviennent

Sous le pont Mirabeau coule la Seine


Vienne la nuit sonne l'heure

Ls jours s'en vont je demeure

*Alcools* (1913)

*Ibid.*，p. 45.

# 米拉波桥

## 米拉波桥下 塞纳河在流

更有情爱
是否要我怀旧
那时欢乐紧随痛苦之后

5　　　愿钟声响 暮色蔼
韶光逝 此身犹在

你和我搭起的臂桥下面
波涛抬起
望不尽的倦眼
10　　留下 留下 手携手 脸偎脸

愿钟声响 暮色蔼
韶光逝 此身犹在

爱情已去 一如桥下流水
爱情已去
15　　岁月慢得可悲
而"希望"却偏偏暴跳如雷

愿钟声响 暮色蔼
韶光逝 此身犹在

悠悠是岁月 岁月仍悠悠
20　　往日不返
爱情去而不留
米拉波桥下 塞纳河在流

愿钟声响 暮色蔼

韶光逝 此身犹在

《烧酒集》(1913)

**【题解】** 法国《读书》月刊一九八六年推荐法国十大诗集，《烧酒集》名列第一。《米拉波桥》是《烧酒集》最脍炙人口的名篇。这是一首爱情悲歌；一九〇七年，诗人结识年轻的女画家玛丽•罗朗森，五年后，爱情生活出现危机。一九一二年二月，《米拉波桥》在《巴黎夜谭》发表。事实上，至同年六月，玛丽才最终与用情不专的阿波利奈尔分手。诗人一九一〇年一月迁居巴黎西南，每晚经米拉波桥回家。他抚今追昔，借桥下的西去的流水，喻韶光易逝，喻"爱情去而不留"。此诗有现代气息：不设标点，内容有随意性，意象有模糊性。但全诗明白通俗，又是一首传统诗。节奏轻柔，真情实感，用字简单，朴素动人。研究家指出，《米拉波桥》的内容和形式，与中世纪的"织女歌"和民歌可相提并论，与维永和魏尔兰有一脉相承之处。

## LES COLCHIQUES

Le pré est vénéneux mais joli en automne

Les vaches y paissant

Lentement s'empoisonnent

Le colchique couleur de cerne et de lilas

Y fleurit tes yeux sont comme cette fleur-là

Violâtres comme leur cerne et comme cet automne

Et ma vie pour tes yeux lentement s'empoisonne

Les enfants de l'école viennent avec fracas
Vêtus de hoquetons et jouant de l'harmonica
Ils cueillent les colchiques qui sont comme des mères
Filles de leurs filles et sont couleur de tes paupières
Qui battent comme les fleurs battent au vent dément

Le gardien du troupeau chante tout doucement
Tandis que lentes et meuglant les vaches abandonnent
Pour toujours ce grand pré mal fleuri par l'automne

*Alcools* (1913)

*Ibid.*，p. 60.

## 秋水仙

有毒的草地到了秋天却赏心悦目
母牛在草地吃草
慢慢地都会中毒
颜色如同青紫痕和丁香的秋水仙
5　　在草地开花　像你的一双秀眼
淡紫色像青紫痕　也和今年秋天相仿佛
我的生命因你的眼睛而慢慢中毒


放学的孩子走来　吵吵嚷嚷
吹着口琴　穿着粗布的上装
10　　他们采摘秋水仙花朵　如同母亲
又是女儿的女儿①颜色像你的眼睛

---

① 注家认为,这句诗可能与秋水仙的某种生物特征有关,但今不可考。

　　　　你眨眼时和花儿在狂风下颤动一样

　　　　放牧牛群的牧人正在轻声地歌唱
　　　　此时 哞哞叫的母牛慢慢腾腾地走离
15　　永远离开这秋天开毒花的大草地

　　　　　　　　　　　　　　　　《烧酒集》(1913)

【题解】　阿波利奈尔最初注明,此诗一九〇一年九月作于
"新格吕别墅"。《秋水仙》是为怀念安妮的爱情而写的。当时两
人随主人家的女儿在莱茵兰地区逗留。以花比情人的眼睛,是
爱情诗的寻常手法,但能写出内心的丰富感受,评者认为有龙沙
和魏尔兰的遗风。


## MARIE

Vous y dansiez petite fille

Y danserez-vous mère-grand

C'est la maclotte qui sautille

Toutes les cloches sonneront

Quand donc reviendrez-vous Marie


Les masques sont silencieux

Et la musique est si lointaine

Qu'elle semble venir des cieux

Oui je veux vous aimer mais vous aimer à peine

Et mon mal est délicieux

Les brebis s'en vont dans la neige

Flocons de laine et ceux d'argent

Des soldats passent et que n'ai-je

Un cœur à moi ce cœur changeant

Changeant et puis encor que sais-je

Sais-je où s'en iront tes cheveux

Crépus comme mer qui moutonne

Sais-je où s'en iront tes cheveux

Et tes mains feuilles de l'automne

Que jonchent aussi nos aveux

Je passais au bord de la Seine

Un livre ancien sous le bras

Le fleuve est pareil à ma peine

Il s'écoule et ne tarit pas

Quand donc finira la semaine

*Alcools* (1913)

*Ibid.*，p. 81.

## 玛 丽

你跳舞时是个小姑娘

你当外婆时还会跳舞

教堂的钟声都会敲响

你什么时候回来 玛丽

乐声响起 轻轻地蹦跳

戴面具的人都很安静

而乐声只在远处缭绕

听起来仿佛来自天顶

对 我一定要爱你 但爱得少而又少

10　　　我有甜蜜美妙的痴情


母羊去雪地 一头一头

茸茸雪花 银白的雪片

士兵经过 但愿我没有

没有这颗心 此心有变

15　　　我并不知道变了以后


不知你的头发在何方

卷曲得如同海浪翻叠

不知你的头发在何方

和你的手是片片秋叶

20　　　撒满我们倾吐的衷肠


我来到塞纳河的河畔

我腋下夹了一本旧书

河水和我的痛苦一般

这岁岁月月何时结束

25　　　河水西流去 永不枯干

《烧酒集》(1913)

【题解】　这首怀念玛丽·洛朗森的诗于一九一二年十月发表。四个月前，两人刚刚分手。诗中可能有对另一个"玛丽"的回忆。一八九九年，诗人在比利时小城斯塔夫洛读书，曾追求过一个叫玛丽亚·杜布瓦的小姑娘。最后一节和《米拉波桥》相呼应。评家认为,《玛丽》和魏尔兰的《请听这支温柔的歌曲》一诗有异曲同工之妙。

## NUIT RHENANE

Mon verre est plein d'un vin trembleur comme une
　　　flamme
Ecoutez la chanson lente d'un batelier
Qui raconte avoir vu sous la lune sept femmes
Tordre leurs cheveux verts et longs jusqu'à leurs pieds

Debout chantez plus haut en dansant une ronde
Que je n'entende plus le chant du batelier
Et mettez près de moi toutes les filles blondes
Au regard immobile aux nattes repliées

Le Rhin le Rhin est ivre où les vignes se mirent
Tout l'or des nuits tombe en tremblant s'y refléter
La voix chante toujours à en râle-mourir
Ces fées aux cheveux verts qui incantent l'été

Mon verre s'est brisé comme un éclat de rire

*Alcools* (1913)

*Ibid*., p. 111.

# 莱茵河之夜

我杯中斟满的酒颤抖得像是火苗
你听船夫唱出的歌声缓慢而悠长
船夫在歌唱 叙讲曾在月光下见到
七个女人绿色的长发拖到了地上

5      站起来跳个圆舞 而歌要唱得更响
船夫的阵阵歌声 我可不想再听见
请把金发姑娘们安排在我的身旁
她们凝视的眼神 她们卷起的发辫

莱茵河 莱茵醉了 葡萄在河中照镜
10     夜晚的点点金光颤悠悠跌入河中
唱歌的人总是以垂死喊叫的声音
唱这些绿发仙女诅咒夏夜的天空

我的酒杯跌碎了 碎得像一声大笑

《烧酒集》(1913)

【题解】 一九〇一年至一九〇二年,阿波利奈尔在德国莱茵地区,历时一年,成为他以后诗歌创作的丰富源泉。《烧酒集》中有九首诗,题为"莱茵河组诗",本诗是其首篇。酒的象征在诗中占有重要地位。诗人自注:此诗作于一九〇二年。

## AUTOMNE MALADE

Automne malade et adoré

Tu mourras quand l'ouragan soufflera dans les roseraies

Quand il aura neigé

Dans les vergers


Pauvre automne

Meurs en blancheur et en richesse

De neige et de fruits mûrs

Au fond du ciel

Des éperviers planent

Sur les nixes nicettes aux cheveux verts et naines

Qui n'ont jamais aimé


Aux lisières lointaines

Les cerfs ont bramé


Et que j'aime ô saison que j'aime tes rumeurs

Les fruits tombant sans qu'on les cueille

Le vent et la forêt qui pleurent

Toutes leurs larmes en automne feuille à feuille

   Les feuilles

   Qu'on foule

   Un train

   Qui roule

   La vie

   S'écoule

*Alcools* (1913)

*Ibid.* , p. 146.

# 病 秋

有病而可爱的秋天
当玫瑰园里刮起风暴的时候
果园里下过雪以后
你将会死去

5　　可怜的秋天
挂满成熟的累累果实死去
飘满雪花 白茫茫的死去
在天空的尽头
有雄鹰在翱翔
10　　在天真的长着绿头发的水中小仙女①上空
她们从来没有尝到爱情

雄鹿发出求爱的叫鸣
在遥远的边界之上

啊 秋季啊 我多么多么爱你喧闹的声音
15　　爱无人收摘自己落地的果实
爱哭泣的风儿 爱哭泣的森林
还爱秋风和秋林洒落的眼泪滴滴
　　　　　片片树叶
　　　　　踩在脚底
20　　　　火车一列

---

① 日耳曼传说中,少女失恋后投河,灵魂化作仙女。

向前奔驰

生活 生活

正在流失

【题解】 诗人伤秋。阿波利奈尔从丰收的金秋中看到将死的病秋。哀叹时光的流逝是《病秋》的主题。诗人于一九一一年称:"在我身上,没有任何东西比这时光的流逝更叫人忧伤了。时光的流逝和我自身的感觉太格格不入,是我诗歌的最好源泉。"此诗从内容看,和"莱茵河组诗"相通,在《烧酒集》前未曾发表。

## LA JOLIE ROUSSE

Me voici devant tous un homme plein de sens

Connaissant la vie et de la mort ce qu'un vivant peut connaître

Ayant éprouvé les douleurs et les joies de l'amour

Ayant su quelquefois imposer ses idées

Connaissant plusieurs langages

Ayant pas mal voyagé

Ayant vu la guerre dans l'Artillerie et l'Infanterie

Blessé à la tête trépané sous le chloroforme

Ayant perdu ses meilleurs amis dans l'effroyable lutte

Je sais d'ancien et de nouveau autant qu'un homme seul
    pourrait des deux savoir

Et sans m'inquiéter aujourd'hui de cette guerre

Entre nous et pour nous mes amis

Je juge cette longue querelle de la tradition et de l'invention

De l'Ordre et de l'Aventure

Vous dont la bouche est faite à l'image de celle de Dieu
Bouche qui est l'ordre même
Soyez indulgents quand vous nous comparez
A ceux qui furent la perfection de l'ordre
Nous qui quêtons partout l'aventure

Nous ne sommes pas vos ennemis
Nous voulons vous donner de vastes et d'étranges domaines
Où le mystère en fleurs s'offre à qui veut le cueillir
Il y a là des feux nouveaux des couleurs jamais vues
Mille phantasmes impondérables
Auxquels il faut donner de la réalité
Nous voulons explorer la bonté contrée énorme où tout se tait
Il y a aussi le temps qu'on peut chasser ou faire revenir
Pitié pour nous qui combattons toujours aux frontières
De l'illimité et de l'avenir
Pitié pour nos erreurs pitié pour nos péchés

Voici que vient l'été la saison violente
Et ma jeunesse est morte ainsi que le printemps
O soleil c'est le temps de la Raison ardente
                    Et j'attends
Pour la suivre toujours la forme noble et douce
Qu'elle prend afin que je l'aime seulement
Elle vient et m'attire ainsi qu'un fer l'aimant

Elle a l'aspect charmant
D'une adorable rousse

Ses cheveux sont d'or on dirait
Un bel éclair qui durerait
Ou ces flammes qui se pavanent
Dans les roses-thé qui se fanent

Mais riez riez de moi
Hommes de partout surtout gens d'ici
Car il y a tant de choses que je n'ose vous dire
Tant de choses que vous ne me laisseriez pas dire
Ayez pitié de moi

*Calligrammes* (1918)
*Ibid.*, pp. 313—314.

# 红发美人

请看我站在人人面前 一个通情达理的人
熟悉生活 对死亡具有活人能有的知识
经历过爱情的痛苦和欢乐
有时候会逼人接受我的思想
5　　认识多种语言
游历过不少地方
见到战争时是炮兵和步兵
头部受伤 麻醉后做过穿颅术
在这场可怕的斗争中失去最亲密的朋友

10　我懂得新旧的事物 正如独自一人所能懂得的那样
　　而今天无须为了在各位朋友 你我之间
　　为这一场斗争而不安
　　我评判传统与创新之间 "秩序"和"冒险"之间
　　这番由来已久的纷争

15　你们的嘴仿照上帝的嘴造成
　　这嘴是秩序的化身
　　请宽大为怀 当你们把我们
　　和体现完美无缺的秩序的人相比较
　　而我们 我们处处在寻觅冒险

20　我们不是你们的敌人
　　我们愿意为你们提供辽阔奇异的领域
　　那儿有神奇为采摘神奇的人盛开
　　那儿有新的火焰 有见所未见的色彩
　　有千百种难以称量的幻象

25　应该给予它们现实感
　　我们想探索仁爱这块没有一点声响的巨大国土
　　还有可以挥之即去 或招之即来的时光
　　可怜我们一直在前线
　　在无穷和未来的前线战斗

30　可怜我们的失误 可怜我们的罪过

　　眼下是夏天这个粗暴的季节到来
　　我们的青春正如同春天已经死亡
　　阳光啊 这是"理智"热得发烫的时光

　　　　　　　我且等待

35　　等待理智具有的面貌　高贵而温和

　　　再追随理智　我仅仅只对理智钟爱

　　　这理智会来吸引我　如同是磁铁一块

　　　　　　理智有迷人的风采

　　　　　　像是红发的美人


40　　她的头发金黄色　仿佛

　　　美丽的闪电会飘飘忽忽

　　　或是一朵火焰闪亮

　　　在枯萎的茶香玫瑰里趾高气扬


　　　　　但是　笑吧　笑我吧

45　　各地的人　尤其是此地的人

　　　因为有多少事情我不敢对你们说

　　　有多少事情你们也不会让我说

　　　　　可怜可怜我吧


　　　　　　　　　　　　　　《状物诗集》(1918)


　　【题解】　"红发美人"指雅克琳·科尔布。《状物诗集》于一九一八年四月十五日出版。半个月之后的五月二日，阿波利奈尔娶雅克琳为妻。诗中有关"传统"和"创新"、"秩序与冒险"的这部分诗句，可以理解为是阿波利奈尔的"诗歌遗嘱"。


# ILYA

Il y a des petits ponts épatants

Il y a mon cœur qui bat pour toi

Il y a une femme triste sur la route

Il y a un beau petit cottage dans un jardin

Il y a six soldats qui s'amusent comme des fous

Il y a mes yeux qui cherchent ton image


Il y a un petit bois charmant sur la colline

Et un vieux territorial pisse quand nous passons

Il y a un poète qui rêve au ptit Lou

Il y a un ptit Lou exquis dans ce grand Paris

Il y a une batterie dans une forêt

Il y a un berger qui paît ses moutons

Il y a ma vie qui t'appartient

Il y a mon porte-plume réservoir qui court qui court

Il y a un rideau de peupliers délicat délicat

Il y a toute ma vie passée qui est bien passée

Il y a des rues étroites à Menton où nous nous sommes aimés

Il y a une petite fille de Sospel qui fouette ses camarades

Il y a mon fouet de conducteur dans mon sac à avoine

Il y a des wagons berges sur la voie

Il y a mon amour

Il y a toute la vie

Je t'adore

*Poèmes à Lou* (1947)

*Ibid.* , p. 423.

# 有

　　有让人吃惊的小桥
　　有我的心为你而跳
　　有个女人在路上伤心
　　有座美丽的乡村小别墅在花园里
5　　有六个士兵疯疯癫癫在开心
　　有我的眼睛在寻找你的形象


　　有片迷人的小树林在山岗
　　我们走过时有个老兵在撒尿
　　有个诗人在思念小露露①
10　　有个迷人的小露露在大巴黎
　　有座炮台在森林里
　　有个牧童在放羊
　　有我的生命属于你
　　有我的蘸水笔跑呀跑呀
15　　有一排屏障似的杨树细呀细呀
　　有芒通②的小街小巷里我们曾经相爱
　　有个索斯贝勒③的小姑娘鞭打她的伙伴们
　　有我这把车夫的鞭子在我们燕麦口袋里
20　　有几节比利时车厢在路上
　　有我的爱情
　　有全部生命

---

①　"露"是对路易丝·德·科利尼-夏蒂永的昵称。
②　法国南部城市，邻近意大利。
③　法国南方小城，在尼斯附近。

## 我喜欢你

《写给露的诗》(1947)

【题解】 《写给露的诗》是遗作。一九一四年九月,阿波利奈尔在尼斯认识路易丝·德·科利尼-夏蒂永,昵称"露"。两人一见钟情,进入热恋。但"露"于一九一五年三月底提出分手。这是一首"清单诗"的样本:全诗只是一张历数一系列美好情景的清单。而情景和情景之间,不必非有逻辑的联系不可。阿波利奈尔在其有关"新精神"的演说中,认为"在灵感的领域内,自由不能少于一份日报的自由,而报纸可以在一页篇幅内,处理最为分散的材料,跨越最为遥远的国度。我们在想:为什么诗人就不能有少说也是相同的自由呢,在电话、无线电报和航空的时代,面对外部的世界,就非要谨慎从事呢。"诗人由此创造出一种特有的"即时性"。

## 马赛曲

CHANT DE GUERRE POUR L'ARMÉE DU RHIN

《LA MARSEILLAISE》

Parole et musique de Rouget de Lisle

Allons, enfants de la patrie,

Le jour de gloire est arrivé.

Contre nous de la tyrannie

L'étendard sanglant est levé. (*bis*)

Entendez-vous dans les campagnes

Mugir ces féroces soldats,

Ils viennent jusque dans vos bras

Egorger vos fils, vos compagne.

REFRAIN

Aux armes, citoyens! Formez vos bataillons!

Marchons! (*bis*) Qu'un sang impur abreuve nos sillons!

Que veut cette horde d'esclaves,

De traîtres, de rois conjurés?

Pour qui ces ignobles entraves,

Ces fers dès longtemps préparés? (*bis*)

Français, pour nous, ah! quel outrage,

Quels transports il doit exciter!

C'est nous, qu'on ose méditer

De rendre à l'antique esclavage! (*Refrain*)


Quoi, des cohortes étrangères

Feraient la loi dans nos foyers?

Quoi, des phalanges mercenaires

Terrasseraient nos fiers guerriers? (*bis*)

Grand Dieu!… Par des mains enchaînées,

Nos fronts sous le joug ploieraient,

De vils despotes deviendraient

Les maîtres de nos destinées? (*Refrain*)


Tremblez, tyrans! et vous perfides,

L'opprobre de tous les partis,

Tremblez! Vos projets parricides

Vont enfin recevoir leur prix. (*bis*)

Tout est soldat pour vous combattre

S'ils tombent, nos jeunes héros,

La terre en produit de nouveaux

Contre vous tous prêts à se battre. (*Refrain*)


Français! en guerriers magnanimes

Portez ou retenez vos coups,

Epargnez ces tristes victimes

A regret s'armant contre nous. (*bis*)

Mais le despote sanguinaire,

Mais les complices de Bouillé,

Tous ces tigres qui, sans pitié,

Déchirent le sein de leur mère. (*Refrain*)

Amour sacré de la patrie

Conduis, soutiens nos bras vengeurs.

Liberté, liberté chérie

Combats avec tes défenseurs. (*bis*)

Sous nos drapeaux, que la victoire

Accoure à tes mâles accents,

Que tes ennemis expirants

Voient ton triomphe et notre gloire! (*Refrain*)

*Chants de la Révolution française*,

choix établi par François Moureau et Elisabeth Wahl,

Le livre de poche, 1989, pp. 79—82.

# 莱茵军战歌
## (马赛曲)

向前进,祖国的好儿女,

光荣的日子已经来到。

暴君把血红的旗高举,

正在向我们挥舞屠刀。(重复)

听吧,这些残暴的匪帮,

正在各地的乡村嚎叫,

5

掐死你们的妻儿老小，
竟然打到你们的身旁。


叠句

拿起武器，公民们！整好队伍向前冲！
10　　前进吧！（重复）要用赃血浇灌我们的田垄！


这帮奴才、国王和叛徒，
都狼狈为奸，意欲何为？
这些锁链，卑鄙的桎梏，
是为了谁才早早准备？（重复）
15　　法国人，是为我们，可耻！
满腔都是愤怒的情绪！
他们竟然敢处心积虑，
让我们重新沦为奴隶！（叠句）


什么，这一伙外国兵匪
20　　到我们家里称王称霸？
什么，这一伙雇用军队
会把我们的勇士打垮？
天哪！……面对这一帮奴才，
难道我们会屈服低头，
25　　难道卑鄙的暴君能够，
能够把我们命运主宰？（叠句）


发抖吧，暴君！你们内奸，
你们背叛了各派政党，

发抖吧！你们罪恶滔天，

30 定会得到应有的下场。（重复）

要打败你们，全民皆兵。

法国如果有英雄倒下，

新的英雄会成长壮大，

时刻准备和你们拼命。（叠句）

35 法国人，你们宽宏大度，

战士有枪也可以不开，

这些炮灰也可以饶恕，

与我们为敌，不无悔改。（重复）

可是嗜血成性的君王，

40 可是这些混帐的帮凶，

这些豺狼都气势汹汹，

撕咬自己母亲的胸膛！（叠句）

祖国，我们神圣的爱情，

请你指引我们去复仇。

45 自由啊，你是多么可敬，

请和我们并肩去战斗。（重复）

愿胜利敲响鼓声咚咚，

追随军旗去南征北讨！

让垂死的敌人都看到：

50 自由必胜！我们好光荣！（叠句）

【题解】 一七九二年，法国向奥地利宣战。四月二十五日晚，斯特拉斯堡市长迪特里希（Frédéric de Dietrich）在家中和朋友讨论战争形势，工兵上尉鲁热·德·利尔（Claude Joseph Rouget de Lisle）连夜写成《莱茵军战歌》。六月，马赛的义勇军即将开赴巴黎。蒙波利埃市的医生米勒尔（François Mireur）以"宪法之友俱乐部"代表的身份，来马赛协调南方义勇军开赴前线事宜。六月二十二日，他在马赛演讲时，第一次哼唱了这首从斯特拉斯堡传到蒙波利埃的《莱茵军战歌》，全场群情激动。七月，《莱茵军战歌》印成歌页，分发给马赛义勇军战士。七月三十日，五百一十六名马赛志愿军高唱战歌，开进巴黎巴士底广场，巴黎人民称之为《马赛曲》（La Marsaillaise）。一七九五年七月十四日，国民公会将它定为"国歌"。一八七九年二月十四日，第三共和国又一次决定《马赛曲》为"国歌"。画家皮尔斯（I. Pils）有名画《鲁热·德·利尔高唱〈马赛曲〉》，雕塑家吕特（François Rude）在凯旋门作高浮雕《一七九三年志愿军出征》，通常也称作《马赛曲》。《马赛曲》表达火辣辣的革命感情，是法国大革命

的产物，也是人类历史的共同遗产。史学家米什莱（Jules Michelet）认为，《马赛曲》使"各国人民的呼声又多了一首不朽的歌"。

# 国际歌

## L'INTERNATIONALE

Au citoyen Gustave Lefrançais,
membre de la Commune.

C'est la lutte finale:
Groupons-nous, et demain,
L'Internationale
Sera le genre humain.

Debout! les damnés de la terre!
Debout! les forçats de la faim!
La raison tonne en son cratère,
C'est l'éruption de la fin.
Du passé faisons table rase,
Foule esclave, debout! debout!
Le monde va changer de base:
Nous ne sommes rien, soyons tout!

Il n'est pas de sauveurs suprêmes:
Ni Dieu, ni César, ni tribun,
Producteurs, sauvons-nous nous-mêmes!

Décrétons le salut commun!

Pour que le voleur rende gorge,

Pour tirer l'esprit du cachot,

Soufflons nous-mêmes notre forge,

Battons le fer quand il est chaud!


L'Etat comprime et la loi triche;

L'Impôt saigne le malheureux;

Nul devoir ne s'impose au riche;

Le droit du pauvre est un mot creux.

C'est assez languir en tutelle,

L'Egalité veut d'autres lois;

« Pas de droits sans devoirs, dit-elle,

Egaux, pas de devoirs sans droits!»


Hideux dans leur apothéose,

Les rois de la mine et du rail

Ont-ils jamais fait autre chose

Que dévaliser le travail?

Dans les coffres-forts de la bande

Ce qu'il a créé s'est fondu.

En décrétant qu'on le lui rende

Le peuple ne veut que son dû.


Les rois nous soûlaient de fumées,

Paix entre nous, guerre aux tyrans!

Appliquons la grève aux armées,

Crosse en l'air et rompons les rangs!
S'ils s'obstinent, ces cannibales,
A faire de nous des héros,
Ils sauront bientôt que nos balles
Sont pour nos propres généraux.

Ouvriers, paysans, nous sommes
Le grand parti des travailleurs;
La terre n'appartient qu'aux hommes,
L'oisif ira loger ailleurs.
Combien de nos chairs se repaissent!
Mais, si les corbeaux, les vautours,
Un de ces matins, disparaissent,
Le soleil brillera toujours!

C'est la lutte finale:
Groupons-nous, et demain,
L'Internationale
Sera le genre humain.

Paris, juin 1871.

Eugène Pottier, *Œuvres complètes*
rassemblée, présentées et annotées par Pierre Brochon,
Librairie François Maspéro, 1966, p. 101.

# 国际歌

这是最后的搏斗:

　　　　团结起来，到明天，
　　　　"国际"的理想能够
　　　　在全人类中实现。

5　　　起来！世上受苦的难友！
　　　　起来！忍饥挨饿的牛马！
　　　　"理性"正在火山口怒吼：
　　　　马上要作最后的喷发。
　　　　要把旧时代彻底铲除。
10　　　奴隶大众，起来！起来！
　　　　世界即将要改变基础，
　　　　乾坤由我们贱民主宰！

　　　　社会贤达、君主和上帝，
　　　　并非至高无上的救星。
15　　　劳动者，自己拯救自己！
　　　　颁布共同解放的法令！
　　　　为了让盗贼退出赃物，
　　　　为了把"思想"救出牢笼，
　　　　由我们自己鼓风掌炉，
20　　　要趁热打铁，才会成功！

　　　　国家欺压，而法律欺骗；
　　　　捐税把民脂民膏搜刮；
　　　　富人丝毫无义务可言，
　　　　穷人的权利是句空话。
25　　　监管下受罪，岂有此理？

"平等"在宣布新的法度；
"既没有无义务的权利，
也没有无权利的义务！"

矿山巨头和铁路大王，
30     受人膜拜而恬不知耻。
他们除了把"劳动"抢光，
还做过什么别的好事？
流进强盗们的保险柜，
是"劳动"所创造的财富。
35     人民宣布把财富收回，
仅仅是要求物归原主。

国王哄骗我们当炮灰。
要打到暴君！内部和睦：
要把罢工推广到军队，
40     要枪托朝天，解散队伍！
如果这些吃人的生番
非让我们都成为英雄，
就会看到我们的子弹
要给自己的将军享用。

45     工人和农民兄弟，我们
是劳动者伟大的政党，
大地属于勤劳的主人，
让懒汉到别处去游荡。
有多少乌鸦，多少秃鹰，

50　　　　　正在饱吃我们的血肉！

　　　　　它们哪天早晨被肃清，

　　　　　鲜红的太阳永照全球！


　　　　　这是最后的搏斗：

　　　　　团结起来，到明天，

55　　　　"国际"的理想能够

　　　　　在全人类中实现。


【题解】 《国际歌》(*L' Internationale* )中的"国际"是"国际工人联合会"(Association internationale des Travailleurs)的简称，一八六四年在英国伦敦成立。巴黎公社失败后，鲍狄埃(Eugène Pottier, 1816—1887)躲在公社发祥地蒙马特尔的一间简陋的顶楼里，在白色恐怖的腥风血雨中，写下气壮山河的《国际歌》。由于历史原因，没有发表。一八八七年《革命歌集》出版，《国际歌》经修改后与世人见面。《国际歌》反映对无产阶级事业的必胜信念，又是对巴黎公社的历史总结。一八八八年六月十九日，工人歌手狄盖特(P. Degeyter, 1848—1932)为《国际歌》谱曲，初次在里尔工人合唱团演唱。另一位工人作曲家福雷(P.-A. Forest, 1851—1914)也曾为此歌谱曲。《国际歌》明显沿用《马赛曲》的格律结构，狄盖特谱曲前，有人以《马赛曲》的曲调唱《国际歌》。一九六一年，《国际歌》的原稿在荷兰阿姆斯特丹的社会历史研究所发现，原稿和发表稿相比，有不少修改。一九二〇年，我国首次刊出《国际歌》第一节的译词。一九二一年九月，《小说月报》刊出耿济之和郑振铎合译的歌词。一九二三年《新青年》发表陈乔年和肖三的译文和配曲，译文是据俄语

转译的,久为传唱。一九六二年,我国修订《国际歌》译文,四月
二十八日在《人民日报》发表,未注译者姓名。从原诗看,新译文
并不理想。

# 后　记

## 这是一条路

　　《法国抒情诗选》筹划之前,先有《法国诗选》。《法国诗选》第一版于二○○一年在复旦大学出版社出版,距今已有十年。《法国诗选》从第一版起,书后有附录《为法诗汉译建立模式》。从《法国诗选》到《法国抒情诗选》,这十年只是一条路的继续,是一条路的延伸,是一条路的拓宽。今天,《法国抒情诗选》要努力在法诗汉译的路上,借助法诗汉译的模式,延伸长度和拓宽宽度。

　　早在《法国诗选》之前,我们一九八六年在人民文学出版社出版《雨果诗选》("外国文学名著丛书"),二○○○年更出版第二种《雨果诗选》("世界文学名著文库")。所以说,这条译诗的路已经走了二十多年,已经是条大路。这条路的起点很小,很偶然,只是不经意的一步。这起点不是雨果,而是《国际歌》的作者欧仁·鲍狄埃。

　　一九七八年,我在南京大学外文系任教。外文系的法语教研室和南京大学文科学报联系后,组织教师翻译鲍狄埃的五首诗,纪念巴黎公社成立一百零七周年和《国际歌》的作者欧仁·鲍狄埃逝世九十周年。"南京大学学报"一九七八年第二期的最后四页,刊出了这五首译诗。译者分别是冯汉金、陈宗宝、高强和我。我不知道由谁选定这五首译诗,译者每人翻译一首。也不知出于什么原因,当时由我翻译两首:《锯和木柴》和《法官》,两首诗共三十四行。所以,鲍狄埃的《锯和木柴》和《法官》成了我最早发表的译诗。

《法官》是首十四行诗,原诗的用韵目前已不得而知,但我的译诗十四句中有十二句押同一个韵,反映出抱着诗韵好不开心的天真情状。十四行诗通常最后六句有三组韵,我都译成"衣"韵:

> 人人的长袍上都有一块血迹,
> 你们寡廉鲜耻,用无辜者的血衣,
> 换来叛徒的勋章,变节者的锦旗,
>
> 你用路边的树做绞架,法官林奇,
> 请告诉我,如果他们落在你手里,
> 对这些法官,你准备如何判决处理?

三年后,人民文学出版社组织翻译并出版《鲍狄埃诗选》,张英伦等译,罗大冈校并序。南京大学的四位译者都应邀参加。分工给我翻译的有八首,共三百行。能为人民文学出版社给《国际歌》的作者翻译三百行诗,这在一个青年教师的心里,掀起了一点小小的波澜。今天回过头来看自己最初的译诗,既亲切,又陌生。《干什么行当吃什么饭》的第一节:

> 一个抬棺材的人,把杯里的酒喝光,
> 　　向着警官直嘟囔:
> 现在殡葬业这门行当,
> 　　生意太不兴旺。
> 亲爱的托马,我家有六个儿郎,
> 没有小费,生活就没希望。

靠死人吃饭不太行啦！
靠死人吃饭不行啦！

　　鲍狄埃的革命"歌曲"应该是有格律的，自己初出茅庐，以自由体信手翻译。又对诗韵迷恋不已，一叠声的"方"韵，全然不顾这样会有把原诗译成打油诗的潜在危险。当年译鲍狄埃是"工作任务"，但这是我和法语诗歌结缘的开始。

　　八十年代初，应该在一九八二年左右的时候，我向人民文学出版社提出，一九八五年将是法国作家雨果的逝世一百周年，我建议翻译一部"雨果诗选"，一部"雨果传记"。两项建议都得到出版社的积极回应。关于"雨果诗选"，按照当时的常例，人民文学出版社先审阅我的试译稿后，才接受我的雨果诗选选题。《雨果传》确定用安德烈·莫洛亚（André Maurois）的本子，由程干泽和我合译，但书中五百多行引诗全由我负责。我当时在南京大学是一名讲师，接到这样两项翻译重任，在心里，尤其在手上，只觉得沉甸甸的。

　　鲍狄埃的原诗由上面交下来，现在不同，雨果的诗作由我选定，由我翻译。雨果的诗除了气势磅礴，内容丰富多彩，形式的变化多端也令人目不暇接。例如，《东方集》里的《奇英》，全诗十五节，每节八句，十五节的诗句音节数由少而多，再由多而少，具体为二、三、四、五、六、七、八、十、八、七、六、五、四、三、二，再通过诗韵由低沉到激越，再由激越到低沉，再加上文字想象由空泛到空灵，再由空灵到空泛，体现动作的渐近和渐远，意境的由静而动，由动而静。《奇英》是一首格律诗的"奇英"。我必须在开译之前，对雨果诗句的形式有所考虑，有所决定，以确定自己的译诗规格。再一味地一韵到底地玩韵，最后会无法收场，一败涂地。问题很严肃,也很严重。我没有前人可以借鉴,没有同好可以切磋。当时也来不及在开译《雨果诗选》前,对前人的译诗经验认真加以总结,时间不允许,精力不允许。

雨果的诗都是格律诗。对诗歌格律的两项基本要素,音节和韵,我当时不想过多地纠缠,直觉地以为尊重原诗,应该是一种相对来说比较方便的解决办法。从翻译鲍狄埃的字数散漫和一韵到底,到翻译雨果的音节和诗韵悉依原诗,是本质上完全不同的译诗路子。这个转变,当时并不痛苦。

《雨果诗选》开译后,这才感到有痛苦。每一首诗有痛苦,每一行诗有痛苦,甚至每一个字也会有痛苦。一首《奇英》,使我多少天寝食不安。莫洛亚的《雨果传》为了说明青年雨果高超的写诗技巧,引了一些他玩弄技巧的绝招,我这才领教了尊重原诗的厉害。莫洛亚写道:"诗中用词仅取其音乐性。有时,他会这样消遣自娱(《城堡卫戍官出猎》):在八页之多的篇幅中,在每行八个音节的诗句里,让一个单音节词交替出现,作为呼应:

> Voilà ce que dit le burgrave,
> 　　Grave,
> Au tombeau de saint Godefroi,
> 　　Froid.


> 站在圣哥特弗里德阴湿
> 　　的墓室,
> 卫戍官的陈述至此告终,
> 　　很庄重……"


说起来简单,八音节译成十字,单音节译成三字,韵脚用原韵，"湿"和"室"相押，"终"和"重"同韵。莫洛亚又举出《浴女萨拉》，雨果"轻而松之地重现了'七星诗社'那种脍炙人口的诗节：

> 这架纤细柔嫩的秋千，
>> 清晰地显现
> 在这一片透明的水镜，
> 这位皮肤白皙的浴女，
>> 低下了身躯，
> 低得可以把自己看清……"

　　我没有意识到自己上的这条船，从此再也下不来了。我用这个方法译完了一部《雨果诗选》。六千行诗的任务是铁定的，我暑假从南京回到家乡无锡，把自己关在一间小屋子里，像囚犯一样由家人给我送饭。我天天抱着雨果的六千行诗在挣扎。在旁人眼里，我翻译了六千行诗，在我自己心里，我赤手空拳，敲开了一座大门。

　　不久，北京《翻译通讯》（《中国翻译》的前身）编辑部的金缕女士来南京访问，我们有机会认识。以后，《翻译通讯》的另一位编辑来南京，商定我为该刊写一篇翻译《雨果诗选》的心得体会。一九八五年，《翻译通讯》八月号刊出我的《雨果一首小诗的翻译过程剖析》。这首小诗是《东方集》里的《出神》，十二行。我把如何翻译雨果格律诗的全过程都记在这篇文章里了。每翻译一行诗，我的经验是至愚至笨的经验：我翻译六遍：

　　　　1 句段对译；
　　　　2 逐句直译；
　　　　3 诗化加工；

4 诗韵加工；

5 音节加工；

6 节奏加工。

我在文章的最后说："笔者认为，翻译格律诗，以有一个设计为好，定一个模式为好，以分阶段翻译、加工和润色为好。希望不仅能在音义、风格和意境上忠于原诗，也能在音节、用韵和节奏等形式上接近原诗。"

《雨果一首小诗的翻译过程剖析》端出来我的全部译诗秘笈。每首诗翻译六遍，每行诗翻译六遍，分六个阶段翻译格律诗，这里有"设计"，这里有"模式"。这就是一条路。文章发表后一年，一九八六年三月，程曾厚译的《雨果诗选》出版，文章发表后两年，一九八七年，程干泽和我合译的含有五百多行诗句的《雨果传》问世。法语诗歌的汉译历来冷清。雨果是名家，一九八五年前后，我的老师沈宝基先生的《雨果诗选》在湖南人民出版社出版，一九八六年十二月，张秋红的两卷本《雨果诗选》由上海译文出版社出版。应该说，这三部《雨果诗选》都是严肃的译本。但是，我没有见到翻译界和读书界对雨果译诗的评论文字。至于我，我为诗人雨果感到高兴，他终于享受到三种不同的译本。

一九八七年，发生了一件对我来说不无意外的事情。人民文学出版社有一个信息渠道，搜集境外对自己出版物的评价。出版社得到一篇对《雨果诗选》有好评的书评，给我寄来了复印件。不读不知道，一读吓一跳。书评不很长，发表在香港出版的《读者良友》一九八七年三月号上，竖排本两页，题目是《八六内地诗译成果一瞥》，作者俞士忱。卞之琳写过一篇《译诗艺术的成年》，认为一九八一年有三个成年的标志：飞白论译马雅可夫斯基诗的文章，杨德豫译的《拜伦抒情诗七十首》和屠岸译的新版莎士比亚《十四行诗集》。俞士忱的评论由此论及一九八六年诗译界的概况："不失为内地诗歌翻译丰收的一年"。俞文着重提出："法国大诗人雨果的诗作,过去有两种中译本,质量都不尽如人意。今年人民文学出版社出版的程曾厚的译本,不但是迄今雨果诗作中译的佼佼者,即使置之于中国最优秀的诗译之中,它也毫不逊色。雨果诗作之雄肆多变,世罕其匹,功力稍逊的译者,驾驭不了联翩而至的意象,往往予人以左支右绌,穷于应付的感觉。程译虽然还不像原作那末神定气足,却也略具雨果的神采,这在诗歌翻译来说,已经是一个很了不起的成就了。"

　　这是我第一次见到有人肯定我的译诗。这第一次来自当时的境外,而且意外地把我翻译的《雨果诗选》置之于"中国最优秀的诗译之中"。中国诗译界的名人都是英语和俄语的老一辈诗译者。我有些为这位俞士忱不谙国情而捏一把汗。幸好,这是境外的评论,如果放在国内,这岂非是肉麻吹捧。我勉励自己:对自己的译法要有信心,译诗应该有追求,这追求是因人而异的。书评的作者是香港《大公报》副刊"大公园"的主笔马文通先生,而他是查良铮(穆旦)的学生。

　　一九八八年六月,"欧华学会"会长、《红楼梦》的法译者李治华先生在一封用法文写的推荐信里说:"我把《雨果诗选》里的大部分译诗和原文对照阅读过,程先生具有真正的诗的感受能力。"

　　可能受当时境外对《雨果诗选》的评价影响,人民文学出版社于一九九一年约我翻译一部大型的《法国诗选》,并列为"八五"计划(一九九一至一九九五)的重点选题之一:"由于种种历史原因,我国对法国诗歌的翻译和研究工作相当薄弱,而一部全面介绍法国历代诗歌成就的《法国诗选》,长期以来始终是一个空白。我们已约请南京大学的程曾厚教授承担《法国诗选》的编

选和翻译工作。"当时国内没有出版过三卷本的任何国别诗选，
我意识到三卷本的《法国诗选》是一颗重磅炸弹，工作量会很大，
工作周期会很长。但我没有开译《雨果诗选》之前的犹豫和惶
恐，因为我有了一套初具形式的译诗模式。我在搜集法国诗歌
资料的同时，酝酿把雨果诗的翻译经验推广到法语诗的翻译，准
备把《雨果一首小诗的翻译过程剖析》里提出的译诗六阶段论，
提高到法语诗汉译的模式设计。以后，我在译诗模式的层次上
展开两个方面的研究。

　　一方面，从法国诗歌的整体着眼，选译若干名家的名篇，格
律的特点鲜明而富有特色，转译的难度大，以求验证译诗格律模
式的实用性和有效性。另一方面，对于法语作诗法（versifica-
tion française）的格律三大要素：音节计数（la mesure）、诗韵（la
rime）和节奏（le rythme），进行比较深入一点的研究，最后提高
到模式设计的水平上来。对于第一个方面，我们写成以下三篇
专题研究：《〈国际歌〉试译及说明》、《魏尔伦的诗可以汉译吗？》、
《马拉美的〈天鹅十四行诗〉译评》。就翻译法语诗的格律而言，
《马拉美的〈天鹅十四行诗〉译评》尝试的格律形式最多，难度最
大，层次最深。对于第二个方面，我们先后完稿《从雨果诗的翻
译谈法语诗的翻译》、《法诗汉译的音节设计》和《法诗汉译的诗
韵设计》。

　　与此同时，原来由人民文学出版社和译文出版社联合组织
出版的"外国文学名著丛书"在出版界逐渐淡化和退出，而由王
佐良编选的一卷本《英国诗选》正是属于"外国文学名著丛书"的
一种。《法国诗选》本应属于同一丛书，现在似乎成了悬案。

　　一九九五年年底，我由南京大学调广州中山大学任教。一
九九七年三月底，我接到上海复旦大学将于六月初召开"中法翻
译学术研讨会"的通知，大会工作语言为法语，给我的发言时间

是三十分钟。我利用两个月的业余时间，写成《法诗汉译的模式研究》，并译成法语。为了论证和举例的方便，我准备了一个"附件"，举出十首译诗，约二百行。四月，在写作《法诗汉译的模式研究》的过程中，我在藏书中翻出一本由巴黎新索邦大学艾田蒲（René Etiemble，1909—2002）教授作序的题为《诗歌翻译学术研讨会》（*Colloque sur la traduction poétique*，Gallimard，1978）的文集。我读完艾田蒲为文集写的序言，大惊失色！艾田蒲对诗歌翻译所持的观点，我完全赞同，他的意见和我的想法完全吻合："从一首格律诗，甚至从一首固定形式的诗几乎总是可以毫不牺牲意义而译出一首相应的诗，甚至译出几首各自向原作靠拢的诗。问题在于耐心；要有无穷无尽的耐心；译诗比写诗要多花十倍、二十倍的时间。"我的译诗分六个阶段不正是"无穷无尽的耐心"的具体化吗？只是这位学术界的鸿儒脾气大，言辞激烈，如"没有不可翻译的诗，只有不称职或懒惰的译者。"我告诫自己要冷静，因为我的译诗实践和模式研究，是在艾田蒲主持召开大型国际"诗歌翻译学术研讨会"以后十三年，在完全不知情的情况下开始并完成的，我独自摸索了十二年时间，发现几乎和艾田蒲殊途同归。我很惭愧，当然，我也很高兴。

　　复旦大学的"中法翻译学术研讨会"于六月二日至六日召开。大会请到一位特殊的嘉宾：程抱一先生。程抱一参加过艾田蒲于一九七二年召集的诗歌翻译学术研讨会，当时用的名字是"程纪贤"（Cheng Hsi-Hien）。二〇〇二年六月，程抱一（法文名字是François Cheng）当选为法兰西学士院院士，成为全法国四十位"不朽者"之一。

　　六月三日下午，是我宣读论文的时间，会议恰好由程抱一先生主持。他听完我半小时的发言，向大会表示"我深有同感，极为赞赏；这是最富于专业性的发言之一。"（Je suis plein de sympathie et d'admiration. C'est une des interventions les plus professionnelles.）他问我能否为译诗模式举些实例，我限于时间，仅仅读了魏尔兰（Paul Verlaine）的《秋歌》（Chanson d'automne）和雷塞吉耶（Jules de Rességuier）的单音节十四行诗《悼少女之死》（Sur la mort d'une jeune fille）的两首译诗。

一九九七年复旦大学的翻译学术研讨会，对我有四方面的意义。第一，我写成了《法诗汉译的模式研究》一文的法文稿；第二，我发现艾田蒲的译诗主张和我十分吻合；第三，我亲耳听到程抱一先生支持我的发言，赞许我的译诗努力；第四，我发言的法文稿和全部附录由大会结集于一九八八在法国出版。

从无到有，我走了一条路。三卷本的《法国诗选》变成一卷本，收诗人一百三十四家，一万两千行，最后阴差阳错，改由上海复旦大学出版社出版。

不久，我在《中华读书报》上读到南京"译林"出版社出版黄杲炘译的《坎特伯雷故事》全译本的消息，"译林"强调黄杲炘的译本以散文译散文，以韵文译韵文，忠实翻译原诗的格律。我们很少看到有出版社给诗歌新译本介绍时，把翻译原诗格律作为诗歌译本质量的标准之一，觉得不无新鲜之感。译者黄杲炘的名字并非是第一次见到，这次当然好好记下了。

二〇〇二年十二月二十日，中国第四届诗歌翻译研讨会在中山大学外国语学院召开。在正常情况下，"诗歌翻译"在我国等于是"英语诗歌翻译"。大会的四位特邀嘉宾许渊冲、江枫、辜正坤和黄杲炘都是英语的诗译者，许渊冲先生兼通法语，是个例外。黄杲炘的名字在嘉宾之列，对我是个惊喜。十月，我读到黄杲炘的论文集《从柔巴依到坎特伯雷——英语诗汉译研究》，书名的副题，尤其是书中的标题："诗，未必不可译"，使我喜出望外。原来，我们介绍西方古典诗歌遗产，触目所见，译诗多为自由体。现在,有人从一九八七年到一九九八年,也是十年有余的历程,也在孜孜探索,也在不断实践,也在努力,也在追求。英语诗汉译的历史悠久,但黄杲炘的追求并不多见。我感到,我的译诗理想不仅和法国学者遥相呼应,也和国内译者同声相应。一个人的声音会很小,两个人的声音会大些,三个人的声音也许会让人听到了。

我偶尔读到艾田蒲的译诗主张时,他已是八十六岁的老人了,等我写成一篇简单记述他译诗主张的文字,老人已经作古了。在我国第四届诗歌翻译研讨会上,我听到了黄杲炘先生为大会做的主题发言。现在,有人以格律诗译英语格律诗,现在,有人以格律诗译法语格律诗。在我的印象里,钱春绮先生五十年代开始的德国诗歌翻译,是我国最早有格律追求的诗歌翻译。既然已经有了一个人,有了两个人,有了三个人,在追求同一种美好的事物时,为什么不会有更多的人也加入追求的行列呢?

二〇〇二年纪念雨果时,我们组织了一场雨果作品朗诵会,由中山大学和广东外语外贸大学的法语三年级学生朗诵。我一直期望有机会让有格律的译诗经受朗诵的检验。我没有向学生交代这是有格律的译诗,学生可能也没有意识到这是有格律的译诗,但我听了以后,觉得大体上没有什么拗口和特别不顺的诗句。

二〇〇二年的尾声,有一个文学青年来电话求见。二〇〇三年三月一日,我们在中山大学的桃李园见了面。这个年轻人从事文字编辑工作,业余在写长篇小说。他买到了人民文学出版社"世界文库"版一卷本的《雨果诗选》,由衷地喜爱,视为"枕边书",经常翻阅。我们谈了一个下午的雨果,他谈到雨果有"爱的哲学",具有"使徒"的形象。他对雨果的认识,完全是从《雨果诗选》中得来的。我相信,他接受雨果其诗,他接受雨果其人,首先是接受雨果诗的译诗,接受把雨果诗译成格律诗的译诗。我没有把谈话引向诗歌翻译的话题,但他不时不经意地哼上一句半句译诗。对,这是格律诗!对,这是格律诗的译诗。打动我面前的年轻人的是译成格律诗的译诗!

完成了《法国诗选》,现在,又有一册《法国抒情诗选》。这两本"诗选"之间,铺着一条路。在这条路上,每一行诗,需要翻译六次。以《法国诗选》为例,这一万两千行诗,极而言之,诗译者交出一万两千行译诗之前,身后可以留下七万两千行的草稿。这是一条长长的路。这是一条只有开端而也许没有尽头的路……

程曾厚于中山大学
2010 年 9 月 28 日